星なき王冠《クラウン》

ムーンフォール・サーガ1

上

THE STARLESS CROWN

JAMES ROLLINS

竹書房文庫

CONTENTS

主な登場人物

《ブレイクの町》

ニックス……ブレイク修道院学校で学ぶ盲目の少女
ジェイス……ブレイク修道院学校の用務員。ニックスの世話係
ガイル……ブレイク修道院学校の校長
ポルダー……ニックスの父
バスタン……ニックスの兄
アブレン……ニックスの兄

《ガルドガル領》

レイフ……アンヴィルの泥棒
プラティーク……南クラッシュ帝国の錬金術師
ライラ……盗賊組織のリーダー
ラーク……アンヴィルの治安隊長

《王都アザンティア》

カンセ……ハレンディ王国の王子
フレル……ケペンヒルの錬金術師。カンセの指導教官
マイキエン……ハレンディ王国の王子。カンセの双子の兄
トランス……ハレンディ王国の国王。カンセとマイキエンの父
ハッダン……王国軍の忠臣将軍

アンスカル……………王国軍のヴァイルリアン衛兵の隊長
ライス……………シュライブの一人
ヴァイサース……………シュライブの一人
スケーレン……………シュライブの一人

《アグレロラーポック領》

グレイリン……………誓いを破った騎士
サイモン……………グレイリンの商売仲間の元錬金術師
ダラント……………海賊
グレイス……………ダラントの娘
ブレイル……………ダラントの娘

《クラウドリーチの森》

ザン……………ケスラカイ族の長老

バシャリア……………ミーアコウモリ
エイモン……………ワーグ
カルダー……………ワーグ

シーヤ……………ブロンズ像

テリー・ブルックスへ

その想像力が私に刺激を与え、その寛大な精神があったからこそ、この本が生まれた。

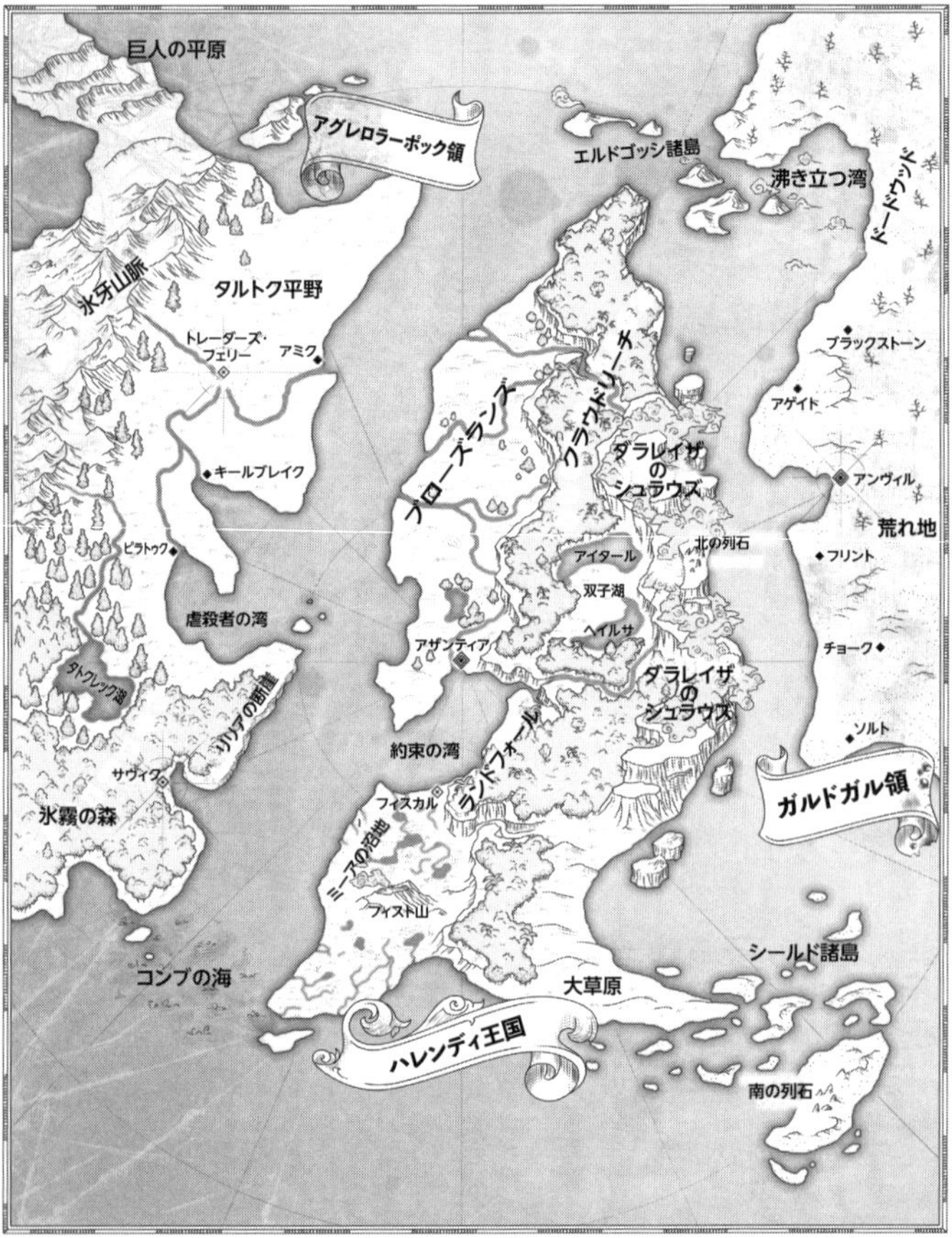

巨人の平原
アグレロラーポック領
エルドゴッシ諸島
沸き立つ湾
ドードウッド
氷牙山脈
タルトク平野
トレーダーズ・フェリー
アミク
キールブレイク
ピラトゥグ
虐殺者の湾
タトクレック湖
リリアの断崖
サヴィク
氷霧の森
コンブの海
約束の湾
フィスカル
ミーアの沼地
フィスト山
ランドフォール
ハレンディ王国
大草原
ブローズランズ
クラウドリーチ
ダラレイザのシュラウズ
アイタール
双子湖
ヘイルサ
アザンティア
北の列石
ダラレイザのシュラウズ
ブラックストーン
アゲイト
アンヴィル
荒れ地
フリント
チョーク
ソルト
ガルドガル領
シールド諸島
南の列石

星なき王冠《クラウン》　上

〈ムーンフォール・サーガ 1〉

人生は穴だらけだ。

最良の時代においても、人の一生は決して完璧なタペストリーにはならない。多彩な色合いの糸を構成する毎日、毎月、毎年が、一点の曇りもない生涯として編み上がることは決してない。時の経過とともに、このタペストリーの一部は古くなってほつれる。そのほかの部分もまた、気になって何度も糸を触ったりいじったりするうちに、形が崩れていく。何よりも困るのは、大きな断片がすり切れ、ついには元の形が判読不能になってしまうことだ。そんな時、記憶は巧妙な詐欺師の役割を果たす。隙間を埋め、ほころびを繕い、穴に継ぎを当てる――それを真実とは異なる物語で行なうことが珍しくないのは、そうすることが必要だから。そうして作り上げた物語は、人が受け入れることのできる全体像を創出するために必要な糸だから。

高齢に達した私は、最良の時を過ごしているとは言えない。私自身のタペストリーは虫に食われた穴だらけだ。私はそろそろ百歳を迎えようとしている。だから、もし私が君のことを覚えていなくても、それは君のことをいとしく思っていないからではない。この長い物語の細部までのすべてを覚えていないとしても、そのせいで真実味が薄れるわけでもない。これを書いている地下の小部屋の中には何枚ものスケッチがあり、それらが私の過去をつなぎとめてくれる。それらがあるから忘れることはないし、過去の私がどんな人間だったのかを思い出させてくれる。

この物語を書き始めるに当たって、私は数多く残した日誌の最後の一冊の、あるページを開き、閉じないように押さえてある。日誌の終わりに近いそのページにインクで描かれた彼女の顔は、私のことをじっと見つめていて、私に裁きを下し、私に問いかけている。私は灰を使って彼女の流れるような髪を表現し、砕いた空色の貝殻に油を混ぜて彼女の鮮やかな瞳を再現し、自らの血で彼女の唇を描いた。彼女の微笑みはどこか寂しげで、あたかも私に失望しているかのようだ。彼女の視線は険しく、過ちを決して許さない。彼女の頬《ほお》は抑え切れない怒りのために赤みを帯びている。

はるか昔、私は記憶を頼りにこの絵を描いた——最後に彼女と会った時の記憶を頼りに。予言によると、この女性は世界を破滅させると言われた。

そして、その通りになった。

過去

彼女は泥にまみれ、ぬかるみの中で出産する。

彼女がしゃがみ、息んでいるのは、すっぽりと霧に包まれたヌマミズキの節のある大枝の下だ。つる植物が巨木を締め付けていて、その力で枝は苔《こけ》に覆われた地面に垂れ下がり、葉は沼地をゆったりと流れる小川の水面に届きそうだ。彼女の横には馬の胴体ほどの太さの幹があり、ねじれたその姿は今にも水没しそうなこの場所から逃れようとして身をよじっているかのように見える。

彼女は両脚を大きく開き、汗を流して踏ん張る。両手は頭上にある一本のつるをしっかりとつかんだままだ。握り締める手のひらにとげが刺さるが、その痛みよりも体を引き裂かんばかりの力で子宮から赤ん坊を押し出そうとする最後の陣痛の方がはるかにつらい。彼女は悲鳴を懸命にこらえる。追っ手に叫び声を聞かれてはならない。

それでも、彼女の口からうめき声が漏れる。舌を切り取られているため、その音は単語としての意味を成さない。アザンティアの慰みの奴隷として、言葉を口にするような贅沢《ぜいたく》はこれまで一度も認められなかった。

最後のひと踏ん張りと同時に痛みからの解放を感じる。体から押し出された子供が足とのぬかるみに落下する。しがみつく力を失い、つるから手が離れる。そのはずみで、突き刺さった何本ものとげが手のひらを切り裂く。赤ん坊を左右の太腿《ふともも》の間に置いたまま、彼女は泥に突っ伏す。子供はよじれた血だらけのへその緒でまだつながったままだ。

彼女は体を激しく震わせて嗚咽《おえつ》を漏らしながら、ヌマミズキの根元に置いた皮剝《かわは》ぎ用のナイフを手に取る。狩りで使用されるこの刃物も、すでにその刃に付着している血も、どちらも彼女のものではない。ナイフは彼女を救い出した男性から渡されたものだ。その男性は彼女が城から逃げ出すのを助けるために誓いを破った。冬の太陽の鈍い輝きの下、王国軍に追われながら約束の湾を船で横断した後、二人はミーアの危険な海岸に上陸した。その海岸線にあるのは「岸」ではなく、マングローブの森を半ばのみ込んだ塩分を含む水が青い海との曖昧《あいまい》な境目を形成していた。小船が沼地の奥にそれ以上は進めなくなると、救世主の男性は彼女に歩いてそのさらに先へと向かわせ、自分は追っ手の目を欺くために船を別の方角に操った。

一人になった今、彼女はナイフで太いへその緒を切り、赤ん坊を自分の体から、同時に自分の過去から解放する。もう体の中には何も残っていないと思った途端、腹部が再び痙《けい》攣《れん》する。あっと息をのむと同時に血と組織があふれ出し、赤ん坊にかかる。初めての呼吸で息が詰まってしまうのではないかと恐れ、彼女は我が子の顔をぬぐう。赤ん坊の両目は閉じたままで、まだこの厳しい世界を見ていない。手のひらが裂けているせいで、余計に血をなすりつけてしまう。それでも、ぬぐった下から小さくすぼめた唇が現れる——青ざめた唇は、暗がりにいるせいで黒に近い色に見える。

〈さあ、息をして、いとしい我が子よ……〉

彼女は赤ん坊の体をさすり、祈りを捧げる。

一つの祈りがかなえられ、子供が初めて息を吸い、体を動かした。ほんのかすかな動きだが、それで十分だ。だが、もう一つの祈りは通じず、赤ん坊が女の子だとわかる。

〈ああ、そんな……〉

彼女は再びナイフを手に取る。刃物を赤ん坊の喉《のど》に近づける。

〈こうする方が……〉

彼女の両手が小刻みに震える。彼女は顔を近づけ、この厳しい世界に向けた初めての泣き声をあげようとしてしわの寄った眉間《みけん》にキスをする。彼女は祈る。謝罪の祈りとして、そして説明の祈りとして。〈私から自由になりなさい。私の過去から。私の恥辱から。あなたを奪おうとする人たちから〉

彼女が行動を起こすよりも早く、大地の母は子宮に与えられた贈り物を見捨てようとした彼女に罰を与える。再び腹部が痙攣を起こす。熱い血が太腿の間から流れ出る。痛みは焼けつくような熱さ――それが恐ろしいまでの冷たさに変わる。それでも出血は止まらず、彼女の命が泥の上にこぼれていく。

広がりつつある血だまりを見て、彼女は真実を悟る。

慰みの奴隷たちの間で育てられた彼女は、落とし子の薬草の茶を服用したにもかかわらず子供を身ごもった女性たちに対応する助産師を手伝ったことが何度もある。この二十年間で、あらゆる形の出産を目の当たりにしてきた。喜びにあふれたものもあれば、恐怖に満ちたものもあったが、ほとんどはあきらめの境地だった。すべてにおいて涙があった。血も、糞尿《ふんにょう》も、ちぎれた肉片もあった。逆子もいれば、薬草の影響による奇形もあった。生まれてくる前に命を摘み取ろうと試みた母親の手で体を引き裂かれた子供も。まだ幼かった頃、彼女はそんな母親に対して嫌悪を覚えた。鞭《むち》を打たれる運命のもとに生まれてくる子供がどういうものなのか、主人から与えられる激しい痛みでいずれは壊れていく運命にある子供がどういうものなのか、当時の彼女はまだ知らなかった。

やがて彼女も必要不可欠な厳しい教訓を学ぶことになった。

彼女は赤ん坊の喉笛に突きつけたナイフを見下ろす。

今や大量の血が赤ん坊の体を囲むようにたまっている。においに引き寄せられてハエやブヨが集まってくる。今にも開こうとする赤ん坊の目を彼女が見つめていると、森はあたかも畏怖《いふ》の念に打たれたかのように静まり返る。鳥のさえずりがやみ、聞こえるのは虫の羽音だけだ。新しい音が割り込んでくる。大きな水音が、右手の方角から。

冷えつつある体をどうにか動かし、頭を音の方に向ける。このわずかな動きだけで、視界を覆い始めた暗闇がさらに大きくなる。沼地のよどんだ水から岸に上がってくるのは爬《は》虫《ちゅう》類のけだものだ。鉤爪《かぎづめ》がぬかるみをえぐり、その巨大な体を沼から引き上げる。口から鋭い牙が何本ものぞいている。その生き物には目がないものの、ハエの群れと同じように彼女の血に誘われて、アシや苔の間を真っ直ぐに向かってくる。

〈だめ……〉

守らなければという本能が、過去の苦い教訓に打ち勝つ。彼女は娘の首からナイフを離し、近づく野獣に正対する。けれども、小さな針を刺した程度の痛みしか与えられないだろう――それすらもできるかどうか怪しい。爬虫類のけだものは体長が彼女の二倍、体重は十倍ほどありそうだ。彼女は相手から長い年月を感じ取る。黒い鱗《うろこ》を覆う緑色の苔は、何百年分もの厚みがある。

老いているとはいえ、けだものは速度を上げて彼女に迫りくる。ナイフの存在にも、そのナイフが無用の長物だということにも、まったく気づいていない。その体からは腐肉と塩分を含む水のにおいが漂う。背中と体側に付着した苔が森の暗がりの中でかすかに光を発している。

それでもなお、彼女は子供を守ろうとひざまずく。力が入らないためにに立っていることすらできない。ナイフを握る腕が震える。視界を覆う暗闇が、目の前の世界をさらに狭めていく。

彼女は来たるべき衝撃に備えて身構える。これまで数え切れないほどの夜、香水をしみ込ませた主人のベッドでしてきたのと同じように。この体を自分の自由にできることなど、今まで一度もなかった。

彼女の体の中で怒りの炎が燃え上がる。過去にはこうした熱い感情を抱くことすら禁じられていた。この最後の瞬間を迎えて、彼女はその炎をしっかりと握り締め、残された力を振り絞って叫ぶ。両目を閉じ、天に向かって、けだものに向かって、自分自身に向かって、そして生きるという運命を持たない子供に向かって、思いのたけをぶつける。

その生涯を通じて初めて、彼女の思いが届く。

上空から耳をつんざくような鳴き声が響く。その甲高い声は耳から入ってくるのではなく、全身で感じられる。皮膚を切り裂いて骨にまで届くような鋭い音。その力で全身の毛が逆立つ。彼女が目を開くと、爬虫類のけだものが泥の上を滑りながら速度を緩め、腕を伸ばせば届きそうな距離で停止する。あわてふためいたけだものは巨体をよじりながら向きを変え、真っ黒な沼地の安全な水の中に救いを求めようとする。

野獣が逃げるよりも早く、頭上で何本もの枝が砕け散る。林冠を抜けて黒い影が飛来し、けだものに激突する。鎌を思わせる湾曲した鉤爪がかたい鱗を切り裂く。干し草用の荷車ほどもある大きな生き物がぶつかった衝撃に耐え切れず、けだものの骨が折れる。艶《つや》のある翼が左右に広がり、赤ん坊を守ろうとする彼女をはじき飛ばす。

彼女の体は宙を舞い、木のよじれた幹の近くまで飛ばされる。絡み合った根の間に落下する。横たわった彼女の目に、重い翼を一度だけはばたかせ、再び空に飛び立つ生き物が見える。爬虫類のけだものの体も一緒に浮き上がる。貫通した鉤爪がその体を真っ二つに引き裂き、数百年を生き抜いてきたけだものを暗い水中に葬り去る。

翼を持つ生き物がぬかるみの中に着地する。

彼女の方に向きを変えると、その邪悪な輝きがあらわになる。大きく広げた膜状の翼は革を思わせるような艶があり、その先端部分は薄いために太陽の光がまばらに透けて見える。頭は地面にくっつきそうなまでに低く下げたままだ。ふわふわの毛に覆われた大きな耳が彼女の方に動く。細長い切れ込みのような鼻孔《びこう》を広げ、空気中のにおいを嗅ぐ。彼女に向かって威嚇《いかく》するような鳴き声をあげ、短い首とアーチ状の背中の体毛を逆立てる。

彼女はこの生き物を知っている。アザンティアの住民の全員が知っている。沼地の化け物として恐れられているミーアコウモリだ。この湿地帯の中心に位置する水蒸気に包まれた火山——フィスト——に生息する毒を持つ生き物。この動物に関しては数多くの噂話が存在する。ただし、生きて目撃談を伝えることのできた人間はほとんどいない。なかなか人前に姿を見せないこの危険な獲物を手にして帰還した狩人《かりゅうど》は一人もいない。骨の断片ですらも城の保管庫まで持ち帰ることができていない。

心臓が口から飛び出しそうになりながらも、彼女は目の前の化け物を観察した。黒いダイヤモンドを思わせる慈悲のかけらすらない目が、彼女を見つめ返す。その喉の奥からは絶え間なく威嚇音が鳴り響く。聴覚を超越したその音に、彼女の髪が震える。彼女はそれを歯で、頭蓋骨で感じ取る。水面に浮かぶ油が燃えているかのように、それが脳の表面を伝わる。ほかのどんな生き物の目よりも深く、自分が観察されているとわかる。

化け物が唇を歪《ゆが》めて威嚇すると、長い牙があらわになる。その表面を伝う毒が輝きを発する。翼の前肢で体を支えながら、彼女の方にじりじりと近づいてくる。

いいや、そうではない――泥の中の赤ん坊に近づいてくる。

ばたばたと動く小さな手足は、あたかも化け物を招いているかのようだ。

彼女は娘を守るために動こうとしたものの、ナイフをなくしてしまっている。だが、ナイフがあろうとなかろうと関係ない。這《は》う力すらも残っていない。まわりの泥と同じように、体が冷え切っている。熱を持っているのは頬を流れ落ちる涙だけだ。もはやどうすることもできないと悟ると、彼女は避けようのない現実を受け入れ、木の根の間に体を預ける。

周囲が暗闇に包まれる。

視界が完全に遮られないうちに、彼女は最後にもう一度だけ、自分の赤ん坊を見る。娘を生かすことはできなかったが、命と同じくらい大切な贈り物を与えることはできた。

それは自由――どれほど短いものであろうとも。

彼女がそのことに安堵《あんど》すると同時に、暗闇が目の前の世界を消し去る。

けれども、それほどすぐには満たされなかった者もいる。

薄れゆく意識の中で、彼女は赤ん坊の初めての泣き声を耳にする。欲望と怒りに満ちあふれた泣き声。始まった途端に断ち切られる命に対しての悲しい叫びを慰めたくても、彼女には何もできない。その代わりに、彼女は最後の助言を与える。それはつらい経験から学んだ教訓。

〈自由の身で死ぬ方がいいのよ、我が娘よ〉

第一部
雲に包まれた少女

呪《のろ》いはいつも願いから生まれる。

――『エルの書』の諺

1

ニックスは指先で星のことを理解しようとした。

ほとんど目の見えない彼女は、低いテーブルの上に身を乗り出さなければ太陽系儀の中心部にまで手が届かなかった。天文学用の複雑な装置の真ん中にあるぬくもりは、ブロンズ製の太陽が発している。やかんと同じくらいの大きさをした球体の内部には、朝の授業が始まる前に熱した石炭を入れてあった。天空の父がもたらす命の熱を表すためだ。ニックスはその温かさに手のひらを向けてから、まわりでゆっくりと回転する輪を外側に向かって慎重に数えた。一つ一つの輪は父の周囲を回る内惑星の軌道を示す。彼女の指は三つ目の輪で止まった。そこに指先を当てると、この輪を回転させる歯車の振動が伝わる。カチカチと鳴っているのは、ニックスの手に向かって世界を動かすために太陽系儀の向かい側で先生が回しているハンドルの音だ。

「気をつけてね」注意を促す声がした。

装置は四百年前に製作されたもので、学校で最も貴重な遺物の一つだ。創設者の女性修道院長によってアザンティアの宮廷から盗み出され、このブレイク修道院学校に運び込まれたと言われる。盗み出したのではなく修道院長が自らの手で製作したのだと主張する人たちもいる。その製造技術ははるか昔に失われ、現在ここで暮らしたり教えたりしている人たちには伝わっていない。

どちらが正しいにしても――

「そいつを壊すんじゃないぞ、おまえはドジだからな」バードの声が聞こえた。その言葉に合わせて、丸天井を持つ天文学教室の中で円を描くように配置した椅子に座る生徒たちの間から、くすくすと笑い声が起こった。

先生――修道院学校の若い見習いのシスター・リードが、叱りつけて静かにさせた。

ニックスは頬が熱くなるのを感じた。ほかの生徒たちはブロンズ製の太陽の周囲を回る球体の複雑な動きを容易に観察できるものの、彼女にはそれができない。ニックスにとっての世界は永遠にもやがかかったような状態にあるため、明るい太陽の光の下でなければ動きを影の変化で察知したり、物体をきらめく輪郭の濃淡で見分けたりすることができない。色でさえも彼女の目にはぼんやりと映るだけで、識別できない。何よりも困るのは、今のように屋内にいると視界が暗闇で閉ざされてしまうことだ。

理解するためには手で触れる必要があった。

ニックスが深呼吸をして指先を落ち着かせると、自分たちの世界を表す小さな球体が手の中に入ってきた。球体とつながっているブロンズ製の輪は、ハンドルの歯車が回るとともに動き続けている。拳大の球体に指先をずっと添えているためには、その回転に合わせてテーブルの周囲を移動しなければならなかった。ブロンズの太陽が球体の表面の片側をほのかに温めている一方で、天空の父に決して向き合うことのないその反対側の金属は冷たいままだ。

「大地の母が片方の側だけを天空の父にずっと向けている仕組みが、これでもっとよく理解できるのでは？」シスター・リードが問いかけた。「その片側だけが、父の厳しくも愛に満ちた注目を永遠に浴び続けているのです」

ニックスは太陽の周囲を回転する球体の動きに合わせてテーブルのまわりを歩きながらうなずいた。

シスター・リードはニックスとほかの生徒たちに向かって話し始めた。「それと同時に、私たちの世界のもう一方の側は、父の強烈な眼差《まなざ》しが永遠に届かないため、悠久の暗闇の中で氷に閉ざされたままです。そこでは空気までもが氷でできていると言われています」

ニックスはわかり切ったことに対していちいち反応しなかった。彼女の注意は太陽のまわりを一周したアースに釘付《くぎづ》けになっていた。

「だから私たちはクラウンに住んでいるのです」シスターの説明は続いている。「アースの片側の灼熱《しゃくねつ》の土地と、もう片方の側の永遠に凍りついた土地の境界線を成す帯状のところに」

ニックスは球体の外周に沿って延びるその線を指先でたどった。北から南に、そして南から北に。アースを環状に取り囲むクラウンは人間や生き物が生活できる唯一の土地だ。クラウンから遠く離れたところには何が存在するのか、それについての話がまったくないわけではない。一方は凍りつき、一方は焼け焦げたそんな恐ろしい土地に関するぞっとするような言い伝えがささやかれていて、その多くは冒瀆《ぼうとく》的な内容だった。

シスター・リードがハンドルを回す手を止めたため、心が躍るような惑星の動きも停止した。「ニックスも太陽系儀について学べたところで、大地の母が決して顔をそむけることなく、天空の父と永遠に見つめ合っている理由を先生に説明できる人はいますか？」

ニックスは片側だけが温まった球体に指を添えたまま、その場に立っていた。

キンジャルが先生の質問に答えた。予習をしておくようにと前の週に言われていたテキストの文章をそのまま引用している。「彼女と私たちの世界は固まった見えない琥珀《こはく》に囚《とら》われているので、決して顔をそむけられません」

「よくできました」シスター・リードが優しく反応した。

ニックスはキンジャルの満足感が実体となって伝わってくるような気がした。彼女はバードの双子の妹で、二人はミーアの北岸沿いにある最大の町フィスカルの首長の子供だ。町までは船で丸一日かかる距離があるにもかかわらず、ここの生徒たちの間でも自分たちの身分を利用していて、こびへつらう者には贈り物を与える一方、そうでない者に対しては小馬鹿にした態度を取るばかりか、暴力に訴えてさらなる屈辱を与えることもしばしばだった。

ニックスが口を開いてキンジャルに反論した理由は、そのことが何よりも大きかったのかもしれない。「でも、アースは琥珀の中で動けないわけではない」片側だけ熱を持った球体に指を触れたまま、ニックスは太陽系儀の方を向いたままつぶやいた。ほかの人たちの注目を集めるようなことはしたくなかったし、教室の最後列の自分の席に戻って忘れられた存在になりたかった。けれども、指先が発見したことを否定したくもなかった。「その中で回っている」

バードが大きな音で鼻を鳴らし、妹の味方をした。「たとえ目隠しをされていようが、どんな愚か者でも母がいつも父の方を向いていることはわかる。アースは決して顔をそむけないいんだ」

「それはまさしく、絶対のこと、不変のことなのです」シスター・リードが同意した。「父が天空でいつまでも燃えている一方で、母はその威厳に向かって愛と感謝の眼差しを常に向けているのです」

「でも、アースは回っています」ニックスは言い張った。つぶやき声がいらだちのせいではっきりとした口調に変わる。

ニックスはほとんど何も見えない目を閉じ、真上から見た太陽系儀の姿を心の中に映し出した。ブロンズ製の太陽のまわりを動く球体の軌道を思い浮かべる。その移動を追っている時、指先にかすかな振動が伝わってきたのを思い出す。太陽のまわりを一周する間に、手の中の球体が回っていた感覚がよみがえってくる。

ニックスは何とか説明しようと試みた。「回っていなければおかしいです。母が常に父の方を向いているためには、季節が一巡する間にアースも一回転しないと。毎年、一年間をかけてゆっくりと回転する。アースの片側だけがずっと太陽の熱い視線を浴び続けるためには、それが唯一の方法です」

キンジャルが嘲笑《あざわら》った。「母親が彼女を捨てたのも当然ね。こんなに簡単な真理も理解できないような馬鹿な子なんだもの」

「でも、その子の言う通りですよ」背後から声が聞こえた。開けたままにしてあった天文学教室の扉の向こう側からだ。

ニックスはびくっとして動きを止め、雲がかかった状態の視線だけを開け放たれた扉の方に向けた。入口を示す四角形の明るさの中に濃い人影が立っている。目が見えなくてもそこにいるのが誰なのかはわかる。聞き覚えのある厳しい口調だった。けれども、今のその声にはどこか面白がっている様子がうかがえる。

「ガイル修道院長」シスター・リードが言った。「何と光栄なことでしょう。どうぞお入りください」

四角形の明かりの中から影が動き、修道院学校の校長が教室内に入ってきた。「どうやらあなた方の中でいちばん年下の生徒が、洞察力には目で見る能力が必ずしも必要ではないことを証明したようですね」

「でも、それは本当に――」シスター・リードが口を開いた。

「ええ、本当のことですよ」ガイル修道院長が言葉を遮った。「それは錬金術の勉強を許された者たちが最初の年に教わる、高度な天文学的知識です。七年生の生徒たちにはまだ早すぎます。錬金術を学ぶ学生でさえも、多くは目の前のわかり切ったことがなかなか見えないというのに」

石の床をこする靴音とともに、修道院長が太陽系儀に近づいた。

ニックスはこの世界を表す球体からようやく手を離し、背筋を伸ばしてからお辞儀をした。

「まだ十四歳のこの若い女性が今日の授業からほかに何を学習できたのか、問題を出すとしましょう」修道院長が指でニックスの顎《あご》に触れ、顔を上に向けさせた。「クラウンの北部に暮らす人たちが季節――凍《い》てつく寒さの冬と暖かい夏を経験する理由が説明できるかしら？　アースの片側だけがずっと太陽の方を向いているのに」

ニックスは唾《つば》を二回飲み込んでからようやく声を出すことができた。「それは……天空の父から大地の母への贈り物を私たちに思い出させるためです。そうすることで、焼けつくような熱さと氷に閉ざされた死の世界の間にある安全な土地、このクラウンで暮らすことを許してくれた父の優しさがより理解できます。父は一年が経過する間に暑さと寒さを体験させてくれるのです」

　修道院長がため息をついた。「なるほど、大変よくできました。ブラック聖修道士があなたに教え込んだ通りの答えね」まるでもっとじっくりと顔を観察しようとしているかのように、指がニックスの顎をさらに押し上げた。「でも、太陽系儀はあなたに何を教えてくれたのかしら？」

　ニックスは後ずさりした。視界がぼんやりしていてもなお、ガイル修道院長の視線の重圧にそれ以上は耐えられなかったからだ。ニックスは太陽系儀に注意を戻し、石炭で熱せられたブロンズ製の太陽を取り巻くアースの軌道を再び思い浮かべた。球体がそのまわりを一回転する間に、太陽のぬくもりが強まったり弱まったりしたことを思い出す。

「太陽のまわりを動くアースの軌道は完全な円ではありません」ニックスは声に出して指摘した。「どちらかというと、卵みたいな形です」

「楕円《だえん》軌道というのが正しい呼び方ね」

　ニックスはうなずき、修道院長の方を向いて問いかけた。「もしかすると、アースの軌道が太陽からいちばん遠い時に、つまり熱からいちばん離れている時に、私たちの冬になるのではないでしょうか？」

「悪くない考えね。最も尊敬される錬金術師の中にも同じことを言う人がいるかもしれない。でも、それはプラック聖修道士の説明と同じで、間違っているのよ」

「どうしてですか？」ニックスは好奇心を抑え切れずに訊ねた。

「クラウンの北半分に当たるここで私たちが暗い冬を過ごしている時、はるか南の土地は明るい夏を迎えていると言ったら、どう思うかしら？」

「本当ですか？」ニックスは聞き返した。「同じ時に？」

「そうなのよ」

ニックスは眉間にしわを寄せ、ありえないとしか思えない今の話を考えた。その一方で、修道院長が強調した言葉に何らかのヒントが隠されているようにも思った。

「暗い」と「明るい」に。

「あなたはこれまで考えたことがなかった？」ガイル修道院長がなおも続けた。「どうして冬には父が空の低い位置にあって、夏になるとまた高い位置に戻るのかということを。太陽が姿を消すことは決してないけれども、一年が経過する間に空で小さな円を描いている理由を」

ニックスは小さく首を横に振り、自分の両目を指し示した。そんな動きを自分の目で確認することなど、できるはずがなかった。

手が彼女の肩にそっと触れた。「もちろんそうね、ごめんなさい。でも、それは本当のことなの。じゃあ、太陽系儀の学習からそうなる理由を推測できるかしら？」

ニックスはテーブルの上に置かれたブロンズ製の複雑な装置に向き直った。自分が試されているのだとわかる。すぐ隣から修道院長の視線の熱さが伝わってくる。ニックスは深呼吸をして、校長先生の期待を裏切るまいと決意した。太陽系儀の方に手を伸ばす。「いいですか？」

「もちろん」

ニックスはもう一度、慎重に中央の温かい太陽へと手を伸ばし、続いてそこから三番目の輪を探った。輪に固定されている球体を見つけると、別の輪でそのまわりを回っている小さな月に気をつけながら、その形をもっとじっくりと調べた。アースを表す球体がその下の輪にどのように固定されているのか、特に注意を払う。

ガイル修道院長が助け船を出した。「シスター・リード、装置をもう一度動かしたら、生徒の理解の助けになるかもしれませんよ」

スカートのこすれる音が聞こえた後、装置の複雑な歯車がカチカチと音を立て、輪が再び回り始めた。ニックスはアースが太陽のまわりを一周する間、それ自体がどんな風にゆっくりと回転しているのかに神経を集中させた。どうして南の半分の方がより明るくて、北の半分の方がより暗いのか、なかなか理解できない。その時、指先を通じて理由が伝わってきた。アースの回転軸となっているピンは真上と真下を指しているのではない。

太陽から少し傾いた角度になっている。

〈これが答えなのだろうか?〉

確信が強まっていく。

ニックスは球体の動きに合わせて太陽のまわりを歩き続けながら話し始めた。「アースが回転する時、その軸は真っ直ぐに上と下を向いているのではなく、少し角度がついています。そのせいで、世界の上半分が太陽の側に傾いている時があるのです」

「それによって私たちの暮らす北部は明るい夏になる」修道院長が補足した。

「そしてそれが起こっている時、下半分は太陽から離れて傾いています」

「だからクラウンの南部は薄暗い冬になる」

ニックスははっとして修道院長の方を向いた。「つまり、季節があるのはアースが斜めになって回転しているからで、片側が太陽に向かって傾いていたり、太陽から離れて傾いていたりするからなのですね」

生徒たちの間にざわめきが広がった。混乱した様子の声もあれば、信じられないという声もある。少なくとも、バードがあからさまな軽蔑《けいべつ》の言葉を浴びせることはなかった。修道院長の目の前でそんなことはできない。

それでも、ニックスはまたしても頬が熱くなるのを感じた。

その時、手が肩をぽんと叩いたかと思うと、力づけるかのようにぎゅっと握り締めた。

不意に触られたことにびくっとして、ニックスはその手から逃れた。彼女はいきなり他人に触られることが嫌でたまらなかった。近頃は男子たちの多くが、さらには女子の一部までもが、彼女を触ろうとして手を出してくる。いちばん痛みに敏感なところや人に触れたくないところを、それもしばしば乱暴につねってくる。ニックスには犯人を指差したり責めたりすることができなかった。ただし、目が見えないから誰にやられたのかわからないというわけではない。特にバードの場合はそうで、汗のにおいとくさい息ですぐにわかる。フィスカルの父親からこっそり大量のエールが送られてきていて、そのにおいが彼のまわりにぷんぷん漂っているからだ。

「ごめんなさい――」ニックスの反応と動揺に気づき、修道院長が優しく声をかけた。

ニックスはなおも後ずさりしようとした。だが、びくっとしたはずみで一本の指がアースのリングに引っかかってしまっていた。当惑が焦りに変わる。ニックスはあわてて手を引き抜こうとして、指をおかしな方向に動かしてしまった。大きな金属音が響き、シスター・リードが「あっ」と声をあげる。指が外れたニックスは太陽系儀から手を引っ込め、拳を作って胸を押さえた。

足もとの石の床の上に何かがガチャガチャと音を立てて転がった。

「あいつ、壊したぞ！」バードが発した声に嘲《あざけ》るような調子はなかった。あるのは驚きだけだ。

別の手が彼女の肘をつかんで引き戻した。不意を突かれたニックスは足がもつれ、床に倒れ込みながら両膝をついた。

「何てことを。あなたがぼやぼやしているからよ」シスター・リードはまだニックスの肘をつかんだままだ。「きついお仕置きを受けてもらいますからね」

「いいえ、いけません」ガイル修道院長が言った。「今のはわざとやったことではありません。この子を驚かせてしまった私にも責任があります。私を杭《くい》に縛りつけて鞭で打ってもらえますか、シスター・リード？」

「まさかそんなことは……」

「それならばこの子が苦しむ必要もありません。許してあげましょう」

ニックスの肘から手が離れたが、その前に握る指の力がいちだんと強まり、骨に届くほど深く食い込んだ。その意図は明らかだった。この件はこれで終わりではない。痛みを通じて語りかけている。シスター・リードは生徒たちの目の前で、修道院長の目の前で恥をかかされたことの恨みを晴らすつもりなのだ。

ガイル修道院長のローブが揺れる音に合わせて、声が床の方に近づいてきた。「ほら。外れたのはアースの月だけじゃないの」ニックスは床からブロンズ製の小さな球体を拾い上げる修道院長の姿を思い描いた。「簡単に正しい位置に戻して修復できます」

ニックスは立ち上がった。顔は太陽のように熱くてたまらないし、今にも涙がこぼれそうだ。

「シスター・リード、今日の授業はもうおしまいにする方がいいかもしれませんね。七年生の生徒たちにとっては、午前中にここまで天体の不思議を経験できれば十分でしょうから」

シスター・リードが授業の終わりと昼休みの始まりを告げる前に、ニックスはもう歩き始めていた。涙を流しながら急いで入口の明るい光を目指す。誰も彼女の行く手をふさごうとしなかった。彼女の味わった屈辱と恥ずかしさが自分にも降りかかるのを恐れたのかもしれない。あわてて教室から出ようとしたせいで、ニックスは歩く時に使用する杖《つえ》――ニレの木を磨いて作った頑丈な棒――を置き忘れてしまった。けれども、取りに戻ろうとはせず、夏の日の太陽と影の中に飛び出した。

2

ほかの生徒たちが冷めた昼食の用意された寄宿舎の食堂に向かう中、ニックスは反対の方角へと急いだ。食欲などまったくない。彼女は七階からその下の階に通じる四つの階段のうちの一つに向かった。六階では六年生の生徒たちが自分たちの学年の食堂ですでに昼食を取っているはずだ。

周囲の世界は明るさの中に影があるだけだが、ニックスは速度を落とさなかった。杖がないにもかかわらず、素早く移動する。これまでの人生の半分を壁に囲まれたブレイク修道院学校の中で暮らしてきた。今ではそれぞれの階の隅々まで知り尽くしている。段差や曲がり角や階段の数は頭の中に刷り込まれているので、学校内をそれほど苦もなく移動できる。意識の片隅では数を数え続けている。無意識のうちに手を差し出しては、装飾の彫られたまぐさ石、木製の杭、石でできた鞭打ち用の柱に触れながら、絶えず自分の位置を確認する。

ニックスは外階段を下りながら修道院学校の規模を頭に思い浮かべた。建物はミーアの沼地からまるで段差のある丘のようにそびえたっている。湿地帯と半ば水没した森から成るこの地域ではまれなかたい火山岩の上に造られた基礎部分は、ちょっとした町と同じくらいの広さがある。ハレンディ王国内では二番目に古い学校——最古の学校は王都アザンティアの郊外にある——だが、この修道院学校はその立地から、最も厳しいと同時に最も権威があると見なされている。生徒たちは九年間という長い年月をブレイクで過ごし、まだ幼い一年生はいちばん下の階で学び始める。そこから先は上の階になるにつれて建物が狭くなるので、それに合わせて生徒の数も減らされていく。進級できなかった生徒はうなだれて家族のもとに送り返されるが、それでもクラウンの各地から船でやってくる生徒は後を絶たない。最上階の九階で学ぶ最上級生の九年生まで上り詰めることができた生徒たちには名誉と名声が約束され、世界のより深遠な謎が学べる数少ない錬金術アカデミーに進学するか、あるいは修道会で神に仕える身としての最高の位を目指す。

　三階まで下ったニックスは、振り返って学校の最上階を見上げた。先端の影の中で二つの炎が輝いている。雲に包まれた彼女の目でもはっきりと識別できるほどのまばゆさだ。片方のかがり火から立ち昇る煙は錬金術の秘密を含む。もう片方は神聖な香の煙とともに燃えている。修道院学校の形と炎はミーアの中心にある水蒸気に包まれた火山フィストの山頂を模したものだとの言い伝えがある。また、校舎のてっぺんから立ち昇る二本の特別な煙には、無数の洞窟がある火山の斜面に生息する生き物——コウモリが近づくのを防ぐ役目がある。それでも薄暗い冬になると、低く垂れこめた雲を切り裂く黒い翼が見えることもある。甲高い鳴き声が聞こえると一年生や二年生は怯《おび》え、泣きながら先生たちに助けを求める――だが、成長するにつれてその脅威をまったく気にかけなくなる。

ニックスにはそのことが当てはまらなかった。この年齢になっても、獲物を狩る鳴き声が聞こえると心臓の鼓動が大きくなり、頭がずきずきと痛む。もっと幼かった時――入学したばかりの一年生の頃は、あまりの恐怖で失神してしまうこともよくあった。けれども、今は何も恐れる必要はない。明るさのせいなのか暑さのせいなのかはわからないが、真夏になるとコウモリの大群は沼地の外れに近づくことなく、フィストの暗いねぐらの近くで過ごす。

修道院学校のいちばん下の階までたどり着く頃には、恥ずかしさや当惑は胸の中の鈍い痛み程度にまで治まっていた。だが、まだ痛む肘をさすると、この先も面倒なことが起きそうだと意識せざるをえない。

その前に安心感を得たいと考えたニックスは、それを見つけることができるたった一つの場所を目指した。学校の門を通り抜け、商いで成り立つブレイクの町に飛び出した。今にもつぶれそうな町は修道院学校を取り囲む壁沿いに広がっている。ブレイクが学校を養い、支え、そして維持している。毎朝、品物が坂道を上る荷車で運び込まれ、それとともに世話係、奉公人、皿洗い、調理人の男女も次々に学校を訪れる。ニックスは自分もそのような人生を送る運命なのだろうと思っていた。初めて学校にやってきたのは六歳の時で、雑役係として働くためだった。

　町中に入るとニックスの足取りはよりしっかりとしたものになった。曲がりくねった通りを抜けながら数える歩数だけでなく、左手に連なる鍛冶《かじ》場からのリズミカルなハンマーの音も頼りになる。絶え間ない金属音が道案内をしてくれる。鼻には市場から漂う刺激臭のある煙や、くらくらするようなスパイスの香りも飛び込んでくる。真昼の太陽の下で、魚やウナギが焼かれているのだろう。ブレイクの町の外れに達すると、皮膚にも空気の濃厚さと湿気の高さが伝わる。このあたりまで来ると、学校の壁の近くに見られた石と漆喰《しっくい》の大きな建物に代わって、木の壁や藁葺《わらぶ》き屋根でできた質素な家屋や倉庫が目立つ。

　なおも進み続けるニックスの前に新たなにおいの世界が広がった。濡れた毛、甘ったるい糞尿、踏みつぶされた泥、強烈なげっぷの入り混じった重苦しい空気が漂っている。ニックスはその豊かな香りに包み込まれるとともに、左右の肩から不安が抜けていくのを感じた。

　ここが彼女の家だ。

　彼女の到着に対する反応があった。低い鳴き声がニックスを迎えた。別の鳴き声が、さらに別の鳴き声が。水音が彼女の方に近づいてくる。

　前に歩き続けたニックスの両手が石積みの囲いに触れた。沼縁にあるヌマウシの飼育場だ。重い足音が彼女の方に向かってくる。それに続いて小さく鼻を鳴らす音や、どこか物悲しげな数頭の鳴き声も聞こえる。彼女が長く留守にしていたのは自分たちが悪いのだと、大きな生き物たちがそう思っているかのような声だ。ニックスが手を持ち上げると、冷たい鼻汁まみれの湿った鼻先が手のひらに触れた。鼻先が指を持ち上げ、そっとこすりつけてくる。町や学校と同じように、ニックスにはその大きさと形でこの鼻の持ち主がすぐにわかった。

「私も会えてうれしいよ、グランブルバック」

ニックスは相手の鼻から手を離し、もっと高く持ち上げた。二本の太い角の間の濃い体毛の中に、爪の先が皮膚に届くまで指をぐっと突っ込む。お気に入りの場所を指でかいてやると、牛が胸元に向かって満足そうに熱い息を吐き出した。グランブルバックは群れの中の最年長で、年齢は百歳近い。今では草地や沼地でそりを引くことはめったにないが、それでも群れのヌマウシたちの間では一目置かれる存在だ。ここで飼育されている毛むくじゃらの牛たちのほとんどは、グランブルバックと血がつながっている。

ニックスは両手を上に伸ばし、二本の角を握った。頭を下げてくれているにもかかわらず、つま先立ちにならないと角まで手が届かない。ニックスは牛の頭を手前に引き寄せた。その頭頂部は自分の胸と同じくらいの幅がある。ニックスは暖炉のような相手のぬくもりに体を預け、湿ったその体臭を吸い込んだ。

「私も寂しかったんだからね」小声でささやきかける。

グランブルバックは低い鳴き声を返し、短い首を曲げてそのまま彼女を持ち上げようとした。

ニックスは笑い声をあげ、体が浮き上がる前に角から手を離した。「あなたに乗ってお散歩する時間はないの。夏休みになったらね」

そりを引くことがなくなったグランブルバックだが、今でも湿地帯を歩き回るのは大好きだ。ニックスはこれまでの人生で、グランブルバックの大きな背中に乗って沼地を散策しながら長い一日を過ごしたことが数え切れないほどある。長い脚と大きく広がった蹄《ひづめ》を持つグランブルバックは、ぬかるみや小川も楽々と移動できる。それに大きな体と湾曲した二本の角を警戒して、危険な肉食動物も近づこうとはしない。

ニックスは牛の頬を優しく叩いた。「また今度ね。約束するから」

指先で石に触れながら柵に沿って歩く間、ニックスはその約束が守れますようにと願った。ほかのヌマウシたちも柵にすり寄ってきて、彼女に相手をしてもらいたがっている。ニックスは手の感触とにおいでほとんどの牛を見分けることができた。けれども、今は時間が限られている。鐘が鳴って午後の授業が始まる前に学校へと戻らなければならない。

ニックスは広大な飼育場の片隅を足早に目指した。そこには一軒の家が建っていた。基礎部分は岸の岩盤に固定されているが、沼地に四分の一リーグほど延びる巨大な桟橋の上にも広がっている。建物の壁は飼育場の囲いと同じ石積み式で、屋根は近くのほかの家のように藁で葺《ふ》かれている。その上には石造りの煙突の口が空を向いていた。空を見上げると明るさの中に低い雲の影が点々と連なっていて、いつも東に向かって移動しながら、西の暗い大地の凍りつくような冷たさを反対側にある灼熱の世界へと運び続けている。

ニックスは頑丈な扉に近づき、鉄製の掛け金を外すと、ノックも呼びかけもせずに中に入った。より濃い影の中に足を踏み入れた途端、周囲の世界が縮んでいくが、そのことに戸惑いは覚えない。温かくて懐かしい毛布に包まれたかのような感覚だ。たちまち多種多様なにおいが鼻に飛び込んできた。そのにおいが彼女の家を構成する。古い毛皮、油で磨いた木材、消えかけた石炭の煙、屋内の片隅にある祭壇の小さなキャンドルの溶けた蜜《みつ》蠟《ろう》。桟橋の両側に置かれた二本の石のサイロに貯蔵された牧草のにおいも、そのすべてをかき分けるかのように漂っている。

ニックスの耳は赤みを帯びた暖炉の輝きの近くから、体をよじる音と木の床のきしむ音がしたのをとらえた。その方向から皮肉のこもった、それでいて面白がっているかのような声が聞こえた。「また厄介なことに巻き込まれたのか？」父が訊ねた。「近頃はおまえが大あわてで家に帰ってくる理由などほかにないじゃないか。しかも、杖を持っていないときている」

ニックスは何も持っていない手を見てうなだれた。父の言葉を否定したいと思うものの、できなかった。

父の鋭い洞察力を優しい笑い声が和らげた。「ここに座って、何があったのか話すといい」

ニックスは暖炉に背を向けて座り、午前中に味わった屈辱と不安をすべて吐き出した。そのことを打ち明けただけで、気持ちが軽くなった。

ニックスが話をしている間、父は無言で座ったまま、パイプでスネークルートを吹かしていた。煙に含まれる成分が関節の凝りや痛みに効果があるらしい。けれども、父が黙っているのは痛みをほぐすためではなく、娘が不満を言葉にする時間を与えるためなのだということは、ニックスにもわかった。

彼女は大きなため息を吐き、話が終わったことを伝えた。

父はパイプを吸ってから、苦いにおいの煙をたっぷり吐き出した。「つまりはこういうことだな。おまえは今学期ずっと教わってきた修道女の鼻っ柱を折ったというわけだ」

ニックスはシスター・リードの骨ばった指でつかまれてまだ痛む肘をさすった。

「だが、おまえは学校の校長先生を感心させた。そいつはなかなかのことだと思うぞ」

「彼女は私に優しくしてくれただけ。それに私のへまのせいで状況がもっと悪いことになってしまった。学校の大切な太陽系儀を壊してしまったし」

「大したことではない。壊れたものは必ず元に戻せる。すべてを考慮してみると、今朝のおまえはよくやったのではないかな。月の満ち欠けがもう一回りすれば、おまえは七年生を終える。最上級生の九年生に進級するまで、あとは八年生を残すだけだ。そのような段階で、修道院長の目に留まるのと引き換えにただの修道女――もうすぐ顔を合わせることもなくなるシスター――の怒りを買ったのだと考えれば、そんなに悪いことではないのではないかな」

父の言葉でニックスの不安はさらに薄らいだ。〈その通りかもしれない〉七年生になるまでの間に、彼女ははるかにつらい出来事を耐え忍んできた。〈そして今、あと少しで最上級生になれるというところまで来ている〉ニックスはその期待がふくらむ前に抑えつけた。願っただけで可能性が消えてしまうかもしれないと怖くなったからだ。

その思いを読み取ったかのように、父がニックスの運のよさを強調した。「そもそもの始まりを振り返ってごらん。生まれて半年の赤ん坊が沼地の水草の上で泣いていたのだ。おまえがあれだけの大声を出していなかったら、わしらには聞こえなかったはずだ。そりを引いていたグランブルバックも気づかずに通り過ぎていただろう」

ニックスは笑みを浮かべようとした。沼に捨てられていた彼女を見つけた時の話は、父にとって楽しくて仕方がないらしい。父には二人の立派な息子がいる。どちらも三十歳を超えていて、飼育場の管理とそりを引く仕事をこなしているが、二人の母親は父にとって初めての娘を出産する時に亡くなり、その子も助からなかったという。父は沼地でニックスを発見したことが母なる大地からの贈り物だと考えた。しかも、泣きわめく裸の赤ん坊をそこに置き去りにした人物の痕跡《こんせき》が、まったく残っていなかったのだ。ニックスが置かれていた水草はもろくて不安定だったが、その周囲には足で踏まれた跡が見当たらなかった。まわりの水草の表面に咲き誇っていた花にも乱れたところはなかった。信心深くて仕事熱心な沼地の住民への報酬として、天から与えられたとしか思えなかったのだ。

繰り返し聞かされたこの話は父にとっては自慢の種の一方で、ニックスにとっては恥ずかしさと怒りの入り混じった不愉快な内容だった。母親は——そしておそらく父親も、彼女が死んでもかまわないと思って沼地に捨てたのだ。その理由はおそらく彼女が生まれながらに抱えていた問題のせいで、左右の目がどちらも青みがかった白い色で濁っていたからだろう。

「わしはずっとおまえを愛してきた」父がもう一つの真実を口にした。「たとえおまえが修道院学校の一年生になれなかったとしても、それは変わらない。もっとも、おまえが試験に合格したと聞いた時には、喜びで胸が破裂しそうだった」

「たまたまうまくいっただけ」ニックスはぼそぼそと言葉を返した。

父が煙の雲を吐き出した。「そんなことを言うものじゃない。人生においてただの偶然など存在しない。あれは大地の母がその後もおまえに微笑みかけている印だったのだ」

ニックスは父ほどは信心深くなかったものの、その言葉を否定するのは控えておいた。

その当時、ニックスは学校の雑役係として、皿洗いや掃除を担当させられていた。ある日のこと、試験の会場として使用される教室にモップをかけていた時、床に散らばっていたたくさんの小さなかけら――石や木でできた工作用のブロック――につまずいてしまった。大切なものかもしれないと思い、ニックスはブロックを集めて近くにあったテーブルの上に置いた。しかし、好奇心がむくむくと湧き上がってきた。ブロックをきちんと重ねているうちに、それぞれ異なる形をしたかけらの中にぴったりと当てはまるものがあることを指先で感じ取った。彼女はそのように指先の感覚を通じて、身のまわりの世界のほとんどを経験していた――それは当時も、そして今も変わらない。まわりに誰もいなかったので彼女はブロックをいじり始め、そのうちに時間がたつのも忘れてしまい、ついには百八十個のかけらを組み合わせて銃眼付きの塔と六角形の城壁を持つ城の模型という複雑な形を完成させた。

作業に熱中していたせいで、ニックスはまわりに人だかりができていたことに気づかなかった。彼女が作業を終えて体を起こすと、見えない観客の間から驚きのざわめきが起きた。

ニックスはある修道女の言葉を今でも覚えている。「あの子はここにどれくらいの時間いたのかしら？」

その答えも。「彼女がモップとバケツを持ってやってきた時、私はこの部屋を出ました。前の鐘が鳴った頃です」

「アザンティアのハイマウントをそんなに短い時間で完成させたなんて。志願者には丸一日の時間を与えるのに。しかも、ほとんどの生徒は失敗する」

「確かにそうですね」

誰かが彼女の顎をつかみ、顔を上げさせた。「それにこの青白く濁った瞳を見てください。この子は目が見えないのですよ」

その一件の後、ニックスは一年生としての資格を認められた。ほかのどの生徒よりも一歳早い、修道院学校への入学だった。ブレイクの町から修道院学校に入学した子供は数えるほどしかいなかったし、四年生に進級できた生徒はそれまで一人もいなかった。ニックスはその快挙を誇りに思ったが、喜びを維持することは難しかった。進級するにつれて生徒の人数は減っていくが、残った生徒たちは彼女の卑しい生まれを常にからかった。牧草くさいと馬鹿にする。きれいな服を着ていないし、きちんとしたマナーも身に付いていないと嘲笑う。そのうえ、いつも雲に包まれたような視界が存在した。影の壁が常に彼女とほかの生徒たちを隔てることになった。

それでも、ニックスは喜ぶ父の姿から慰めを得た。その幸せをもっと高めてもらうため、彼女は勉学に励んだ。また、世界について多くを学ぶことも楽しかった。それは地下の貯蔵庫からまぶしい夏の日の屋外に出るような気持ちだった。影が消えることはないし、いくつもの謎がまだ明らかにされていないものの、一年が経過するごとにまわりの世界の暗闇が一つ、また一つと取り払われていく。試験用の教室であのブロックをいじっていた時と同じ好奇心は今も持ち続けていて、それは進級するごとに大きくなっていく。

「おまえは九年生になれる」父が言った。「絶対になれると信じている」

ニックスは父の自信を分けてもらい、自分の胸の内に収めた。その実現のためだったら、どんなことでもする。

〈ほかの何よりも、父のために〉

修道院学校のある高台の方角から鐘の音が聞こえてきた。招集の鐘だ。鐘がもう一度鳴る前に、午後の授業のために教室まで戻らなければならない。あまり時間の余裕はない。

鐘の音は父にも聞こえたようだ。「もう行かないといけないぞ」

ニックスは暖炉の前で立ち上がり、父の手をつかんだ。薄い皮膚の下の鋼《はがね》を思わせる筋肉が、がっしりとした骨を包んでいる。ニックスは体をかがめ、ミツバチが蜜の塊を見つけ出す時のように父のひげに覆われた頬を正確に探し当て、キスをした。

「また今度、会いにくるから」父に約束したニックスは、さっきグランブルバックに伝えた同じ誓いを思い出した。どちらの約束も必ず守るつもりだ。

「しっかり勉強するんだぞ」父が言った。「あと、大地の母はいつもおまえを見守っている。そのことを忘れるな」

自分と大地の母に対する父の不変の信念を思い、ニックスは扉に向かいながら笑みを浮かべた。その気持ちが見当違いではないことを祈る――自分への思いも、大地の母への思いも。

3

　ニックスは学校から自宅まで下った道を時間に追われながら引き返した。ただし、帰り道には予備の杖がある。何年も前に使っていた古い杖だ。長く使用していたので傷やへこみがある。それに教室に置き忘れてきた新しい杖よりも少し短い。それでも、手に握ると昔からの友達のようにしっくりとなじむ。ニックスは進行方向に杖を動かしながら歩いた。道はよく知っているが、杖の安心感と重さが足取りを安定させてくれる。

　ニックスは歩を速めた。遅刻するのはまずい。午前中のごたごたの後だからなおさらだ。学校の門を通り抜け、七階まで外階段を一気に駆け上がる。七階に達する頃には息が切れてしまっていたが、二度目の招集の鐘が鳴る前に着くことができた。

　ニックスはほっと一息ついてから、忌まわしい天文学教室とは逆の左手に急いだ。置いたままにしてある杖は誰も見ていない時に取り戻せばいい。毎日、午前中の授業は世界の物事について学ぶことになっている――数学の謎、生き物の解剖、釣り合いと測定の応用。午後の授業は歴史の研究、宗教の規則、古代の文学に割かれている。

　ニックスは午前中の授業の方が好きだった。午後の授業になると読む量が多くなるからだ。指先はかなり器用な方だが、神聖な書物に記されたインクから文字を読み取れるほどの感覚は備わっていない。そんな彼女の学習を助けるため、ジェイスという世話係が割り当てられていた。彼は五年生から上に進級できなかったが、家に送り返される代わりに写字室での仕事が与えられて学校に残ることになった。文章を写し取ることが主な作業だが、ニックスの目としての役割を果たすことも彼の仕事に含まれている。昼間は彼女が理解するべき内容を小声で伝え、夜には寄宿舎の彼女の部屋でその続きをすることもある。

ニックスはジェイスがいつも待っている場所に急いだ。親切で辛抱強いジェイスのおかげで、ニックスの日々の生活はいくらかつらさが和らいだ。また、彼が自分に対して抱いている思いには指導役としてのもの以上の何かがあるような気もしていた。ジェイスはニックスよりも四歳年上だが、同じ七年生の生徒たちと比べてもかなり子供っぽく見える。丸い童顔に少しでも威厳を持たせようと、ジェイスは顎ひげを蓄えている。椅子に座っていることの多い仕事のためおなかに肉が付いているし、ニックスに遅れまいとして急ぐと呼吸が苦しそうになる。けれども、彼はほかの誰よりも彼女を笑わせてくれた。午後の勉強をどうにか耐えられるのはジェイスがいてくれるおかげだった。

ニックスは写字室の外のアーチ状の通路に向かった。角を曲がると彼の息づかいが聞こえた。いつもよりも激しくてつらそうな音は、まるでここまでずっと走ってきたかのようだ。服に付着した石灰のにおいは、彼が午前中に仕事で必要な新しい羊皮紙の準備をしていたからだろう。

「ジェイス、遅くなってごめんなさい。急いで――」

その時、新しいにおいが鼻を突いた。鉄を豊富に含んだきついにおい。ジェイスが息を吐くのに合わせて漂ってくる。〈血だ〉驚いたニックスは床の上の何かにつまずいた。杖を持っていてもその存在に気がつかなかった。転んだニックスはそれが友人の脚だとわかった。どうしてジェイスはこんなところで座っているのだろうか？　ニックスは手のひらでジェイスの体に触れた。

「ジェイス、どうしたの？」

指先が彼の顔に触れるとうめき声があがった。熱い鼻血が出ていて、鼻は腫《は》れてねじ曲がっている。ジェイスがびくっと反応し、ニックスの手を顔から引き離した。

「ニックス……あいつら、君のことを痛めつけようとしている」

「誰が――？」

けれども、ニックスにはその答えの予想がついた。まわりから石をこする靴音が近づいてくる。背後から大きなせせら笑いが聞こえた。

「逃げろ」ジェイスが促し、彼女の体を押して立たせた。

ニックスはその場にしゃがんだ姿勢のままでいた。恐怖で体が思うように動かない。

「あの女を逃がすな！」キンジャルが叫んだ。

その言葉でニックスは我に返った。逃げる方法を探す。すべての感覚を拡大させ、息づかいやささやき声や足音の一つ一つで周囲の世界の隙間を埋めていく。右側の複数の影の動きから距離を置き、後方から迫る汗と呼気の塊から離れる。ニックスは敵から逃げる一方で、学校からの助けを求めた。近くにいるかもしれないシスターやブラザーを探した。

心臓の鼓動が大きくなる中で、聴力が研ぎ澄まされていく。耳をそばだてると、次の角を曲がった先からシスター・リードの声が聞こえてきた。

「……わきまえてもらわないと。彼女は鞭で打たれた方がよかったと思うはず」

別の声が反応した。甲高くて耳障りな声。午後の授業を担当するブラック聖修道士だ。

「それで修道院長は？」

「授業中ではない時に起きたこと、それも仲の悪い生徒の間での出来事で私の責任が問われることはありません。私の言い分――」

建物内に二度目の招集の鐘が鳴り響き、そこから先の言葉をかき消した。

息をのんだニックスは心臓のドキドキが治まらず、あまりの恐怖に失神しそうになった。体から魂が抜けていくように感じられた。その時、不思議な新しい感覚が彼女を支配した。鐘の響きが影を切り裂き、遠くに追いやり、それに代わって周囲の壁や階段や通路がより鮮明に浮かび上がってきた。迫りくる人影もはっきりと見分けられるようになった。

近づいてきた一つの影から身をよじって逃れる。袖をつかまれたが、その指を振り払う。

後ろから罵《ののし》り声が聞こえた。

バードだ。

ニックスは鐘の音によって明かされた道筋をたどり、この新しく手にした感覚を頼りに逃げようとした。それでもなお、追っ手から逃れながら、杖を使ってこの新しい感覚が正しいのかを確かめる。生徒たちとの距離が瞬く間に広がるが、相手は追跡をあきらめようとしない。後方から嵐の雲のように追ってくる。

ニックスは八階に通じる階段までたどり着いた。七年生なので一つ上の階の様子はあまりよく知らない。それでも杖を使いながら素早く階段を上っていく。そのうちにどういうわけか意識が二つに分かれた。息が苦しいし心臓のドキドキも続いているが、まるで自分の一部が宙に浮かんでいて、自分のことを上から見下ろしているような感じだ。けれども、この不思議な経験に浸っている余裕はない。

階段を上り切ったニックスは八階の通路を走った。鐘の音が小さくなるにつれて、周囲の世界が元のように閉ざされていく。意識が体の中に戻った。

「あそこにいる！」後ろでキンジャルが叫んだ。

ニックスは石の床を叩きながら近づく靴音に怯えて逃げた。八年生の生徒はすでに教室内に入っているので、あたりには誰もいない。焦ったニックスはもっと速く走ろうとした。肩が通路の曲がり角にぶつかり、体が一回転する。それでもなお、恐怖が倒れそうになる体を支え、前に押し続ける。

でも、どこへ行けばいいのか？

周囲の世界をとらえる新しい感覚は短時間で失われてしまったため、ニックスはよく知っている唯一の通路を進むしかなかった。生徒の誰もが遅かれ早かれこの階に忍び込み、秘密の探検を行なう。その旅路の終わりにあるのは、彼らの希望がついえて消えるか、あるいはさらなる高みに上る場所。

ニックスも例外ではなかった。毎年のように何度か八階に上り、その場所を訪れたことがあった。彼女はそのゴールに向かって急いだ。記憶している道筋はそれしかない。

追っ手が迫りくる。不気味な笑い声と脅しの言葉が追いかけてくる。

ニックスはようやく別の階段の下までたどり着いた。ここまで上ってきた階段と比べてより傾斜が急なわけでも、より長さがあるわけでもない。だが、ニックスはその手前で立ち止まった。階段の先は最上階の九階に通じている。「昇天」に値すると見なされた者だけが、この階段を足で踏みしめることができる。それ以外の人たちには立ち入りが禁じられている場所だ。その先にある謎を知ることができるのは、選ばれし少数の者たちだけ。無断で立ち入ればただちに放校処分となる。

ニックスは階段の下で震えた。彼女は生まれてから七年間をブレイクの町で、それに続く七年間をこの修道院学校で過ごしてきた。その瞬間、彼女の人生はまばゆい未来と屈辱的な凋落《ちょうらく》との間で揺れていた。自らの運命を知る術《すべ》はなかったものの、これまではいつも最高の結果を目指してきたし、そうなることを願っていた。

でも、今は……

後方からほかの生徒たちが迫りくる。バードがニックスのためらいに気づいた。ゲラゲラと笑い声が聞こえるが、その声に明るさはない。あるのは脅しだけだ。それに続く言葉がその予想を裏付けた。「あいつ、身動きが取れなくなったぞ。見てろよ。あいつの杖を奪って、尻をたっぷりと殴ってやる。二週間は座れなくなるくらいに、痛めつけてやる」

再びの笑い声とともに、ほかの仲間たちが逃げ道をふさぐ。

手に持っていた杖がいきなりむしり取られた。ニックスは取り返そうとしたが、体を押された。

別の声がもっといたぶってやれとバードをけしかけた。たぶん、ライマルだろう。「杖で両手をひっぱたけよ。思いっ切り。骨を砕いてやるといい。あいつは太陽系儀を壊したんだぜ。それがぴったりじゃないか」

ニックスは拳を握り締めた。心臓が口から飛び出しそうだ。これまでの人生において、つまずいてひどい転び方をしたせいで骨折したことが一度か二度あった。痛いのが怖いわけではない。だが、両手は雲に包まれた両目に代わって世界を見るための大切な役目を果たす。手のひらは杖から伝わるどんなに小さな振動でも感じ取る。指先は目ではわからない細かい情報を察知する。今この瞬間に浴びせられた脅しは、単に骨が折れることだけではなく、まわりの世界を今よりももっと見えなくしてしまうことも意味する。

　だが、それよりさらに恐ろしい運命もあった。

　キンジャルが兄に伝えた。「どうせならあの女をめちゃめちゃにしてやりなよ」妹がほくそ笑むような声で言った。「二度とこの学校に近寄ることすらできないようにするのさ」

　その提案に対してさらなる笑いが起きたが、その声からは動揺を感じ取ることもできた。誰もがこの新たな脅しの真意を理解している。女子生徒が昇天するためには処女でなければならない。汚れのない純潔なままでなければならない。どういうわけか、男子生徒には同じことが当てはまらないらしかった。もちろん、寄宿舎内で恋の炎がまったく燃えないわけではなく、最後の一線を越えない範囲での熱い話はいくらでもある。ただし、その先に足を踏み入れた生徒は追放処分を受ける――学校からだけでなく、ブレイクの町からも追放される。それほどまでに不名誉な行為と見なされているのだ。

「殴るだけで十分だと思うけどな」バードが答えた。声の震えを抑えようとしているのがわかる。「そうすれば沼で生まれた女も大人しくなるだろう」

　妹が小馬鹿にしたように鼻で笑った。「もっと痛めつけてやらないと。あの女はここにふさわしくない。みんなもわかっているはず。兄さんは臆病なだけ」

　ニックスはキンジャルの声から悪意を感じ取った。首長の娘はこれまでずっと、勉強についてこられずにいた。父親が大量のエイリー銀貨やマーチ金貨の賄賂《わいろ》を使って娘を進級させてきたとの噂もある。もちろん、本人の目の前でそんな話をする生徒などいない。そしてどういうわけか、彼女はいつもニックスのことが癪《しゃく》に障るらしかった。たぶん、ニックスの方がいい成績を残しているからだろう。

妹から臆病者呼ばわりされたバードが語気を強めた。怒りと屈辱の入り混じった指示を出す。「アンセルとマークル、あいつを押さえつけろ。ラックウィドル、おまえも手伝え」

告げ口をする仲間が出ないようにするため、バードはできるだけ多くの生徒を関わらせようとしているのだ。そうしておけば、彼女の規則違反の相手は町の住民の誰かだという結論に落ち着くことだろう。

ニックスは後ずさりした。かかとがいちばん下の段に当たる。それと同時に体の奥底から怒りが湧き上がり、恐怖を追いやった。冷たい何かが体から熱を奪っていく。

〈どうせ追放されるなら自らの意志でそうなってやる〉

ニックスは後ろ向きのまま片脚を持ち上げ、一段目に足を置いた。この小さな動きでも、まわりから驚きの声が漏れる。ニックスはその反応を無視して、もう一段、さらにもう一段と階段を上った。バードやキンジャルなんかに自分を台なしにされるのはごめんだ。

バードもそのことに気づいたのか、怒りのうめき声をあげた。

ニックスは相手の怒りから逃げなかった。自分の帆をふくらませて階段を押し上げるための風として、その怒りを利用する。一段上るごとに、背中に伝わる二つのかがり火の熱が強まる。煙を含む神聖な香が階下の脅威を追い払っていく。

バードが毒づいた。「そんな簡単に逃げられると思うなよ」

相手の姿が見えないニックスだったが、階段を駆け上がる音は聞こえた。無茶な行動に驚き、その場で足が凍りつく。

キンジャルが兄に呼びかけた。あわてた様子の声なのは、兄を強くけしかけすぎたことに気づいたのだろう。「バード、だめ！　やめて！」

バードが立ち止まり、うめくような声で双子の妹を安心させようとした。「心配するな。いざとなったらパパが何とでもしてくれる」

その言葉のやり取りが身動きできなくなっていたニックスを解放した。ニックスは声に背を向けて階段を駆け上がり、身の破滅に向かって走った。


学校の最上階に到達したニックスは、すでに頭が混乱していたこともあって足もとがおぼつかない状態だった。噂や人づてに聞いた話だけが頼りなので、どこに向かえばいいのかわからない。

ジェイスによると、九階の様子はほかの階とはまったく違っているという。何本もの塔が円形に配置されていて、その中で様々な段階の学習が行なわれている。西側の半分――学校の地下の基礎部分から採掘された濃い色の火山岩でできた塔――は錬金術の授業に使用される。その向かい側に弧を描くように並ぶまばゆいばかりの白い小塔は、ここから見て東に位置するランドフォールの断崖から切り出された石灰岩を使用している。その白い塔の内部では神の教えや古代の歴史の謎が九年生に明かされる。

そうした知識が永遠に禁じられてしまったことを悟ったニックスは、両側を無視して最上階の中央に位置する二つの明るい光の塊に向かって逃げた。二つのかがり火は天空の父の目のような輝きを発している。双子の炎は何百年にもわたって階下の生徒たちを見守りながら、もっと近づいてその中に秘められた驚異と恐怖をのぞき込むように誘っていた。

炎の上では刺激臭のある錬金物質の煙と神聖な香の煙が空に向かって影の渦を巻いていた。近づいたニックスをにおいが包み込み、周囲のほかの情報をすべて覆い隠してしまった。燃え盛る火の音のほかには何も聞こえない。炎のせいで一面が光に変わり、識別の手がかりとなる影もかき消された。

それはまるで世界が消滅し、自分がきついにおいの煙とうなる炎から成る明るさの中に浮かんでいるかのようだった。〈どうにでもなれ〉これ以上は先に進めないことを悟ると、ニックスは二つの炎の間で立ち止まり、決死の逃走を終わらせた。

かがり火に背を向ける。あとは立ち向かうしかない。

少し離れたところから、炎の轟音《ごうおん》を縫って激しい息づかいが聞こえた。

〈バードだ〉

「おまえの髪の毛をつかんででも引きずり戻してやる」バードが脅した。

その脅迫を強調するかのように、バードがニックスの杖を石の床に叩きつけた。その衝撃で木が砕けた。骨が真っ二つに折れたかのような音だ。ニックスはあたかも古い友人がばらばらにされたかのような気がした。

絶望と怒りのあまり、ニックスは炎の中に身を投げてバードの企みを阻止しようかとも考えた。けれども、彼女はヌマウシを手なずける父に育てられた。くじけることを知らない兄たちと一緒に暮らしてきた。ニックスは両手を前に突き出し、すべてが終わる前にできる限りの抵抗をしてやると覚悟を決めた。

身構えたニックスの心に、父の最後の言葉がよみがえった。〈大地の母はいつもおまえを見守っている。そのことを忘れるな〉ニックスはそれが本当でありますようにと願った。今こそその力が必要だと思った。けれども、あまり期待はかけていなかった。それでもなお、彼女は残された力を振り絞って祈りを捧げた。

そして、祈りは通じた。

ただし、大地の母がこたえてくれたわけではなかった。

バードが突進してきた時、ニックスの両腕と首筋の産毛が震えた。次の瞬間、それが聞こえた。空を引き裂く甲高い声。その声が彼女にぶつかり、体を通り抜け、骨と歯を揺さぶる。それに続いて体が松明《たいまつ》となって燃え上がった。皮膚が焼け、目玉がゆで上がる。ニックスは頭上の大きな翼が巻き起こす風にあおられたかがり火の炎が、自分に燃え移ったのだと思った。

ニックスは苦痛をこらえて体をかがめた。

前方から叫び声が――けだものではなく、少年の叫び声が聞こえた。

その悲鳴が不意に途切れる。

いきなり体がぶつかってきたので、ニックスは二つのかがり火の間に仰向《あおむ》けにひっくり返った。体の中で燃えていた炎がたちまち消えた。覆いかぶさってきた体でかき消されたかのようだ。それがバードの体だとわかり、ニックスはその下から逃れようとした。もがいているうちに、首と胸に大量の熱い血がかかった。手を伸ばして血を止めようとする――だが、指先が触れたのは切り裂かれた皮膚と首の切断面だった。ニックスは息をのみ、怯えて体をばたつかせた。バードの頭がなくなっていた。体から引きちぎられていた。

嗚咽とともに涙があふれる。

〈やめて……〉

ニックスは重い体の下から逃れようとなおももがいた――その時、バードの体が持ち上がったかと思うと、錬金術の炎の中に投げ込まれた。仰向けの姿勢のまま、ニックスは肘と足を使って二つの炎の間のさらに奥へと逃れた。左側の炎の中では肉と血が音を立てて燃え、煙を上げている。

〈やめて……〉

二つの輝きの間に見える暗い影が大きくなる。左足をつかまれ、石の床に押さえつけられてしまった。影が体を覆う。骨ばった拳のようなものが腹部に、もう一つが右肩に食い込む。ニックスは以前、暴走した体重百ストーンの若いメスのヌマウシに踏まれたことがあった。けれども、今のしかかっている相手はそれよりもはるかに重いし、はっきりとした意図が感じられる。

〈やめて……〉

影が完全に覆い尽くし、ニックスを翼と体の暗がりに包み込む。熱い吐息が彼女の顔にかかる。肉と鉄のにおいがする。湿った鼻先が頭頂部から首筋に沿って移動し、そこで動きを止める。

〈やめて……〉

剛毛の生えた唇が開くのを感じる――そして冷たい牙の先端が喉のやわらかい肉に食い込む。

〈やめて……〉

牙が深く突き刺さり、激しい痛みが走る。それに続いて、冷たいしびれ。鼻先を押しつけられているので息が詰まる。呼吸ができない。氷のような冷たさが外側に広がり、血を伝って体に送り込まれる。

その時、炎の轟音の間から叫び声が聞こえた。

ようやく九階が襲撃に気づいたのだ。

体の上に乗る存在が反応し、ニックスをさらに押しつぶした後、ほんの少しの間だけ体を持ち上げたが、そこでようやく離してくれた。ニックスは背中から石の床に落下した。仰向けの姿勢のまま、翼の力強いはばたきを、風にあおられた炎からの熱を感じ取る。煙が渦を巻き、甘い香と燃える人肉のにおいが広がった。

石の上に横たわるニックスはまたしても、ほんの一瞬、自分が空を見上げていると同時に上から自分の体を見下ろしているという不思議な感覚を経験した。

そしてそれはすぐに消えた。

倒れたままの体に冷たさが広がり続ける。そのせいで手足が麻痺《まひ》し、動かせなくなり、呼吸もままならなくなった。毒を持つ鉤爪のような氷が心臓に食い込み、締め付けているかのように感じられる。瞬く間に周囲が暗くなり、いつもの見えない世界よりも濃い闇に包まれる。あたかも湖の深みに潜っているかのように、すべての音がかき消されて静まり返る。

聞こえるのは心臓の音だけになった。

心臓が脈打つたびに、鼓動がゆっくりになっていく。

〈やめて……〉

ニックスは何とか踏みとどまろうとした。もう一度、脈打つように念を送る。そうしているうちに、新しい音が暗い深みから湧き上がってきた。その音で集中力が乱される。悲鳴とわめき声が頭の中に広がる――何百もの、何千もの、それ以上の。体の下の大地が震動し、激しく持ち上がる。雷鳴のような轟音とともにそのすべてが終わり、抜け殻となった自分が残された。そこにあるのは恐ろしいまでの静けさだけ。これまで経験した何よりもはるかに空っぽな状態。

できることならば、ニックスは涙を流していただろう。

その時ようやく、ニックスは真実を理解した。

その空っぽの静寂の中で。

彼女の心臓は止まっていた。

記録のためのスケッチ
ミーアコウモリ
（フィストに生息）

第二部
さまよう彫像

ハンマーを打ち下ろし
金床を叩け。
硫黄を削り
鉱脈を掘り尽くせ。
それでやっと頑《かたく》なな心も崩れる。
崩れて作り直せるようになる。

──古い鉱夫の賛歌

4

膀胱《ぼうこう》が破裂しそうでなかったら、レイフは死んでいただろう。

予兆はトンネルの白亜の床から噴き上げた砂ぼこりだけだった。この変わった現象は近くの壁に向けて放っている尿の勢いと量が原因だと、冗談の一つでも言いたいところだった。だが、そんなことを考えている場合ではなかった。恐怖で小便も止まり、レイフはその場に両膝を突いた。用を足すところを見られないようその陰に隠れた大きな岩に手を添える。手のひらの下で岩の表面が震動していた。

レイフは腰の革製のベルトに吊るしたランタンに目を向けた。ガラスの中の炎がゆらゆらと大きく揺れている。

心臓がきゅっと縮まるような気がした。

トンネルの奥ではほかの囚人たちのわめき声や悲鳴がこだましていて、逃げようとしているのか鎖の鳴る音も聞こえる。だが、もう手遅れだった。岩から発するうめき声が不気味なまでに激しくなる――雷鳴を思わせる音が続いた。大地が激しく揺れ、レイフの体が宙に浮いた。すぐ横にあった岩が持ち上がり、天井に当たって跳ね返り、落下した時には床に無数の亀裂が走っていた。

レイフは背中から床に叩きつけられ、トンネルの崩壊が続く中を仰向けのまま、あわてて後ずさりした。ランタンは膝下までの丈があるズボンの上に載っていて、ありがたいことに割れていない。目の前で巨大な石板が天井から剝がれて床に落下し、粉々に砕けて大量の塵《ちり》をまき上げた。天井、壁、床一面に亀裂が走り、レイフを追って迫る。

砂と白亜を大量に含む黒い煙にのみ込まれた。

レイフは咳《せき》をして吸い込みかけた粉塵《ふんじん》を吐き出した。急いで立ち上がり、走って逃げる。太腿の横でちらちらと揺れる炎は仲間とはぐれて木陰をさまよう一匹のホタルのようだ。その光には粉塵を通して周囲を照らすだけの明るさはない。それでも、レイフは両腕を大きく広げて走り続けた。一歩前に進むたびに足首の鎖がジャラジャラと鳴り、レイフの恐怖を甲高い音で代弁している。

逃げようと焦る中で、腰が突き出た岩にぶつかった。その衝撃で体が一回転し、腰から下げていたランタンのガラスが割れた。破片がズボンの厚い布地を貫通し、脚に切り傷を作る。レイフは顔をしかめ、ランタンの炎が消えないように注意しながら速度を落とした。消えた火を再びつけるための火打石は監視役しか持っていない。

〈火が消えることだけは避けないと〉

レイフは暗闇の罰を受けたほかの囚人たちを目の当たりにしたことがあった。あの気の毒な連中はランタンなしで坑道内に入れられ、何日間も漆黒の闇の中に閉じ込められた。許されて出てきた時には変わり果てた姿で、半狂乱になっていた。それこそがレイフにとっての最大の恐怖だった。終わりのない永遠の暗闇。それも当然だ。レイフは生まれてから三十年間というもの、クラウンの東端に位置するガルドガル領で暮らしてきた。そこは太陽が照りつける灼熱の世界に接していて、夜が訪れることは決してなく、砂に覆われた荒れ果てた土地が広がる。恐ろしい生き物が生息するとともに、貧しさと暴力の中で生きる野蛮な部族も暮らしている。これまでの生涯をガルドガルの太陽の下で過ごしてきたレイフにとって、夜は噂話の中の存在にすぎず、暗闇は恐怖の対象だった。

足を引きずりながら粉塵がいくらかましなところまで逃れたところで、レイフはようやく立ち止まった。ランタンを腰から外し、手に持って高く掲げる。強く揺らすと油をしみ込ませた芯から火が消えてしまうかもしれないので、慎重に動かす。

「頼むから、そのまま燃えていてくれよ」レイフは今にも消えそうな青白い炎に語りかけた。

粉塵が晴れていく中で、レイフは後方の岩の動きが落ち着いていく音に耳を傾けた。心臓の鼓動も落ち着いていく。レイフは通路を確認した。トンネルを完全にふさいだ落盤は百歩ほど離れたところで止まっていた。その後も数個の岩が天井から落下する。木製の支柱が砕ける大きな音で、レイフはあわてて飛びのいた。

ともかく、最悪の危機は脱したようだ。

〈だが、これからどうすれば？〉

自分のくしゃみの音にびくっとしてから、レイフは周囲を見回した。坑道のこのあたりについては詳しく知らない。とはいえ、話を耳にしたことがないわけでもない。今朝は鉱山の刑務所内で干し草を敷いた上に寝ていたところを叩き起こされ、ほかの十数人の囚人たちとともに足で蹴られたり棍棒《こんぼう》で脅されたりしながら、白亜鉱山のこんな奥深くまで連れてこられた。そこで麻のロープにつながれた空の鉱石運搬車に乗り込み、坑道口の外のどこかに設置されている役牛が引く巻き上げ機で地下深くに下ろされた。鉱山のこの一帯にはかなり以前から人が立ち入っていないらしい。何百年も前に掘り尽くしてしまったという話もあるが、多くの人たちはそこが呪われた場所で、幽霊や悪霊が住み着いていると信じている。

レイフはそんな噂話を真に受けなかった。岩盤の裂け目にパンのかけらをこっそり入れる鉱夫がいることは知っている。監視役の中にも硬貨で同じことをする人がいて、ほとんどはピンチ銅貨だが、エイリー銀貨が使われるのを見たことも一度だけある。すべてはそうした霊のご機嫌を取るためだ。

だが、レイフは違う。

彼はアンヴィルの町の裏通りで、自分の手で触れることのできるもの、あるいは自分の目で見ることのできるもの以外は信用しないことを学んだ。神の存在とか、妖精や幽霊の話などは信じない。アンヴィルで暮らすなかで、ほかにいくらでも怖いものがあることを知った。その町で夜中に怪しい物音を立てるのは霊的な何かではなく、盗みを働こうとする人間の存在を示すものだった。

もっとも、どちらかと言うとレイフ自身が怪しい物音を立てる側だったのだが。

アンヴィルはガルドガルの主要港だ。海沿いの町で、さびれ果てた便所の穴というものが存在するなら、アンヴィルがまさにそうだった。人殺しをはじめとしてあらゆる種類の悪者が集まる場所。不正と害悪と腐敗がはびこるその町は、まるで生き物のようにくさい汗をかき、糞《くそ》を垂れ流す。季節が変わっても、嵐が訪れても、好天に恵まれても、決して変わることがない。港にはいつも百隻もの船の帆が連なり、埠頭《ふとう》では喧嘩《けんか》が絶えない。

「アンヴィルに住民はおらず、生き残りがいるだけだ」そんな言葉がある。

レイフはため息を漏らした。

〈懐かしいな……〉

再びあの町を見ることができるとは期待していない。自らが所属する組織「ギルド」に裏切られたレイフは、残りの人生を鉱山での労働に従事するとの罰を受けて、百リーグ南の地下に送り込まれた。彼の罪状は同じ盗賊仲間の怒りを買ったことで、しかもその相手はギルドマスターと呼ばれる組織のトップ、ライラ・ハイ・マーチだったのだ。女主人のかつての愛人だったアンヴィルの治安隊長の持ち物をくすねようとしただけなのに、割の合わない罰を受けたものだと思う。獲物としてはかなり魅力的だった。それにライラも恋にうつつをぬかすような女ではないし、そもそも治安隊長を一途に思っていたわけでもなかった。レイフ自身、何度となく彼女とベッドを共にしたことがあるのだ。

レイフは首を左右に振った。

今でも彼には理解できなかった。こんなにも厳しい罰を受けるからには、自分が知りうる以上の何らかの理由があったのだろう。

〈それが何かはともかく、そんなわけで俺はここにいる〉

ところで、ここはいったいどこなのか?

粉塵がもや程度まで落ち着くと、レイフはランタンを持っていない方の手をズボンにこっそり縫い付けた秘密のポケットに突っ込んだ。中から方位鏡を取り出す。別のグループの見張りを担当する監視役からくすねた品物だ。そこの囚人たちの誰かの仕業だと疑われ、犯人が名乗り出るまで一人ずつ、指を一本ずつ切り落とされていたところ、拷問をやめさせるために自分がやったと白状する囚人が現れた。その男は盗んだはいいが怖《お》じ気づき、便所の中に捨てたと主張した。誰一人として汚物の中を捜索しようとはしなかった。

レイフは方位鏡をランタンの揺れる炎に近づけた。磁鉄鉱のかけらが左右に振れている。一点を指して止まることがない。〈変だな〉レイフはいつの日か脱走できるとの漠然とした期待からそれを盗んだ。実際のところは、方位鏡を失敬する格好の機会を前にして我慢ができなくなったという理由の方が大きかった。二年近くもこの地下に閉じ込められている今も、自由の身になりたいとの思いは常に彼の心にある。方位鏡はその役に立つはずだ。監視役の目を盗み、鉱山の人気のない一角を伝って逃げる機会ができた場合には、この道具が正しい方角を指し示してくれる。

〈今がその時だ〉

レイフはその場で体をぐるっと一回転させた。ここはちょうどトンネルが交差している地点だ。どの方向がいちばんいいのか、当たりをつけようとする。ただし、自由を夢見ている一方で、命を無駄にするつもりはない。生きていられるならば、再び鞭や棍棒で打たれることになっても一向にかまわない。死という逃げ道だけは避けたかった。

レイフは一本のトンネルを選んだ。その方角を向くと磁鉄鉱の揺れが小さくなるという理由だけで。

「ひとまずはそれで十分だ」

それから数百歩ほど進んだ頃、レイフは完全に迷ってしまっていた。

円を描くようにぐるぐる回っているような気がするし、トンネルは緩やかな下り坂になっている。まるで自分の墓場に向かって進んでいるかのようだ。相変わらず方位鏡には混乱させられるばかりだった。今やガラスの中の磁鉄鉱は止まることなく回り続けていて、レイフと同じく戸惑っているかのように見える。

〈この場所は本当に呪われているのかもしれないな〉

レイフは焦りを覚えながら別のトンネルに入った。今にも心臓が口から飛び出しそうだ。ランタンの油はせいぜいあと半日くらいしか持たない。レイフは鉱山特有の音が聞こえないか耳を澄ました。命令を叫ぶ声、ハンマーを叩く音、鞭打たれた囚人の悲鳴。だが、聞こえるのは自分の荒い息づかいと、時折口から漏れる悪態だけだった。

天井が低いので前かがみになって歩かなければならない――そのことも不安をあおった。ほかのガルドガル人と同じように、レイフはがに股で、文字通りの意味でも比喩的な意味でも石頭だった。強烈な太陽の光に鍛えられたかのように、ガルドガル人は誰もががっしりとした体格をしているが、そのことは北のドードウッドの石の森から南の果てしない荒れ地まで海岸沿いに連なる無数の鉱山で働くには好都合だった。

天井に添えていたレイフの手のひらが白亜の裂け目に触れた。ここでは木の支柱が鉱物を多く含む空気に何百年にもわたってさらされたことで、はるか昔に固まって石化してしまっている。先に進むにつれてそんな亀裂の幅が広がり、数も増えてきていた。

レイフは首を曲げ、天井に沿って走る亀裂を見た。

注意がおろそかになったため、床に転がっていた石につまずいて転んでしまう。危うく方位鏡を壊すところだったが、もう片方の手でどうにか体を支えた。腰のベルトに留めたランタンが大きく動く。炎が消えてしまうかと思い、レイフは固唾《かたず》をのんだ。

炎は激しく揺れたものの、どうにか持ちこたえた。

レイフは床の上の石を調べた。角がかなりとがっていて天井の裂け目の真下にあることから、ついさっき剝がれて落ちたばかりなのだろう。

ぐるぐる回りながら墓場に向かって歩いているのではないかという予感の証拠がここにあった。

「何てこった」レイフはつぶやいた。「落盤が発生した地点の真下に戻ってきてしまったぞ」

レイフは首を左右に振りながら体を起こし、服の汚れを手で払った。方位鏡に視線を落とすと、磁鉄鉱の回転が止まっていて、トンネルの先を指し示している。レイフはため息をつき、それが何かを意味していることに期待をかけた。

「なるようになれ」

次第に狭くなる通路を歩いていくと、さらに百歩ほど進んだところでトンネルの床に大きな裂け目があり、その先は砕けた岩と砂から成る斜面になっていた。レイフは方位鏡を確認した。磁鉄鉱はまだ真っ直ぐ先を、がれととがった岩から成る危なっかしい急斜面のさらに下を指し示している。

レイフは腹立ち紛れに方位鏡を握り締めた。

「冗談じゃない、あんなところを下りる気はないぞ」

恐怖よりもいらだちを覚え、レイフはむっとしながら斜面に背を向けた。そのはずみに腰のランタンのかすかな炎がふっと消えた。たちまち周囲が漆黒の暗闇と化した。

〈おいおい、やめてくれ……〉

レイフは真っ暗な中で床に両膝を突き、続いて四つん這《ば》いになった。呼吸が荒くなり、体が震える。両目をきつく閉じてから再び開き、何かを見ようとする。自分に降りかかった運命を受け入れることができない。

「こんなのは嫌だ」レイフはつぶやいた。

その場で両膝を抱えて座り込む。

神の存在など信じていないレイフだったが、ありとあらゆる神様に祈りを捧げた。大地の母と天空の父に、銀の息子と闇の娘に、霧に覆われたモドロンと光り輝くベルに、空を支える巨人パイウィルとアースの地下深くに隠れるネシンに。その後も祈りの書に出てくるすべての神に対して、誰も忘れることなく祈りを捧げた。母の膝の上で教わったすべての祈りを、時には言葉に詰まりながらも口にした。

するとが誰かがその声を聞き届けてくれたかのように、前方にかすかな光が現れた。レイフは拳でこすりながら目を凝らした。最初は恐怖から生まれた目の錯覚だろうと思った。けれども、光が消えることはない。もしかすると、本物なのかもしれない。

レイフは再び四つん這いになって前に進んだ。床が崩れた手前までたどり着いた時、両手が岩にぶつかった。岩が斜面を転がり落ちていく。光――真珠のような光沢のある青白くて弱い輝きは、裂け目の底から発している。何があの光を放っているのかはわからない。重要なのは、あれが暗闇から逃れるための場所、真っ暗な嵐の中で光り輝く港だということだ。

レイフは足首の鎖を鳴らしながら両脚を崖の縁から投げ出し、歯を食いしばると、急斜面を下り始めた。斜面は不安定だし下るのは危険だ。

それでも……

〈この地獄のような闇以外なら何だろうとましだ〉

5

あちこちをぶつけて血だらけになりながらも、レイフは崩れた崖の最後の部分を滑り下りた。切り傷のできたかかとを食い込ませ、見上げるような高さのある黒い硫黄石の石板の手前で停止する。レイフの背丈の十倍はあろうかという石板には真新しい亀裂が入っていて、白亜の床から突き出ているその姿は恐ろしいフェルザメの背びれを思わせる。

輝きはその裏側から発していた。

レイフは恐怖をこらえつつ、汗に濡れて垂れ下がった鳶《とび》色の髪を払うと、頭を守るフェルト帽の下に押し込んだ。用心しながら体を起こし、しゃがんだ姿勢になる。尻の部分がほとんど破れてしまったズボンをどうにか腰まで引っ張り上げ、厚手のシャツの上に羽織った丈の短い革製のベストの前をしっかりと留めた。

この先に何が待っているのかはわからないが、何があってもいいように備える。

裂け目の底には白亜と油が燃えたかのような、きついにおいが充満していた。有毒な成分が含まれているといけないと思い、浅い呼吸を繰り返す。前日までは安全だったはずの深い立坑に下ろされた鉱夫たちが、濁った空気にやられて気を失ったり死んだりしたのを見たこともある。

何度か息を吸い込んだが、問題はなさそうだったので奥に進んだ。

硫黄石の石板を慎重に回り込み、首だけを突き出してその向こう側にあるものをのぞく。目に映るものを理解するまでに、何度かまばたきをしなければならなかった。その奥にある白亜の壁面は割れた鏡のようになっていて、亀裂は壁の下にある巨大な割れた銅の卵から放射状に延びていた。卵が割れたのはかなり前のことらしく、殻の端は黒ずんでぼろぼろになっている。

光は卵の内側から発していた。

レイフは目を凝らしたものの、距離があるのでそれ以上は詳しくわからなかった。

「近づいて確かめろ」レイフは自分に言い聞かせた。

「いや、やめておく方がよさそうだ」自分で自分に反論する。

下唇を噛んでから意を決すると、謎に向かって足を踏み出す。一歩近づくたびに、何かが焦げたようなきついにおいが強くなる。レイフは目の前の白亜の壁を唖然《あぜん》として見つめた。頭上の暗闇の先まで延びる亀裂を目で追う。不安がふくらんだ。

〈これがさっきの地震の原因なのか？〉

もしそうだとすると、ひょんなことですべてが上から崩れ落ちてくるかもしれない。レイフは歩を緩めたものの、立ち止まりはしなかった。好奇心が体を前に押す。真実を知りたいという気持ちには逆らえない。ほかの選択肢は真っ暗闇に戻ることしかない。

レイフは歩き続けた。

割れた卵の開口部に近づくと、銅の表面はきれいに磨かれていて継ぎ目がなく、殻の厚さは手のひらを二つ並べたくらいあることがわかった。卵の横に何かがあることに気づき、レイフは顔をしかめた。すぐ隣に横たわっているのは人骨で、岩で溺《おぼ》れてしまったかのごとく白亜に半ば埋もれている。骨の色は白でもくすんだ黄色でもなく、緑がかった鈍い青だ。その色は光の錯覚ではなく、長い年月の間に骨にしみ込んだ黄鉄鉱などの鉱物の作用のせいだろう。

レイフはここに閉じ込められた霊魂を目覚めさせないよう、死体をよけて通りながら、額、唇、胸の順に指先で触れて死者を敬った。何かが破裂したような卵の開口部までたどり着く。暗闇で何がこれほどまでの輝きを放っているのかを知りたい――いや、知る必要がある。

レイフは背中を丸め、ねじれたり黒く焦げたりした銅の隙間をくぐると、光の中に足を踏み入れた。目にしたものに思わず動きが止まる。

〈これはいったい……〉

卵の内側も同じ継ぎ目のない銅でできていて、それはあたかも地下の女神ネシンが溶けた金属を風船のようにふくらませて造ったかのようだった。内部の表面は複雑なクモの巣のようにつながったガラスの管や銅の部品が光り輝いている。管の中では黄金の液体が泡立っていた。だが、光の発生源は入口の向かい側にあり、すべての装置もどうやらそこにつながっているらしい。輝くガラスでできた窪《くぼ》みに、巣の中で光るブロンズのクモのごとく収められているのは彫像だった。

〈あれは何かの神様なのか、それとも悪魔なのか?〉

冷たい恐怖を覚えたにもかかわらず、レイフは目をそらすことができなかった。

それは女性のブロンズ像で、銅の殻と同じように継ぎ目がまったくない。顔は均整の取れた楕円形で、三つ編み風の滑らかな髪もブロンズ製だ。手足はすらっと長く伸び、両手を体の前で組んで秘部を隠している。それとなく存在をにおわせる乳房がほのかな美しさを添えていた。

これは腕の立つ職人による傑作だ。

だが、レイフの目を奪ったのはその表情だった。閉じた目は秘められた優美さをほのめかす一方で、唇の形とふくらみは深い悲しみを表していて、レイフは自分がすでに彼女を失望させてしまったかのように思えた。

「君は誰なんだ?」レイフは小声でつぶやいた。

その声に反応してまぶたが開き、その奥の——

後方から叫び声があがった。

レイフは首をすくめ、周囲を見回した。泥棒を生業《なりわい》としているので、見つかった時にはとっさに隠れることを考える。レイフはその本能に従い、急いで卵の外に出ると、すぐ左にある白亜の大きな塊がいくつも転がる陰に飛び込んだ。岩は不思議なまでに温かく、ずっと触れていると熱いくらいだ。それでも、レイフは狭い中に身を隠した。すぐ横に目を向けると、卵と接する白亜が焦げて黒くなっている。レイフは手を持ち上げ、その表面に近づけた。隠れた場所は卵の側面のすぐ近くで、手を伸ばせば丸みを帯びた銅の殻まで届く。手のひらをかざしたが、金属から熱はまったく感じられない。まずは指先から、続いて手のひらをくっつけたが、銅は熱を持っていないという同じ結論に達した。

〈不思議なことばかりだ〉

手のひらを通じてかすかな振動が伝わってくる。再び複数の叫び声がしたため、レイフは斜面の方に意識を戻した。いくつものランプの光や松明が崖の上のトンネルを照らしていた。命令を怒鳴る声も聞こえた。崩れた岩の斜面を光が下り始めた。レイフがそれを見守るうちに、手のひらに伝わる振動が弱まった。卵から漏れる光も消え、再び暗闇に包まれる。

隠れている場所から卵の内部を見ることはできなくなった。

レイフはガラスでできた窪みの中にあったブロンズ像を思い返した。自分の声に反応して確かにまぶたが開いたはずだ。そんな馬鹿げた考えに対して、レイフは小さく首を左右に振った。

〈ただの光のいたずらだ〉

間もなく捜索者たちが崖の下に下りてきた。ずっと暗がりの中にいたせいでランタンの明るい光や松明の赤く燃える炎がまぶしく感じられ、レイフは何度も目をしばたたかせた。姿勢を低くして、影の中にじっと身を隠す。だが、相手の注意は卵に向けられているようだった。逃亡した囚人を探しにきたのではないかと危惧《きぐ》していたのだが、どうやらそうではなかったらしい。作業を急いでいたために彼が立ち入った痕跡も見落としてしまったのだろう。

一行の先頭を歩いているのは鍛え上げた筋肉を持つ二人の監視役で、フード付きの青いマントを着ていて、ベルトには短い鞭が留めてある。二人はランタンを高々と掲げていた。その後ろをついてくるのは囚人の鉱夫たちの一団だ。そのうちの数人が松明を手にしていて、全員がつるはしとハンマーを背負っている。

だが、レイフが思わずあっと声をあげそうになったのは、グループの残る一人の姿を見た時だった。その男はほかの人たちを押しのけていちばん前にやってきた。一行の中の誰よりも背が高く、誰よりも痩《や》せている。長い銀髪を三つ編みにして、マフラーのように首に巻き付けていた。丈の長い灰色のローブをまとい、フードはかぶっていない。両目のまわりには帯状の黒いタトゥーがある。タトゥーは目隠しを模したもので、ほかの人には見えないものでも見る能力があることを意味していると言われる。胸の前で斜めに掛けているのは太い革製のサッシュで、鉄の鋲《びょう》が打ってあり、その表面に連なる正方形の袋にはそれぞれ記号が刻まれている。

レイフは岩の陰でさらに縮こまった。

鎖につながれた鉱夫たちの誰一人として、その男の方を見ようとしない。見られるわけがない。

そこにいるのはシュライブ――神聖なる高位の人間だ。

〈ありえない〉

レイフはひっそりと存在するこの一派のことを噂でしか聞いたことがなかった。彼らは人前に姿を見せることがほとんどない。シュライブたちの多くは何百年も生きているという話だが、この人物はレイフよりも十歳から二十歳ほど年上にしか見えない。

「ここで待つように」シュライブが命じ、光の消えた卵の中に入っていった。

二人の監視役が卵の割れ目の両側に立つ一方、鉱夫たちは落ち着かない様子で足を動かしていて、それに合わせて鎖が小さな音を立てた。

シュライブはランプも、ランタンも、松明も持たずに中に入った。それなのに、卵の内側から奇妙な光が現れた。小声の詠唱が聞こえてくる――次の瞬間、不気味な甲高い叫び声がとどろき、レイフの歯を痛いほど震わせた。外にいる誰もが顔をしかめ、あわてて耳をふさいだ。

銅の殻にずっと手のひらを当てていたレイフは、ほんの一瞬、金属が震えたのを感じた

――そして再び静かになった。

卵の内部から白煙が噴き出した。錬金物質のきついにおいがする。ほかの人たちが開口部から後ずさりする。その煙の中からシュライブが姿を現した。表情は平然としているが、額には汗が浮かんでいる。

シュライブが監視役の一人に近づいた。レイフはその人物がこの鉱山の主任だということに気づいた。「君のチームに影像を運ばせ、私と一緒に来るように」タトゥーの中の眼差しが険しくなる。「慎重に作業をしたまえ」

「ご指示の通りにいたします」主任が約束した。

前を通り過ぎる時、シュライブが主任に顔を近づけた。それに続く言葉は主任だけに伝えたものだったが、レイフが隠れている場所からも聞こえた。「作業がすんだら、このことを知る者がいないように」

シュライブの視線が鎖につながれた男たちの方に動く。

主任が頭を垂れ、腰の鞘《さや》に納めた湾刀の柄に手を添えた。「お任せください」

レイフは隠れ場所のさらに奥へと身を潜めた。何が何だかわからないが、断言できることが一つだけある。

〈ここにいるとまずい〉

ブロンズ製の女神像が殻の中から持ち出され、不安定な斜面を運ばれる頃、レイフはずっとしゃがんでいたせいで膝が痛くなっていた。影像をトンネルの裂け目の上まで運ぶためには、両側に三人ずつ、合わせて六人の囚人の力が必要だった。シュライブは囚人たちの隣を歩き、鞭を手にした鉱山主任がいちばん後ろからついていく。

もう一人の監視役は銅の卵とその秘密を守るため下に残った。レイフは小馬鹿にした笑いを浮かべた。マスキン監視役のことならよく知っている。レイフのポケットの中の方位鏡はこの男から失敬したものだ。こいつは盗みを働いた犯人を見つけるため、自分が担当する囚人たちの指を楽しそうに切断しては、傷口に熱い焼き印を押し当てていた。それを見かねて犯人だと名乗り出た囚人――もちろん、本当の犯人ではなかったのだが――は喉を切り裂かれた。

レイフはポケットの中にある方位鏡の存在を意識した。ほかの囚人たちが苦痛を味わった責任の一端は自分の窃盗行為にあるものの、拷問や死に対する罪悪感はない。小さな犯罪に対してあそこまで厳しい罰を下すことはやりすぎだった。〈ここのような場所であっても〉レイフはマスキンが方位鏡をどこかに置き忘れたか、あるいは落としてしまったと考えるはずだ、そんな風に予想していた。この男がうれしそうに苦痛を与えたり、自分よりも地位が下の者に焼き印を押し当てたりするとは思ってもいなかった。

引き続き隠れ場所から様子をうかがっていると、明かりが一つ、また一つと上のトンネルの奥に消えていった。周囲の世界が再び小さくなり、床に置かれたマスキンのランタンのまわりだけしか見えなくなる。監視役は卵の前を落ち着きなく歩いていた。一人残されたことが明らかに不満らしいが、周囲に迫ってきた影のことがそれ以上に嫌なようだ。不安そうにあたりを見回す動作や、砂が流れたり石が転がり落ちたりするたびにびくっと体を震わせる仕草から、レイフと同じように暗闇を恐れていることがわかる。

レイフは機をうかがった。

それほど長く待つ必要はなかった。

監視役の緊張が膀胱に作用した。その予兆は歩き回る様子にいっそう落ち着きがなくなり、何度か股間を押さえる姿からはっきりと見て取れた。ついにマスキンは口汚い言葉を吐いた後、卵の向こう側に向かった。ぶつぶつとつぶやきながらズボンを下ろし、用を足そうとしている。

レイフは水の跳ね返る音と安堵のうめき声が聞こえるまで待った。それから岩陰をそっと抜け出し、泥棒としての長年の経験で培った音もなく移動する能力を利用してマスキンの背後に忍び寄った。一度も鎖を鳴らすことなく相手の真後ろに立つ。

鞘に納めたマスキンの武器に目を向ける。

〈今だ、早くしろ〉レイフは自分にはっぱをかけた。

それでも、レイフは躊躇《ちゅうちょ》した。これまでに人を殺したことは一度もない。その一方で、ここから自由になるためにはそれしか方法がない。大きな声を出されたりすれば、ほかのやつらが戻ってくる危険もある。

レイフはごくりと唾を飲み込み、手を伸ばした。

その時、背後からガラガラという音が鳴り響いた。小規模の崖崩れが発生し、岩が斜面を滑り落ちている。マスキンがびくっとして体を反転させた。小便が周囲に飛び散る。すぐ後ろに立つレイフの姿に気づくと、さらに広範囲にまき散らされた。

監視役が鞭をつかむと同時に、レイフは相手の湾刀を抜き取った。二人が同時に武器を構える。マスキンの顔は怒りで真っ赤になっており、大きく胸をふくらませて今にも大声でわめきそうだ。レイフに待っている時間はなかった。俊敏な動きで相手に飛びかかる。まだ状況をのみ込めずにいるマスキンは攻撃を防ごうと試み、失敗した。レイフは湾刀を相手の喉に突き刺した。先端がマスキンの後頭部から突き出る。

これで終わりだ。レイフは後ろに飛びのいた。

マスキンが鞭を落とし、貫通した刀を手でかきむしる――そして膝から崩れ落ちた。喉の奥に流れ込む血の音がする。目を丸くしているのは、驚いていると同時に避けられない真実を悟ったためだろう。

レイフは恐怖で体を震わせながら後ずさりした。

「ゆ……許してくれよ」小声でつぶやく。

監視役には無残な最期がお似合いだが、レイフは自分が手を下したいとは思っていなかった。これまで数え切れないほどの死を目にしてきたが、自らの手で他人の命を奪ったのはこれが初めてだった。

レイフはさらにもう一歩、後ずさりした。

マスキンが息絶えるまでにはレイフが願っていたよりもはるかに長い時間がかかった。体が横倒しになってもなお、血が流れ続けて広がっていく。胸も上下に動いている。レイフがまばたき一つせずに見つめているうちに、苦しそうな最後の吐息とともにようやくすべての動きが止まった。

レイフは深呼吸を三回繰り返してから死体に近づいた。その横の床の上から、青みがかった色の頭蓋骨がうつろな眼窩《がんか》を向けている。レイフは指先で額、唇、胸の順に触れた。今度は悪霊を追い払うためというよりも、これからの作業に備えて気持ちを落ち着かせることが目的だった。

監視役の命を奪ったことにより、レイフの取るべき手段は決まった。

〈何としてでも逃げ切ること。さもないとマスキンよりも悲惨な運命が待っている〉

「さあ、始めるとするか」レイフはつぶやいた。

手際よくマスキンの持ち物を調べ、足首の鎖用の鍵を見つける。鉱夫たちは頻繁に持ち場が変わるため、鍵は基本的に同じものが使われている。そのことはわかっていたものの、レイフは鎖が外れると安堵のため息を漏らした。百ストーンは身軽になったような気分だ。

その勢いでマスキンの青い監視役用のマントを脱がせ、革製の水筒の中身で血をあらかた洗い流した。これくらいで十分だと判断すると、死んだ監視役の服に着替え、鎖の跡が残る足首を隠すために丈の短いブーツもはいた。

最後にマスキンの幅広のベルトを締め、鞭と湾刀を装着する。そして全体を確認してから、顔を見られにくくするためフードをすっぽりとかぶった。

床の上のランタンを取ろうとしたところで、あることを思い出した。

自分の服を脱ぎ捨てたところに戻り、ポケットから方位鏡を取り出す。かつて盗み出したポケットにそれを入れようとした時、磁鉄鉱のかけらが卵を指していないことに気づく。それとは正反対の、ブロンズの女性像が運び去られたトンネルの方角を向いている。

〈変だな〉

レイフも同じ方向を目指し、慎重に斜面をよじ登った。

トンネルまでたどり着くと、裸足の足跡と靴跡をたどる。後を追うのはたやすかった。その先はいずれ鉱山の中心部に通じるはずだ。そう思いながらも、レイフは急がなかった。前を歩く人たちに追いつこうとは思わない。居場所を特定できるところまで行き着いたら、別の道筋を使うつもりだ。その先は変装して顔を隠したまま、鉱山からの脱出と逃亡に最善を尽くす。

失敗は死を意味する――マスキンが経験したよりもはるかに苦しい最期が待っている。脱走を試みた囚人への罰は、レイフだけでなく全員が知っていた。チョークの村のこの鉱山に初めて連れてこられた時、入口の前に並ぶ死体を目にした。腐敗が進んで鳥についばまれた死体はどれも、尻の穴から口にかけて杭で串刺しにされていた。

そのことを思い出すと自然に足が速まった。もっとゆっくり歩けと自分に言い聞かせなければならなかった。監視役たち――鉱山のお偉方は絶対に急がない。今だけはあわてるわけにいかなかった。変装しているとはいえ、無事に脱出するためには人目につかないように、そして策を練りながら行動しなければならない。

トンネル内を歩きながら、レイフは自由な世界とそこに待つすべての楽しみを夢想した――だが、ブロンズの女神の穏やかな顔がそこに繰り返し割り込んできた。

「俺にはどうでもいいことだ」レイフは声に出してつぶやいた。

しかし、心の奥底ではそうは思っていなかった。

6

レイフが鞭の音を聞いてこんなにもうれしく思ったのは初めてだった。

それに続く苦痛の叫び声がトンネル内にこだまして、彼のもとまで届いた。レイフはその警告を受け止めた。それは鉱山の中心部に近づきつつあることを意味する。彼は盗んだマントを再確認し、フードをさらに目深《まぶか》にかぶった。

〈やっとだ……〉

ほかの人たちの足跡をたどり始めてから、少なくとも二鐘時《しょうじ》が経過していた。そろそろ一日の最後の食事の時間に違いない。たいていはウジ虫を思わせる白い粥とパンの耳で、たまにかたいチーズのかけら、あるいは牛の餌で余ったメロンの皮が付くくらいだ。

それなのに、食べ損ねることに対して空っぽの胃が不服そうに音を鳴らした。

「静かにしろ」レイフはささやいた。「あとでたっぷり食わせてやるから」

レイフは念には念を入れて、油を含んだランタンの芯を短く切り、炎を今にも消えそうなほどまで小さくした。周囲を影が包み込む。もはやぐずぐずしてはいられない。

本当に最後の食事に近い時間だとしたら、百人を超える人数がいる監視役たちは、そろそろ担当の囚人たちを各自の監房に連れていくことになる。その後は鉱山を見張る数人を残して、全員が地上に戻る。

レイフもそれに合わせてここを離れる計画だった。

足跡は人の多い鉱山の中心部を迂回《うかい》する道に続いていた。シュライブが人目につかないように行動しているのは明らかだった。銅の卵から持ち出した謎に注目を集めるわけにいかないことは言うまでもない。

今のところ、それはレイフにとっても好都合だった。

鉱山が発するうなり声のような音や何かをすりつぶすような音は大きくなる一方だった。すぐにあらゆる方角からハンマーの音が聞こえてきた。乱れたリズムで不協和音を奏で、その合間に怒鳴り声の命令や耳障りな笑い声が混じる。それに負けじと不快な響きを絶え間なく鳴らしているのは、鉄の線路の上を進む車輪がきしむ音と、白亜や石炭を積んだ鉱車を引き上げたり、空になった鉱車を再び下ろしたりしている無数の立坑からの甲高い口笛のような音だ。

レイフはずっと前にそうした音には慣れっこになっていて、自分の心臓の音が気にならないのと同じように、ほとんど耳に入ってこなくなっていた。しかし、今は違った。この陰鬱《いんうつ》な悲嘆と苦難の合唱の一音一音すべてに耳を傾け、発見された気配はないか、および居場所を特定できる手がかりがないか、聞き漏らすまいとする。

自分がどのあたりにいるのか、ほぼ確信できた。鼻につんと来るにおいは地上の精錬用の炎で燃える硫黄だ。このにおいが漂うのは主立坑の付近だけだ。

〈近くまで来ているに違いない〉

レイフは歯を食いしばった。マスキンの死体はいつ見つかってもおかしくない。発見された場合には、鉱山内に銅鑼《どら》の音が鳴り響き、すべての立坑は封鎖されるか、または厳重な監視下に置かれる。それに続いて気性の荒いザイラサウルスが坑道に放たれ、大きく広がった鼻孔で血のにおいをたどり、獲物を追い詰める。

〈その獲物は俺だ〉

レイフはマントの血が付着していたあたりを調べた。洗い流し切れなかった血痕《けっこん》もほとんど乾いていて、布地の青い色とほとんど見分けがつかない。けれども、ザイラサウルスの鋭い嗅覚《きゅうかく》をごまかすのは無理だ。これ以上は待っていられない。

〈やるなら今しかない〉

レイフは拳を握り締め、たどってきた通路から離れた。鉱山の中央に通じる次のトンネルに入る。角を曲がって盗んだマントのことを気にしながら歩いていると、こちらに向かってくる体格のいい監視役二人と鉢合わせになった。

レイフは驚いて後ずさりした――だが、相手の手が肩に伸び、傷だらけの拳でマントをしっかりとつかまれた。レイフは変装がばれたのだと覚悟した。それでも、うつむいたままでいた。

「おまえも一緒に来い」そう言うと、監視役はレイフを引きずりながら歩き始めた。

レイフは逆らうとまずいとは思いながらも言い訳を試みた。「ちょうど……囚人たちを送り届けて、地上に向かっているところなんだけど」

「それは後回しだ」もう一人が言った。「まだ仕事は終わっていない」

レイフをつかむ手が離れた。後についてこいということのようだ。レイフは指示に従ったが、数歩分の距離を置いた。数呼吸するうちに、ついさっき後にしたばかりの道に戻っていた。

〈どうやら俺はここを歩く運命にあるみたいだな〉

二人の監視役は不満そうに言葉を交わしていて、レイフと同じようにこの余計な仕事を面白く思っていないらしい。

「この騒ぎはいったい何事だろうな。おまえはどう思う、フラール？」

相手は大きく肩をすくめた。「あまり首を突っ込まない方がいいぞ、ベリル」

レイフは自分も今の忠告をもっと前に聞いておけばよかったと思った。

ベリルと呼ばれた方が顔を近づけた。「シュライブがここにいるという噂だぞ」

もう一人が顔をしかめた。「何度も同じことを言わせるな」

どうやらこの二人は兄弟のようだ。二人とも髪が黒くて、鼻筋が太く、唇が分厚い。目が細いのは砂と岩に反射して一日中ぎらつく太陽の光がまぶしいせいだろう。顔面に刻まれた傷跡だけが違っていた。

レイフの母は海を挟んだ向こう側の陸地の人間で、クラウドリーチの高地の森の生まれだった。母の記憶はおぼろげにしか残っていない。ほっそりとした女性で、燃えるような赤毛と透き通るような白い肌の持ち主だった。日に焼けた濃い色の肌と筋骨たくましい体格のここガルドガルの住民とはまったく違っていた。そのような血を引いているため、レイフはこのあたりの人たちと比べていくらか背が高く、体つきもすらっとしている。髪は赤みを帯びた鳶色で、顔つきもそれほど骨ばっていない。何よりも役に立ったのは、敏《びん》捷《しょう》さ、身軽さ、バランス感覚という母の才能を受け継いだことだった。若くして組織に迎え入れられた理由はそこにあった。〈油を塗ったウナギみたいに人の手をすり抜ける〉かつてライラはレイフの体型と技能を評価してそんな形容をしたことがあった。

「そろそろ口を閉じろ」フラールが相棒を小突いて前を指差し、注意を促した。

二人の大きな体に視界を遮られていたため、レイフには前がよく見えなかった。トンネルの先から声が聞こえてきた。聞き覚えのある小声はシュライブのものだ。調子を合わせてこびている鉱山主任の声もする。

レイフは心の中でうめき声をあげた。

〈よりによってこいつらの仕事をするのか〉

鉱山主任が呼びかけた。「そこの二人、こいつらを上にある特別な監房まで連れていってくれ。後で私も行くから、それまで待っているように」

鎖が鳴り響く金属音から、運命の決まった囚人たちも一緒だということがわかった。レイフはシュライブがささやいた言葉と、鉱山主任が湾刀に添えた手のひらを思い出した。大声で警告を伝えたかったが、それをしたところで何になるというのか?

〈俺も一緒に殺されるだけだ〉

フラールとベリルが不服そうな声で指示に従った。二人が急いで前に移動したため、鉱山主任とシュライブがレイフの存在に気づいた。レイフはうつむいたままでいた。シュライブのような高位の人物にお目にかかれるまれな機会の場合、そのような対応は不自然ではない。シュライブは錬金術と神学の両方で高位水晶の資格を手にしているのだ。

兄弟たちもシュライブに視線を向けることなく、足早に前を通り過ぎた。

鉱山主任がレイフの方を見て指示を出した。「あと、おまえは私を手伝ってくれ」

シュライブは前かがみの姿勢になり、ブロンズ像を見下ろしていた。彫像は荷車の上に寝かせてある。シュライブは両手をブロンズの女神に向けていた。手を触れるわけではなく、炎にかざして手のひらを温めているかのような仕草だ。

シュライブがようやく背筋を伸ばし、少しだけ顔をレイフの方に向けると、目のまわりの黒いタトゥーがあらわになった。「ついてこい」そう命じると、先頭に立って脇の通路に入っていく。「注意するのだぞ、キール主任」

キールが手を振ってレイフを呼び寄せた。「さっさとこっちに来い」

拒めば無用な注目を集めるだけなので、レイフはすぐに従った。荷車には前と後ろにそれぞれ持ち手が付いている。キールが後ろ側の持ち手をつかんだ。レイフは指示を待たずに荷車の前に回り込んだ。

レイフが荷車を引っ張り、キールが後ろから押しながら、二人はトンネル内を進み始めた。


シュライブの後を追ってしばらく歩いているうちに、レイフはいつの間にか振り返ってブロンズ製の彫像を見つめていた。傷も変色もまったくないその姿をまじまじと眺める。体の曲線や滑らかな質感に魅了される。ついついその顔に視線が向いてしまう。さっきは穏やかな表情を浮かべているように見えたが、改めてこの角度から眺めるとそうでもないように感じられる。眉間にはしわ一つないものの、今にも不安で表情が曇りそうな気がする。それにふっくらとした唇をややきつく結んでいるようにも思える。レイフは首を左右に傾けながら、彫像のまぶたに目を凝らした。地下深くでまぶたが開きかけたように見えたことを思い出したが、今ではきつく閉じていて、しっかりと溶接されたかのように隙間がまったく見られない。

レイフはさらに細かい点にも気づいた。より濃い色をしたブロンズ製の細いワイヤーで繊細なまつげを表現している。髪の毛も三つ編み風の模様が描かれているだけだと思ったのだが、よく見ると繊維状のブロンズを精巧により合わせてできていた。

レイフにはさっぱりわからなかった。

〈どうしてこんなにも手間がかかることを？〉

荷車が床のでっぱりにぶつかって揺れ、レイフは我に返った。

「気をつけろ！」キールが注意した。「万が一のことがあったらおまえの皮を剥いでやるからな」

レイフはぼそぼそと小声で謝ってから、前を歩くローブ姿のシュライブと通路に神経を集中させた。できるだけ平らなところを選んで荷車を引っ張る。レイフはまたしても鉱山の中で迷ってしまっていた。シュライブの先導で進むトンネルは迷路のようで、しかも幅が狭くなる一方だ。鉱山のこのあたりはレイフが存在すら知らなかった場所だった。

壁面は白亜から濃い色をしたガラス状の岩に変わっていた。つるはしやハンマーで削った跡は見られない。掘り抜かれたトンネルではなく、岩が溶けてできたかのようだ。

〈いったいここはどこだ？〉

レイフは用心しながらキールの方を振り返った。鉱山主任も混乱している様子で、視線が落ち着きなく左右に動いていることから、彼もここを訪れたのは初めてなのだろう。

シュライブの案内でようやくたどり着いたトンネルの突き当たりにはブロンズ製の扉があった。その表面には黒いダイヤモンドが埋め込まれ、頭に突起があって体を丸めたヘビが描かれている。この不気味な記号を知らない者はいない。ツノヘビは邪神スレイクの印だ。

レイフは分厚い扉を引き開けるシュライブに目を向け、顔をしかめた。シュライブたちは隠遁《いんとん》生活を送っているが、その中には秘密の一団が存在するとの噂がある。「イフレレン」と呼ばれるその一派は禁じられた技能や古代の魔術、極めて邪悪な性質の秘術を研究していて、それよりもさらに忌まわしい錬金術にも手を染めているという。イフレレンはスレイクを崇拝していて、研究の拠点にはツノヘビの印があるらしい。血の儀式、焼かれた生贄《いけにえ》、悪魔の召喚が行なわれているとの話もささやかれている。

レイフはその場から逃げ出したかった。だが、キールが怖い顔でにらんでいる。鉱山主任が何を考えているか、表情からすぐにわかる。

〈逃げたら殺すぞ〉

シュライブは開け放った入口をくぐり、二人にも中に入るよう手招きした。「彫像を中央に持ってきたまえ」

レイフは動きたくなかったが、キールの押す荷車が体にぶつかった。ほかにどうすることもできず、レイフはブロンズ像とともに入口を通り抜けた。その先にあった部屋は円形で、天井も丸みを帯びている。ガラスの表面はきれいに磨かれて何千もの面を持つ鏡になっており、ありとあらゆるものを反射しているので、目がくらくらするし視線が定まらない。ウシバエの目の中に入り込んだかのようだった。

視界をさらに混乱させたのは、ほかにも数人がレイフたちに近づいて荷車を取り囲んだことだった。周囲の無数の鏡がその動きを同時に映し出すので、胃がむかむかする。

レイフは思わず顔をそむけた。荷車と彫像に意識を集中させる。だが、目線の端に揺れ動くローブと黒い帯状のタトゥーの入った顔が見えた。

〈ここにもまたシュライブが〉

ここまで先導してきた一人が新たな三人と相対した。彼らが早口で交わしているのはレイフの知らない言葉だ。ほかの三人のシュライブはいずれもはるかに高齢で、顔にはしわとあばたが目立つ。顔立ちは人間というよりも骸骨《がいこつ》に近い。

その時、別のもう一人の人物が近づいてきた。

レイフは荷車の鉄製の持ち手をきつく握り締めた。

〈神様は俺のことを嫌っているに違いない〉

最後に姿を見せたのは黒髪の男だった。背が高くて顔は細長く、顎と頬はきれいに長さを整えて油を付けたひげで隠れている。シルクのズボン、きれいに磨いた靴、刺繍《ししゅう》入りの革製のベストといういで立ち。腰の鞘には剣が納められていて、柄頭《つかがしら》を飾るのは計り知れない価値のあるスカイアイアンの王冠だ。

二年前、レイフが盗もうとしたのがあの武器だった。

レイフは顔を伏せ、フードの端を下に引っ張った。アンヴィルの治安隊長が自分のことを覚えているかどうかはわからないが、気づかれるような危険は冒せない。

こんな時に、こんな場所で。

〈ラークのやつ、アンヴィルから百リーグも南のチョークで何をしているんだ？〉

その答えの手がかりは、シュライブたちとともに荷車に歩み寄りながら発した治安隊長の言葉にあった。「理解できないな。この呪われた物体が来たるべき戦争の潮目をどうやって変えるというのだ」

レイフはフードの中で眉をひそめた。彼がチョークの鉱山に送り込まれる前から、北に位置するハレンディ王国と南クラッシュ帝国との関係に暗雲が立ちこめていた。どうやらこの二年の間に緊張がさらに高まったようだ。

シュライブの一人がラークの疑問に答えようとした。「我々にはさらなる調査が必要だが、これまでの情報から推測すると――」

その説明はレイフをここまで案内したシュライブによって遮られた。「推測や憶測は控えるべきだろう、スケーレン」厳かな口調の声だ。「もっと理解を深めるまでは」

言われた方のシュライブは目つきを険しくしながらもうなずいた。「そうだな、もっと理解を深めるまでは」スケーレンが繰り返した。「まさしく君の言う通りだ、ライス」

この中で明らかにリーダー格のライスが別の仲間の方を見た。「確認が取れたのだから、必要なものの準備に取りかかってもらいたい」

うなずきが返ってきた。「すでに血の源の清めはすませてある」男は隣の仲間に合図した。「ここに運んでこよう」

「よろしい」

二人は部屋の奥にある小さな扉に向かった。

彼らが戻るのを待つ間に、ライスはラーク治安隊長の方に顔を向けたが、視線はブロンズ像から外さなかった。「七日前にその兆候を察知した。我々がここを訪れた理由はそれだ」

「なぜその時点で私には知らせが届かなかったのだ？」

「まずはきちんと確かめたかった。それに身をもって経験したと思うが、君の到着と同時に思いもよらないことが起きた。君が鉱山に入るとすぐに地震が発生したのだからな。もしかすると、君の存在そのものに運命的な役割があったのかもしれない。そうだとすると、主スレイクは君には大いなる重要性と価値があると見なしたことになる」

ラークがはっとして姿勢を正した。アンヴィルの住民なら誰でも、治安隊長が自分のことを誰よりも偉いと思っていて、雑草が水を吸収するように誉め言葉を受け入れると知っている。だが、その歪んだ唇を見ると、この特別な称賛に対する不安がありありとうかがえた。

邪神の注目を浴びるのがいいことではないのは周知の事実だ。

ラークはごくりと唾を飲み込み、彫像を指差した。「これから何をするつもりなのだ？」

「簡単なテストだ。古来の文書が正しいことを証明するための」

「そしてその後は？」

「この遺物に学術的な側面以上の価値があるかどうかを突き止めるには、少なくとも月の満ち欠けの一回り分――おそらくは二回り分の時間が必要だろう」

奥の扉が再び開き、二人のシュライブが戻ってきた。大きな体のジン族を一人、連れている。扉をくぐるためには前かがみにならなければならないほどの巨体の奴隷を見て、レイフは唖然とした。髪の毛を剃《そ》っていかつい顔をしているので、大きな岩にごつごつした手と脚が生えているかのように見える。身に着けているのは腰布一枚だけだ。胸と両脚を覆う濃い体毛の下で筋肉が波打っている。レイフはこの部族をほとんど見たことがなかった。彼らははるか西の陸地、アグレロラーポック北部の平原の出身だ。ジン族は頭の働きが鈍いとされていて、肉体労働の中でもかなりきつい作業を任される。しかし、この男の皮膚には服従と支配の古い錬金術を示す無数の焼き印が押されていた。

大男が運ぶ手押し車は鉱石運搬用のものと比べて二倍の大きさがあった。その上には鋼、ブロンズ、銅でできたいくつもの装置が複雑に積まれていて、小型版の光る都市を思わせる。それぞれの装置は迷路のように絡み合った銅の管によってその隣の装置とつながっていた。あちこちで歯車が回転し、神秘的な光景を作り出している。魔術、もしくは錬金術を動力にしているのだろう。

手押し車の後部にはガラス製の円柱があり、その中で黄金の液体が泡立っていた。それを見たレイフはあの不気味な銅の卵の内部で流れていた液体を思い出した。ただし、ここの液体は光を発していない。

ジン族の男と二人のシュライブがレイフたちの隣にやってきた。その時、装置の中心に横たわっているものが目に飛び込んできた。仰向けに寝かされた若い女性はまだ少女のようなあどけなさが残る年齢で、あたかもこの恐ろしい都市の土台であるかのように装置の中に埋め込まれていた。しかし、最悪なのはそのことではなかった。

レイフははっとして息をのみ、後ずさりした。こらえることができなかったのだ。しかし、彼の反応は無視された。キールも同じ反応を示したからだ。治安隊長も顔から血の気が引き、片手で喉を押さえた。

ジン族の男が手押し車をブロンズ像の横に並べた。

レイフは顔をそむけたかったが、あまりの衝撃で目が釘付けになった。少女は胸を四角くえぐられていて、脈打つ心臓と呼吸に合わせてふくらんだり縮んだりする左右の肺が丸見えになっていた。口に挿し込まれた管は鍛冶場のふいごを思わせる動きの装置につないである。

唯一の慰めは少女がかなり前にこの世を去っていると思われることで、心臓は動いていても生きているわけではない。生気のない目は丸天井をうつろに見つめているだけだ。体を固定する鋼やブロンズから逃れようとして手足を動かすこともない。

「こ……これは何だ？」そう訊ねながらラークが装置に近づき、恐怖が薄れてきたのか喉を押さえていた手を下ろした。

「血の源だ」ライスが説明した。「君が理解する必要はない。我々の同志以外の人間にその必要はない。だが、さっき述べたテストのために使用される」

ライスが高さのある円筒形の容器の方に近づき、そちら側にある何かを操作した。すると黄金の液体の中に濃い色の何かが流れ込んだ。それが渦を巻きながら広がっていく。少女のむき出しになった心臓がパニックを起こしたかのように早鐘を打ち始めた。

レイフは色が濃くなっていく容器の中身に視線を移し、黄金の液体の中に何が入り込んでいるのかを理解した。

〈血だ〉

少女の心臓から容器内に送り込まれているのだ。

作業が進むのを待つ間、シュライブたちはレイフには理解不能な言語でひそひそと会話をしながら、指差したりのぞき込んだりしている。心臓の鼓動が遅くなり、ぴくぴくと震える程度になるまでそれほど時間はかからなかった――そして動きが止まった。肺も中の空気が失われ、胸の中でぺしゃんこにつぶれた。

うなずくライスは明らかに満足している様子だった。シュライブは中身の色が濃くなった容器につながる管を持ってこちら側に戻ってきた。そしてブロンズ像に近づき、スケーレンの手を借りながら管を彫像のへそに取り付けた。

ライスがうなずくのに合わせて、スケーレンがレバーを引く。

薄気味悪いうめくような音とともに円筒形の容器の中身が減っていき、液体が管を通じてブロンズ像の腹部に送られた。作業が終わるとライスが管を引き抜き、手押し車の方に放り投げた。シュライブの視線は彫像に向けられたままだ。

「これからどうなるのだ？」ラークが訊ねた。

「あわてるな」ライスが小声で返した。「そのうちにわかる」

レイフは息を殺して見守った――すると弱い輝きがブロンズ像の表面に現れた。ほんのかすかな光のため、気づいたのはレイフだけだったようだ。ほかの人たちからは何の反応も見られない。レイフは唾を飲み込んだ。その場を離れたいと思ったものの、余計な注目を集めたくもなかった。

　輝きはブロンズを温めているらしかった。金属そのものに変化はなく、かたいままだが、その表面に反射する室内のランタンの炎がゆらゆらと流れ、屈折した光がより鮮やかな深紅、空色、エメラルド色となって水面を伝う油膜のように広がっていく。

　それに気づいたほかの人たちからも驚きの声が漏れた。近づく人もいれば、距離を置こうとする人もいる。

　レイフはその場にじっとしていた。

　見つめているうちに片方の手が動き、腕が持ち上がった。

　全員が驚いて後ずさりした。だが、レイフだけは目の前の驚異にすっかり魅了されて動けなかった。さっき目が開いたことを思い返す。その記憶が合図になったかのように、まぶたが再び動き、金色の輝きを発した。

〈あれは目の錯覚じゃなかった〉

　ブロンズの頭部が回転し、かすかに片側を向く。

　治安隊長がまるでその視線を避けようとするかのように後ずさりした。魔除けのおまじないとして、指先に唇を当ててから左右の耳に触っている。

　レイフはただじっと見つめ返した。あの金色の輝きの奥に何があるのか、見てみたいという思いが不意に湧き上がってくる。けれども、その願いはかなわなかった。目の輝きが薄れ、まぶたも再び閉じる。一度は持ち上がった腕も元の位置まで下がった。すべての魔術がその体から失われてしまったかのようだ。油を思わせるきらめきも消え、鈍いブロンズ色に戻った。

誰一人として動かなかった。しばらくの間、誰もが呆然《ぼうぜん》として口を開かなかった。

「今のは何だ?」ようやく質問を投げかけたラークの声は裏返っていた。「君はどんな種類の悪魔をこの像の中に呼び寄せたのだ?」

「呼び寄せたのではない」ライスがこたえた。「呼び覚ましたのだ」

「君は何を企んでいるのだ?」ラークが重ねて訊ねた。

ライスの答えは邪悪な欲望に満ちあふれたものだった。「その質問に答えるためには月の満ち欠けがあと一回り、もしくは二回り、必要になるかもしれない。もっといくつもの血の源を用意しなければ」

レイフは死んだ少女を一瞥《いちべつ》し、マントの下で震えた。

ラークが眉をひそめた。答えに満足していない様子だが、恐怖で青ざめてもいる。「そんなにも長い間、チョークの地下深くで待ってはいられない。私にはアンヴィルでの務めがある」

「もちろんだ。君は仕事に戻り、ここでの作業は我々に任せてくれたまえ。伝書カラスを飛ばして進捗《しんちょく》状況を逐一伝えるようにする。我々には調べなければならないことがたくさんある」

「それなら君たちに一任するとしよう」治安隊長は回れ右をしてから、ぎこちない足取りで奥の扉に向かった。一刻も早くこの場を離れたがっているようだ。

レイフは立ち去るラークのことをじっと目で追った。

〈あの扉は鉱山からの別の出口に通じているのだろうか？　ほとんどの人には秘密にされている出口に〉

レイフがそのことに考えを巡らせるよりも早く、スケーレンがライスに声をかけた。「遺物が保管されていた場所に行ってみたいものだ。これから先、どのように進めるのが最善の策なのか、手がかりが得られるかもしれない」

ほかのシュライブたちからも同意のつぶやきが漏れた。

その申し出にライスもうなずいた。「訪れる価値が十分にあることは、私が保証しよう。さっきは急がなければならなかった。焦りは知識に害をもたらす」

レイフは表情を変えずにいたが、心臓が締め付けられるような不安に襲われた。銅の卵のことが脳裏によみがえる——そしてその割れた開口部近くの血だまりに横たわる死体のことも。レイフはシュライブたちが日を改めて現場を訪問してくれるように祈った。

ライスの次の言葉が希望を打ち砕いた。「これから私が君たちを連れていこう。私自身ももっと詳しく調べたいと思っていたところだし」

ライスが正面の扉に向かうと、ほかの人たちもその後についていった。体の大きなジン族も同行する。ライスがキール主任を指差した。「さっきの囚人たちのことは任せたぞ。我々の発見を彼らが共有してはならない」

キールは頭を垂れてから、一行の後を追った。「ご指示の通りに」

レイフも一緒に行こうと足を踏み出したが、その動きがライスの目に留まった。

「おまえはここに残れ」シュライブが指示を出した。「この部屋を見張るように。誰もここに立ち入ってはならない」

レイフは主任にならって頭を垂れた。「ご……ご指示の通りに」

ほかの人たちは扉まで戻り、一列になって部屋の外に出ると、大きな音とともにブロンズ製の扉を閉めた。

一人残されたレイフは荷車の上の彫像と気の毒な生贄の冷たい死体に注意を向けた。まだ腰にぶら下がっているランタンの炎が無数の鏡の表面に反射する。

レイフはブロンズの女性像の方に近づいた。

「どうやら君から逃れられないみたいだな」小声でささやく。

レイフは方位鏡の磁鉄鉱が彼女のもとまで導いたことを思い出した。その後もまるで彼女に執着しているかのように、あたかも引き寄せられているかのように、小さなかけらは像の方角を指し続けていた。レイフは自分の心も同じように魅了されていることを否定できなかった。単なる好奇心なのか、それとももっと深い何かなのかはわからないが、彼女とのつながりを感じる。あたかも巨大な歯車が空とアースを回転させ、自分と彼女をここに導いてくれたかのような気がする。

レイフは頭を左右に振ってそんな妄想を打ち消した。自分はアンヴィルからやってきたけちなこそ泥にすぎない。そんな考えを抱くことすら間違っている。レイフはこれ以上ここに長居をするつもりなどなかった。残された時間が少なくなりつつある中で、いちばんの方法はチョークの鉱山から脱出する別の出口を探すことだ――ラークが使った奥の扉を抜けた先に、その出口があればいいのだが。

そう思いながらも、レイフは荷車に歩み寄った。

手を伸ばし、さっき持ち上がった彫像の腕に触れる。あれは禁じられた錬金術による動きだったのだろうか？　金属には不思議なぬくもりがあったものの、その表面はしっかりと固まったままだった――そのことを知り、レイフは落胆した。

〈こそ泥の分際で、俺は何を期待していたんだろう？〉

レイフは彫像から手のひらを離し、部屋の裏口の方を向いた。急がなければならない。

扉の方に動こうとした時、何かが手に触れた――そして温かい指が手を握り締めた。

7

　自分の手にブロンズの指がしがみつく光景に驚愕《きょうがく》し、レイフは腕を引っ込めた——だが、握り締める力が強まって離れない。再び手を振りほどこうとしたが、引き抜こうとすればするほど、ブロンズの指がいっそうきつく締め付けてくる。このままでは手を握りつぶされてしまうかもしれないと怖くなり、レイフはあきらめた。

「俺にどうしろって言うんだ?」レイフはあえぎながら彫像に訊ねた。

　握り締めるブロンズがぬくもりを増し、不思議なことに金属がやわらかくなる。

　レイフは息をのみ、周囲を見回した。脱出の望みを賭けていた扉に目を向ける。ブロンズ製の彫像がしがみついているせいもあって、はるか遠くにあるように見える。だが、死体が発見されて銅鑼が鳴り響くまでにそれほどの時間はかからないはずだ。ザイラサウルスの群れが放たれる前に鉱山からおさらばしていなければならない。

「手を離してくれよ」レイフは訴えた。「俺は逃げなければならないんだ」

　顔をしかめながら、骨が砕けるのを覚悟でもう一度引き抜こうとする。だが、握る力は変わらないままだ——ただし、もっと恐ろしい反応が返ってきた。

荷車の上でブロンズ像が動いた。片腕で体を支えながら腰を折り曲げ、一度目は失敗したものの二度目の試みで上半身を起こす。肩の上の頭を回す仕草は、首の凝りをほぐしているかのようだ。細い繊維状の髪が揺れ、どこにでもいる女性の髪の毛のように垂れ下がる。

それに続いて、長く細いまつげの奥の目が開いた。

その中で呪いの炎が燃えているのではないかと思い、レイフは縮み上がった。しかし、自分と同じような目が見つめ返していた。ガラスっぽく見えなくもなく、鮮やかな空色の瞳はほのかに輝いているかのようだ――光っているように見えたのは焦りによる目の錯覚かもしれない。その視線がレイフをとらえ、握られた手から顔に移動した。

彼女が小首をかしげる仕草からははっきりと好奇心が感じられる。唇が開くと、白っぽい歯が垣間見える。もう片方の手が持ち上がり、唇に触れた。まるで日焼けした肌でできているかのように、ブロンズの眉間にしわが寄る。

レイフは手にしがみつく指が温かくてやわらかいことに気づいた。

〈どんな悪魔がこの像を動かしているんだ？〉

恐怖に怯えるのが当然だと思う一方で、レイフは徐々に目覚めつつある彫像から目をそむけることができなかった。さっきはまわりに集まる人間たちの邪悪な意図を察知して、眠ったふりをしていたのだろうか？　多くの生き物が捕食者から逃れるために死んだふりをするという。それとも、彼女は錬金物質の炎が大きく燃え上がって完全に目覚めるまで、力を蓄えていただけなのだろうか？

レイフには答えを知る術がなかった——だが、心の奥底では、彼女の目覚めは自分だけに向けたものなのではないかという予感がしていた。その目はあたかも値踏みをしているかのように、じっとレイフのことを見つめていた。

そのうちに彼女の手が唇から離れ、ブロンズの髪をそっとかき上げた。髪の毛にはまるで金属がくすんだかのような濃い色の艶がある。そして背中をそらし、小さな乳房を少し上に向けると、両足を荷車から床に下ろした。

レイフは握られたままの腕が伸び切るところまで後ずさりした。

彼女が立ち上がった。足もとが危なっかしい。相手のつま先に目を落としたレイフは小さな爪が刻まれていることに気づいた。そのうちに彼女がバランスを崩し、ぐらぐらと揺れる体がレイフの方に傾いてきた。

レイフは彼女を支えようとしたが、あまりの重さに危うく両膝を突いてしまいそうになった。生きているように見えても、重さは彫像そのものだ。それでもどうにか空いている方の手で彼女の腕をつかみ、真っ直ぐに立たせた。そのためには両足と背中でしっかりと踏ん張らなければならなかった。

「もう大丈夫だ」レイフはささやいた。

ようやく体が安定し、彼女はしっかりと直立した姿勢になった。

レイフはその表情を観察した。ずいぶんと前の話になるが、アンヴィルの大聖堂を訪れたことがあった。身廊《しんろう》に彩を添えていたのは見上げるような高さのあるステンドグラスの窓で、そこには神々の姿があった。大地の母は慈愛に満ちあふれた表情で描かれていたのだが、その娘の顔はガラスのように冷たく、強い決意と情け容赦のなさがうかがえた。娘は手に弓を持ち、矢の入った矢筒を背負っていた。彼女はハントレス――狩猟の女神と呼ばれることもある。

レイフは裸のまま堂々と立つブロンズ像を見つめた。その顔つきも体つきも、まるで狩猟の女神がアースに降臨したかのようだ。

すべてに驚嘆する一方で、レイフは時間への焦りを覚えた。ごくりと唾を飲み込んでから、もう一度試してみる。「俺は行かなければならないんだ」

レイフは部屋の奥にある小さな扉に向かいながら、手を振りほどこうとした。彼女は手を離そうとしない。その代わりに、横に並んで一緒についてくる。

レイフはほっとため息を漏らした。

〈ひとまずはこれでいいか〉

彼女がまた立ち止まったら身動きが取れなくなってしまうとびくびくしながら、レイフは部屋を横切った。この調子で歩かせていれば、斜面を転がり落ちる岩のように止まることなくついてきてくれるのではないか、そんな気がする。けれども、またバランスを崩すといけないので急ぎすぎないようにした。レイフの先導で進む間、彼女は室内を見回しているが、表情はかたいままで何を考えているのかは読み取れない。

扉までたどり着くと、鍵はかかっていなかった。扉を押し開け、その先の前室に入る。血とはらわたの強烈なにおいが鼻に襲いかかってきた。ブロンズの女性さえもたじろいだように見えた。

左手には足枷《あしかせ》の付いた石のテーブルがある。周囲には血だまりができていた。投げ捨てられたかのように床に散らばっているのは、四角く切り取られた骨、肉、皮膚の塊だ。レイフは血の源として生贄になった気の毒な少女を思い浮かべた。

ブロンズの女性が血まみれの残骸《ざんがい》の方に足を踏み出したが、レイフは引き戻した——相手の体重を考えると、正確には引き戻そうとしたと言うべきか。「やめろ、俺たちにできることはないよ」

反対側に視線を向けると、衣服が乱雑に積んであった。はき古した革のサンダル、ベージュのシフトドレス、服というよりも継ぎはぎに近いようなマント。

〈生贄の少女のものに違いない〉

レイフはブロンズの女性の注意をそちら側に向けさせた。「君は服を着る必要がある。お尻丸出しでうろつかせるわけにいかないからな」

歩くブロンズ像を引き連れて鉱山をこっそり抜け出せるとは思えない。

彼女が小首をかしげた。その表情には疑問符が浮かんでいる。

〈勘弁してくれよ、俺が何もかもしてやらないといけないのか？〉

レイフは片手で身振りを交え、少し手伝ってやりながら、どうにかシフトドレスを相手の頭にかぶせた。彼女はだんだんとレイフの意図を理解するようになった。彼の手を離し、袖を通して服を着る。続いて前かがみになってマントを手に取り、困ったような表情を見せた。だが、レイフが指示の言葉を発するよりも先に、女性はマントを身に着け始めた。

「サンダルも」レイフは促した。

ほんの数歩で足の裏が水ぶくれになってしまうような灼熱の砂に覆われたガルドガルの大地を裸足で歩くやつなどいない。監視役が囚人たちに靴をはかせない理由の一つがそれで、脱走を防ぐための格好の方法というわけだ。ブロンズが高熱で傷むのかどうかは知らないが、彼女が裸足のまま高温の砂漠をうろつく奇妙な光景は余計な注目を集めてしまう。

その時、レイフはようやくある事実に気づいた。左右の手のひらを見下ろす。

〈俺は自由の身だ〉

レイフは前室からの出口となるトンネルの方を見た。彼女がマントを着るのに手間取っている中、そちら側に足を踏み出す。今すぐに走れば置き去りにできるかもしれない。気づかれずに脱走するためには、謎の女性が一緒でない方がはるかに簡単だ。

そう思いながらも、レイフは目を閉じていらだち紛れのため息を漏らした。待ってやらなければならない。

〈まったく、しょうがねえな〉

目を開けて彼女の方を見ると、どうにかマントを羽織ったところだった。レイフは歩み寄ってマントのフードを頭にかぶせ、少しでも不自然さを隠そうとした。相手の目をのぞき込むと、フードに覆われた中で本当にかすかな輝きを発していた。その表情はブロンズの体と同じようにやわらかくなったように思える。

片方の腕が持ち上がった。レイフはまた手を握られるのではないかと思ったが、彼女は手の甲で彼の頬に触れただけだった。その温かさがレイフの体にしみ込んでいく。彼女はすぐに腕を下ろし、脱ぎ捨てられたサンダルをはこうと体をかがめた。

レイフはそれを手伝ってやってから、最後にもう一度確認した。姿勢を戻した女性の全身をしっかりと目で確かめる。「じっと観察されさえしなければ……」そうつぶやいてから、心の中で付け加える。〈俺は何を考えているんだ？〉

レイフは肩をすくめ、トンネルの方に向かった。

その手前まで来た時、遠くで音が鳴り響いた。一呼吸するたびに音はどんどん大きくなり、鉱山全体に広がっていく。

銅鑼だ。

レイフはブロンズ像の顔を振り返った。

〈間に合わなかった〉


レイフは慎重さをかなぐり捨てた。ルートを入念に検討している余裕はない。ただひたすら走り、時々後ろを振り返っては女性がいるかを確かめるだけだ。彼女はしっかりとついてきていた。マントのフードの奥から輝く目が見つめ返してくる。その視線から焦りはうかがえず、そのことがレイフをいっそういらつかせた。

〈まったく、とっくにここを離れていなければならなかったのに〉

鳴り響く銅鑼の音が彼を追ってトンネル内を伝わってくる。レイフはいちばん大きな通路からなるべく離れずにいた。横にはいくつものトンネルが枝分かれしているが、どれもこの通路よりは小さく、その先は行き止まりになっていると思われる。ほかにも部屋があり、入口が開いているところもあれば鉄格子でふさがれているところもあった。レイフはそれらの部屋を無視した――ただし、泥棒としての性分から、このシュライブたちの通路にはどんなお宝が隠されているのだろうかと想像せずにはいられなかった。

唯一の希望が持てる兆しは、トンネルの壁面がガラス状の黒い岩盤から濃い色の硫黄の鉱脈が走る白亜に戻ったことだった。また、トンネルが徐々に浅くなっているのも感じていた。百歩進むごとに耳の中の圧力が弱まっていく。激しい息づかいを繰り返すたびに空気が乾いていく。

ようやくトンネルの傾斜が平らになり、その先も真っすぐな通路が続いていた。最高の結果を期待しつつ、レイフはさらに速度を上げた。出口が見えたが、扉は閉ざされている。レイフは心臓の鼓動の激しさに息が詰まりそうになりながらも扉を目指した。

監視役がすでにこちら側を封鎖してしまったのではないかと危惧する。銅鑼が鳴ると鉱山のすべての出入口は通行できなくなる。それでも、レイフは間に合っていてほしいと祈った。扉に手を伸ばし、開けようとする。びくともしない。何度か試したものの、結果は同じだった。

〈すでにふさがれている……〉

レイフは鋲を打ちつけた木製の扉に頭を預け、呪われた運命を受け入れた。

その時、手が彼の体を押しのけた。ブロンズの女性が左右の手のひらを扉に当て、両足でしっかりとトンネルの床を踏みしめた。そして全身に力を込め、肩を扉に押しつけ、さらにいっそう力を込めた。両足がサンダルから外れ、白亜の床に食い込み、深くえぐっていく。

レイフは後ずさりした。

〈すげえな……〉

金属がうめき声に似た音を発した――扉が発した音なのか、それとも彼女が発した音なのか。次の瞬間、響きわたる破裂音とともに扉が破壊された。暗いトンネル内に強烈な太陽の光が差し込んだ。

レイフは腕をかざして明るさを遮ったが、それでも目がくらんだ。よろめきながらトンネルの外に出る。「急げ」レイフは自分を自由の身にしてくれた女性を促した。

まだ安全にはほど遠い。

ふらふらと外の世界に出ながら、レイフは何度もまばたきして光のぎらつきに目を慣らした。自分の居場所をつかむ必要がある。どの方角からも大声が聞こえる。右手からは牛の鳴き声がする。粗鉱をハンマーで叩く音があちこちから響く。それほど遠くないところでは、ふるい分けと洗浄を受け持つ人たちが道具と濁った水を前にして明るく歌っている。

すぐに視界が正常に戻り、地上の混沌《こんとん》とした世界が目に飛び込んできた。鉱山の立坑の入口が数多く連なる向こうには村が広がっている。テント、木造の小屋、鍛冶場、鋳物工場、さらには売春宿が、山と積まれた選鉱くずや廃棄物の間に点在していた。牛の引く荷車が進む迷路のように入り組んだ道は、何百年にも及ぶ往来によって石に轍《わだち》が刻み込まれている。どこを見ても男たちや女たちが働いていた。ポンプ係、製錬工、選別係、大工。馬の背にまたがる者もいれば、屈強なアグレロラーポックポニーに乗っている者もいる——東の果てのこの地でポニーを目にするのは珍しく、その価値は同じ重量の銀貨に相当すると言われる。

レイフは開いた扉と砕けた木材の方を振り返った。出入口は村の外れに位置していて、いちばん近い立坑からもかなりの距離がある。彼らの姿や木が割れる音に気づいた人はいないようだった。

〈この出入口のために人目につかない場所が選ばれたことは間違いなさそうだな〉

レイフにとってそれは好都合だった。

「こっちだ」レイフは連れの女性を促した。

チョークの村を迂回する道を歩き始める。鉱山ごみの山の陰を利用すれば、こちらを見ているかもしれない人の目から自分たちの姿を隠せるはずだ。足早に移動するものの、あわてているように見られたり不審に思われたりしないように努める。目当ての場所は決まっていて、とにかくそこまでたどり着かなければならない。

隣を歩く女性の動きが遅くなった。その顔は風に吹かれてちぎれ雲が流れる空と強烈な太陽光線の方を向いている。ついに女性が立ち止まり、左右の手のひらも空に向けた。

レイフは彼女のところまで引き返してたしなめた。「ぼおっとしている暇はないんだよ」

彼女はその言葉を無視してじっと立っている。彫像に逆戻りしてしまったかのようだ。

レイフは見捨ててしまおうかと考えたものの、彼女が扉を破壊してくれたおかげで鉱山の外に脱出できたのだと思い直す。それに彼女の顔のブロンズが太陽の光を浴びて明るくなったことにも気づいた。手のひらの色も変化している。太陽光線が彼女をより明るく磨き上げているかのようだ。それとも、天空の父が彼女に祝福を与え、不思議な力を吹き込んでいるのだろうか。

その時、遠くで聞き覚えのある咆哮《ほうこう》がとどろいた。

レイフはびくっとして縮こまった。

〈ザイラサウルス〉

レイフは村の方を振り返り、いちばん大きな立坑の入口あたりに目を凝らした。二人の監視役がリードにつながれたザイラサウルスを三頭従えて姿を現した。その周囲にいた人たちが逃げ出し、様子がはっきりと見通せるようになる。監視役が艶のある体毛を持つけだもののうちの二頭のリードを外した。残る一頭は手元に残したままだ。

解き放たれた二頭が勢いよく村の中に飛び込んでいった。どちらも体高は馬の四分の一くらいだが、体長は二倍に及ぶ。縞《しま》模様のしなやかな体をくねらせながらテントや建物を通り抜けていく。長い尾を左右に振って周囲に振りまく香りはすべてのにおいをかき消すが、一つだけ消えないにおいがある。

〈血のにおい〉

一頭が――そしてもう一頭も――後ろ足で体を支えて立ち上がった。鼻先を高く上に向け、ピンク色をしたひげのような器官を大きく開くと、それを左右に振りながらにおいを調べている。遠吠《とおぼ》えがそれに続いた。また一つ。さらにもう一つ。

レイフにはそれが何を意味するのかわかった。けだものたちが獲物のにおいを嗅ぎつけたのだ。

レイフはブロンズの女性のマントをつかみ、ぐいっと引っ張った。「いいかげんにしてくれ！　もう行かないと！」

空を見上げていた顔がこちらに向き直った。視線が彼の顔をとらえると、女性はかすかにうなずいた。二人は砂と岩から成る大地を横切り始めた。レイフが先に立ち、いくらかでも価値のあるものはとっくの昔に取り尽くしてしまった選鉱くずの山を回り込む。

ザイラサウルスの雄叫《おたけ》びが後を追ってくる。レイフの耳にはどんどん近づいてくるように聞こえた。山積みになった岩の破片を迂回しながら、レイフはその先の様子をうかがった。何らかの合図が聞こえないか、耳を澄ます。

〈頼むから、まだ出発していないでくれよ〉

そのまま聞き耳を立てていると、前方からかすかに歌声が聞こえてきた。どちらを見ても砂漠の平原が地平線まで広がっていて、音がよく通る。続いて鉄の車輪がきしむ低い音も聞こえた。

〈まずい、まずいぞ……〉

レイフは走る速度を上げたものの、それは無駄な努力に終わりそうだった。ようやく廃棄物の山の向こう側に出ると、その先は果てしない砂地が広がっていた。距離にして四分の一リーグほど前方に、鎖でつながれた隊商が見える。鉄で補強された木製の貨車が十数両、どれも硫黄や白亜などの鉱物を満載した状態で、鋼の線路の上に載っていた。線路ははるか南の岩塩坑から、百リーグ離れた北のアンヴィルまで通じている。一日の作業の終わりとともに隊商は貿易港まで積荷を運び、翌朝には再び積み込みのために戻ってくる。

レイフはチョークの外れを進む隊商を見つめた。

その先頭に線路を挟んで位置しているのは二匹の巨大なサバクガニで、隊商の一両目の貨車に鎖でつながれている。黒い甲羅を持つこのカニの体は引っ張る貨車の二倍の大きさがある。節のある八本の脚は先端がとがっていて、砂と岩に深く食い込む。いちばん前の残る二本の脚の先端に鎌のような鉤爪を持つのが特徴だが、荒涼とした砂漠の奥深くで捕獲された時に切り取られている。二匹のカニは後ろに連なる隊商の貨車十数両を引いていた。砂漠を横断する時には馬よりも速く走ることができるが、重量のある貨車を停止状態から動かし始めたばかりなので、今はまだゆっくりとした速度だ。ただし、それがいつまでも続くわけではない。

いちばん前の貨車に腰掛けているのはその二匹の御者で、長い年月にわたってサバクガニと深い絆を育んできた人だ。御者は歌でカニたちを操り、励ましたりなだめたりする。鉱山の囚人たちとは違って、鞭や棍棒で無理やり働かせる必要はない。御者の歌う陽気な調べがカニたちの甲羅を通り抜けて脳に作用するらしい。レイフには理解できなかったし、その仕組みをわかっている人はほとんどいないだろう。そのような能力を持つ人はまれで、近頃ではますます数が減ってきている。御者たちは仕事の賃金としてかなりの報酬を得られる。

無駄なことだと思いながらも、レイフは移動する隊商の後を追った。もしかしたら停止するかもしれない。積荷の偏りを直す必要が生じるかもしれない。しかし、何よりもレイフを駆り立てていたのは、後方から迫る咆哮の数が増えていることだった。

小山の陰を回り込んで開けた砂漠を疾走しながら、レイフは後ろを振り返るまいとした。だが、隊商の列は速度を落とすどころか、加速しつつある。

それでもレイフは走った——その時、目が右手の方角での動きをとらえた。一頭のザイラサウルスが選鉱くずの山の反対側から姿を現し、かなりの速さで迫ってきた。細長い体で地面すれすれのところを走り、一直線にレイフの方に向かってくる。泡を吹く口元から何本もの牙がのぞいている。ただし、その牙は殺すためのものではない——そんなに楽な最期を迎えさせてはくれない。ザイラサウルスは脱走した囚人たちを生け捕りにするよう教え込まれていて、脚の裏の腱を食いちぎって獲物を確保する。

捕まったら最後、すぐさま串刺しの刑にされ、その後はもっとゆっくりと死が訪れるのを待つことになる。囚人たちは串刺しにされてすぐに死ぬわけではなく、腐肉を好む鳥や肉食のアリの餌食《えじき》となる。刑に処された者たちは悲鳴をあげて苦痛に身をよじりながら、剃刀《かみそり》のように鋭いくちばしについばまれ、燃えるような痛みをもたらす大顎に嚙みちぎられる。

そんな脅威が迫っているにもかかわらず、レイフの脚は思うように動かなくなった。長期間にわたって鉱山に閉じ込められ、体力が落ちてしまっていたのだ。恐怖に後押しされた気力もいずれは衰えて尽きる。

その時、背中に強烈な一撃を食らい、レイフは前に突き飛ばされた。

〈ザイラサウルス……〉

レイフは前のめりになって砂の上に倒れ、鋭い牙で今にも肉を引き裂かれるのだと覚悟した。ところが、一本の腕が腰に巻き付き、立たせてくれた。ザイラサウルスが攻撃を仕掛けてきたわけではなかったのだ。レイフはブロンズの女性を見た。彼女はレイフの体をつま先だけがかろうじて砂に触れる高さにまで抱え上げ、引きずるようにして砂漠を進み始めた。

「いったい何を――？」

次の瞬間、彼女が速度を上げた。両足で力強く大地を踏みしめ、つま先を深く砂に食い込ませる。強風に飛ばされる小動物のように砂漠を猛スピードで突っ走る。レイフはそのペースに合わせて脚を動かそうとしたが、足先は高速で通り過ぎる大地を虚《むな》しく引っかくだけだった。

彼女はザイラサウルスをあっと言う間に引き離した。けだものは追跡しようとしたものの、たちまち土煙の中に置き去りにされてしまう。レイフたちに向けたいらだちの咆哮に対して、ほかのザイラサウルスからも反応が返ってくる。

前に目を向けると、隊商の最後尾の貨車が迫ってきた。

彼女はなおも後を追ったが、その並外れた速さでも及ばなかった。最後尾の貨車まであと少しというところで、隊商がさらに速度を上げた。貨車との距離が開き始めた。

〈ここまで来たのに……〉

その時、レイフの胃がぎゅっと持ち上がったかと思うと、毒ヘビから逃れようと飛び跳ねるサバクウサギのように、彼女が高々とジャンプした。宙を舞って残りの距離を詰め、大きな衝撃音とともに貨車の後部に激突する。内臓が押しつぶされるのではないかと思うほど彼女がしっかりと抱えていてくれなかったら、レイフの体ははじき飛ばされていただろう。彼女はもう片方の手で貨車の縁をつかんだ。

レイフは体を押し上げてもらい、危うく落下しそうになったものの、どうにか貨車の縁をつかんで中に入り込んだ。山と積まれた鉱石の上で仰向けに寝転がる。くたくたに疲れていたので、とがったかけらが刺さろうが切り傷を作ろうがどうでもよかった。今はここが世界中でいちばん心地よいベッドだ。

彼女も貨車に乗り込み、レイフの隣で鉱石に両膝を突いた姿勢になった。チョークの村の方を見つめている。

「大丈夫だよ、お嬢さん」レイフは息を切らしながら言った。「あいつらは俺たちに追いつけっこない」

彼は追っ手の気配を探そうとすらしなかった。隊商の車輪の回転がさらに速まったように感じられる。サバクガニよりも速く走れる生き物はほとんどいない。伝書カラスすらも上回る速さだ。隊商は鉱山からの情報が届くよりもかなり前にアンヴィルに到着できるだろう。向こうに着いたら港の喧騒《けんそう》と雑踏に紛れ込めばいい。必要とあらば船でほかの土地に向かうことだってできる。

「もう安全だ」レイフは大きなため息とともにつぶやき、隣の女性と自分自身を安心させた。

女性の太腿に軽く触れたレイフは、またしてもブロンズ像の不思議なやわらかさに気づいた。日に焼けた本物の肌としか思えない。

彼女はレイフを無視した。視線は空に向けられていたが、その先にあるのは太陽ではない。女性は半月が浮かぶ地平線の低い位置を見つめていた。レイフの頭の中に、彼女の顔つきから狩猟の女神を連想したことがよみがえった。闇の娘と銀の息子は、どちらも月で暮らしている。二人は絶えずお互いを追いかけ回していて、月に満ち欠けがあるのはそのせいだと言われる。しかし、そんな追いかけっこは今でも重要な哲学的議論になっている。娘が息子を追いかけているのか？　それとも、その逆なのか？　そんな宗教上の謎を巡って、これまで何度も戦争が繰り返されてきた。

だが、今のレイフにとってそんなことはどうでもよかった。

〈俺は自由の身だ……〉

レイフは空に向かって笑い声をあげた。

ありえないことのように思える。体中に喜びが湧き上がり、激しい心臓の鼓動と荒い息づかいを落ち着かせる。レイフはようやく上半身を起こした。周囲に目を向けると、隊商は一面の黒いガラスの中を横切っているところだった。このあたりは高熱を伴う地殻変動によって砂が溶けてしまった一帯に当たる。その表面に反射する太陽の光で目がくらむ。

それに合わせて気温も上昇していた。レイフはあたりを見回した。直射日光を避けなければならない――少なくとも、自分は。レイフは積荷の鉱石に穴を掘って一時的な避難場所を作れないかと考えた。

〈どうやら鉱山関係の作業からはまだ縁が切れないみたいだな〉

太陽光線の熱を意識しつつも、レイフは隣で積荷の上に両膝を突いている謎に注意を戻した。シュライブたちから盗み出したこいつの正体は何なんだ？　このブロンズの内部にはどんな魂が閉じ込められているというのか？　レイフは治安隊長が来たるべき戦争について話していたのを思い出した。ブロンズ像が戦争の潮目を変えると言っていた。今のレイフにはその意味が理解できた。このような奇跡の存在が率いる軍隊――あるいは、同じような存在の一団から成る軍隊を食い止めることなどできない。

その一方で、レイフにはそのような使用法が間違っているように思えた。

〈それは彼女のあるべき姿ではない〉

レイフは月を見つめる相手の顔から思いを読み取ろうとした。その顔に浮かぶのはどこか悲しげな表情で、大いなる喪失を悼んでいるかのようだ。レイフは彼女の方に手を伸ばしかけて引っ込めた。彼女には借りがある。自分を自由の身にしてくれた、命を救ってくれた存在だ。どうすればその借りを返すことができるのかと問いかけたいが、彼女は言葉が話せないのではないかと思った。それとも、魂がブロンズの中で完全に落ち着くまでにもっと時間が必要なのかもしれない。いずれにしても、彼にはかけるべき言葉がなかった。

沈黙が支配するなかで、彼女はじっと月を見つめている。隊商が北に向かって進み続けるうちに、レイフは楽な姿勢になった。多くの恐怖を経験した後なので、全身にけだるさが広がっていく。最後尾まで届く御者の歌に、絶えることのない車輪の回転音に耳を傾ける。暑さからの避難場所を作る作業に取りかからなければと思いながらも、次第にまぶたが重くなって閉じていく。

どれくらい時間がたっただろうか、隣から低いうめき声が聞こえ、レイフはびくっとして目を覚ました。女性の方を見ると、その視線はまだ地平線に向けられていた。今の音は悲しみのため息だったのか、それとも初めての言葉を発しようという試みだったのか、レイフにはわからなかった。

それでもなお、レイフの肌に鳥肌が立った。

すると彼女の唇が再び開き、ある単語がはっきりした音となって発せられた。月に向かってささやきかけたその言葉は――

「破滅……」

記録のためのスケッチ
ザイラサウルス
(ガルドガルに生息)

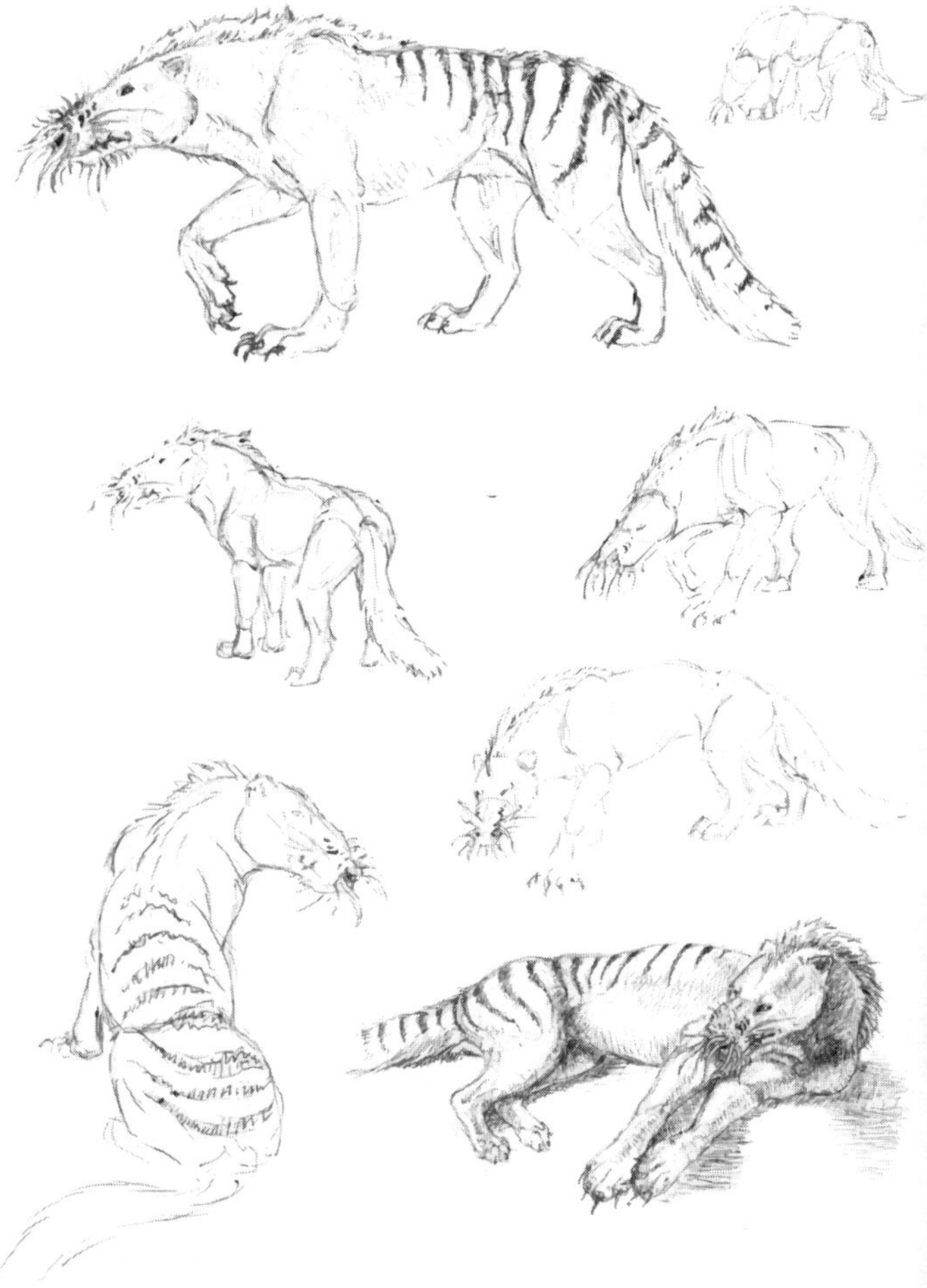

第三部
毒にうなされた夢

予兆とは何か、それは明日への夢。
夢とは何か、それは暗い影をまとった一日の希望。

——デイモン・ハイ・トランクの詩
「占い師の寓話」より

8

ニックスは急降下に驚いて目を覚ました。落下を食い止めようと手を振り回し、つかむところを探す。心臓が口から飛び出しそうになる一方で、この感覚を認識している自分もいた。これまでに何度となく、睡眠と覚醒《かくせい》の狭間《はざま》で朦朧《もうろう》としている時に足もとの世界がばらばらになる感覚を味わったことがあった。そんな時、ニックスは落下しながらパニックに陥ってびくっとした――その直後に目が覚めると、ちゃんと自分のベッドで寝ているのだった。

今はそうではない。

いつまでも落下を続けながら、ニックスはまわりの暗闇に向かって手足をばたつかせた――追い払おうとするのではなく、しがみつこうとするために。暗闇は彼女にとって自分自身と同じくらいに身近な存在だった。下の方から奇妙な明るさが迫ってきた。足で蹴ったりあえいだりしながら、ニックスは暗闇という安らぎの中にとどまろうとした。けれども、その光に向かって落下する自分を止める術はなかった。

ニックスは腕で両目を覆い、明るさから身を守ろうとしたが、何かが手首をつかみ、しっかりと握り続けた。

言葉が聞こえてきた。遠くでしゃべっているようにも、耳元でしゃべっているようにも聞こえる。

〈また痙攣を起こしているのでしょうか?〉

その問いかけに答えた聞き覚えのある声で、ニックスのパニックが治まった。〈いいえ、そうではないと思いますよ〉落ち着いた、それでいてきっぱりとした口調の声の持ち主はガイル修道院長だ。〈今回は違います。まるで目覚めようとしている自分に抵抗しているみたい〉

その言葉とともに、ニックスの頭の中にまるで堤防が決壊したかのように記憶が流れ込んできた。恐怖の奔流《ほんりゅう》が襲いかかる。

――駆け上がる階段。

――暴行と追放の脅し。

――恐怖で冷え切った指にかかる熱い血。

――首のない死体。

――煙の中から迫る山のように大きな影。

――骨を押しつぶされるような重さ。

――牙と毒。

――想像を絶する破壊。

――そして暗闇。

最後のある記憶が彼女の中でふくれ上がり、ほかの記憶を押しのける。何千人もの悲鳴と泣き叫ぶ声が彼女の頭を、彼女の体を満たす――ついには抑え切れなくなり、喉から勢いよくあふれ出る。彼女の中で再び世界が震動し、揺れがますます激しさを増していく。それでもなお、そのすべての向こう側には、果てしない静寂の高まりを感じる。ニックスはその計り知れない大きさと避けがたい定めに怯えた。

その時、冷たい手が熱い額に触れた。言葉が耳元でささやきかける。「ほら、落ち着いて。もう大丈夫だから」

ニックスは必死になって自分の体に戻ろうとした。修道院長の言うことを聞こうとしたからではなく、その言葉を否定するために。「違う……」かすれた声が出た。

その反論の言葉を発しただけで力を使い果たしてしまった。激しく息をつくと、きついチンキ、濃いお茶、枯れかけた薬草の枝などのにおいが入り込んでくる。けれども、苦痛をもたらす明るさは消えようとしない。

ニックスは片方の腕を持ち上げようとした――続いて、もう片方の腕も。けれども、左右の手首はしっかりと固定されていた。ニックスは目をぎゅっと閉じて顔をそむけたが、まぶしさはどこを向いても存在する。逃れることはできなかった。

「拘束を解いてあげましょう」ガイル修道院長が指示した。

男の人の声が答えた。「しかし、再び痙攣を起こしたら怪我《けが》を――」

「私たちは今、この子の目覚めを助けなければならないのですよ、エリック先生。そうしないと、二度と目覚めないかもしれません。月の満ち欠けがほぼ一回りする間、この子はずっと眠っていました。再び毒にうなされる眠りに落ちてしまったら、決して逃れられないでしょう」

二度の引っ張られる感覚を経て、左右の手首が自由になった。震える両腕を持ち上げてまぶしさを遮ろうとする。修道院長の言葉がようやく心に伝わった。〈月の満ち欠けがほぼ一回りする間〉そんなことはありえない。ニックスには今もなお、自分を押しつぶそうとする大きな拳と、肉に食い込む牙の感触が残っていた。襲われてからせいぜい一鐘時くらいしかたっていないはずだ。それなのに、ガイル修道院長の言う通りならば、もう夏がほとんど終わりかけていることになる。

ニックスが手を顔に持っていくと、両目と頭に包帯が巻かれていることに気づいた。指がその端に触れると、別の手が伸びてきて彼女の両手を包帯から引き離した。

「触ってはいけないよ」校医のエリック先生が注意した。

ニックスにはその手に逆らうだけの力がなかった。本気で抵抗しようとしたわけでもなかった。暗闇が明るさの端を侵食しつつある。ニックスは再び戻ってきた暗闇を歓迎した。何もかもが混乱した状況の中で、それだけが馴染《なじ》みのある存在なのだ。ニックスは両腕をベッドに下ろした。いきなり強い疲労が襲いかかり、冷たい倦怠感《けんたい》が骨の奥にまで浸透していく。

「それではだめ」ガイル修道院長が強い声で言った。「彼女の頭を起こしてあげなさい。今すぐに」

ニックスは手のひらがうなじを包み込み、頭が枕から持ち上げられるのを感じた。指が目のまわりの包帯をほどいていく。作業はそっと行なわれたにもかかわらず、布が一巻き外されるたびにニックスの頭はふらふらと揺れた。その動きでめまいを覚える。それとともに暗闇が渦を巻きながら中央のまばゆさに近づいていく。

「目に包帯を巻いたままにしておくようにというご指示だと思っていたのですが」エリック先生がつぶやいた。「その方がこの子にとっては楽だろうからという理由で」

「希望的観測からそう用心していました」修道院長が返事をした。「けれども、今やそのような用心はかえって危険を伴います。この子は今もなお、忘却の彼方《かなた》に戻ろうとしているではないですか。そうなってしまうのを防ぐために、私たちはできる限りのことをしなければならないのです」

最後の一巻きが外れるとともに、ニックスの顔から包帯が取れた。布の端が頬をかすめ、そのまま持ち去られる。ニックスは力を振り絞って片腕を持ち上げ、目がくらむような光を遮ろうとした。両目をさらにぎゅっとつぶる。それでも輝きが頭蓋骨に突き刺さり、暗闇を追いやり、そして焼き払っていく。

すると数本の指がニックスの顎をつかんだ。薬草の香りのする濡れた布が、まぶたをふさぐざらざらした塊をほぐしていく。

「さあ、逆らうのはやめなさい」修道院長が促した。「目を開けるの」

ニックスは顔をそむけ、指示を拒もうとしたものの、指は顎を離さなかった。

「言う通りにしなさい」修道院長は学校での高い地位をうかがわせる口調で要求した。「さもないと、永遠に失われてしまうから」

ニックスは抵抗したかったが、父から年長者には常に敬意を払うようにと厳しく教わってきた。まぶたをほんの少しだけ開くと、苦痛で思わず声が漏れる。これまでの生涯で慣れ親しんできた暗闇と同じように、光のせいで何も見えない。しかも、イラクサのとげに触れた時のように痛い。

熱い涙が大量にあふれ出し、両目のやにと汚れをさらに洗い流していく。涙は強烈なまぶしさを淡い明るさに和らげてもくれた。もやにかすんだ中で形がゆらゆらと揺れている。明るい夏の日の影にどこか似ている。ただし、痛みをこらえてまばたきをするたびに、形が鮮明になっていく。これまで想像の世界の存在だった色が、明るさの中にくっきりと浮かび上がる。

鳥籠《かご》の中で怯えるフエドリのように、心臓が胸の中で暴れた。あわててベッドの上で後ずさりする――自分を見つめる二つの顔というありえない存在から離れようとする。校医のエリック先生がじっと見つめていた。その顔は太陽の光を浴びすぎて干からびたヌマスモモの実のようにしわだらけだ。ニックスはそのしわの一本一本を目で追った。これまでは視界がいつも雲に包まれていたので、どんな色も――一年で最も明るい日にかろうじて識別できる色でさえも、薄くて濁って見えた。

〈でも、今は……〉

ニックスはエリック先生の目の鮮やかな青い色を魅入られたように見つめた。これまで経験してきたどんな青空よりもはるかに青い。

校医の先生が顔を隣に向けると、部屋のたった一つの窓から差し込む太陽の光を反射してはげ頭が輝いた。「どうやらあなたのおっしゃる通りだったようですね、ガイル修道院長」

修道院長はニックスに注意を向けたままだった。「あなたには私たちのことが見える。それは間違いないわね？」

ニックスは呆気《あっけ》に取られて見つめるばかりだった。目の前には色黒のガイル修道院長の顔がある。肌の色はこれまでニックスが思い描いていたよりもはるかに濃い。修道院長が南にあるクラッシュの地の生まれだということは知っていた。一方でその髪の毛は白亜のように真っ白で、束ねた髪は頭の上に丸くまとめてある。目は日の光を浴びた池の水よりもずっと澄んだ緑色だった。

ガイル修道院長はニックスの注目に気づいたらしかった。その口元に笑みが浮かぶ。安堵感からか修道院長の眼差しが和らいだ。もっとも、ニックスはそうした判断に確信が持てなかった。これまで他人の表情の微妙な変化を見たことがなかったので、その意味を正しく解釈できているのかどうかわからなかったからだ。

そう思いつつも、ニックスは修道院長の質問にうなずきを返した。

〈見えます〉

不可能が可能になったことを喜ぶべきだったのだろうが、ニックスは恐怖しか感じていなかった。暗闇はまわりから消えたのに、どこかにある影の中から湧き起こる悲鳴が今もまだ聞こえる。

そんな心の内の恐怖を察知したかのように、修道院長の顔に浮かんだ笑みが薄れていく。修道院長はニックスの手にそっと触れた。「ここから先は順調に回復するはず。毒による昏睡《こんすい》状態から脱するための道筋をようやく見つけることができたのよ」

逆らうつもりはなかったし、感謝していないように思われたくもなかったので、ニックスはもう一度うなずいた。

けれども、それは彼女の本心ではなかった。

奇跡が起きて目が見えるようになったものの、ニックスはこれまでになく途方に暮れていた。

翌日、ニックスは両手でボウルを持ち、薄い粥をすすった。まだ力が入らないため、両手を使わないとボウルをしっかりと支えられなかった。

簡易ベッドの横のスツールには杖に顎を置いた姿勢で父が座っていた。ニックスを元気づけようと笑みを浮かべているものの、目尻と眉間にはしわが寄ったままだ。「すりつぶしたオーツ麦入りの鶏がらスープだ」父は扉の方を一瞥してから再びニックスの方を向くと、顔を近づけた。「ぶどう酒を少し混ぜてある。おまえはすぐに元気になるさ、効き目は抜群だからな」

最後の一言には希望が込められていた。

「きっとそうね」父を安心させようと、ニックスは粥をもう一口たっぷりすすってから、ボウルをベッド脇のテーブルに置いた。

ベッドの上で姿勢を元に戻しながら、ニックスは病棟内の小部屋の様子を眺めた。地衣類の生えた石壁、高さのある細い窓、乾燥した薬草が吊るしてある垂木。黒ずんだオイルランプでは小さな炎が燃えている。ニックスは今もまだ、室内の光景とその細かな形状に圧倒されていた。部屋の片隅にあるクモの巣の糸の揺らぎ、差し込む太陽の光の中に浮かぶ塵、垂木の表面のねじれた木目。あまりにも多すぎる。絶えず飛び込んでくるそうした大量の情報にどうやって対処すればいいのだろう？　ニックスはめまいを覚えると同時に、何もかもが間違っているような気がした。

ニックスは視線を動かして父の目に意識を集中させた。その瞳に宿る不安を和らげてあげようと試みる。「ここではちゃんと面倒を見てもらっているから。校内の医師、錬金術師、聖修道士がほとんど全員、この部屋を訪れたんじゃないかな」

事実、そのせいでゆっくり眠ることすらできなかった。

〈また眠ったら二度と目を覚まさないかもしれないから、この機会を逃すまいと思ったのかもしれない〉

父が病室を訪れるのは今朝まで認められなかった。見舞いの許可が下りると、父はすぐさまやってきた。朝の第一の鐘が鳴るのに合わせて、父は付き添いの兄とともに修道院学校の病棟がある四階まで杖を突いて上った。兄のバスタンは粥の入った大きな鍋を、冷めないように石炭を入れたバケツで運んで持ってきてくれた。

バスタンは飼育している牛たちの面倒をもう一人の兄と一緒に見なければならないので、すでに家に帰った後だ。死の淵からよみがえった妹がいようとも、仕事のあわただしさに変わりはないらしい。病室を離れる前に、バスタンは太い腕でニックスをハグしてから、左右の手のひらで彼女の頬をしっかりと押さえ、じっと目を見つめた。

「二度と俺たちに怖い思いをさせないでくれ」兄はニックスに注意した。「今度ミーアコウモリと戦う時には、まず兄さんたちを呼ぶんだぞ」

ニックスは必ずそうすると約束し、笑顔を返そうとしたものの、攻撃について触れた兄の言葉で恐怖の記憶がよみがえってしまった。それまではひっきりなしに病室を訪れる校医の先生たちの注目の的になっていたことで、ある程度は気が紛れていた。興味津々《しんしん》の来訪者たちが体のあちこちをつついたりつまんだりするので、ニックスは恥ずかしくて仕方がなかった。治りかけの喉の嚙み傷をじっくりと調べ、かさぶたを測定したり、その端をつまんだり、一部をはがして持ち帰ったりする人もいた。背中の曲がった老人二人はニックスの手首と足首にヒルを置き、それが血を吸ってふくらむと興奮した様子でそそくさと部屋を後にした。

ガイル修道院長もほかの人を伴って何度か訪れたが、ニックスがあの恐ろしい日からの空白を埋めるための答えを求めようとしても応じてくれなかった。ただし、噂が修道院学校内に広まったことはわかった。高い位置にある病室の窓から中をのぞこうとする顔が何度も見えた。室内で起きた奇跡を一目でも見ようと思ったら、窓がある高さまで跳び上がらなければならない。

部屋の中でも部屋の外でもそれほどまでの注目を集めている理由は――

〈ミーアコウモリの毒から生き延びた人はこれまで一人もいなかった〉

それこそまさに錬金術師たちが解明したいと考える謎であり、聖修道士たちがふさわしい神の導きに当てはめたいと望む奇跡でもあった。ニックスは気を紛らそうと思い、ここを訪れる人たちの会話にこっそり聞き耳を立てた。彼らは自分たちの推測や興味を、まるで彼女が目の前にいないかのように話していた。

〈毒が十分に回らなかったのかもしれない。注入された毒がごく微量だったのではないかな〉

〈悪ふざけの一種じゃないのか。衰弱を装っていただけだったとか〉

〈あるいは、闇の娘がこの子に微笑みかけたとも考えられないかね〉

〈それとも、銀の息子の明るい祝福ではなかろうか。私が聞いたところでは、彼女は深い眠りの中で月に呼びかけて――〉

最後の会話はガイル修道院長がやってくると、険しい目でにらみつけて二人の修道士を追い払ったため、その先を聞くことはできなかった。修道院長はニックスにも怖い顔を向けた――まるで彼女にも非があったと言うかのように。

けれども、この部屋に隠されている奇跡は彼女が生き延びたことだけではなかった。

ニックスはひりひりする目をこすった。視力が回復したことにも注目が集まっていて、そのせいでまぶたが痛い。疲れからまぶたが閉じるたびに、誰かがつまんで無理やり開かせるのだった。

この奇跡について説明しようとする時、ニックスはいつも以上に注意を払った。この不思議のせいで、今も心が落ち着かない。どこよりも暗い洞窟からどこよりも明るい屋外に出てきたかのような気分だった。ありがたいと思うべきなのだろうが、その洞窟の心地よさと懐かしさに戻りたいと願っている自分もいる。今日の朝、ガイル修道院長の腕に支えられながら初めて歩こうとした時も、この世界に生まれたばかりの赤ん坊のような気がした。その理由が長い間ベッドに寝たきりだったために体が弱ってしまったからだと思いたかったものの、視力に慣れようとしているせいでもあることは否定できなかった。影の濃淡だけしかわからない世界は長年にわたって彼女の心に刻まれ、骨の髄にまで浸透し、日々の行動の仕方に影響を及ぼしてきた。今、彼女の心は過去の自分と今日からの目が見える新しい自分との両立に苦戦していた。

ガイル修道院長は言われなくてもそのことを理解したようだった。「きっと折り合いをつけることができるから」そう確約してくれた。

ニックスは部屋の隅に置かれた杖を見つめた。ニレの木でできたあの杖を天文学教室に置き忘れたのは、はるか昔のことのように感じられる。奇跡的に視力が戻ってもなお、彼女にはあの杖が必要だった。

ニックスはため息をつきながら手のひらで左右の目を覆った。

今でも暗闇の方が自分の本来の居場所のように思えてくる。

「おっと、どうやら長居をしすぎてしまったようだ」父が言った。「おまえはさっきから目をこすっている。きっと疲れているのだな。おまえがしっかり休めるように、わしは帰るとするよ」

ニックスは口元に笑みを浮かべ、同時に胸の痛みを覚えながら手を下ろした。「そんなことないよ、パパ。いつまでいてくれてもいいから」

ニックスは自分を沼地から救い出し、家庭と愛情を与えてくれた男性のことを見つめた。ほんの一日の間に、彼女が新たに手に入れた視力はまわりの世界の微妙な情報と明白な情報を教えてくれたが、目の前には新しい情報が存在しない。

父の顔はこれまで彼女がずっと知っていた通りだった。長い年月の間、彼女は父の顔のすべてのしわを、すべてのでっぱりや過去の傷跡を、自分の指先でたどってきた。薄くなったその髪を指で何度となくかき上げてきた。頭の形を手のひらで感じ取ってきた。今では父の笑顔やしかめっ面がまるで自分の顔のように身近な存在になっていた。目の色までも彼女がずっと思い描いていた通りだった。明るい池のぬかるんだ底を思わせる、少しくすんだ緑色の瞳。

目の前の男性を知るうえで視力は必要なかった。

この瞬間、ニックスは少し前の自分の考えが大きく間違っていたことを認識した。彼女の愛に負けない愛を返してくれる男性のことをじっと見つめる。

〈私の本当の居場所はここだ〉

父が立ち上がろうとして、スツールから腰を浮かしかけた。「もう行かないと」

部屋の入口の方からその意思に反対する声が聞こえた。「もう少しここにいらしていただけませんか、ポルダーさん」

二人は扉の方に顔を向けた。ガイル修道院長が校医のエリック先生を従えて部屋に入ってきた。

「あなたが沼地に置き去りにされていたニックスを見つけた日について、お聞きしたいことがあるのです」ガイル修道院長はスツールに座り直すよう、ニックスの父に手で合図した。「何が起きたのかを理解するうえで、有意義だと考えられます。もしかすると、この先の治療においても」

父は帽子を脱ぎ、何度も大きくうなずいた。沼地の汚れが付いた薄手のベストを片手で直す仕草は、こんな身なりでいるのを見られて恥ずかしがっているかのようだ。「もちろんですとも、修道院長殿。あなたや娘の役に立つことでしたら、何なりと」

卑屈な態度を示す父の姿に、ニックスはふといらだちを覚えた。修道院学校の人たちに対して、父が頭を下げたりこびへつらったりする理由はないのに。

　ガイル修道院長は近づき、疲れたようなため息を漏らしながらベッドの端に腰掛けると、ニックスの父に向かってうなずいた。二人の目の高さが同じくらいになる。「ありがとうございます、ポルダーさん」

　父の肩から力が抜けていった。ニックスは背筋を伸ばした威厳のある姿勢以外のガイル修道院長を見るのが初めてだということに気づいた。いつもよりも温かい物腰で、厳しさよりも親しみが感じられる。

　エリック先生もベッドの方にやってきたが、薄い胸板の前で両腕を組んで立ったままだ。

「何を知りたいのでしょうか？」父が問いかけた。

「私が理解しているところでは、あなたが発見した時のニックスは生後半年ほどだったとか」

「ええ、その通りでございます」話を聞かせるのがうれしいらしく、父がよりくつろいだ様子の笑みを浮かべた。人から聞かせてほしいとせがまれると、いつも喜んでこの話をする。父は今回も沼地でニックスの泣き声を聞いたことから語り始めた。「もちろん、いちばん最初に彼女の声を聞きつけたのはグランブルバックでした。わしらの乗るそりを引きずって真っ直ぐ彼女のもとに向かったのですよ」

「ほかには人の姿を見かけなかったのですか？」ガイル修道院長が訊ねた。「彼女を置き去りにした人の痕跡はなかったのですか？」

父は首を横に振った。「足跡もなかったですし、水草に乱れたところもありませんでした。水面に浮かぶ水草のベッドの上に空から落ちてきたのだとしか思えませんでしたね」

ガイル修道院長がエリック先生に視線を向けると、校医は眉間にしわを寄せて無言で目を合わせてから口を開いた。「その時からニックスは目が見えなかったのですね？」

父の顔から笑みが消えた。「そうなんですよ。かわいそうなことに。この子の目はすでに青っぽく濁っていました。今はしっかりと磨いた水晶みたいにきれいですが、その時は違いました。だから沼に置き去りにされたのかもしれないと思うのですよ。沼地の奥では生活していくだけでも大変ですからねえ。でも、そのおかげでわしは大切な娘を得られたわけですから」

またしてもニックスは本当の両親のことを思った。ずっと前から心の内にある憎しみが強くなっていく。彼らに対して父と同じように寛大な気持ちを抱くことはできない。あまり触れてほしくない内容から話をそらしたいと思い、ニックスは咳払いをした。

「今の話が私の身に起きたこととどう関係するのですか？」ニックスは質問した。

全員の目が彼女に集まる中、修道院長が答えた。「エリック先生と私は、あなたの目が生まれつき見えなかったわけではないと考えているの」

ニックスはその意見にびくっとした。「私の記憶ではこれまでずっと――」

「君は覚えていないかもしれないね」エリック先生が遮った。「だが、君にはこれまでずっと見る能力があった。君から世界を隠していたのは目の表面を覆っていた青っぽい膜だったのだよ」

「そしてそれが晴れたということなんですね」父が言った。「奇跡です。大地の母からの祝福そのものですよ」

ニックスはガイル修道院長に意識を集中させた。「私の身に何が起きたとお考えですか？　何が私の目から視力を奪ったのですか？」

修道院長はエリック先生の方に目を向けてから、再びニックスを見た。「沼地で何かに感染したのではないかと思うの。たぶん毒じゃないかしら。それとも、有害な空気を浴びたからかもしれない」

父がうなずいた。「あのあたりにはいろいろと危ないものがありますからねえ」

エリック先生がベッドに近づいた。その声からは強い興味がうかがえる。「君が遭遇した何かとの不運な反応という可能性もある。古い部屋の塵やほこりが喉や鼻の炎症を引き起こすという論文を読んだことがある。呪いとか閉じ込められていた悪魔の仕業だとされることが多いのだが、春になると多くの人が悩まされる同じような症状との関連を指摘する人もいる。原因は花が咲く季節に放出される物質のせいで、南クラッシュの人たちはその症状をバラ熱と呼んでいる」

父の顔に浮かぶ困惑の表情は、ニックスの思いと同じだった。「ですが、そのこととニックスの目が見えなかったことにどんな関係があるのでしょうか?」

エリック先生が答えた。「たいていの場合、そうした反応は自然に治まる。ただし、その影響が長く残る場合がないわけでもない」校医が細い指をニックスの顔に向けた。「例えば、目が見えなくなるとか」

「でも、それならどうして今になって治ったのでしょうか?」ニックスは訊ねた。

修道院長がニックスの方を向いた。「私たちはあなたの体が毒を撃退しようとした時に、この古い有害物質も取り除いたのかもしれないと考えているの」

「それが本当だとしたら、私が思うに」エリック先生が補足した。「現在が過去へのヒントを提供するのではないだろうか」

ニックスは眉をひそめた。「どういう意味でしょうか?」

ガイル修道院長が毛布の上からニックスの脚をぽんと叩いた。「あなたもわかっているでしょうけれど、私は骨を投げて未来を占う魔女の言うことは信用しない。それよりも、はっきり見えているものの中に隠されているパターンを探す。ミーアコウモリの毒があなたの目を治したとすれば、赤ん坊の時にあなたの目に害をもたらしたものも、沼地に生息する同じ生き物と何らかの形で関連があるのではないか、そんな可能性も考えられるということね」

「別のコウモリということですか?」ニックスは顔をしかめた。そんな考えを否定したいと思うものの、ミーアコウモリが上空で甲高い鳴き声を発するたびに感じたどうすることもできない恐怖を――同学年の生徒たちよりもはるかに強く感じた恐怖を思い出す。

〈本当にそうなのだろうか？〉

ガイル修道院長も同じことを考えていたようだ。「そんな目撃の記憶は残っていないかしら？　その頃に目が見えていたなら、生き物の姿を目にしているかもしれない」

ニックスはうつむいた。赤ん坊の自分を見つけた時の父の話と、ついさっきの言葉を思い返す。〈水面に浮かぶ水草のベッドの上に空から落ちてきたのだとしか思えませんでしたね〉ニックスは目を閉じ、ベッド代わりの水草の上で仰向けに寝たまま、苔に覆われた枝の間から空を見上げている自分のことを想像した。目の見えない自分は捨てられ、怒っていて、怯えていて、泣き叫んでいて、濁った目で空を探していた。ひときわ明るい部分は太陽で――その時、鎌のような形をした黒い何かが輝きの中を横切り、影の中に姿を消した。

ニックスの体がこわばった。

ガイル修道院長がその反応に気づいた。「どうしたの？」

ニックスは目を開け、首を左右に振った。自分に見えたものは本当の記憶なのだろうか、それともガイル修道院長の推理から生まれた幻なのだろうか？「何でもありません」

ニックスは小声で答えた。

ガイル修道院長がじっと見つめている。どんな牙よりも、鋭い射抜くような視線だ。

ニックスは顔を伏せたままでいた。一瞬よぎった記憶が何を意味するのかはわからない──そもそも記憶なのかどうかも定かではない。けれども、それを打ち消すこともできずにいた。その光景にはある感情が伴っていたため、なおさら否定できなかった。赤ん坊の頃の自分を思い浮かべていたニックスは、太陽の表面を横切る鎌のような影を見てもまったく怖いと思わなかった。その時に感じたものの正体が何か、自分の心のいちばん奥深くではちゃんと理解していた。でも、どうしてそんな風に感じたのか、さっぱりわからなかった。

ニックスは父の方を横目で見た。

あの時、そこが自分の居場所のように感じた。

9

「ひとまず、この問題は別の機会に話をすることにしましょう」ガイル修道院長が言った。「体を休めてもっと回復したら、より多くのことを思い出せるかもしれないし。それよりも今の自分が置かれている状況について、たくさんの質問があるのではないかしら。昨日からあなたが口に出そうとしていた不安や恐怖について、忘れてしまっていたわけじゃないの。まずはそっちをできるだけ解決してあげるのがよさそうね」

ニックスとしてはすぐにでも過去の話は打ち切り、今の問題に対処したかった――けれども、それもまた怖いことだった。訊ねなければならない疑問があるのは確かだが、彼女が恐れているのはその答えだった。

ニックスは唇をなめた。学校の九階で起きた襲撃の余波に対処する必要があることは承知している。来たるべき非難に向き合わなければならない。手始めとしてニックスは最大の恐怖を口にした。それは同じ七年生の男子生徒の名前だ。

ニックスは目を閉じ、暗闇から力を得てその名前を声に出した。

「バード……」ニックスはささやくように言った。

ガイル修道院長の答えは単刀直入だった。「死んだわ。でも、そのことはあなたももう知っていたはず」

ニックスは否定しなかった。「じゃあ、ほかの人たちは？」

「同じ七年生の生徒たちのこと？」

自分を追いかける生徒たちのことを思い浮かべ、ニックスは目を開いてうなずいた。

「彼らはあの日に起きた真実を隠蔽《いんぺい》しようとしたけれども、ジェイスがあなたのために証言して彼らの嘘を暴いたの」

ニックスは安堵のため息を漏らし、心の中でジェイスに感謝した。雲に覆われた世界で暮らしていた自分にとっての目の役割を果たしてくれた彼が、またしてもこの修道院学校で最も頼りになる友人だということを証明してくれたのだ。しかも、彼はその友情の代償を払うことにもなった。ニックスはジェイスの熱い鼻血を思い出した。

「ジェイス用務員は元気にしているから」ニックスの心の不安を読み取ったかのように、ガイル修道院長が先回りして答えた。「あなたに会いたがっているけれど、もう少し待つように言い聞かせているところ」

ニックスは大きく息を吸い込んだ。「では、キンジャルはどうしているのですか？　バードの双子の妹は？」

ガイル修道院長が少しだけ姿勢を動かした。眉間に一本の深いしわが刻まれる。「あの子はお兄さんの遺体と一緒にフィスカルに戻った。正しくは、焼け残った遺体の一部と一緒に、ということね。でも、あと二週間たって夏休みが終わったら戻ってくる予定になっている。戻らない方がいいと勧めたのだけれども」

ガイル修道院長はニックスをじっと見つめ、それが意味することを言葉に出さずに伝えた。キンジャルが双子の兄の死を黙って受け入れることはないだろう。フィスカルの首長でもある二人の父親も同じだ。

「私はどうなるのでしょうか？」ニックスはより身近な不安に怯えながら訊ねた。「私は九階に無断で立ち入ってしまいました」

それは修道院学校において決して破ってはならない規則だった。九年生として認められる前にその階に立ち入れば、ただちに放校処分を受ける。例外は存在しない――たとえ命の危険にさらされている場合であろうとも。

ガイル修道院長がニックスの胸を指差した。「無断で立ち入ったのはあなたではなかった」

ニックスは理解できずに顔をしかめた。「でも、私でした。それ以外に説明のしようがありません。大勢の人が目撃していました」

エリック先生が口を開いた。「そして大勢の人が君の死を目撃した。錬金術師も、聖修道士も。君の心臓は実際に止まったのだよ。半鐘時の間、あるいはもっと長かったかもしれない。誰一人として、君が助かるとは思わなかった」

「けれども、あなたは死後の世界から戻ってきた」ガイル修道院長がその先を続けた。「あなたは過去の罪を清められ、生まれ変わったということ。大地の母があなたを二重に祝福したのだと、今では誰もが信じているのよ。最初は命を、それに続いて視力を」

エリック先生が小声で笑った。「修道院長が流布させた話だけれどね」

修道院長は肩をすくめた。「その話は間違っているという声は聞こえてきませんよ」

「そんな声をあげる人がいるならお目にかかりたいものだ」校医がつぶやいた。

「でも、きっと大地の母の力のおかげですよ」父が主張した。「絶対にそうですって。彼女はこれまでずっと、わしの娘に微笑みかけてくれていました」

ニックスの胸に希望がふくらんだ。「つまり、私は学校に残れるという意味でしょうか？七年生としての勉強を終えて、八年生に進むことができるのですね？」

「残念ながらそうではありません」ガイル修道院長が厳しい口調で答えた。「この件は八人評議会に諮られ、それには反対だという投票結果が出ました」

父が立ち上がった。「そんなのおかしいじゃないか！」

ニックスは手を伸ばし、父の腕をつかんだ。手のひらの中の腕が小刻みに震えている。

ニックスはぎゅっと握り締めて父を落ち着かせながら、運命を受け入れる覚悟を決めたものの、落胆の気持ちがないと言えば嘘だった。「これでいいの、パパ。決まったことはもう仕方がないのだから」

「あなた方は二人とも誤解しているようですね」ガイル修道院長の視線がニックスに向けられた。「あなたは同級生たちとともに八年生に進級するべきではないと決定がなされた。あなたが九階で祝福を受けたのは明らかなので、大地の母の明白な希望に対して反対票を投じようとする者は一人もいなかったということ」

「よくわからないのですが」ニックスは言った。

ガイル修道院長が説明した。「二週間後、あなたは飛び級で九年生に進級します」

ニックスが修道院長の言葉を理解するまでにたっぷり三呼吸ほどかかった。何度もまばたきを繰り返して衝撃を振り払おうとする。

〈九年生……〉

先に反応したのは父だった。大きな歓声に室内の全員がびくっとした。「だから言っていたじゃないか！　ずっと前からわかっていたんだ！」父はニックスの指をふりほどき、ベッド脇にひざまずいた。両手を組むと左右の親指を立て、その指先を額に当てる。「大地の母よ、わしらへの称賛と祝福に感謝いたします」

けれども、信仰心の強さも喜びと興奮を長く抑えつけておくことはできなかった。父はすぐに立ち上がった――しかも、杖を使うことなく。そしてニックスの顔を左右の手のひらで挟み、額にキスをした。それでようやく落ち着きを取り戻したのか、ニックスの顔をまじまじと見つめた。父の目からは涙があふれ、頬を濡らしている。

「こんなことが信じられるかね?」父は笑みを浮かべながらつぶやいた。「わしのニックスが。九年生に。バスタンとアブレンに伝えるのが待ち切れないよ。息子たちも喜びでは ち切れんばかりになるだろう」

ガイル修道院長が父の隣に立った。「その素晴らしい知らせをすぐに教えてあげるのがよろしいのでは? これとは別にあなたの娘さんとお話ししたい件があります。内密の話になりますので」

「はい、はい、それはそうでしょう」父は杖を取ろうとして体の向きを変えた。「お二人ともお忙しいでしょうから、お仕事の邪魔はいたしませんよ」

「ご配慮に感謝します、ポルダーさん」

父はもう一度ニックスの方に向き直った。その顔には誇らしげな表情があふれていた。二十歳は若返ったかのようだ。首を小さく左右に振るものの、笑顔が消えることはない。

「こんなことが信じられるかね?」父は繰り返した。

〈ううん、信じられない〉

ニックスはすぐには理解の及ばない状況を受け入れようとした。数々の奇跡を経験してきても、このことに対しては疑いの念が消えない。それでも、ニックスは父に笑顔を返そうと努力した。少なくとも、あんなにも喜んでいる父を見て幸せな気分なのは確かだ。自分に対する父の信念が実を結び、その寛大な心が報われるのを見ることができたのだから、死んでもいいくらいだった。

「夕べの第一の鐘が鳴る前に夕食を持ってくるからな」父が約束した。「バスタンとアブレンも連れてくる。甘いケーキとはちみつでお祝いしよう」

ニックスは心からの笑みを浮かべることができた。「素敵ね」

父は修道院長と校医にお辞儀をし、感謝の言葉をつぶやいてから部屋を出ていった。

ニックスは通路を進む杖の音が聞こえなくなるまで耳を傾けた。

ガイル修道院長もそうしていた。音が聞こえなくなってからエリック先生に手で合図を送り、部屋の扉を閉めさせる。校医が指示に従うと、修道院長はニックスに向き直った。その顔にはいつになく険しい表情が浮かんでいる。

「これから話すことは誰にも言わないように」


ニックスはベッドの上で上半身を起こして背筋を伸ばし、扉の手前での修道院長と校医の小声での会話が終わるのを待った。声を潜めた話の内容は断片的にしか聞こえない。

「……アザンティアに連絡を……」

「……イフレンの噂……」

「……国王はきっと……」

「……流言と冒瀆……」

「……はっきりと確かめなければ」

最後の言葉はエリック先生のもので、そう言いながらニックスの方に視線を向けた。修道院長は大きくため息をついてうなずいた。ベッドの方に戻ってくると、ガイル修道院長は再びその端に腰掛けた。

ニックスの体に震えが走った。自分ではどうすることもできない大いなる力が動いているのを察知する。ガイル修道院長がニックスの顔をじっと観察し、そのまま長い時間が経過する。何を探していたのかはわからないが、修道院長は満足した様子で、ようやく話を切り出した。

「ニックス、あの毒にやられて意識を失っていた間、あなたはまるで悪夢に囚われているかのように暴れてもがいていたの。そのことを覚えている？」

ニックスは首を横に振って否定した。だが、それは嘘だった。暗闇でのおびただしい悲鳴、揺れる世界、そして押しつぶされるような果てしない暗闇のことは、はっきりと覚えている。嘘をつくつもりはなかったものの、そのことを声に出すのがあまりにも怖かった。そんなことをすれば、それから逃れられなくなるような気がした。ニックスはそれを忘れたかった。ただの熱に浮かされた夢で、死に対する恐怖から生まれた幻影だと片付けたかった。

それなのに、修道院長はその夢を詳しく聞き出そうとする。

ガイル修道院長にはニックスの怯えがお見通しのようだった。「私たちには知る必要があるの、ニックス。あなたがこれから話すことは私たち三人だけの秘密。その約束は必ず守るから」

ニックスは大きく二度、息を吸い込んだ。これまで自分のことを守ってくれた女性からの要求をどうして拒むことができるだろうか？　その恩に報いるためにも、このまま沈黙を貫くわけにはいかなかった。

「私が……私が覚えているのは断片だけです」ニックスはとうとう認めた。「まるで大きな災厄がアースに降りかかったかのようでした。あらゆる土地のあらゆる声が恐怖を訴えていました。世界が揺れ、引き裂かれました。そしてその後は……その後は……」

思い出して語るうちに、ニックスの口の中はからからになっていた。

叫び声が頭の中でこだまし、全身の産毛が細かく震える。

「それからどうなったの？」ガイル修道院長が優しく語りかけ、ニックスの手を握ろうとした。

ニックスはしばらくの間、自分の胸の中だけにとどめておこうとこらえていた。けれども、自分の正直な思いと恐怖をしっかりとわかってもらうために、修道院長の顔を見上げた。「まったくの静寂。空っぽな状態がどこまでも続いていました。彼方にある冷たい星まで、ずっと」

その先の言葉を発しようとした時、ニックスは喉がぎゅっと縮まったような気がした。あたかも声になるのを体が押さえつけようとしているかのようだった。「それは……実際に起こります。どのような形でそうなるのかはわかりませんが、きっと起こるのです」

ガイル修道院長がエリック先生の方を見た。

校医が歩み寄った。「君は静寂が星まで続いていると言ったね。月はどうなのかな？」

ニックスは眉をひそめた。「月ですか？　何のことだかわかりません」

ニックスの手を握るガイル修道院長の指に力が込められた。「もがいている時、あなたは小声でつぶやいたり大声でわめいたりしていたの。その多くは月についてのこと。『ムーンフォール』という単語を何度も繰り返していた」

ニックスは首を横に振った。そのことについては何も知らない——本当に知らなかった。

ニックスの表情を観察しながら、修道院長は当惑した様子でゆっくりと目を見開いた。

「月に関して何も覚えていないのは確かなのね？」

「もしかすると夢の中で月を見たのでは？」エリック先生がなおも訊ねた。

ニックスは二人の先生を交互に見た。「何も見ませんでした。月におられる息子と娘に誓って」ニックスは開いている方の手を持ち上げ、指先を片方の目に、続いてもう片方の目に向けた。「悲鳴を聞きました。揺れを感じました。でも、その悪夢の中の私は、それまでのように目が見えなかったのです」

ガイル先生が肩を落とした。「もちろん、そうよね」

「ごめんなさい」ニックスは相手を落胆させてしまったと思った。「私が覚えているのはそれで全部です。本当なんです」

「あなたの話を信じましょう」

エリック先生が疲れた様子でうめき声をあげ、目を閉じた。「どうやら神々は知識を分け与える相手に不完全な器を選んだようだ」

ニックスはその言い方に腹を立てた。小さな頃には目が見えたらいいのにと思ったことがあったかもしれないが、自分のことを「不完全な」存在だと考えたことは一度もなかった。学校で進級し続けてきたことが不完全ではない何よりの証拠だ。

「彼女を選んだのは神々ではなかったのかもしれない……」ガイル修道院長は謎めいた言葉をつぶやき、立ち上がった。「いずれにしても、神への冒瀆だと見なされることは確認できなかったとはいえ、わかったことを伝えるとしましょう。私からハイマウントに伝書カラスを送ります」

「しかし、もし国王が――」

「心配はいりません。私の才気あふれるかつての教え子が秘密を守ってくれます。ケペンヒルの最上階で彼が密かに進めている作業のことは、あなたも承知しているはず」

　修道院長と校医の期待に添えなかったことを悟り、ニックスは気持ちが沈んだ。だが、ケペンヒルという名前に注意が向く。ケペンヒルはこの国にある最古の学校で、ハイマウント近郊のいちばん高い丘の上に位置している。また、そこは古い歴史のあるシュライブ城の所在地でもあり、城内では錬金術と神学の両方で高位水晶の資格を獲得した者たちが難解な研究に取り組んでいると言われている。

　ニックスはそんな人たちの仲間入りをしたいという、壮大な夢を抱いていた。もっとも、本当にその夢が実現するとは期待していない。その一方で、修道院学校の九年生になれるとは思っていなかったことも事実だ。

　ガイル修道院長がようやくニックスに注意を戻した。「この件は誰にも話してはいけません。今の会話も、もちろん悪夢についても。家族に話すことも禁止します」

　ニックスはうなずいた。そんなことをする気などまったくなかった。すべてを忘れられるなら喜んでそうするところだ。ニックスはそれを心の奥深くまで――あの悲鳴が聞こえないところまで、しまい込んでしまおうと考えていた。また、修道院長の指示の裏に隠された警告にも気づいていた。ニックスの命は黙っていられるかどうかにかかっているのだ。

〈でも、私が黙っているだけで十分なのだろうか？〉

ニックスはまたしても、自分よりもはるかに大きな力が渦巻いているのを感じた。自分の理解の及ばない陰謀と企みがうごめき、嵐が力を増しつつある。天文学教室にある太陽系儀が頭に浮かぶ。歯車を回すと石炭で熱せられた太陽のまわりを惑星が一周する。でも、今回の件で自分のまわりの巨大な歯車を回しているのは誰の手なのだろうか？

〈あと、私がその歯車で押しつぶされるまでに、どのくらいの時間が残っているのだろうか？〉

10

夕べの最後の鐘の音が最上階から鳴り響く中、ニックスは病室内の簡易ベッドに向かっていた。杖を手に持ち、ふらふらしながら部屋を横切る。まだ体力が十分に戻っていないせいもあるが、それよりも甘いケーキの中にたっぷり含まれていたラム酒の影響の方が大きい。疲れ果てているうえにおなかが今にも破裂しそうなほど満たされているので、眠りはすぐに訪れてくれそうだ。

耳の中では彼女の九階への「昇天」を祝う父と二人の兄の笑い声と歌声が今もなお聞こえていた。三人の誇らしげな様子を見て、ニックスの顔に笑みがこぼれた。午前中の修道院長と校医との内密の話が原因となった恐怖と不安は、陽気な家族と自らの将来への希望のおかげでどこかに消えてしまった。

〈何もかも私には関係のない話〉ニックスはそう決断した。恐ろしい夢は気にせず、忘れること。何かの前兆であろうとなかろうと、そのような重要性と機密性を帯びた事柄はその手の問題の扱いを心得た人に――少なくとも、何らかの手を打つ権力と影響力がある人に委《ゆだ》ねるのがいちばんだ。

〈それが私ではないのは確かなこと〉

ベッドの脚の側を回り込んだ時、オイルランプの炎がちらちらと揺れ、石壁に移る影も揺らめいた。その動きでニックスはめまいを覚えた。バランスを崩しそうになるが、倒れる前にどうにかうめき声とともにベッドの上に腰掛けた。

ニックスは頭の中のもやもやを追い払おうと深呼吸をした。開け放たれた高い窓から吹き込む風は、塩分を含んだ沼地の水のにおいがする。絶え間ないブヨの羽音がカエルの鳴き声やコオロギの歌声と張り合っている。遠くの沼地から聞こえるアビの軽やかな鳴き声が、かえってどこかもの悲しい雰囲気を醸し出す。

ニックスはため息をつき、窓を見上げた。外では天空の父がまだ輝いている――ただし、その顔は視界から隠れている。太陽が地平線に沈むことは決してないが、夕べの鐘は父の輝きがいくらか弱まり、影が濃くなってきたのを合図に鳴らされる。雲に包まれた状態の目が光と影の移ろいにもっと敏感だった時には、そのような変化はより顕著に感じられた。今では違いをわずかにしか察知できず、ニックスは視力の回復とともに自分の一部を失ってしまったような気がして寂しさを覚えた。

そんなことを思ううちに酔いが覚めてきたので、ニックスはベッドから立ち上がって窓のところに向かった。鎧戸《よろいど》を下ろして太陽の光を遮り、室内を暗くする。けれども、完全に閉め切る気分にはなれなかった。影の中での暮らしは嫌というほど経験してきた。

窓のところに立ったまま、ニックスは夕べの空に太陽とともに輝く満月を見つめた。明るい銀の息子の顔に浮かぶ表情を観察する。やや色の濃い部分は左右の目を思わせる。鼻のようなところも、明らかに口に見えるところもある。昨日まではそうした細かい差異を見抜けるだけの視力が備わっていなかった。

〈本当に空に顔があるみたい〉

ニックスは息子に向かって笑みを浮かべた。これから何日かをかけて、闇の娘がその顔を覆い隠していく。二人は悠久の昔からそんなダンスを続けている。

「銀の息子よ、再びあなたの顔が戻ってくる頃」

ニックスは月に向かってささやいた。「私は九年生になっていることでしょう」

ニックスにはまだ実感が湧いてこなかった。二週間たつと、胸の中にずっと秘めていた願いが現実のものとなるのだ。その喜びは空に浮かぶ息子のように明るく輝いている。その一方で、ニックスはそこに存在する暗い影を無視することができなかった。自らの中にある闇の娘が、喜びという銀の息子を覆い隠そうとしている。

ニックスにはその不安の原因がわかっていた。修道院長の問いかけが脳裏によみがえる。ニックスは月の顔に敵意や危険の気配がないか探した。けれども、何も見つからなかったし、何も感じなかった。

ニックスは修道院長が使った単語を記憶の中から掘り起こし、声に出してみた。「ムーンフォール」

〈そもそもどういう意味なの？〉

答えを得られそうにもなかったので、ニックスは肩をすくめてベッドに戻った。簡易ベッドの上で枕に頭を載せて毛布にくるまる。仰向けになると、垂木からぶら下がった乾燥した薬草が目に入る。ちらちらと揺れるオイルランプの炎のせいで、薬草が動いて自分の方に迫ってくるかのように見える。

ニックスはぶるっと震えた。

どうやら目が見えるからこその恐怖もあるらしい。

ニックスは息を吹きかけてオイルランプの明かりを消し、横向きの体勢になって毛布でしっかりと体を包んだ。目を閉じるものの、さっき思っていたほど簡単には眠れそうにないという気がする。

その予想は間違っていた。

彼女は葉っぱのない石の森の外れを抜け、薄暗い山腹を登って逃げる。人間の大声とけだものの鳴き声が彼女を追い詰める。周囲では鋼のぶつかり合う音が鳴り響き、その合間に兵器の轟音が入り混じる。

　はあはあと息を切らしながら、彼女は山頂で立ち止まる。周囲の状況を確認すると、自分が成長していて、背が伸びていて、あちこち傷だらけで、左手の指が一本なくなっていることに気づく。けれども、そんな謎を考えている時間はない。

　前に目を向けると、顔にタトゥーが入っていて、血まみれのローブを身に着けた一団が祭壇を取り囲んでいる。祭壇では巨大な黒い生き物が身をよじっていて、左右の翼は石の祭壇に鉄の杭で固定されている。

「やめて……」彼女は傷ついた喉から大声を出す。頭の中で熱い炎が燃えている。

　いくつもの黒い顔が彼女の方を向く。彼らの手には反った刃を持つ武器が握られている。

　彼女は両腕を高く持ち上げ、左右の手を合わせる。それと同時に馴染みのない言葉が自分の口からあふれ出て、ある名前を呼んで終わる。「バシャリア！」

　その最後の単語とともに、彼女の頭蓋骨が内部に閉じ込めていた炎の嵐を解き放つ。外に向けたその力が石の祭壇を粉々に砕く。黒い花崗岩《かこう》から鉄の杭が外れ、黒い生き物が高く舞い上がる。その血が影の一団に降りかかり、男たちは散り散りになる。

　そのうちの一人が彼女に駆け寄る。武器を高々と掲げ、呪いの言葉を吐きながら。

　力を使い果たして空っぽの彼女はその場にひざまずくことしかできない。身を守ろうと腕を持ち上げることすらできない。顔を上に向けて煙に覆われた空を、満ちた月を見つめる。その顔を横切る鎌のような影は翼のある生き物で、やがて煙と暗闇の向こうに姿を消す。

彼女がそれを見つめるうちに、時の流れが緩やかになり、同時に引き伸ばされていく。月がさらに大きさを増す。周囲から聞こえていた兵器の轟音が鳴りやむ。苦痛の悲鳴と叫び声が恐怖の合唱へと移り変わる。膝の下の大地が震動し、一呼吸するたびに揺れが激しくなる。

その間も月が空をさらに覆い隠し、今ではその端が燃えていて、まわりの世界がすべて真っ暗になっていく。

彼女は力を振り絞り、この破滅の名前を口にする。

「ムーンフォール……」

次の瞬間、刃物が彼女の胸に突き刺さる――真実が彼女の心臓を貫通する。

私は失敗した……みんなの期待にこたえられなかった……

ニックスは「あっ」と声をあげ、ベッドの上で上半身を起こした。

新たに手に入れた視界を涙が曇らせる。胸で心臓が激しく脈打っている。ニックスは体に絡まった毛布から片手を引き抜き、目をぬぐった。指が血で真っ赤に染まるのではないかと恐れながら、もう片方の手で左右の乳房の間の焼けつくような痛みをさする。

〈ただの夢〉ニックスは自分を安心させようとした。

唾を飲み込み、恐怖でからからに渇いた口の中で固まった舌をほぐす。

「ただの夢」自分の気持ちをいっそう強めるために、今度は声に出して繰り返す。

ニックスは窓の方に視線を向けた。月は今もそこに輝き、空に浮かぶその姿はさっきまでと同じで、大きくなってもいないし小さくなってもいない。ニックスは懸命に呼吸を整えようとした。左手を目の前に持ち上げ、拳を作ったり開いたりを繰り返す。

〈指はちゃんと五本ある〉

ニックスは腕を下ろし、ほっとして顔を上に向けた。

「ちょっとおかしくなっていただけの話」ニックスは自分に言い聞かせた。「パパはいつもケーキにラム酒を入れすぎるんだから。それにあんな話を聞かされて……」

〈ムーンフォール……〉

ニックスはラム酒が想像力をたくましくしたせいで不安や疑念が悪夢の中に入り込んだに違いないと思った。きっとそれだけのことだ。

顔を上に向けたまま、垂木から吊るされた乾燥した薬草の葉や枝を見つめる。影が動いているのは炎のちらつきによってそう見えているだけで、それと同じようにあの夢も現実のことではない。

ニックスはベッドの上ではっとして体をこわばらせた。

ベッド脇の台に目を移すと、火の消えたオイルランプがある。ニックスは寝る前に吹き消したことを思い出した。それに窓の鎧戸はさっき自分が下ろした時よりも隙間が広くなっている。彼女は首を曲げ、垂木の上の暗がりに目を凝らした。

〈何かがあの中にいる〉

そう思った途端、彼女の世界がひっくり返った。ふと気づくと、ニックスはベッドに腰掛けて上を向いている自分の姿を見ていた。叫び声をあげると、大声を叫ぶ自分が見える。次の瞬間、世界が元通りになり、ニックスはベッドの上で呆然と垂木を見上げていた。

乾燥したアドルベリーの枝の列が小さく揺れ、そこに視線が引き寄せられる。

垂木から二つの光る赤い目が彼女を見つめ返していた。

悲鳴が喉からあふれそうになるものの、それが声として外に出るよりも早く、上からキーンという甲高い響きが伝わってきた。音として聞こえるのではなく、全身でそれを感じ取る。それに反応して皮膚がちくちくする。それが石壁に反響し、病室内を満たす。耳を通り抜けて頭蓋骨の中で鳴り響き、脳の表面に火をつける。

ニックスは手のひらで両耳を押さえたが、何の効果もなかった。

火が大きな炎となって燃え上がり、それと同時に奇妙な感覚が訪れる。鼻の中を満たすきつい香りは、油と汗を含む。舌に伝わるどろっとしたクリームの味は、濃厚で甘い。上からの不思議な力で押されたかのように頭を後ろに倒すと、いくつものぼんやりとした影がうごめく。

周囲の世界がぼやけていき、それに代わって別の世界が鮮明に現れる。

――彼女の小さな指が体毛の中で何かを探す。

――すぼめた唇が濃い色の乳首を見つけると、そこから乳が一滴、滴り落ちようとしている。

――彼女は乳を飲み、丸々と太った脚で蹴りながらもっと欲しいと体を押し上げる。

――やわらかい革のような何かが彼女をしっかりと包み込み、ぬくもりと安心を与える。

ニックスは頭を振り、それらの光景を打ち消そうとした。そうではないかと思い始めたことを打ち消そうとした。けれども、逃れることはできなかった。

ほかの断片が一気に流れ込んでくる。自分の目で見ているものもあれば、遠くから見られているかのようなものもある。

――彼女は草の間を這う。

――自分の足の指をしゃぶろうと体を折り曲げる。

――硫黄の煙が鼻につんと来る。

――熱い舌が全身をなめてきれいにしてくれる。

――抱えられて高く舞い上がり、風が手足をくすぐる。


光景が次から次へと入れ替わるにつれて、彼女の視界が不思議な雲に包まれていく。


――飲む乳は相変わらず濃厚で甘い味がする。それが彼女のおなかを満たし、力を与え、眠りを深くするが、同時に彼女の世界を暗くしていく。

――温かい舌が彼女の目をぬぐうが、そこにあるのは優しさではなく、不安に満ちた必死な思い。

――それまで彼女の世界と頭の中を満たし、その存在そのものに浸透していた甲高い声と口笛のような音が、暗く悲しみに満ちた調べに変わる。まるで彼女を取り巻く全世界が泣いているかのように。

――再び高く舞い上がり、影の中を運ばれる。

――彼女の小さな耳が地上の大きな生き物の低い鳴き声をとらえる。その生き物が沼地を移動するのに合わせて、アシの葉がこすれる音も聞こえる。

――彼女はその生き物から近いところにそっと下ろされる。新しいベッドは濡れていて、まわりから花の香りが漂ってくる。

――彼女はほとんど何も見えなくなっている。

――彼女の前に影が現れる。大きな目が見下ろしている。毛の生えた頬が彼女の頬にそっと押し当てられる。最後にもう一度だけ、舌が彼女をなめる。鼻を鳴らしてにおいを嗅ぎ、彼女のことを記憶にとどめようとする。

――次の瞬間、巨大な翼がはばたく音とともに、彼女は置き去りにされる。

――彼女は大きな泣き声で悲しみを、喪失感を表す。上からのキーンという響きがまだ伝わるものの、それが次第に弱まっていく。

――彼女は影が月を横切り、そして消えるのを見つめる。

ようやく元の世界が戻ってくる。ニックスはベッドの上にいた。小さな二つの目は今も上から光を発しているが、それらに対する恐怖は鈍い輝き程度になっている。ニックスは見せられたものを――キーンという響きによって炎とともによみがえった失われた記憶を拒みたかったが、できなかった。それが本当のことなのだとわかっていた。けれども、これまで自分について理解していたことのすべてがひっくり返る事実は受け止めがたかった。

その不可能な作業を試みようと考えるよりも先に、垂木から伝わる甲高い響きがいちだんと鋭くなった。またしても彼女は上から自分を見下ろしていた。部屋の上に隠れている生き物の目を通してのぞいているのだとわかる。すると静かな池の水面に反射するかのように、その光景に別の光景が重なった。

ニックスは再び裸の赤ん坊になり、自分を守る大きな存在の体毛と翼に包まれて乳を飲んでいた。もう一つの乳首がある方を見ると、ふわふわとした産毛に覆われた濃い色の何かが乳を吸っていた。その薄い翼はぎこちなく片側にたたまれている。小さな鉤爪で体毛に覆われた体にしがみつこうとしている――そして小さな赤い目が彼女のことを見つめていた。この相手はいつも彼女の傍らにいて、同じ翼の陰で守られていた。

重なり合った光景がようやく消えた。室内に静けさが訪れた。

新しい情報にめまいを覚えながら、ニックスは何度か深呼吸をした。垂木の方を、赤く光る二つの目を凝視する。垂木の陰に何が隠れているのが何か、今ならわかる。

そのことを認めるかのように、黒っぽい影――ハクガンと同じくらいの大きさしかない生き物が、宙返りをしながら姿を見せた。左右の翼を広げ、一度だけはばたかせたかと思うと、そのまま細い窓から外に出ていった。ニックスはまだ若いミーアコウモリが旋回して視界から消えるまで、その姿を目で追い続けた。

ニックスは息を殺したまま、この遭遇について自分がどう感じているのかを確かめた。

あの生き物はこの厳しい環境の土地において脅威となる存在で、ほかに類を見ない捕食動物だ。けれども、彼女は一切の恐怖を抱かなかった。その代わりに、さっきまでの恐怖が冷たい確信に変化した。

夕べの鐘に合わせてやってきた相手の正体はわかっていた。

なおも窓の外を眺めながら、ニックスはもう一方の乳首を、そこにいる小さな姿を思い浮かべた――その生き物が今では艶のある体毛に覆われ、大きく成長している。

〈あれは私の生き別れの弟〉

第四部
戸棚の中の王子

この世のすべての美はハレンディの地にある。東から西に向かって、あたかも神々の使用を意図したかのように、巨大な階段状の地形が落ち込む。雲の中にあるシュラウズの高地から、クラウドリーチの霧に覆われた森を経て、その豊かさは実り多き肥沃《ひよく》の地ブローズランズの平地にまで広がる。ただし、何よりも素晴らしきはこれらの土地および世界の多くが目を向ける王都、輝かしく壮麗なアザンティアである。

——全八十巻から成るリラスタの『地理大全』より

11

国王の息子はうめき声とともにシラミと自らの吐瀉物《としゃぶつ》の悪臭の中で目を覚ました。遠くから聞こえてくるのはアザンティアの高台で鳴り響く朝の第一の鐘だ。鐘は一つの鐘楼《しょうろう》からその隣へと伝わり、ハイマウントの星形をした城壁の頂点のそれぞれに設置された、合わせて六つの鐘楼が順番に鳴らされる。

一日の始まりを告げる音が響きわたる中、彼は薄い枕を耳に押しつけた。それでも音は頭を揺さぶり、歯をうずかせる。胃が持ち上がり、胃液が逆流しそうになる。あふれそうになる液体をどうにか抑え込んだが、大きなげっぷが漏れた。

六つ目の朝の鐘が約束の湾に響きわたり、ありがたいことにようやく鐘が鳴りやんだ。

「ああ、これでましになった」カンセ王子は鎧戸を下ろした薄暗い部屋に向かってため息まじりにつぶやいた。

目を閉じて自分がどこにいるのかを思い出そうとする。汗と小便がにおうし、自分が嘔吐《おうと》した汚物からは酸っぱいエールのにおいが漂っている。焼き網で調理中の肉の脂から出る煙が、床板を通して室内に入り込んでくる。階下の調理場からは鍋のぶつかる金属音に交じって、主人の怒鳴り声が聞こえる。

〈ああ、そうか……〉

カンセの朦朧とした頭によみがえったのは木製の看板で、そこには甲冑《かっちゅう》姿の騎士が剣の先端を唇に当てている絵が描かれていた。店名は「とがった刃」だ。かなり前のことだと思われるが、何者かが落書きしてその剣を陰茎に変えた。その後、それを元に戻そうとする人は現れていない。そんな素敵な芸術的センスがある酒場を、カンセとしては訪れないわけにはいかなかった。高貴な身分にあるカンセがその種の店を訪れるのは、ここが三軒目だった。もちろん、本当の名前を名乗ったわけではない。いつものように王子としての正体を隠し、粗悪な作りの服と質素なマントという身なりで店を訪れていた。

カンセは上半身を起こし、やはりやめておけばよかったと思ったが、どうにかそのままの姿勢でこらえた。ズボンはどこにあるのだろうかと考えながら、両足を床に下ろす。股間をかきむしり、数匹のシラミを取り除こうとする。だが、勝ち目のない戦いだった。この敵に勝つためにはライリーフの蒸し風呂に入らなければならない。

カンセはうめき声をあげながら立ち上がり、トイレの上の鎧戸を押し上げて新鮮な空気を室内に入れた。目が痛くなるようなまぶしさだが、カンセはそれを罰として受け入れた。すでにかなりの暑さだ。青空が広がっていて、東の空には真っ赤に染まった雲がちらほら見える。それとは対照的に、西の地平線には嵐の黒雲が湧いていた。海から吹き寄せる雲はタラク川の向こう側に広がる穀倉地帯を覆っていて、やがて王都に向かってくる。

カンセはフレル錬金術師が教えようとしてくれた空の二本の川のことを思い浮かべた。その説明によると、空には一本の熱い川が流れていて、アースの灼熱の側から凍結した側に向かって熱気を運んでいる――そしてそれが今度はもう一本の冷たい川となり、陸地や海により近いところを通って西から東へと戻っていく。常に逆向きに流れ続けるこれらの双子の川が、クラウンの地に居住可能な気候という恵みをもたらしていると言われる。聖修道士たちはそれが双子の神々――炎の神ハディスと氷の巨人マディス――のおかげで、それぞれが息を吹きかけて空の二本の川を生み出していると信じているが、フレルたち錬金術師は火と氷による自然のふいごの作用によるものだと主張する。論争はケペンヒルの九階の両側において今も続いている。

カンセはため息をついた。彼にとってそんなことはどうでもよかった――少しは考えるべき時であるのだが。カンセ自身、あと二週間もしないうちに九階で教えを受けることになっていた。実力でそこまで上り詰めたというわけではない。彼は国王の息子だ。八人評議会が彼の昇天を否決することなど、できるはずがなかった。

それまでの間、カンセは残りの夏休みで自由を満喫するつもりでいた。ただし、そのように羽目を外すための口実など必要ない。今では誰もが彼の評判を耳にしていた。カンセには多くのあだ名が付けられていて、変装した本人がエールのジョッキを抱えて静かに飲んでいるうらびれた酒場の店内で、その呼び名が嘲笑《ちょうしょう》とともにささやかれることも珍しくない。「酔いどれ王子」「キンタマ野郎」「色黒の役立たず」……しかし、最もふさわしい蔑称《べっしょう》は「戸棚の中の王子」だった。カンセは王子ではあるものの、双子の兄が死んだ時のための予備としての務めが人生におけるたった一つの役割なのだ。万が一、必要とされる場合に備えて戸棚の中でじっと待機していること、それが彼の運命だった。

カンセは部屋の中に向き直り、ズボンを探した。部屋の片隅に無造作に丸めてあるのを見つけ、すぐに身に着ける。カンセはそうした中傷を恥ずかしいとは感じなかった。そう言われても仕方がないと思った。むしろ、意図してそう言われるように仕向けた。国王の二人の息子の弟である自分が王位に就くことはまずありえない。だから自らの務めをしっかりと果たしてきた。自分を低く見せればその分だけ兄が輝いて見える。

〈僕にできるのはそのくらいだよ、親愛なるマイキエン兄さん〉

片足で立ってもう片方の足にブーツを引き上げ、その作業を繰り返して着替えを終えると、カンセは顔をしかめた。〈母さんの子宮の中でぐずぐずしているべきじゃなかったのかもしれないな〉マイキエンは自分よりも早く子宮の外に出て、最初の泣き声とともにその輝かしい未来が約束された。王位に就く運命の兄は溺愛《できあい》され、大切に育てられた。七歳の時、兄はハイマウントの敷地内にある王国軍の訓練学校に入った。それから八年間、マイキエンはあらゆる戦術や武器の訓練を受け、次期国王としての役割に備えて技量を磨いてきた。

その一方、カンセはハイマウントの外に追い出されてケペンヒルの学校に入学した。それは異例のことではなかった。アザンティアの王族の間では昔から双子の誕生例が多い。顔がうり二つのこともあれば、見た目が異なる場合もあった。マイキエンは白亜の彫刻のような容姿で、カールのかかったブロンドの髪や海を思わせる青い瞳は父親譲りだ。女の子たちは――さらには大人の女性たちの多くも、特に訓練学校に入ってその体に力強い筋肉の厚みが加わってからは、兄が近くを通るだけで大騒ぎになった。マイキエンはハイマウントの慰みの奴隷の館において各種の夜の剣術を磨くことにも余念がなかった。

カンセの人生はそれとはまったくかけ離れたものだった。二番目の息子として、剣に触れることは禁じられた。それに加えて、大あわてでうろたえながら試みたことはあるものの、女性経験はないも同然だった。それにケペンヒルではそのような快楽が禁止されている――しかも、カンセには双子の兄ほど女性の心をざわつかせる魅力がなかった。

輝かしさと勇敢さを象徴する存在のマイキエンとは違って、カンセは今は亡き母親似だった。肌の色は艶のあるエボンウッドと同じで、髪は石炭のように黒く、瞳は嵐の雲を思わせる灰色だ。物腰も母親に似て穏やかで、人付き合いはあまり好きではない。

一人でいる方が気楽で、剣を手にすることを禁じられていたカンセは、代わりに狩猟用の弓矢を選んだ。父もその挑戦を後押ししてくれた。自分たちの一族による何百年もの支配の間に、ハレンディ王国はクラウンの北部一帯の足場を確固たるものとしてきた。領土の拡大は剣や戦闘艦よりも鍬《くわ》、斧《おの》、大鎌を通じて実現された。領土の確保のためには壁を補強したり城を建造したりすることと並んで、自然を手なずけることも重要だった。外国の軍隊だけでなく大自然もまた、征服しなければならない敵だった。

そのため、カンセは時間が許す限りブローズランズの起伏に富んだ丘陵地帯やその中に点在する森に赴き、狩りを行ないながら技術を磨いた。狙いを正確にするだけでなく、獲物を追跡する能力も高めた。カンセはいつの日かランドフォールの断崖をよじ登り、クラウドリーチの霧深い森を訪れたいと夢見ていた――そしてできることなら、密林に覆われたダラレイザのシュラウズにも。そこに足を踏み入れる勇気があった者はごくわずか、無事に帰還した者はさらに数少ないと言われる。

〈だけど、それが実現することはまずないだろうな〉

近頃では、特にケペンヒルでの学年が上になるにつれて、そのような気晴らしを楽しむことは難しくなる一方だった。勉強がより多くの空き時間を占めるようになった。そうした理由から、カンセは自分をアザンティアに閉じ込める学校のことを憎むようになった。その代わりとして、彼は新しい楽しみを見つけ出した。エールのジョッキを空にすれば簡単に気晴らしができることを学んだのだ。

そういうわけで、カンセはシラミと頭痛に悩まされてここにいる。

服を着たカンセはすり切れた旅行用のマントを痩せた肩に羽織り、三角形のフードを頭にかぶった。扉を抜けて部屋を出ると、いくつかの段が抜けかけている傾いた階段を下り、宿屋の食堂に入った。数人の漁師たちが熱々の料理をすぐに食べられるよう、調理場にいちばん近いテーブルに陣取っている。

主人が油のしみたぼろきれでオーク材のカウンターをぬぐった。「食い物はどうだい？」カンセに向かって声をかける。「ゆでた牛足の粥とオーツケーキがあるぞ」

カンセはうめき声を漏らした。「心がひかれるけれどやめておくよ」カンセは硬貨の入った袋を引っ張り出し、半エイリー銀貨を一枚つまむと指ではじいた。銀貨はカウンターの上で跳ね返ってから主人の近くで止まった。主人はそれをすぐにぼろきれの下に隠した。

「ずいぶんと気前がいいじゃないか、若いの。多すぎるくらいだ」こんなにも正直な感想を聞くのは珍しい。

「まあね」カンセはおなかに手のひらを当てた。「だけど、貸した部屋の状態を見てから判断する方がいいかも」

その言葉を聞き、漁師たちのテーブルから事情を察知した笑い声が起こった。

「飲めるうちに飲んでおく方がいいぞ、兄ちゃん」そのうちの一人が牛足をかじりながら声をかけた。顎ひげにくっついている粥の量は口に入った分よりも多いのではないかと思うほどだ。「国王主催の酒盛りがもうすぐ開かれるから、ハイマウントはこのネザーズの地からありったけの酒をかき集めることだろうよ」

別の男が訳知り顔にうなずいた。「まあ見てなって。あいつらは俺たちの最高級の樽を城まで転がしていくから」

顎ひげが粥まみれになった体格のいい男は牛足の骨をテーブルに吐き出した。「もちろん、誰がいちばんの大酒飲みなのかは言うまでもねえ」男は隣に座る連れを肘でつついた。「キンタマ野郎さ！」

笑い声が広がっていく。

「あの役立たずはうれしくてたまらねえだろうな」別の男が同意した。

「確かにそうだね」カンセは不機嫌そうに認めた。

「あいつの立派なお兄様が王位に就くのももうすぐだ」粥ひげ男がさっきとは反対側に座る連れを肘で小突いた。「しかも、あのカルカッサ家の娘っ子がおなかの中で大切なものを温めているときている」

さらなる笑い声が続いた。

適当にあしらってから手を振ると、カンセは陽気に会話を続ける一団を残して建物の外に出た。まぶしい太陽に顔をしかめ、心の中で天空の父に悪態をつく。そんな冒瀆的な行ないを叱るかのように、西の空で雷鳴がとどろいた。

カンセは小声でうなった。

誰一人として、キンタマ野郎を快く思っていないらしい。

〈僕がいちばんそうだけどな〉

自分を哀れむようなうめき声を漏らしながら、カンセは手をかざして光を遮り、ネザーズと呼ばれる王都の低地から高台に建つ輝かしいハイマウントの宮殿を見上げた。ケペンヒルの自分の部屋まで戻るためには、まだかなりの距離を歩かなければならない。

カンセは顔を伏せてフードを深くかぶり、天空の父から顔を隠した。あいにく、彼が気にするべきなのは太陽ではなかった。曲がりくねった道を上るカンセの頭は、足を一歩踏み出すたびにずきずきと痛む。窓に反射するまぶしい光が充血した目に容赦なく襲いかかる。

カンセはよろよろと前に進みながら何度も壁に寄りかかり、ひっくり返りそうになる胃を落ち着かせようとした。狭い路地の入口を通り過ぎようとした時、危うくバランスを崩しかける。すると一本の手が伸びてきて体を支えてくれた。

「助かったよ、ありがとう」カンセはお礼の言葉をつぶやいた。

ところが、その手がカンセを表通りから薄暗い路地に引きずり込んだ。さらに数本の手が彼の体をつかむ。その正体は濃い色のマントを着た三人の盗賊だった。脅威に気づき、カンセはひんやりとした焦りに襲われた。気を緩めていた自分を叱る——たとえ朝の明るい陽光の下であっても、ネザーズで油断は禁物だった。

脇腹に突きつけられた短剣の先端がカンセの不注意を戒めた。

「大声を出したら命はないぜ」警告の言葉とともに路地のもっと奥深くに連れていかれる。

カンセは硬貨が詰まった袋の重さと、店の主人に放り投げた半エイリー銀貨のことを思った。硬貨の扱いにはもっと気を配るべきだった。ネザーズで気前のよさが報われることはまずない。

暗がりの奥に入ると盗賊の一人が耳元でささやいた。「どうやら戸棚の中からのこのこと出てきた王子様を捕まえることができたようだな」

カンセの体に緊張が走った。相手に渡すために小銭の入った袋をつかもうとしていたところだった。だが、どうやら今朝はピンチ銅貨やエイリー銀貨の重さで自由を買い取ることはできなさそうだ。たとえ酔いどれであろうとも、王子にはひとつかみの銀貨以上の価値がある。

頭がよく回らない状態のまま、カンセは無理に大声で笑おうとした。短剣を手にした盗賊からよろめきながら顔を離そうとする。「おまえたち……まさかおまえたちは……俺が色黒でこんなにもハンサムだから王子だと思ったのか？」カンセは軽蔑もあらわに大笑いした。

仲間の一人が顔を近づけた。鼻と鼻がくっつきそうなほどの距離だ。相手の呼気からは気の抜けたエールと虫歯のにおいがする。「本当にこいつで間違いないのか、フェント？」

この好機を逃すことなく、カンセは唯一の武器を使った。ずっと抑えつけていた内臓を開放し、大量の胃液を相手に吐きかける。強烈なにおいの液体が盗賊の顔にまともにかかった。

男はしみる目をかきむしりながら後ずさりした。

男の仲間たちが驚いた隙に、カンセはブーツのかかとで自分を拘束する盗賊の足の甲を踏みつけた。相手が悲鳴をあげるなか、その手を振りほどく。短剣がカンセのマントの布地を切り裂いたが、刃先が体を傷つけることはなかった。カンセはもう片方の足を突き出し、三人目の男の胸を蹴飛ばして向かい側の壁に叩きつけた。

相手の様子を見届けることなくその場を離れ、表の通りに向かって走る。カンセは狩りの手ほどきをしてくれたクラウドリーチの斥候に心の中で感謝した。教えてくれたことの中には弓矢の扱い方だけではなく、それよりも重要なこと、狩人が獲物の立場になった時の危険への対処方法も含まれていた。〈逃げることが最大の武器になる場合もあります〉ブレブランから繰り返し教え込まれた。

カンセはその教訓を胸に、表通りのまぶしさに飛び出した。歩行者の一団にぶつかり、女性が腕に抱えていた包みを突き飛ばしてしまう。

「失礼」カンセは息を切らしながら止まることなく言った。

最初の四つ角に差しかかるとそこを曲がる。逃げながら心の中で誓う。

〈これからはもっと注意しないと――そして気前のよさももっと控えめに〉

カンセははあはあと息をしながら、次の鐘が鳴り響く音に耳を押さえた。まるでブロンズ製の鐘が耳の中で暴れているかのようだ。

音が収まるのを待つ間、カンセはストームウォールを抜けるトンネル内の物陰に身を潜めた。追っ手の気配がないか後方を探りながら、巨大な煉瓦《れんが》の壁に寄りかかる。

厚さ一ハロンのこの城壁はかつてのアザンティアの境界線で、海から約束の湾に向かって吹きつける激しい嵐から何千年にもわたって王都を守ってきた。また、アザンティアを悪天候から保護する以上の役割もあった。はるか昔にこの巨大な壁を掘って武器庫や兵舎が造られたほか、外側には無数の矢狭間《やざま》が連なっている。数え切れないほどの軍隊がこの城壁を前に敗れ去った――ここ何百年もの間は攻め寄せようとする敵すらいない。

ただし、戦争の噂が本当だとしたら、ストームウォールの城壁の力が間もなく再び試されることになるかもしれない。南の国境付近では小競り合いが増えつつある。王国の貿易船に対する攻撃も頻繁になっている。

鐘が鳴りやむと、カンセはトンネルの先に向かって歩き続け、反対側から外に出てネザーズを後にした――三人組の盗賊も振り切ることができたはずだ。それでもなお、カンセは周囲の警戒を続けた。

この何百年もの間に、アザンティアはストームウォールの範囲内に収まり切らなくなった。市街地は四方に広がり、湾にも進出してシルトを固めた上に家が建つようになったため、港の作業はさらに海側へと追いやられていった。

ただし、嵐は今でもやってくる。

そのことを思い知らせるかのように、後方で雷鳴がとどろいた。

城壁の外側のネザーズは突然の洪水に見舞われることが多く、広範囲にわたって浸水や強風の被害を受ける。しかし、そうした地域はすぐに再建される。ネザーズの町並みは天気と同じで変わりやすい。その地図を作成するのは方位鏡や観測器具ではなく人々の願望で、インクによってしっかりとした形に残されることは決してない。

ストームウォールを通り抜けたカンセはミドリンズとして知られる元からの市街地を歩き続けた。巨大な城壁によって守られているここでは建物がより高くなり、城壁の銃眼の位置の半分くらいはあろうかという高さのものもある。建物の基礎の多くはより古い基礎の上に造られていて、前の時代を次の時代が埋めるにつれて本のページが増えるように積み重なっていく様は、まさしく石に記された歴史そのものだ。

ミドリンズは王都の富裕層のほとんどが暮らすところで、あらゆる場所から金持ちが流れ込む。近隣のブローズランズの豊かな農園からも、東のガルドガルの鉱山からも、西のアグレロラーポックの大牧場からも。あらゆるものがネザーズを通過してミドリンズに流入し、最後にはアザンティアの中心の高台に位置する城郭都市、ハイマウントに行き着く。

カンセが歩き続けるうちに、ストームウォールの近くにあったハエのたかる肉屋に代わって、趣のある宿屋、仕立屋、靴屋などが並ぶようになった。さらに進むと銀細工を扱う店や宝石店のほか、銀行や貸金業の店も現れた。窓の外に設置したプランターで花を飾る家も見られる。道沿いの壁や杭で仕切られた奥には香りのいい花が咲くこぢんまりとした庭も連なる。このくらいの高さになると湾からほぼ絶え間なく吹きつける風がネザーズの悪臭やよどみを追い払い、潮の香りをもたらしてくれる。

最後にもう一度だけ周囲を見回して盗賊から逃げ切ったと確信すると、ようやく心臓の鼓動も落ち着いた。さらに上り続けると人通りが増え、よけながら先に進まなければならなくなった。ポニーや角を切り取った役牛の引く荷車が通りや路地を行き交う――王都を支える血の流れが止まることはない。

背後から鞭打つ音とともに叫び声が聞こえた。「おい！　そこをどいてくれ！」

カンセが道を空けると、たくさんのワインの樽を積み重ねた巨大な荷馬車が、ハイマウントの入口のシルバーゲート――見上げるような高さのきらびやかな扉の方に向かうところだった。目の前を通り過ぎる馬たちを見て、カンセは「とがった刃」での漁師たちの話を思い出した。

〈この先の飲み物に関するあの人たちの心配は当たっていたみたいだな〉

カンセはこのあたりの通りに何百もの旗が翻《ひるがえ》っていることにも気づいた。旗に描かれているのは六つの頂点を持つ黄金の太陽を背景にした黒い王冠――マッシフ家の紋章だ。紋章の太陽の形を模したハイマウントの城壁は、四百十六年前に彼の一族が王に即位するのに合わせて建造された。

〈我々の在位が長く続かんことを〉カンセは暗い気持ちで思った。〈僕が王になれるわけじゃないし――なりたくもないけれど〉

そう思いつつも、喪失感が彼の心を苦しめた。もっと幼かった頃、カンセは家が恋しくなって何度もケペンヒルからハイマウントの自分の部屋に帰った。彼にとって家と呼べる場所はそこだけだった。かつてカンセとマイキエンは切っても切れない仲で、双子ならではの親しい関係だった。けれども、そんな絆でさえも二人を正反対の方向に引き裂く運命には抗《あらが》えなかった。

カンセがハイマウントを訪れる回数は年を追うごとに減っていった。

父もそのことに異存はなかった。

国王として輝かしい息子を誇る気持ちが大きくなるにつれて、色の濃い息子に対する寛容さが小さくなっていった。素っ気ない態度があからさまな侮辱や非難に変わった。カンセが頭痛と吐き気を抱えて「とがった刃」で目覚めた理由の一端はそこにあるのかもしれない。父の軽蔑に値する人間だと証明したかったのかもしれない。

兄と父から逃げるために、カンセはハイマウントを避けるようになった。しかし、八日後には再びシルバーゲートをくぐらなければならない。

一陣の風が通りを吹き抜けた。近づきつつある嵐の前触れだ。頭上の旗がばたばたと音を立てる。何枚かの旗には角を生やした牛が描かれていた。それはカルカッサ家の紋章で、その一族はブローズランズとアグレロラーポック領の各地に所有する多数の牧場から富を得ている。荷車が王都の血だとすれば、カルカッサ家は王国という骨に肉を提供する存在だった。

カンセは両家の鮮やかな旗を見て顔をしかめた。風を受けて旗が音を立てるたびに、戸棚の中の王子としてのカンセの日々に終わりが近づきつつあることを伝えている。

一週間前のこと、兄は高貴なカルカッサ家の娘マイエラとの婚約という驚きの発表を行なった。二人は八日後に結婚式を挙げる予定だ。日を急いだのはマイキエンの十七回目の誕生日に合わせるためだとされている。ただし、酒場でも耳にした噂話によると急な結婚には別の事情があるらしく、マイエラ嬢がすでに子供を身ごもっているためだとまことしやかにささやかれている。もちろん、そのような噂を広めれば罰として舌を切り取られるおそれがある。

いずれにしても、マイキエンの国王への即位――そして新しい世継ぎが間もなく誕生することは確約された。そこから先のカンセの役割はせいぜい国王に助言を与えることくらいだろう。そもそも彼がケペンヒルの学校に送られた理由はそこにあり、国王の相談相手という将来の立場にふさわしい教育を受けさせるためだった。そのような機会が与えられたことをありがたいと思わなければならない。学校での歴史の授業から、カンセは王族の双子の多くがそのような恩恵を受けられなかったと学んだ。将来の反乱に禍根を残しかねない血筋の問題が生じないよう、餞別《せんべつ》として脇腹に短剣を突き刺されることで、戸棚の中の王子が予備としての役割を終えた例も珍しくない。

もっとも、カンセに王位を奪う野心があるとは誰も考えていないようだった。

〈ありがたいことだ〉

カンセはゲートの手前のシルバーストリートを曲がって南を目指した。小高い丘を削って建てられたのは歴史あるケペンヒルの学校だ。九階建ての建物はハイマウントの城壁と並ぶ高さがあり、九階部分は城壁よりもさらに上の位置にある。学校の最上階では二つのかがり火が燃えていて、絶えず噴き上げる香と錬金物質の煙がかかりそめの家に戻るようカンセを手招きしている。

自分の役割を受け入れると、カンセは学校に向かった。ケペンヒルにたどり着くと急いで校門を通り抜け、八階までの長い階段を上る。カンセの部屋はその階にある――少なくとも、あと十二日間は。その後は最終学年の九年生に進級する。

〈でも、そのさらに後は?〉

カンセは首を左右に振り、その疑問を考えるのはあと一日――頭をばらばらに引き裂くかのような痛みが治まっているはずの時まで待つことに決めた。

八階までたどり着く間に汗をかいたおかげで、酔いがいくらか覚めた。まだ本調子ではない胃も、おなかが減ったと訴えている。カンセは部屋には寄らずに食堂へ直行し、残り物をつまもうかと考えたものの、宿屋の部屋の状態を思い出してやめておいた。

〈もう一つのベッドまで汚す危険は冒さない方がいいな〉

カンセは日の当たる外階段から八年生の部屋がある廊下に入った。彼の個室は同級生たちの質素な部屋とは大違いだった。寝室の窓は追放の身も同然の彼を嘲笑うかのように、ハイマウントの側に面している。初めてこの階の自室に入った時、カンセはそちら側の窓の鎧戸を下ろし、それから一度も開けていない。

ようやく部屋の扉の前に立ったカンセは、戸枠に封蠟で留めた巻物が挟まっていることに気づいた。

ため息をつきながら、今度はどんな厄介ごとが待っているのだろうかと思う。急いで紙を引き抜いた拍子に、少し破いてしまった。いつもの習慣で真っ赤な色の封蠟が手つかずのまま残っていることを確かめる。廊下の松明の光を当てると、その印璽《いんじ》が鎖を巻いた書物――古代の書物の中にある禁じられた知識を表すものだと気づく。

ケペンヒルの紋章だ。

左右の肩から緊張が抜けていく。〈黄金の太陽を背にした黒い王冠よりはましだ〉ハイマウントからの知らせだとしたら自分にとってよくないものに決まっている。

カンセは封蠟を壊し、巻物を開いた。几帳面《きちょうめん》な文字はフレル錬金術師の手によるものだ。入学以来ずっと、彼はカンセの指導教官と相談相手を務めている。彼ほどの尊敬を集める学者にとって、それはもどかしくもあり、実りのないことばかりの役目に違いなかった。それでもフレルが務めを果たし続けているのは、底なしの忍耐力があるからだろう。

〈それとも、哀れみの気持ちなのかも〉

カンセは巻物を松明に近づけ、書かれている文字に目を通した。

カンセ・ライ・マッシフ王子
内密にお話ししたい重要な案件があります。ご都合がつく限りでできるだけ早い時間に私の個人研究室までおいでいただければと存じます。緊急性を伴うとともに、慎重な対応がもとめられる問題でもあります。私が思うに、その解決にはあなたのような地位と用心深さを備えた方が必要なのです。

カンセは階段を上りながらずっと夢想していたライリーフの蒸し風呂のことを思い、うめき声を漏らした。どうやら後回しにしなければならないようだ。招待するかのような穏やかな言葉づかいではあるものの、その裏に込められた命令を読み取るのは容易なことだった。この学校の八人評議会の一員でもあるフレルの要請を拒むことはできない。さらにまずいことに、呼び出しの日付は昨日で、カンセがネザーズのシラミの湧いたベッドで目覚める運命に陥りつつあった頃に書かれたものだった。

カンセは巻物を再び丸め、扉に背を向けた。この呼び出しの用件は何だろうかと考える。ただし、経験からその答えは予測できた。

〈面倒な話なのは間違いないないな〉

12

カンセはケペンヒルの紋章が刻印された鉄樹の扉の前に立っていた。その記号以外の装飾は錬金術師を表す銀の乳鉢と乳棒だけだ。八階の別の場所には同じ紋章付きの鍵のかかった扉がもう一つあるが、そこの装飾は黄金の星が描かれた本で、聖修道士の部屋を意味する。

カンセがそちら側の扉の奥に入ったことは一度もなかった。

革紐を編んで作った輪に吊るした鉄製の重い鍵をシャツの下から取り出す。ケペンヒルに入学してからの八年間で、カンセはこちら側の扉の鍵を何百回となく開けたことがあったものの、今でもなお不法侵入をしようとしているかのような罪の意識を覚えた。鍵穴に挿し込んだ鍵を回して扉を引き開ける。入口の奥には狭い螺旋《らせん》階段が上と下に延びている。この階段の使用が許されているのは錬金術の高位水晶の資格を得た者だけだ。

例外としてカンセのように、その資格がある指導教官を割り当てられた王子も使用できる。

カンセは呼吸を落ち着かせてから階段を上った。螺旋階段はケペンヒルの一階から九階まで通じている。錬金術師たちは外階段を駆け上がったり駆け下りたりする生徒たちに邪魔されることなく、ここを使用して学校内の各階を移動できる。頭上に目を向けると、螺旋階段は九階の錬金術の授業が行なわれる側に半円形に配置された複数の塔のところで終わっていた。

聖修道士用の同じような螺旋階段がケペンヒルの反対側を一階から九階まで貫いていて、そちらは宗教的な研究や務めに従事する塔のところに通じている。カンセがそちら側の階段を使用したことはない――この先も使いたいとは思わない。

階段のいちばん上には深遠な錬金術の記号がいくつも彫られたアーチ状の入口があり、その先は広々とした通路に通じていた。カンセは顔を伏せ、石の床を足早に移動した。頭上にある鉄製の巨大な枝付き燭台《しょくだい》では、異なる色合いを放つ不思議な炎が燃えている。その中央の最も大きな枝では黒い炎が白い煙を噴いていた。

カンセは息を殺してその下を通り過ぎた。

この通路の空気そのものにも深遠で謎めいた雰囲気があり、鼻につんと来るきついにおいや雷が発生した時に髪の毛をぞわぞわさせるエネルギーが濃厚に漂っている。その感覚はカンセ自身の不安によって高められてもいた。正式な招待を受けることなく九階に無断で立ち入った者が受ける罰は十分に承知している。ここは生徒が自由に出入りできるような場所ではない。

カンセには特例が認められていた――彼がこの国の王子だからではなく、彼を指導する人物への敬意からだ。戸棚の中の王子の相手のためにフレル錬金術師をわざわざ階段で移動させようとは誰も思わなかった。そのため、カンセがほぼ二日に一度の頻度で階段を上り下りすることになった。八年生になった今では、移動距離もかなり短くなった。

ほかの錬金術師たちがカンセの姿に気づいて当初は見せていた驚きの表情も、年数が経過するにつれて薄れていった。迷惑そうににらむ顔がなくなったわけではないが、ほとんどは彼のことを無視した――それは同級生たちの彼への対応とあまり変わらなかった。特権への嫉妬《しっと》や恨みや敵意からカンセを避け続ける生徒がいる。その一方で、初めこそ王子に取り入ろうとする生徒もいたものの、いくら媚《こび》を売っても無駄だとわかるとあきらめ、ほかの生徒たちと一緒になって軽蔑するようになった。

大きな爆発音に驚き、カンセは飛び上がりそうになった。音は上の方から聞こえた。カンセは首をすくめながら、何かの実験がうまくいかなかったのだろうと思った。同じ方角からこもった叫び声が聞こえたので、その予想は正しかったようだ。錬金術師たちはそれぞれ、自らの課題に取り組むための個人研究室を持っている。

カンセは広い通路の奥に急ぎ、半円状に弧を描いた別の通路を歩いた。学校内で最も名声のある学者たちの研究室への入口を示す松明や黒ずんだオイルランプが通路に沿って連なっている。カンセはいちばん西に位置する塔の入口まで行き、この塔の最上部に通じる階段をさらに上った。フレル錬金術師の研究室はそこにある。

カンセは質素なオーク材の扉の前に立つと、拳でノックした。フレルがまだここにいるのかどうかはわからない。何しろ呼び出されたのは昨日のことなのだから。

「ちょっと待って！」中から大きな声が返ってきた。

じっと待つカンセの体に不安から来る震えが走った。

ようやく扉の向こうからかんぬきのこすれる音が聞こえた。それはカンセにとって意外だった。フレルが部屋の扉にかんぬきを掛けることなどめったになかったからだ。彼は自分の研究に関して仲間の錬金術師たちといつまでも話をしたり、激しい議論を戦わせたりするのが何よりも好きだった。研究について聖修道士たちから意見を聞くことも厭《いと》わなかった。最年少で八人評議会の一員に選ばれるという栄誉を授かったのは、そんな誰とでも協力できる性格が評価されてのことだった。

扉がほんの少しだけ開き、通路をのぞくフレルの顔が見えた。錬金術師はやれやれと言った様子でため息を漏らすと、扉を大きく引き開けた。

「『緊急性』という単語の意味をあなたに改めて教えなければならないようですね」フレルは叱った。「さあ、お入りください」

カンセはおずおずと部屋に入り、後ろでフレルが再び扉にかんぬきを掛け終わるまで待った。研究室の状態に愕然《がくぜん》とする――そして錬金術師本人の様子にも。

〈どういうことなんだ？〉

いつもならフレルの研究室は怖いくらいまでに整然としている。本は書棚にきちんと並び、巻物は番号を振った入れ物に収められ、作業台の上にはほこり一つすら落ちていない。カンセはそれほどまでの整頓が必要なわけを理解できた。室内には床から天井まで、たくさんのものが収納されている。ここは古代の図書館でもあり、学術研究の場でもあり、骨董品《こっとう》の展示室でもあった。用途の不明な器具――ガラスでできたものもあれば、ブロンズ製のものもある――が棚に置かれていたり、あるいはテーブルの上に設置されたりしていて、秘薬や不思議な物質がその中で泡立っていることもあった。入口側を除く三方に窓があるものの、いつもは室内に保管されている貴重な書物を守るために鎧戸が下ろしてあって、それは今も同じだ。明かりは数個のオイルランプだけで、室内に保管されている羊皮紙や上質皮紙への配慮から、炎はガラスの外にはみ出さない程度の強さで燃やされている。

けれども、今は……

「何があったの？」カンセは訊ねた。

フレルはその質問を無視して、腰に深紅のサッシュを巻いた黒いローブをなびかせながら足早に部屋を横切った。フレル錬金術師は年齢がカンセの二倍で、身長も頭一つ分だけ高い。濃い赤毛は後ろでまとめて垂らしてある。いつもはきれいにひげを剃っているのに、今は頬にうっすらと影ができている。色の薄れたインクの文字に目を凝らしてばかりいるせいで目尻にしわができているが、今日はそのしわがいちだんと深く、目の下にはくまがある。何日も寝ていない様子だし、十歳ほど老けてしまったかのように見える。

フレルがカンセに手で合図した。「こっちに来てください」

カンセは指導教官の後を追って部屋の中央に向かった。室内はあたかも突風が吹き抜けたかのような状態だった。本があちこちに積み上げてある。落ちた巻物がそのまま床に転がっている。オイルランプは壁際から引っ張ってきた長机の上に並んでいて、この研究室の中心的存在でもある器具のそばに置かれていた――どうやらその器具が今回の嵐の原因らしい。

カンセは部屋の中央にあるブロンズ製の長い遠望鏡のところにいるフレルに近づいた。器具の下部は車輪付きの装置に固定されている一方、先端部分は塔の屋根の隙間から外に突き出ていた。巨大な遠望鏡の筒は直径がカンセの太腿の二倍はあり、その周囲にはきれいに磨かれた水晶や鏡が、何らかの意味がありそうな形で配置してあった。

フレルが近くのテーブルの上に散らばった羊皮紙の束をのぞき込んだ。片手で顎をさすりながら、もう片方の手は羽ペンが入ったまま一列に並んだ透明なインク壺《つぼ》――それぞれ異なる色のインクが入っている――の上で止まっている。「計算を忘れないうちに書き留めさせてください。もう満月ではなくなったので、できるだけ記録しておかなければならないのです」

フレルは空色のインク壺の羽ペンを手に取り、羊皮紙のうちの一枚を手元に近づけた。続いて月の表面の詳細な絵の横にきれいな字で数列を手早く書き込んでいく。

カンセはその間にこっそり周囲を見回した。螺旋状に丸まった黒いオイルスキンの断片は、伝書カラスが運んできた書状だ。書かれている内容までは判読できなかったが、片側に大きな印璽があることに気づく。ケペンヒルの紋章と似ているが、書状に刻印された小さな書物には鎖が巻かれているのではなく、とげのあるイラクサのつるが巻き付いている。カンセはその印璽を知っていた。

〈ブレイク修道院学校〉

フレルが教えを受けていた学校だ。

カンセは錬金術師に注意を戻した。数字を書き終えたフレルは、あたかも屋根を透かして見ようとするかのように、ブロンズ製の遠望鏡の先端に向かって眉をひそめている。フレルの研究対象は空の謎で、聖修道士たちによればそこは神々のための高貴な領域に当たる。カンセの知る限りでは、フレルは星の動きとそのパターンが示すものを理解しようと試みている。ただし、彼の研究のほとんどは冬を待たなければならない。クラウンのこのあたりで星の姿がどうにか確認できるようになるのは、太陽の高さが最も低くなる冬だけなのだ。

カンセにはフレルの空への関心の理由が推測できた。フレルはクラウンの西の外れに位置する氷牙《ひょうが》山脈の麓《ふもと》で育った。その山々がクラウンと氷に閉ざされた土地の境に当たる。その地域では天空の父は輝いたとしても弱い光を放つだけだ。以前にフレルはその地で見ることのできる満天の星について説明してくれたが、カンセには想像も及ばない世界だった。

この星なきクラウンの地では、フレルの研究は空で最もよく見える星が中心にならざるをえなかった。カンセは羊皮紙の束に視線を落とした。月の詳細なスケッチのまわりを、まだ書かれて間もないと思われるインクによる謎めいた記述や線や測定値が、それぞれ異なる色で取り囲んでいる。それは美しくもあり、同時に冷たく不気味でもあった。

テーブルの上のほかの紙はもっと古いものらしく、紙そのものが黄ばんでいたりインクがほとんど読み取れないほどまでに色あせてしまったりしているが、どれも同じ謎に取り組んでいると思われる。

〈月……〉

フレルはようやくため息をつき、首を左右に振った。「私は頭がどうかしてしまったのかもしれません。あるいは銀の息子と闇の娘に影響されて妄想に取りつかれたのかも」

「どうしてそんなことを？」カンセは訊ねた。フレルの口から自らを疑うような言葉を聞くのはこれが初めてで、カンセはそのことに自分でも驚くほど動揺した。波風の立つことが多かった成長期において、多くの意味でこの錬金術師は拠《よ》り所になってくれていたのだ。「どうしてそんなにも急に悩みを抱えるようになったの？」

「急に悩み始めたわけではありません。受け入れがたい真実をこれ以上は否定できなくなっただけです。もはや研究室内にとどまり、古文書を読み、だらだらと計測を続けるわけにはいきません。研究できることにも限界があります。やがては推測が避けられない真実になるのです」

「よくわからないんだけど、何を避けられないって？」

フレルの手がカンセの腕をつかんだ。「やがて世界が終わるということ、神々が私たちを破壊するつもりだということです」

カンセはそれに続く説明をすぐには理解できずにいた。あまりの衝撃でフレルの言葉が耳に入ってこない。指導教官の口から語られる冒瀆的な内容が信じられなかった。

「……だと片付けてしまいたかったのです」フレルはなおも説明を試みた。「ところが二日前、ブレイク修道院学校からの知らせが届いたことで、私の測定や計算をもはや無視することも、忘れることもできなくなってしまいました」

カンセは黒い書状を、続いて何枚もの月のスケッチに視線を向けた。ようやく再び声が出せるようになる。「測定というのは何のこと？　計算というのは？」

「まずは見ていただきましょう。私がやがて訪れるのではないかと恐れていることを、あなたにもきちんと理解できるように」

フレルが古い羊皮紙の位置を動かし、年代順に並べ替えた。いちばん左側の紙を指先でつつく。「この絵が描かれたのは七百年前、ケペンヒルが創立された頃のことです。月の表情が細かく記されていることに注目してください。当時の遠望鏡が原始的な造りだったことを考えると、実に見事な出来映えです。かなり骨の折れる作業だったに違いありません。特に月の顔の幅を測るには」

「それがどうかしたの？」カンセはなおも訊ねた。

フレルはさらに三枚の紙を引き寄せた。「これらはそれぞれ二百年前、百年前、五十年前のものです」その視線がカンセをとらえる。「最後の絵は地図作成者のリラスタの手によるもので、彼女が研究対象を地理から空の測定に変えた後に作成されました」

「彼女は火あぶりの刑になった人では？」カンセは以前に歴史の授業で学んだことを思い出そうと顔をしかめながら訊ねた。間違っている可能性は大だ。神々の手に委ねておくべき事柄に対して疑問を呈し、そのせいで同じような運命――あるいは、もっとひどい最期を迎えた人は数限りなくいる。

「その通りです」フレルが認めた。「彼女は銀の息子と闇の娘の存在を疑問視し、二人のダンスは見えない力によるものだとの説を述べるという過ちを犯しました。けれども、ここで問題なのはそのことではありません。月の顔を描いた彼女の地図とその計算は、少なくとも数百年はさかのぼるはずの流れに沿ったものでした」

「流れというのは？」

フレルはそれぞれの紙に記入された数字を指先で示した。月の顔の幅を表したものだ。カンセの目にもその数字が何百年もの間にだんだんと大きくなっていることが見て取れた。

カンセは紙を見たまま眉間にしわを寄せた。「理解できないな。月が大きくなりつつあるということなの？」

「むしろ、アースに近づきつつあると言うべきでしょう。とはいえ、歴史的な記録だけでは確証が持てません。測定手法のずれがあるかもしれませんし、季節によっても異なるかもしれませんし、クラウンのどこで記録したのかで違ってくるかもしれません。私はそうした差異を考慮に入れつつも、さらなる検証方法を探し求めました」

「例えばどんな？」

フレルは小さく首を左右に振った。「数百年の間での潮の満ち引きの変化。あるいは闇の娘と関連があると判明している女性の出血の周期。さらには息子の顔の満ち欠けに従う夜行性の生き物の行動までも調べました」

「それで、それらの研究から何か明らかになったの？」

「高まりつつある私の懸念を確実に裏付けるようなことは何も得られませんでした。そこで私は自ら月の顔の測定を実施したのです。満月を迎えるたびに、十年間にわたって。それでもなお、確信が持てませんでした。そのような短い期間での変化はごくわずかにすぎないのです。私の不安を裏付ける、あるいは打ち消すためには、一生かかるのではないかと思っていました」

「だったら、今になってそんなにもあわてているのはどうして？」

フレルはさらに何枚もの紙をカンセの方に差し出した。「この一年間で変化がより顕著なものになってきました。月の満ち欠けが一回りするごとに。その結果に目をつぶることはできません」

「なぜなら、それがあなた自身の研究だから。ここケペンヒルでの」

フレルがうなずいた。「月の顔は満ち欠けが進むたびに大きくなっています。否定できない事実です。しかも、ますます速まっています」

カンセは屋根の上にあるはずの月を見ようとするかのように首を曲げた。「でも、それが何を意味するの？　あなたはさっき、世界の終わりについて話をしていたけれど」

「私が恐れているのは、それほど遠くない将来――あと数年のうちには間違いなく、空にいる娘が大地の母のもとに帰り、アースに衝突し、すべての命を終わらせることなのです」

カンセは金床に向かって振り下ろされるハンマーのように、月が世界にぶつかる様を思い浮かべた。

「国王にお知らせしなければなりません」フレルが言った。「しかも、できるだけ早く。その目的のためにはあなたが大きな助けになるのです。私はあなたの父上とその側近たちに拝謁させていただかなければなりません。行動が必要なのです——もっとも、どんな行動を取るべきなのかは見当もつかないのですが」

カンセははっとしてフレルの方を見た。錬金術師よりも王子の方がよく知っていることもある。「そんなことをしたらだめだ」悲鳴に近い声が出る。「父は——ここにいる聖修道士たちもそうだけれど、神々が不変の存在だと信じている。そうではないかもしれないとほのめかすだけでも処刑されてしまうよ」

カンセは火あぶりの刑に処されたというリラスタを思った。

「たとえあなたの警告が冒瀆的だと見なされなかったとしても」カンセは続けた。「父はお告げに左右されている。密かに指示を与えるお抱えの易者や骨占い師が何人もいる。寝起きの小便だってまず彼らに相談してからするくらいだからね。それなのに、あなたは父に——クラッシュとの戦争の準備を進めている国王に、神々がもうすぐ僕たちを罰すると伝えようとしている。戦争に備えている時に破滅を口にしようものなら、冒瀆と見なされるだけでなく、裏切りと見なされる。その場ですぐに殺されるなら、むしろ運がいい方だよ」

懸命の説得にもかかわらず、フレルは気が変わったようにはまったく見えなかった。不精ひげの生えた顎を指先でさすっている。カンセの忠告は聞き入れたものの、それでも何とかして説き伏せる方法はないものかと探しているのは明らかだった。

カンセはいらだちの声を漏らしつつ、フレルに言い負かされる前に別の角度からの説得を試みた。「誓いを破った騎士の話はあなたも知っているよね」

フレルの動きが止まった。話題が変わったことに戸惑っているようで、その視線が修道院学校からの丸まった書状に動いた。

〈まあ、少なくともこの話の結末は知っているみたいだな〉

フレルが眉をひそめてカンセの方を見た。「あの悲しい物語にどんな関わりが――」

「あなたに父のことをもっとよく理解してもらうためさ」カンセは説明した。「誰もがグレイリン・サイ・ムーアのことを知っている――その名前は王国軍の記録から抹消され、彼は誓いを破った騎士として永遠に非難される存在になった。父が最も愛情を注ぎ、このうえもない美しさを誇った慰みの奴隷を寝取り、忠誠と忠義を破った人物として」

フレルがうなずいた。「そしてその女性は赤ん坊を身ごもり、騎士は彼女とともにミーアの沼地に逃げた」

「彼女はそこで亡くなった。死体は内臓を食われ、ばらばらにされ、真っ黒になるほどの大量のハエがたかっていたとか。赤ん坊は子宮から消えていた」戸棚の中の王子として生まれることよりももっと悲惨な運命があることを思い、カンセは目を閉じた。「やがてグレイリンはとらえられ、拷問を受け、王国から追放され、以後は武器を手にすることはもちろん、拳を振り上げることすら禁じられた。その一方で、彼は拷問を受けながらも、その女性への愛を否定することは拒んだとも言われている。そして彼は追放の身のまま亡くなった。拷問の時の傷が原因ではなく、失意のあまり命の炎が燃え尽きたのだとか」

フレルが腕組みをして顔をそむけた。「厳しい教訓の話ですね。誓いを破ったことと、恋に破れたことにまつわる」

「でも、話はそれで終わりじゃない」カンセはフレルの注意を引き戻した。「僕の父が何を信じていたのか知ってる？　王国軍のほとんどを派遣するまでして騎士と奴隷を追いかけた理由を」

返ってきたのは沈黙だけだった。

「実を言うと、父はその奴隷のことは何とも思っていなかった。その話の中では女性の名前すら出てこない。それどころか、心の広い国王は慰みの奴隷の館を王国軍の騎士や側近など、ほかの男たちにも開放していた」

〈あと、寵愛する長男に対しても〉

カンセは説明を続けた。「それに父は、子宮の中の赤ん坊の父親が自分だろうと騎士だろうと気にかけていなかった。何百年にもわたって、奴隷たちの女主人は落とし子の薬草をすり抜けた王族の私生児たちの扱いを心得ていたわけだし」

フレルが息をのんだ。「それなら、あなたの父上はどうしてその騎士と奴隷をそこまで執拗《しつよう》に追いかけたのですか?」

「父が大いに信頼を寄せていた骨占い師の言葉がその理由だった。しかも、ただの占い師ではなくて、目のまわりに黒いタトゥーを施し、灰色のローブを身に着けている人物」

フレルが目を見開いた。「シュライブ」

「ただし、そのシュライブはツノヘビの記号を敬い、父の言葉によれば邪悪な神スレイクを崇拝しているとか」

「つまり、イフレレンの一派……」フレルは今にも唾を吐きかけんばかりの表情を浮かべた。

「当時、そのシュライブが父にささやきかけたのは、奴隷が身ごもった子供は――国王の落とし子であろうと、騎士の血を引く者であろうと、世界を破滅させるという警告だった。そのお告げを聞くと、父はグレイリンの捕縛に乗り出した。長年にわたって最も忠実な騎士と見なし、かつては深い友情を育んでいた相手を。すべては破滅の原因だというお告げを受けたかわいそうな子供を殺すために」

フレルの目つきが険しくなったことから、カンセは理解してもらえたのだろうと判断した。それでもなお、彼は説得を続けた。「それなのにあなたは、僕の父に謁見し、その古い怒りの炎をたきつけたいと望むわけ？　戦争が差し迫っている今、父がそんな助言を歓迎すると思っているの？」

「私があなたの父上に伝えようと考えているのは、骨を投げたり生贄の内臓を見たりして得られるお告げではなく、否定のしようがない正規の錬金術に基づく判断なのです」

カンセの頭が再びずきずきと痛み始めた。こめかみをさすりながら痛みを抑えようとする。「占い師の予言なんて信じていないのは僕も同じだよ。あの忌々しいシュライブは父が聞きたいと思っていたことを、落とし子かもしれない存在をこの世界から取り除く都合のいいやり方をささやきかけただけなんだから。それとも、シュライブのお告げには利己的な意図があったのかもしれないな。よき相談相手として父と親しい関係にあった騎士を失脚させ、競争相手を排除しようと目論《もくろ》んだというわけさ。ともかく、その一件があってから、父はそうしたお告げに、特にそのシュライブの言葉にますます左右されるようになった」

カンセはフレルの顔を凝視した。「あなたの声がそれらのお告げを超えて父の心に届くことはない。たとえ話を信じてもらえたとしても、その言葉があなたにとって不利になるように使われるだけだ。それは間違いない。しかも、話を聞いてもらったとして、それからどうするつもりなの？　あなたもさっき、避けられないと認めていた。解決策を示せるの？　父に伝えたいと願っている破滅を阻止する行動が存在するの？」

フレルがゆっくりとうなずいた。「あなたの言う通りです」

カンセはほっと一息つきたいところだったが、相手の目に強い決意が浮かんでいることに気づいた。

「国王にきちんと納得していただくためには」フレルが言った。「いちだんと強い冒瀆が必要になります」

「いや、そうじゃなくて、僕は――」

フレルがカンセの腕をぽんと叩いた。「生半可な準備で戦いに臨んでも意味がありません」フレルは肩をすくめた。「どうせ死刑になるとしても一度きりですからね、そうでしょう？」

カンセはうめいた。「何をするつもりなの？」

「さっきはあなたの言う通りでした。国王に問題を伝えるだけではだめで、解決策も示さなければなりません」フレルがテーブルの上に散らばった羊皮紙の方に顔を向けた。「そのためにはすべての原因を突き止めなければ。手始めにどこを探せばいいのか、心当たりはあります」

「どこなの？」

「リラスタその人の手によって書かれたと噂される禁断の書物が存在します。その内容は月とアースの、息子および娘と大地の母の関係を扱ったものらしいのです。すべてを一つのダンスに結びつける見えない力について書かれているとか。しかし、その書は最大級の冒瀆についても触れていると言われています」

「それは何？」

「はるか昔、私たちの歴史が記述されるよりも前には、大地の母は常に天空の父の方を向いていていたのではなかった、そうリラスタは信じていました。母はかつて自ら回転していて、アースのすべての表面が太陽の方を向くようになっていたというのです」

カンセは鼻で笑った。そのような考えは冒瀆的だということにとどまらず、あまりにも馬鹿げていてありえない。カンセは世界が絶えず回転する様子を想像した。太陽がまず片側を、続いてもう片方の側を照らす。世界が冷たくなり、続いて再び熱くなる。そんなことを思っただけで、カンセは自分の頭がぐるぐると回っているかのように感じた。そのような狂気の世界で生きていける人などいるわけがない。

「その書物を手に入れなければなりません」フレルが強く主張した。「答えはきっとその中にあります」

「でも、そんな本がどこで見つかると考えているの？」

「アナセマの黒い蔵書室の中ですよ」

カンセは真下の床にぽっかりと穴が開いたかのような気がした。思わず足もとに目を向ける。その呪われた蔵書室がどこにあるのかは知っている。それが存在するのはシュライブ城のはるか地下深くだ。

フレルが扉に向かって足を踏み出した。「そこに行かなければなりません。手遅れにならないうちに」

13

〈僕はいったい何をしているんだろう?〉

カンセはフレルの後について螺旋階段を伝いながら階下に向かっていた。その間ずっと、フレルの説得を試み続けた。冒瀆的な不安をアザンティアの光り輝く王宮に持ち込んではならない――シュライブ城に立ち入るのがまずいことは言うまでもない。

だが、ついに説得をあきらめ、口をつぐんだ。

ケペンヒルの生徒は誰でも、学校の地下に何が埋まっているのかを知っている。神聖なるシュライブたちの謎多き殿堂だ。シュライブ城はケペンヒルの高さに匹敵するほどの地下深くにまで続いていると言われる。

当然ながら、その場所に関しては数多くの噂がある。謎の儀式、鎖につながれた怪物、魔法と黒魔術。ケペンヒルの教師たちはそんな噂話を打ち消そうとする。学校の地下の城は深遠な研究と学問的な探求のための修道院にすぎないと主張する。シュライブ――錬金術と神学の両方で高位水晶を取得した数少ない者たち――は地下でより高尚かつ高度な研究を続ける。深い瞑想《めいそう》や薬草による催眠状態と関連した危険な探求を手がける。神秘的な実験にのめり込み、地理と歴史のあらゆる境界線をも超越する道筋を追い求める。秘密を守るために、彼らの作業は一般の人たちの目はおろか、ケペンヒルの錬金術師や聖修道士たちの目も届かない地下深くで進められる。

シュライブたちがめったに人前に姿を現さないことも、噂話に拍車をかけていた。彼らがどのようにして城に出入りしているのか、誰一人としてはっきりとは知らない。秘密の通路や隠し扉の噂が広まり、血の生贄として連れ去られるのではないかと怯えた生徒たちは、一人きりで歩かないようになった。実際に忽然《こつぜん》と姿を消す生徒たちがいたことから、噂には信憑《しんぴょう》性が加わった。ただし、行方不明になった数人は外の自由な生活を求めて学校を飛び出しただけなのではないか、カンセはそう思っていた。

〈そんな願望を抱く気持ちならよくわかるよ〉

シュライブ城にまつわる噂が真実なのかどうか、突き止めたいという願望をカンセは特に抱いていなかった。それでも、仕方なくフレルの後ろから階段を下りていく。

学校の一階までたどり着くと、錬金術師は歩を緩めた。螺旋階段はその先もさらに地下深くへと通じている。フレルはカンセを学校の謎めいた地下へと導く前に立ち止まり、肩越しに振り返った。

「カンセ王子」フレルが警告した。「あなたは自室に戻るべきでしょう。城の蔵書室に入れてもらえるよう、私一人で最善を尽くします。認められることはまれですが、前例がないわけではないですし。それに私の言葉に耳を傾けてくれる顔見知りのシュライブが何人かいます」

カンセは手を振ってさらに地下へと進むように促した。「シュライブ城の扉をこじ開けるには内部に数人の知り合いがいるというだけでは足りないよ。本気で中に入りたいのなら、屁の役にも立たない知り合いよりも王子を同行している方がはるかにましさ」

フレルはため息をつき、再び階段を下り始めた。「その通りかもしれませんね」

カンセもその後を追った。フレルの目的をかなえるために自分の地位を利用することは一向にかまわない――それに協力すれば自分のためにもなるかもしれなかった。指導教官が何日もの間、少なくとも破滅の兆しを父に伝えないですむための別の方法を思いつくまでの間、蔵書にかかりっきりになってくれればいいのだが。

話が決まると、二人は一階からさらに地下へと向かった。階段は五回ほど螺旋を描きながら下った先で終わっていた。鉄板と鋲を打ちつけたエボンウッド材の扉がある。それを見たカンセの背中に寒気が走った。何よりも不気味なのはまぐさ石に刻まれた紋章だ。ここでも描かれているのは書物だが、鎖あるいはイラクサで巻かれているのではなく、牙を持つヘビにくわえられていた。そのような記号は入口の向こう側にある有害な知識への警告を表す。

フレルが扉に近寄り、ポケットから鍵を取り出して錠前を開けた。錬金術師が扉を引き開けかけた時、カンセは扉を手のひらで押さえて制止した。フレルが困惑した様子で顔をしかめたが、カンセは首を横に振った。

〈開けてはいけない〉

中から声が聞こえてきた——最初はかすかな音量だったが、扉が少しだけ開くとよりはっきりと届いた。

カンセにはぶっきらぼうで威厳のある父の声がすぐにわかった。また、長年の経験から、いきなり姿を見せて父を驚かせるといい結果につながらないことも承知している。それにフレルがこの機会を利用して、すぐさま父に懸念を伝えてしまうおそれもあった。

〈そんなことになってはまずい〉

手のひらで扉を押さえたまま、カンセは扉の脇に移動するようフレルに身振りで伝え、この奥の部屋で行なわれていることをこっそりのぞくことにした。広大な空間の中央には四人が集まっていた。ガラス状の黒い岩盤を削って造られた場所で、壁と天井は大きな鏡がいくつもが連なるような造りになっており、室内の動きがその一つ一つの表面に反射している。カンセたちが隠れているものと同じようなエボンウッドの扉が壁に二十ほど並んでいて、それぞれのまぐさ石には異なる記号が刻まれていた。

〈あの扉はどこに通じているんだろう？〉

カンセはシュライブ城の秘密の通路に関する噂を思い出した。きっとそのうちの一つはハイマウントにつながっているに違いない。護衛の従者たちを引き連れずに国王がここを訪れているのだから。

カンセは父の姿を見つめた。艶のある膝丈のブーツ、シルクのゲートル、刺繍入りのビロードのダブレットという身なりだ。厚手の濃い青のマントが肩から足首まで垂れているが、どんな衣服をもってしても国王トランス・ライ・マッシフの威光を隠すことはできない。ここにいるのはハレンディの王冠を戴《いただ》く君主で、王国とその属領すべての正当な統治者なのだ。

父の青白く無表情な顔が壁と天井を構成する無数の鏡の一枚一枚に反射している。その顔つきは厳しさにあふれているが、豊かなホワイトブロンドの髪と油で丁寧になでつけてあるカールがいくらか温かみを添えている。カンセの目には見慣れた落胆の印が、父の歪めた唇に表れていた。

「ブロンズの遺物を紛失したというのか？」トランスの朗々とした声が響いた。「来たるべき戦争での我々の勝利を確かなものにする遺物を。大急ぎでここまで戻ってきたのは、おまえの失敗を私に報告するためだったのか？」

「ただの一時的な足踏みにすぎません、国王陛下。それを盗んで脱走した囚人を発見すれば、問題は解決できます。現在、アンヴィルの町を徹底的に捜索しているところです。泥棒があんな不思議なものを長く隠し通すことは不可能です」

　カンセは父の前で片膝を突く男のことを知っていた。灰色のローブ、両目を帯状に覆った黒いタトゥー、首に巻き付けた三つ編みの銀髪。父の耳にいつも怪しいお告げを吹き込んでいるシュライブだ。頭を垂れた姿勢でひたすら敬意を表しながら、目の前の激しい怒りを何とか静めようとしている。

　フレルが小声でつぶやいた。「ライスだ」

　その一言に込められた嫌悪感は、千ページの厚みがある書物を満たすほどの強さだった。

〈こいつを知っているのは僕だけじゃなかったということか〉

「明日の気球船でガルドガルに戻る予定です」シュライブが言った。「遺物を取り戻すまで、私が自ら作業を取り仕切ります。私はこれまでの人生のすべてを、失われた錬金術に由来する古代の魔術の捜索に捧げてきました。あのブロンズの若き神が我々の捜索の手をすり抜けることはありません」

「あってはならない」国王が命じた。「ハッダン忠臣将軍は盗っ人が自由と引き換えにこの大いなる武器をクラッシュに引き渡すのではないかと案じている。こそ泥にできそうなことはそれしかないというのが彼の考えだ」

「まさにその通りです。すでにそのような可能性を考慮に入れてあります。クラッシュ人のスパイ――我々がその存在を察知していた者たちですが、彼らをいっせいに取り押さえて拷問にかけ、尋問を行なっています。また、アンヴィルの埠頭は絶えず監視下にあります。逃げ場はありません。若き神は間もなく再び我々のものとなります」

国王の肩から少し力みが抜けた。「そうなるように頼むぞ」口調から激しさがいくらか薄れた。「その間、私には対処するべき別の案件がある。湾を挟んだ向こう側の身内からの訴えだ。ミーアで問題が発生した」

その言葉にライスが怪訝《けげん》そうな表情を浮かべた。

しかし、カンセの父は手を振って相手に用件が終わったことを伝えた。「アンヴィルでの捜索に集中したまえ。こっちの案件に関してはハッダンと私で対応する。我々の方でうまく事が運べば、我が軍の勝利を確実にするために古代の魔術や若き神など必要なくなるかもしれない」

ライスの顔に浮かぶ関心がいちだんと色濃くなったが、彼は立ち上がると後ずさりし、うやうやしく頭を下げた。どこか相手を嘲笑っているかのような態度にも思える。

国王はそのことに気づかなかったようで、すぐ横に立つ軽甲冑姿の長身の若者を見た。こちらもまたカンセのよく知る人物だ、「マイキエン、どうやらもうすぐおまえの弟が役に立つことになりそうだ」

カンセは体をこわばらせた。

〈何の話だ？〉

国王は残る一人の方を向いた。その人物は背が低く、太った体は身長と同じくらいの横幅がある。聖修道士の白服を着ているが、ただの教師ではない。彼は八人評議会の議長で、ケペンヒルのトップに君臨する人物だ。

「ナフ大修道院長、夕べの第一の鐘が鳴るまでに私の息子を評議室に連れてきてもらいたい」

「仰せの通りに」男が頭を下げた。

四人の話が終わるのに合わせて、カンセは後ずさりした。フレルが静かに扉を閉め、鍵をかける。そして二人で階段を上った。

学校の三階にたどり着くまで、どちらも口を開かなかった。

「さっきのはいったい何の話だったんだろうか？」カンセは口ごもりながら問いかけた。

「古代の魔術とは？　大いなる武器？　ブロンズの若き神？」

「わかりません」フレルが認めた。「でも、あの忌々しいライスが関与しているからには、よからぬことなのは確かです。近頃はシュライブ城の暗がりでイフレレンが勢力を伸ばしているとか。想定されていなかったことではありませんね。賢明な教えが戦争の足音によってかき消される事例は珍しくありませんから。恐怖は好ましくない野望に火をつけ、それは善人であっても例外ではいられません。ましてや悪人の場合には……」

フレルの言葉が途切れた。

カンセの頭にシュライブのライスの姿が浮かんだ。「どうすればいいんだろう？」

フレルが足を速めた。「まず、私もあなたと一緒に評議室まで行かなければなりません」

カンセは立ち止まった。「まさかさっきの話を――」

「いいえ、月についてはひとまず銀の息子と闇の娘に任せるとしましょう。ミーアの沼地で何かが起きています。今回の件がどのように関連しているのかははっきりとつかめていませんが、運や偶然のせいにすることはできません。何かが動いています。ここで、ガルドガルで、そして今度はミーアで」

カンセは錬金術師のテーブルの上にあった黒い書状を思い出し、どんな知らせがフレルのもとに届いたのだろうかと考えた。階段を上りながら喉をさする。フレルと同じように、カンセも目に見えない力の存在を感じた。

ただし、彼の場合はその力が首を締めようとしている輪っかのように思えた。


夕べの第一の鐘が鳴りやもうとする時、カンセは評議室の長いテーブルの前に背筋をぴんと伸ばして立っていた。ライリーフの風呂に入った後、久し振りに引っ張り出した正装とブーツを着用している。黒いベルベットのハーフマントも艶が出るまで手入れした。

〈いつまで王子らしい格好ができるか、わからないからな〉

両手を後ろに組み、胸を張った姿勢で立つ。彼の前のテーブルには人がまばらにしか座っていなかった。シュライブ城での会合が玉座の間の奥にあるこの石造りの部屋に場所を移しただけのような感じだ。ただし、シュライブのライスに代わってハッダン・サイ・マーク忠臣将軍が出席していることに気づき、カンセはほっとした。

ハレンディ王国軍の長は王の右側に座っていた。椅子に腰掛けた姿で比べても、その頭はカンセの父を見下ろすような位置にある。髪はきれいに剃り上げていて、その方が兜《かぶと》をかぶりやすいというのが理由だが、カンセは傷を見せつけることが目的なのではないかと勘繰っていた。顔の左側には頭頂部から顎まで線状の傷跡がある。将軍はどんな勲章や褒章よりも戦いを通じて手にしたそのような傷の方を誇りに思っているのだろう。黒い瞳はきれいに磨かれた火打ち石を思わせる。その唇に笑みが浮かんだことはこれまで一度もないのではないか——少なくとも、カンセは見たことがなかった。

室内でただ一人、見覚えのない人物は淡い黄色の髪をした痩せぎすの男で、国王にそれ以上近づくことが認められていないかのように、ほかの人たちからは間隔を空けて座っている。その視線はうつむいて自分の膝を見つめているか、落ち着きなく周囲の様子をうかがっているかのどちらかだ。眉間にうっすらと汗がにじんでいる。清潔でこざっぱりとした服装だが、ほかの人たちの正装と比べると明らかに見劣りするし、シャツのどこか間の抜けたひだ飾りは流行遅れもいいところだ。

カンセの視線に気づいた父が紹介した。「湾を挟んだフィスカルのハーラック・ハイ・シャーメイン副首長だ。おまえと兄のまたいとこに当たる」

男が椅子から飛び上がらんばかりにびくっと体を震わせた。その視線が国王から王子へ、続いてもう一人の王子へと動く。

〈明らかに場違いな親戚ということか〉

カンセはマイキエンの顔にかすかな嘲笑が浮かんでいることに気づいた。双子の兄は父の左隣に悠然と腰掛けていて、両手を肘掛けに置いている。小さくカールしたブロンドの髪を短く刈り込んでいるのは、やはり甲冑を身に着ける時に楽だからだろう。この前に会った時と比べると、兄の顔つきはかなり険しくなっていた。海を思わせる青い瞳には氷のような冷たさが宿っている。カンセよりもはるかに大人の男性へと成長していて、大声で叫んだり笑い声をあげたりしながら宮殿内で弟を追いかけ回していた遊び仲間の姿はうかがえない。

この点でも、二人には差ができてしまった。

正装姿にもかかわらず、カンセは光り輝くダイヤモンドの前に引き出された石炭の塊になったかのような気分だった。

再び父が口を開いた。「おまえの親戚のハーラックは、不思議で悲劇的な話を携えて我々のもとを訪れた。その困難に対して彼の兄でもあるフィスカルの首長が我々に解決のための援助を求めている」

左の斜め後ろに立つフレルの身じろぎの音が聞こえた。ナフ大修道院長からの呼び出しを受けた後、錬金術師は力になれることがあるかもしれないと申し出て同行した。ナフはフレルの付き添いを拒もうと試みたが、さっきのカンセと同じように錬金術師の頑なな気持ちを変えさせることはできなかった。

「我々の親戚はどのような話をしたのでしょうか?」カンセはようやく言葉を発した。

国王が身を乗り出した。「首長の息子――ブレイク修道院学校の七年生が無残にも殺された。けだもののミーアコウモリによって頭をもぎ取られたのだ」

カンセは心の中で震えたが、どんな小さな反応でもそれに基づいて評価されると思い、恐怖を表に出すまいとした。

「首長は娘――殺された息子の双子の妹なのだが、彼女が学校に戻る際に軍の付き添いが必要だと訴えている。そして到着後は、軍に沼地のその獰猛《どうもう》な化け物を駆除してほしいと望んでいる」

カンセは眉をひそめた。あのけだものは何千という数が生息しているから、沼地や湿地を隅々まで探さなければならなくなる。「首長の息子を殺したけだものがどれなのか、どうやって判断すればいいのでしょうか?」カンセは正当な復讐《ふくしゅう》を果たすための方法に戸惑いながら訊ねた。

「ああ」国王は忠臣将軍を指し示した。「詳しい説明はハッダンに任せよう」

大男の咳払いは道をふさいだ岩を打ち砕いたかのように聞こえた。「我が軍の百人隊を伴って沼地に侵攻します」

カンセは驚きの声が漏れそうになるのをこらえた。

〈百人の騎士？　ただの狩りのために？〉

だが、ハッダンの説明には続きがあった。「そして二十名のヴァイルリアン衛兵が彼らを率いることになります」

今度はカンセの口から「えっ」という声が漏れ、それに気づいた双子の兄が愉快そうに笑みを浮かべた。ヴァイルリアン衛兵は王国軍の中でも精鋭中の精鋭の騎士――ヴァイの騎士で構成され、百戦錬磨の彼らの顔面はタトゥーによって赤一色になっている。これは血の絆を表すとともに、敵に恐怖心を与える目的でもある。

「我々は生徒を殺した一匹だけを狩るのではありません」ハッダンは続けた。「沼地を悩ますあの化け物どもを長く放置しすぎました。我々は大いなる狩りを開始し、月の満ち欠けが一回りする間にできるだけ多くのけだものを抹殺します。すべてを駆除できないまでも、二度と人間を脅かすことのないように思い知らせてやるつもりです」

そのような大虐殺を思い浮かべようとするうちに、カンセは胸糞《むなくそ》が悪くなった。彼は狩人として、必要な数だけを森や草原から狩るように学んできた。殺すことだけを目的とした無差別な殺害は残酷であり、無慈悲であるように思えた。カンセは何度か見かけたことのある鋼の罠《わな》でさえも見過ごすことができなかった。罠を発見するたびに、その鋭い刃が野獣を動けなくしたり無用に苦しめたりすることがないよう、枝や棒切れを使って作動させることもしばしばだった。

あまりの驚きで言葉を失ったカンセに代わって、フレルが前に進み出た。「失礼いたします。一つおうかがいしてもよろしいでしょうか。私はミーアで九年間を過ごしましたので」

トランスが手で合図して発言を許可した。

フレルはお辞儀をして感謝の意を表してから話し始めた。「差し出がましいことを申し上げるようですが、あの生き物をそこまでして駆除するからには単なる復讐以上の何かがあるのではないかと考えます」

国王が片方の眉を吊り上げた。「どうやら君が最年少でケペンヒルの八人評議会に選出されたのにはそれなりの理由があると見える」

「ありがたいお言葉」

「君の言う通りだ。今回の狩りにはもう一つの目的がある。昨年来、ハッダンとナフ大修道院長は我が軍の兵力を増強させるための方法を練っていた。斬新な兵器の開発から生石灰や瀝青《れきせい》などの新しい物質まで」

カンセはケペンヒルを揺るがした大きな爆発音を思い出した。

父の話は続いている。「だが、シュライブたちから我が軍の矢、剣、槍《やり》に有効性と殺傷力を付加する別の方法の提案があった」

フレルがうなずいた。「毒ですね」

国王はもう片方の眉も吊り上げた。「まさにその通りだ。あの翼を持つけだものの毒が確実な死をもたらすことは周知の事実だ。あの毒から助かった者は一人もいない。そのような毒をあの化け物の腺《せん》から正しく抽出できれば我が軍の武器の殺傷力は百倍にも強まる、シュライブたちはそのように考えている」

カンセは驚嘆するとともに恐怖を覚え、息をのんだ。

「それに関係して最後の目的がある」トランスが続けた。「この毒から助かった者はいないと述べたが——実はつい最近、ある女性が毒を生き延びた。修道院学校での襲撃に巻き込まれた盲目の女子生徒だ。彼女は毒で死ななかったばかりか、視力が復活した。そのような奇跡は間違いなく神々からのお告げだ」

フレルが左右の肩をこわばらせた。

「彼女をハイマウントに連れてきてもらいたい」トランスが続けた。「ここでシュライブと医師たちがふさわしい検査を徹底的に行なう。血液も、胆汁も、肉体も、必要なものはすべて調べる。何が彼女をそうさせたのか、その知識は貴重なものとなるだろう。それに役に立つか立たないかは別として、神々からのそのような祝福は沼地でみじめな暮らしを送るべきではない」

国王の視線がようやく色黒の息子に留まった。「そしてこれらの案件は王国の最重要課題に当たるため、カンセ王子が狩りに参加することとなる」

カンセは衝撃のあまり一歩後ずさりした。

国王はなおも続けた。「狩りにおける彼の優秀な技量は私の耳にも届いている。二番目の息子が表舞台に姿を現し、その価値を証明するまたとない機会だ」

カンセは沼にはまった自分の姿を想像し、反論しようとした。参加を回避するための言葉を探すものの、何も思い浮かばない。国王の要請を、父の依頼を、どうして拒むことができようか？

マイキエンの顔もうれしそうではなかった。椅子に座り直して父の耳に顔を近づけ、何事かささやいたが、すぐにたしなめられた。マイキエンにできるのは国王と忠臣将軍を唖然として見つめることだけだった。

カンセの胸に熱い怒りが湧き上がった。うぬぼれ屋の兄は弟がもう少しだけ輝くことすら我慢できないというのだろうか？

フレルがすっと背筋を伸ばした。「陛下、できることなら私もカンセ王子に同行したいのですが。月の満ち欠けが一回りする間、王子がずっと学校を離れるとしても、私が付き添っていれば沼地での、あるいは修道院学校での教訓から勉学を続けることができます。それに翼を持つ生き物に関する私の知識が、毒を抽出するうえで役に立つかもしれません」

国王はろくに考えもせずに手を振った。「君の判断に任せる」

フレルは頭を下げ、後ずさりするとカンセの隣に並んだ。横目で不安そうな表情を向けてくる。カンセは指導教官の部屋のテーブルにあった黒い書状を思い出し、自分の首のまわりの輪っかがいちだんと小さくなったように感じた。けれども、今はそのことについて話をしている場合ではない。全員の目が国王の色黒の息子を見つめているのだから。

「いつ……出発はいつでしょうか?」カンセは口ごもりながら質問した。

「おまえの乗る船が出るのは二日後だ」父が答えた。「だからきちんと準備をしておくように」

カンセはうなずいた。そんなにも急ぐ理由は理解できる。国王は下の息子――一族の恥さらしが、マイキエンとマイエラ嬢の結婚式までに王都を離れていてほしいのだ。

〈そういうことか〉

話がまとまると、国王は大きなきしむ音とともに椅子を押し下げ、立ち上がった。

マイキエンもすぐそれにならう。全員がその後に続いた。立ち上がったハッダンがカンセを見つめる顔は、無表情で冷たい。片手を鞘に納めた剣の柄に置いたまま、二人の王子の弟の方を値踏みしている。顔をそむける前にしかめっ面になったのは、その目に映ったものが忠臣将軍のお気に召さなかったからだろう。

〈その判断は間違っていないだろうな〉カンセは思った。〈でも、それも変わるかもしれない〉

そのための第一歩が何か、カンセにはわかっていた。

カンセは自分に向けられる視線を無視して、訓練学校の兵舎の石段を上った。ここに足を踏み入れるのはこれが初めてだった。鋼がぶつかり合う音、鍛え抜かれた男たちの騒がしい声、戦友たちの下品な言葉が飛び交っているのだろうと思っていた。

ところが、王国軍の訓練学校はケペンヒルの教室と同じで、誰もが整然と訓練に励んでいた。唯一の例外は兵舎の一階の犬小屋からの鳴き声とうなり声だった。そこは王国軍の軍用犬が収容されている場所で、犬たちも少年や若者たちと一緒に訓練を受けている。

階段を上るカンセのことをすれ違う人たちがじろじろ見る。たとえ正装姿でなかったとしても、誰もがキンタマ野郎に、ハイマウントの酔いどれ王子に気づいたはずだ。すれ違うたびにささやき声や小さな笑い声が聞こえたが、カンセは胸を張ったまま進み続けた。

兵舎の八階まで到達すると目当ての扉を探し、拳でノックする。

こもった声の悪態に続いて引きずるように床を歩く足音が聞こえた。扉が勢いよく引き開けられた。「何の用だ――」

扉の前に立つ来訪者の正体に気づき、マイキエンの声が途切れた。眉間に浮かんでいたいらだちの表情が警戒するような目つきに変わる。「カンセ、ここで何をしているんだ？ケペンヒルに戻る途中で道にでも迷ったのか？」

カンセはからかいの言葉を無視すると、兄を押しのけるようにして中に入った。マイキエンの部屋に足を踏み入れたカンセは、国王の期待の息子の部屋がケペンヒルでの自分の部屋よりも狭いことに驚いた。シーツがしわくちゃになったベッドに、傷だらけの小さな机。大きな衣装棚は扉が開いたままで、その中には銀色に輝く甲冑がある。マイキエンは正装から着替えて長袖のシャツを着ているだけで、下はズボンをはいていない。訓練中の優秀な騎士らしくない姿で、はるかに幼く見える。

カンセはここまで持参してきた小さなエボンウッドの箱を差し出した。「贈り物だよ。結婚の。式には出席できなさそうだから」

マイキエンが眉をひそめた。「使いの人間に預ければよかったのに」

「自分で手渡したかったんだ」

マイキエンはため息をつき、箱を受け取った。留め金を外してふたを開く。兄はしばらくの間、中を見つめていた。再び顔を上げた時には形の整った唇が小さな笑みを作っていた。その表情は人懐っこくもあり、面白がっているようでもあった。

「ずっと取っておいたのか」マイキエンが言った。

カンセは肩をすくめた。「捨てられるわけないじゃないか」

マイキエンが箱の中にあった小さな彫刻を持ち上げた。お世辞にも上手とは言えない陶芸作品は粘土を丸めたり削ったりして作ったもので、二人の少年の姿がかたどってあった。向かい合った少年たちは互いの腕を絡ませている。一人は白の、もう一人は濃い灰色の釉薬《うわぐすり》を塗ったものだ。

カンセは彫刻を顎でしゃくった。「兄さんがそれを作ってくれた。僕が熱ペストにかかって何日も寝込んでいて、誰も病室に入ることを許されなかった時に」

マイキエンの声が少し上ずった。「覚えている……おまえのそばにいたかったんだ。たとえそれが無理な時であっても」兄がこちらを向いた。「どうして今になってこれを俺に返すんだ？」

「兄さんが昔、僕にそれをくれたのと同じ理由さ。僕は二日のうちに出発する。兄さんはもうすぐ結婚する。兄さんには知っておいてほしかったんだよ。僕たちは成長するにつれて道が分かれることになったけれど――」カンセは窯で焼かれてしっかりとくっついた二本の腕を指差した。「僕の心はいつも兄さんと一緒だってことを」

カンセがハイマウントの昔の自室にこっそり戻り、床板の下に隠してあった箱を持ち出したのには別の理由もあった。兄に小さかった頃のことを思い出してほしかったのだ。高熱に苦しむ弟に優しくしてくれた兄だった頃のことを。この八年間は離れ離れで成長してきたものの、今こそがその流れを逆向きにして、再び本当の兄弟に戻る方法を探すチャンスかもしれなかった。

マイキエンは陶芸作品をそっと入れ物に戻し、二人の王子を一緒に箱という小さな戸棚にしまった。箱を自分の机に置き、ふたを手のひらで押さえる。「ありがとう、弟よ」

「これだけはわかってほしい」カンセは言った。「これからはずっと、全力を尽くして兄さんのそばにいられるようにする。約束するよ」

「俺も絶対にその約束を守らせるからな」マイキエンが向き直った。口元には子供っぽい笑みが浮かんでいた。「もっとも、おまえがあの沼地で命を落とすようなことがあれば、それもできなくなるぞ。おまえを派遣しないよう、父さんの説得を試みたんだが、もう気持ちは固まっていた。父さんがどれだけ頑固なのかはおまえも知っているはずだ」

〈まったくだ〉

その一方で、カンセは心の中で自分を恥じた。評議室でマイキエンが父の耳に何かをささやき、たしなめられた場面を思い返す。その時はあのやり取りが気づかいからではなく嫉妬によるものだと思った。

カンセは双子の兄に歩み寄ってハグした。ほんの一瞬、マイキエンは体をこわばらせた

もの の、すぐに力みが消え、弟を両腕でしっかりと抱き締めた。二人の間にあった離れ離れの日々がたちまち消えていく。

「もう一度やってみるよ」マイキエンが耳元で伝えた。「おまえがここに残れるよう、国王を説得する」

カンセはハグを解いた。だが、互いの前腕部を絡ませたままで、その姿はあの小さな彫刻に命が宿ったかのようだった。

「大丈夫だよ、兄さん」カンセは言った。「この王子が戸棚の外に出る時がやってきたのさ」

〈これを機に〉

記録のためのスケッチ
伝書カラス
(クラウンの各地に生息)

第五部
破滅の噂

はるかなる高みに達する者たちは
大いなる没落の危険を負う。
恐れて背を向ける者たちは
決して知りえないであろう。
地平線の彼方で待つそれを。

――クラウン全土のすべての学校で九階への階段の九段目に刻まれている言葉。昇天の資格を得た者たちがそこにキスをするという伝統がある。

14

ニックスは目の前の銀の鏡に映る奇跡を見つめた。

「似合っているよ」ジェイスが言った。「ずっと前からそれを着る運命だったみたいだ」

ニックスは照れ笑いを浮かべながら儀式用のローブを手のひらでなでつけた。ローブの片側は真っ白で、明るい太陽の光が当たると目が痛くなるほどまぶしい。もう片側は燃え尽きた炭のような黒で、布地が揺れるたびに影を引き寄せているかのような濃さだ。ニックスはこんな素敵な服を着られるなんて想像もしていなかったし、ましてや昇天の儀式のためのローブを着用するなんて絶対に無理だと思っていた。

三日後にはニックスをはじめとする九年生への進級予定者たちが最上階への階段を上ることになる。その昇天の儀式は朝の第一の鐘とともに一階から始まり、夕べの最後の鐘まで続く。新たに九年生になる生徒たちは自分が学校生活を始めた場所と、これから向かう場所に思いを馳《は》せながら、四つん這いの姿勢で階段を上る。八階から最上階の九階に通じる階段の九段目にキスをして初めて、彼らは立ち上がることを許され、晴れて修道院学校の最上階に到達できる。

これまで七年間、ニックスは階段の脇で行列を見つめてきた。這って最上階に向かう生徒たちのことをうらやましく思いながら、そして誇りに思いながら。

〈そしてもうすぐ私がその中に加わる〉

「とても信じられない」ニックスは鏡に向かってつぶやいた。

「僕は一度も疑わなかったけれどね」ジェイスが満面の笑みを浮かべた。

ニックスは鏡の中のジェイスに微笑み返したが、その笑顔は罪悪感のせいでひきつっていた。ジェイスは五年生で落第した。彼がこのローブを着ることは決してない。それなのに、彼はこの数日間、ねたましさやうらめしさのかけらすら見せなかった。今でもその丸い目は誇らしげに輝いていて、顔には一点の曇りもない笑みが浮かんでいる。それに治りかけの鼻の怪我についても恨みがましいことを一切言わない。ニックスのせいで殴られて折れた鼻はまだ痛むはずだった。

その怪我を見て自分には敵がいることを思い出し、ニックスの喜びは薄れていった。

あと三日で夏休みが終わるため、家族のもとに帰ったり、一年のうちでいちばん暑い時期をもっと気候のいい場所で過ごしたりしていた生徒たちの多くがすでに戻りつつある。各階を結ぶ階段の人通りが多くなった。学校の喧騒が日ごとに増してきている。

その間、ニックスはかつての級友たちのことを警戒していた。特に自分を執拗に追いかけてきた生徒たち、なかでもそのうちの一人のことを。これまでのところ、バードの妹のキンジャルの姿は目にしていない。手のひらに視線を移したニックスは、そこにまだ血が残っているかのような気がした。

ジェイスはニックスの気分が沈んだことに気づいたに違いない。姿勢を正しながらインクまみれの手をこすり合わせている。ジェイスはニックスの最後の衣装合わせのために、写字室から真っ直ぐここにやってきていた。剥いだばかりの皮を処理する朝の作業で使用した前掛けをまだ着たままだ。

「君のローブの縫製に問題がないとわかったから」ジェイスが言った。「儀式までちゃんとしまっておく方がいいよ。僕は外に出て待っているから。着替えが終わったら、ハレンディの歴史の最終巻と、君が苦労している例の幾何学の定理の復習に取りかかるとしよう」

「ええ、そうね」思わずうめくような調子の声が出てしまった。ニックスは謝る代わりに温かい笑みを返した。「すぐにすませるから」

ジェイスはほんの一瞬、視線を合わせてから顔をそむけた。その頬は革製の帽子の下からのぞく赤毛と同じような色に染まっている。ジェイスは着替え部屋からそそくさと出ていった。一人きりになったニックスは再び鏡に向き合った。ローブを脱ぎたくなくて下唇を噛む。これを手に入れるため必死に励んできた。脱いだらはかない夢のように消えてしまうのではないか、そんな不安がある。

ニックスは高級な亜麻布の生地を指でつまみ、その厚みとしっかりした感触を確かめた。

「これは私のもの」ニックスは小声でささやいた。鏡に映る顔の唇が動くのを見つめる。「自分の力で手に入れたもの」

ニックスはこれまで毎日続けてきたように、その言葉を心に信じ込ませようとした。けれども、またしても失敗した。このローブを着ているたった一つの理由は、ニックスが生き延びたのは大地の母が与えた祝福で、それゆえに彼女は昇天に値するとガイル修道院長がほかの人たちを説き伏せてくれたからだった。

あいにく、ニックスは自分を納得させることができずにいた。

〈勉強がどれだけ遅れているかを考えるとなおさらそう〉

ニックスは扉の方を振り返った。

ジェイスはこの二週間のほとんどの時間を、ここで彼女を教えることに割いてくれた。この一続きの部屋は学校の四階の病棟の近くにある。校医の先生の一人が新しい薬草を探しに出かけてしばらく留守にしていて、この部屋が空いていたため、修道院長が彼女の使用を認めてくれた。ニックスにはほかに行く場所がなかった。すでに七年生ではなくなったし、飛び級で進級することになったので八年生の階にも部屋がない。九階には正式な儀式が終わるまで立ち入りを禁止されている。

父と兄のもとに帰れればよかったのだが、体調が悪化するといけないのでエリック先生のそばにいるようにというのが修道院長の希望だった。しかも、八年生を飛ばすことで生じる知識の穴を埋めるとともに、九年生の授業についていけるように努力しなければならないので、今のうちに終えておく必要のある勉強がたくさんあった。

ガイル修道院長からはニックスとジェイスに対して、八年生での授業の要点となる課題の長いリストが渡された。修道院長は個人授業のために錬金術師の見習いを何人も紹介してくれた。それでも、作業のほとんどはジェイスが負担することになった。

ニックスはこれまで、自分の勉強の成果を誇りに思っていた。十分な時間があれば、どんな難問でも取り組むことができるという自信を持っていた。でも、今は違う。あたかも一年生に戻ってしまったかのようで、不安と戸惑いと悪戦苦闘の日々だった。しかも、ジェイスから字の読み方も教わらなければならなかった。これまではずっと、ジェイスがニックスの目となってくれた。目が見えるようになった今、ニックスは自分の力で読むことを学ぶ必要があったが、それもまだうまくできずにいた。

やることが多すぎるし、大変なことばかりだ。

ニックスは手のひらで両目を覆った。暗闇で心を落ち着かせる。

〈私ならできる〉

その思いを実現させる唯一の希望がジェイスだった。九年生になった後も、彼はニックスを助けることになっていた。修道院長はニックスには引き続き彼の支えが必要だと判断してくれた——勉強においても、友人としても。ほかの九年生への進級予定者はこれまでずっと一緒に学びながら、一つずつ階を上ってきた。ニックスはその中に新入りとして、そしてよそ者として加わることになる。おそらくはともに学ぶのにふさわしくない生徒だと見なされることだろう。

ニックスは深呼吸をしてから両手を下ろした。雲に包まれた視界という心安らぐ慣れ親しんだ状態に戻りたいと思う一方で、この新たな世界で生きていく方法を学ばなければならない。

ニックスは目を開け、鏡に映る自分の顔を見つめた。その姿に今も違和感を覚える。これまでずっと心の目で思い描いていた顔であり、同時にそうでなくもあった。視界が曇っていた時、ニックスは指先で読み取る情報とほかの人たちの言葉から、自分がどんな顔をしているのか、だいたいのところはわかっていた。けれども、実際に目で見ると今まで想像していなかった細かい部分が加わることになった。

ニックスは茶色の髪を指でかき上げた。色が濃いので黒髪と勘違いされそうだが、その影の中に金色の房が交じっていて、あたかも奥深くのどこかに太陽が隠れているかのようだ。肌は艶のある琥珀のような色で、思っていたよりも濃い。唇はより赤みを帯びていて、より青い瞳には銀色の斑点がある。

いろいろな意味で鏡に映っているのは見知らぬ人物だったが、もしかするとそこに少しばかりの希望が存在するのかもしれない。これまでの自分を、雲に包まれた大人しい少女を捨てられるかもしれない。鏡に映っているような、金色の筋と銀色のきらめきを持つ女性になれるかもしれない。

〈私ならできる〉ニックスはもう一度試した。

もう少しで信じられそうだった。

もう少しで。

ニックスは勉学に二倍の努力で取り組むと決意した。事実、きつい勉強が心の内に潜む恐怖を奥深くに追いやってくれた。勉強で疲れ果て、何も考えられない状態になって毎晩ベッドに倒れ込むと、ニックスはぐっすり眠った。眠りを妨げる悲鳴も聞こえなかったし、大きくなる月の下での謎めいた儀式の光景も現れなかった。彼女は「ムーンフォール」という言葉を口にすることすら拒んだ。そのような話を修道院長には一切していないし、あの不思議なコウモリもあれからは垂木に姿を見せていない。そもそもあの燃えるように熱い記憶を、舌先に感じた甘い乳の味を、薄い皮膚と翼のぬくもりを、もう一つの乳首から自分を見つめて光る赤い目のことを、どうやって説明すればいいのか?

ニックスはそのすべてを毒による熱が見せた夢だとして片付けようとした。あの暗闇を考えまいとした。その代わりに、すべての努力と意欲を目の前に控える作業に集中させた。

ニックスは最後にもう一度、両手でローブをさすった。黒と白の色の対比はこれから一年後に彼女が直面する選択を表す。九年生を修了したら、その先の道を選ばなければならない。錬金術の黒か、それとも神学の白か。選択を下した後は、どちらかの道でいつか高位水晶を取得できればと思う。

〈あるいは、両方の道で〉

ニックスはローブの黒と白が融合し、シュライブの神聖な灰色になる様子を思い浮かべた——すぐに頭を振ってそんな馬鹿げた考えを打ち消す。

〈まずは九年生を終えること〉

決意を固めたニックスは、隣の部屋でジェイスが山積みの本とともに待っていることを思い出し、ローブを頭の上に引き上げて脱いだ。質素なシフトドレス姿になり、ローブはきちんとたたんでからアリクシアの木箱に戻す。ふたを閉めて掛け金を留めると、希望のすべてをその中にしまう。

ニックスはふたの上から手のひらを当てた。

〈私ならできる〉


ニックスは先端のとがった木炭の塊を親指と人差し指の間に挟んで回した。午前中の最後の勉強に苦戦しているうちに、どちらの指も真っ黒に汚れてしまっている。ニックスはジェイスが描いた三角形に目を凝らした。そのうちの二本の辺には数字が書き添えてある。ニックスに与えられた課題は、残る一本の辺の長さと三角形の面積を導き出すことだった。

「三角形を四角形に見立てる時の方法を使うんだ」ジェイスがヒントを出した。

ニックスはいらだちを声に出した。「わかってる。でも、こんなのが何の役に立つっていうの？」

ジェイスは木炭を握るニックスの手をつかんで押さえつけると、自分の方に注意を向けさせた。緑色の瞳には共感と喜びが浮かんでいる。「知識そのものが役立つことも多いけれど、それよりも外の世界の内なる真理を明らかにしてくれることの方が多い。知識の光は僕たちのまわりの暗闇を取り除き、そこに隠れていた美しさを教えてくれるのさ」

ニックスはジェイスの熱意から思わず目をそらした。その言葉の裏にある個人的な意味に気づいたからだ。つかんだままの手のぬくもりが伝わるし、その手がすぐには離れようとしない。ニックスはジェイスの手から指を引き抜き、紙に記された問題に注意を戻した。二人の間に芽生えつつあることよりも、この問題を解き明かす方が簡単だ。

ジェイスが姿勢を元に戻した。「三角形を四角形に見立てることに関して言うと、それは僕たちのまわりのほぼすべてのことの裏に存在する魔法なんだ。建築者たちは屋根の傾斜や壁の配置を考える時に使う。船乗りたちはその力で海を横断する時の航路を記録する。地図作成者たちも海岸線や国境線を描く際に同じことをする」

その説明に刺激を受けて、ニックスは新たな意欲で問題に取りかかった。木炭の先端で計算結果を書き留め、自信がないまま最後まで進めていく。ニックスは問題を解き終えるとジェイスの方を見た。その顔にあったのは誇らしげな笑みと、かすかに悲しげな目だった。

「よくできました」ジェイスが言った。「君はあっと言う間に僕なんかいらなくなるだろうね」

今度はニックスがジェイスの手を握る番だった。「そんなこと絶対にない」ニックスは言った。「あなたがそばにいなければ九年生を乗り越えることはできない」

「僕は五年生で落第したんだよ」そう伝えるジェイスの顔から笑みが消えていく。「ミーアコウモリの毒を乗り越えた少女ならば、どんな難問だって立ち向かえる」

ニックスはその言葉を信じたかったものの、襲撃とそれに続く悪夢が心によみがえったせいでいっそう不安が募った。それでも、ニックスは友人を力づけようとした。「ジェイス、あなたは五年生でつまずくような人じゃない。ガイル修道院長はあなたの可能性を認めたからこそ、この修道院学校に残して写字室で作業をさせたり、私の手伝いをさせたりしたのよ。もうすぐ私と一緒に這って最上階まで上る生徒のほとんどよりも、きっとあなたの方が物知りなんじゃないかって思うの」

　ジェイスの顔に大きな笑みが戻った。「そんなことを言うなんて、君は優しいんだね。でも、近頃は君に負けないようにすることで精いっぱいだよ。それは間違いない。でも、自分で言うのもあれだけど、僕は独力でかなり学んできたからね。君の隣で勉強するだけじゃなくて、インクが消えてしまう前に保存するために写字室で文字の薄れた古い書物を書き写すことでも。びっくりするほど冒瀆的な書物もあった。誰よりも下品な遊び人でさえも顔が真っ赤になるほどあからさまな内容を扱った書物も。学校の階を上ることとはまったく異なる教えだったのは確かだね」

「でも、大事な教えには変わりない」ニックスはジェイスの膝をぽんと叩いた。「そしてあなたはその教えで九年生の私を導くの」

「でも、その後は？」そう訊ねるジェイスの声が少し小さくなった。「君はどこに行くつもりなの？」

　ニックスには言葉にならなかった別の質問が聞こえた。〈僕たちはどうなるの？〉

「わからない」ニックスは二つの質問に同時に答えた。「目の前のこと以外はまだ考えていない。父と兄たちからは離れたくないから、ガイル修道院長がこの修道院学校でその先の高度な勉強を続けさせてくれればいいんだけれど」

　椅子に座るジェイスの背筋がすっと伸びた。その目には希望が輝いている。「それなら僕は――」

けたたましいラッパの音がジェイスの言葉をかき消した。二人は借りている部屋の窓の方に顔を向けた。空から落ちてくる霧のような弱い雨は、この数日ほど沼地の方から吹きつけてきていた嵐の名残だ。二人が外を見つめていると、ラッパの明るい音色が再び学校内に響きわたった。

「あれは何？」ニックスは訊ねた。

ジェイスがかけ声とともに立ち上がった。「ちょっと休憩を入れて見にいこう」

ニックスは喜んで従った。ジェイスが壁に立てかけてあった杖をつかんだが、ニックスは不要だと手で合図した。杖なしで歩くことを学ぶ必要がある。目を通して見る新たな世界の不思議な立体感と視界に慣れなければならなかった。体がそれに対応できなくなったとしても、ジェイスが一緒ならば大丈夫だ。

二人は部屋から出ると学校内の病棟を通り抜けた。二人の後ろからも何人かの野次馬がついてくる。建物の外に出た二人はこの階への出入りに使用される外階段に向かった。さらなるラッパの音に引き寄せられて前に進む。音は下から聞こえてくる。

ニックスは濡れた額をぬぐった。小雨の降る低く垂れこめた雲の下は息が詰まるような暑さだ。ここ数日ほど、そのせいで誰もが不機嫌になっていて、活気のない状態だった。けれども、これほどの騒々しさを無視することはできない。物珍しさにひかれて大勢が屋内から出てきた。

「こっちだ」ジェイスが促した。

彼の先導で人混みをかき分け、二人は階段から少し離れたテラスにたどり着いた。その場所からは眼下に広がるブレイクの町を一望できる。ニックスは外の世界の景色と広がりに魅了され、同時に恐怖を覚えた。以前は雲に包まれた視界のせいで、世界は自分のまわりだけに限られていた。それが今ではあらゆる方角に向かって果てしなく続いている。

またしても響きわたったラッパの音で、ニックスの注意は沼地の方に動いた。「見て！」

いくつもの松明の炎が木陰で揺れていた。何十本もの松明が半ば水没した一帯に突き出た陸地に向かってゆっくりと移動している。太鼓のリズムがかすかに聞こえ、ヌマウシの低い鳴き声も伴っている。鞭を振るう鋭い音も届くようになり、それはあたかも暖炉の中で薪《たきぎ》がはじけているかのようだった。

「どうやら僕たちは侵略されているみたいだ」ジェイスがつぶやいた。

ニックスははっとしてジェイスの方を見た。南クラッシュ帝国との緊張が高まっているという話を思い出す。

ジェイスが首を横に振ってニックスを安心させた。「今朝、写字室で耳にした話によると、ミーアに大規模な狩りの一団がやってきたらしい。嵐のせいで何日かフィスカルで足止めされていたみたいだけれど。でも、こんなにも大人数だとは思わなかったな」

先頭の松明が沼地の外れに到達した。深紅の防水布の軍旗が掲げられたが、風がなくて垂れたままなので、持ち手は振り回して旗を広げなければならなかった。かなりの距離があったものの、ニックスには黄金の太陽を背にした黒い王冠が見えた。

「国王の紋章だ」ジェイスが言った。

蒸し暑さにもかかわらず、ニックスは恐怖に身震いした。

〈何が起きているの？〉

すぐそばの階段での騒々しい動きが二人の注意を引いた。足の長い人物が階段を二段飛ばしで駆け上がってくる。ニックスはそのひょろっとした体型とばたばたした走り方を見て、七年生の時の級友の一人だとわかった。顔は興奮で輝いていて、抑え切れないうれしさで今にも破裂しそうだ。ニックスはこの生徒がクラス一の噂話好きで、いつも新しい情報をたくさん抱えていることを知っていた。

「ラックウィドル！」ニックスは呼びかけた。

髪の濡れた少年は立ち止まろうとして危うく転びそうになった。周囲を見回し、名前を呼んだのがニックスだと気づくと、顔つきがしかめっ面に変わる。その表情を見るだけで、かつての同級生たちがニックスのことをどう思っているのかがわかる。

「向こうで何が起きているの？」ニックスは訊ねた。

ラックウィドルは適当に手を振ると、さらに上の階を目指して走ろうと身構えた。

彼が再び走り出す前に、ジェイスが腕を伸ばして襟首をつかみ、近くに引き寄せて体を押さえつけた。「彼女の質問に答えろ！」

全身がびしょ濡れのラックウィドルはジェイスの手を振りほどこうと思えばできたはずだが、どうやら自分が入手した情報をそれ以上は秘密にしておくことができなかったようだ。「あれは王国軍さ、すごいぞ！　大勢の騎士たちがいる。顔を赤く塗ったヴァイルリアン衛兵までも。信じられないよな？」

ニックスのひんやりとした恐怖が骨の髄にまでしみわたっていく。

だが、ラックウィドルの話はまだ終わっていなかった。「それに誰が一緒に行進していると思う？　キンジャルとそのお父さん、フィスカルの首長さ。僕もその隣に座れるなら、片方のタマを差し出してもいいね」

ニックスはジェイスと不安げに顔を見合わせた。心臓の鼓動が大きくなる。自分の上に倒れた頭のないバードの死体の重さと、体にかかった熱い血の感触がまたしてもよみがえる。

ジェイスがようやく少年から手を離し、ニックスのそばに身を寄せた。

自由の身になったものの、ラックウィドルはすぐには動こうとはせず、目を真ん丸にしてとっておきの情報を伝えた。「いちばんすごいのは、彼らがあの翼のある化け物を一匹、捕まえたらしいっていう話だよ」

部屋の垂木に潜んでいた生き物を思い出し、ニックスはびくっとした。「何ですって？」

「でかいやつだってさ」ラックウィドルは両腕を左右に大きく広げた。「体中に矢を受けて、檻《おり》に入れられている。学校のてっぺんまで運び上げるらしいよ。生きたままかがり火で燃やすのさ。バードの復讐にはぴったりだな」

ニックスは反応を見られまいとして小雨の中で燃える二つのかがり火を見上げた。またしても甘い乳の味が口いっぱいに広がる。身を守ってくれる翼のぬくもりが体を包み込む。キーンという響きが頭を満たすが、その音は悲しみに満ちている。

「あのけだものが炎の中で苦しみ悶《もだ》えるのを見るのが待ち切れないよ」そう言うと、ラックウィドルは手に入れた情報を一刻も早く広めようと走り去った。

上を見続けているうちに、ニックスは悲鳴と兵器の轟音から成る煙に包まれた世界に落ちていった。ふと気づくと再び山頂にいて、石の祭壇に磔《はりつけ》にされた翼を持つ巨大な生き物に向かって走っている。その瞬間に何よりもしたいと思ったことが、再び熱い炎となって彼女の心を駆け巡る。

それは捕獲された生き物を逃がしてやること。

次の瞬間、ニックスは自分の体に戻った。弱い雨の中に立っている。キーンという響きがまだ聞こえる——過去のものも、未来のものも。それが彼女の頭の中で怒ったハチの群れの羽音に変わっていく。羽音が骨を伝って体中に広がり、ある確信が形成される。

ニックスは近づいてくる王国軍の方を見た。

計画などない。あるのは目的だけ。

〈彼らを阻止しなければならない〉

15

カンセはふてくされて雨の中に立っていた。

屋根付きのそりのところで雨宿りをすることもできた。そこではフィスカルの首長とその娘が、娘の衣服の入った木箱などの山積みの荷物をそりから降ろしているところだ。そりの前にいる二頭のヌマウシもカンセと同じく機嫌が悪そうで、濡れた体から水滴を垂らしながら、鼻息も荒く三本指の蹄を広げて地面を踏みつけている。

カンセには今さらそこに行く理由がなかった。ズボンはすでにびしょ濡れで、肌まで水がしみ通っている。ブーツの中には泥と沼の水が入り込んでいて、歩くたびに音が鳴る。髪の毛は頭にぴったりと貼《は》り付いていた。体が濡れていなかったのははるか昔のことのように思えるが、せいぜい十日前くらいだろうか。その計算に自信があるわけでもない。大人数の軍は嵐が小康状態になった頃合いを見てアザンティアの港を出発した。それでも、強風で海には大きな白波が立っていた。カンセの胃は航海が終わってもなお、いつもの調子に戻っていない。

ようやくフィスカルに到着したと思ったら、再び嵐が襲ってきた。黒雲に覆われ空にギザギザの稲光が何本も走った。雷鳴は湿地帯に建つ町の支柱が震えるほどの大きさだった。カンセたちはフィスカルから四日間も動けず、食料は塩漬けの干し魚とそれと同じくらいしょっぱいエールしかなかった。

真っ黒だった雲の色が灰色に変わり、嵐の中心が東に通過してフィスカルを脱出できた当初、カンセはほっとしていた。ところが、その先に待っていたのは歩くのも一苦労のぬかるみ、不気味な鳴き声の野獣、さらには吸血性のブヨや皮膚の下に卵を産みつけるウマバエの大群だった。その間ずっと、歩いている時も、そりの上でうずくまっている時も、竿《さお》で筏《いかだ》を進めている時も、沼地が行く手を遮ろうとした。とげを持つつるが服に引っかかり、頭から帽子をもぎ取った。それでも、苔に覆われた枝から垂れ下がったり水面を這うように泳いだりするクサリヘビやマムシがうじゃうじゃいたので、その牙に噛まれるよりはずっとましだった。

カンセは一リーグの距離を苦労しながら進むごとに父を恨んだ。この拷問同然の任務から弟を外すようにもう一度国王を説得するとマイキエンが言ってくれた時、そうしてもらえばよかったと今になって思う。

カンセたち一行のたった一つの優位は人数だった。百人の騎士と二十人のヴァイルリアン衛兵は沼地の危険な生き物たちをほとんど寄せつけなかった。それに嵐の神のタイタンが、悪天候のお詫《わ》びの印としてだったのか、狙いすましたかのような落雷で珍しい恵みをもたらしてくれた。

カンセは屋根付きのそりの向こうで岩場の岸へと進められている筏に視線を向けた。その上には覆いをかぶせた大きな檻が載っている。そばにいる二頭のヌマウシが不安そうに鳴き声をあげ、近づく筏から逃れようとしたため、そりが傾いてしまった。御者は牛たちを元の位置に戻すためその尻に鞭を当てなければならなかった。それでもなお、二頭は不安から体を震わせている。

ヌマウシの警告にもかかわらず、カンセは自然とその方向に足が動いていた。足の下にかたい大地があるのはいい気分だ。それにテントの設営や薪集めの作業に駆り出されたくなかった。この沼地では王子としての地位は何の役にも立たない。そりの上から尻だけ出して排便しなければならないような状況では、王族としての威厳を保つことなどできやしない。

筏と檻に引き寄せられる理由には好奇心もあった。ロープや鎖を巻かれて沼地から引き上げられる大きなミーアコウモリの姿はちらっと目にしただけだった。戦果を祝うにぎやかな歓声と剣で盾を打つ音が響きわたり、あたかも重要な戦いで勝利を得たかのようだった。ただし、後に焚《た》き火を囲みながら聞いた話によると、戦いと呼べるようなものではなかったらしい。落雷の直撃で砕けたヌマミズキの木に、偶然にもミーアコウモリが嵐を避けて止まっていたのだ。たまたま通りかかった六人のヴァイルリアン衛兵が、翼を焼かれて弱ったミーアコウモリを発見した。それでも、何本もの矢を浴びせてからでないと、網をかぶせてロープで縛ることができなかったそうだ。

カンセは檻に入れられる野獣を垣間見た時に哀れみを覚えた。捕獲されたコウモリは小型のポニーくらいの大きさだった。しかも、傷口からの出血と火傷《やけど》の痛みに苦しんでいてもなお、自由の身になろうと激しくもがいては甲高い鳴き声を発していた。

カンセにはその気持ちが痛いほど理解できた。だから今、こうして檻に向かっているのかもしれない。罪悪感と同情の入り混じった思いのせいだ。あいにく、檻の中の戦利品を目指して歩いているのはカンセだけではなかった。

「あいつを見てみましょうや」アンスカルが高さのある筏に飛び乗った。「学校まで運び上げる前に」

アンスカル・ヴァイ・ドンはヴァイルリアン衛兵の部隊の隊長だ。カンセの背丈はこの男性の胸にかろうじて届くくらいの高さしかない。しかも、このヴァイの騎士は雄牛も顔負けの筋肉を持つ。彼らの伝統にならって顔面と剃り上げた頭はタトゥーで真っ赤だが、ほかに両手と両脚にもとげを持つ黒いつる植物の模様が入っている。カンセはこの騎士が人を殺すたびに新たなタトゥーを入れていると聞いたことがあった。

国王がこの騎士をカンセ専属の護衛に任命した理由はそこにあるのかもしれない。そのような公式の発表があったわけではない。しかし、アンスカルはこの旅を通じてまるで影のようにカンセに付き従っていて、片時も目を離そうとせず、それはカンセが用を足して尻をぬぐっている時も例外ではなかった。その一方で、カンセはこの男性の厳しくも親しみやすい性格に好感を抱くようになっていた。今では護衛というよりも厳格な兄のように感じているほどだ。

カンセも筏によじ登った。

アンスカルが檻のまわりに紐で結んだ革の覆いの一部を持ち上げた。カンセは前かがみになってその下から中をのぞいた。

「近づきすぎたらだめですぞ」アンスカルが注意を与えた。

「その心配はいらないよ。鼻をもぎ取られたくはないからね」

カンセは二歩離れたところから覆いの中の暗がりをのぞいた。その中のいちだんと濃い影の部分に気づくまで、一瞬の間があった。影はまったく動かない。〈傷のせいでもう死んでいるのかもしれない〉この先に控える運命を考えると、その方が幸運と言えるだろう。

カンセは学校の最上階を見上げた。修道院学校はケペンヒルと同じような形をしているが、その規模は四分の三くらいだろうか。てっぺんでは二つの炎が煙を噴き上げている。フレル錬金術師は教え子を残し、その最上階に向かっているところだ。この学校の校長で、自身の恩師でもある修道院長に面会したいと言っていた。カンセも一緒に行こうとしたが、フレルはあわてる必要はないと言い残し、王子をこの岩だらけの岸に置いて出かけていった。

カンセは檻に注意を戻した——一つの光る赤い目がこちらを見つめていることに気づく。

〈まだ生きているのか。でも、もうすぐ——〉

影がカンセの方に突進して鉄樹の格子に激突し、檻が大きく揺れた。カンセは後ろにバランスを崩し、尻もちをついた。何本もの牙が檻にかじりつくのを見て、その姿勢のまま後ろに下がる。毒液が暗がりの中で光を発し、よだれのように黒い格子を滴り落ちる。

アンスカルが笑い声をあげながら剣の先端でけだものの顔をつつき、暗がりの奥に押し戻した。コウモリが離れたのを確かめてから覆いを元に戻す。続いてカンセの方を向き、上から見下ろした。

「我々の客人は傷の回復が順調なようですな、そう思いませんか?」ヴァイの騎士は皮膚のかたくなった大きな手のひらを差し出した。「お立ちください。住民の半分が集まっている前で、王子ともあろう人が尻もちをついたままではまずいですぞ」

カンセは差し出された手をつかみ、助けてもらいながら立ち上がった。「ありがとう」頬が熱くなるのを感じながらつぶやく。

騒ぎに気づいたほかの人たちも筏に集まってきた。まわりを取り囲んだ人たちがこちらを見ている。隣の人と何やら小声で話している人もいる。そのほとんどは町の住民たちだが、その視線の先にあるのは王子でも檻でもなく、いつの間にか筏に近づいて無言でそばに立っていた二人組だった。

珍しい光景なのは間違いない。

海の向こうからやってきた、大きな岩のように盛り上がった肩のジン族の男が一人、上半身裸で雨の中に立っていた。そのむき出しの胸には奇妙な模様が焼き印で押されている。この沈黙の巨人の前ではアンスカルでさえも子供に見える。大男はむっつりとした表情を浮かべていて、太い眉はぼんやりとした小さな目を隠さんばかりだ。隣の連れの頭上に天蓋を掲げている。

その下に立つシュライブは節のある銀のハンノキの杖を突いていた。その樹液にはこの世界とそこから外れた謎との間の境目を弱める働きがあると言われる。杖にもジン族と同じ模様の焼き印が押してあった。

この旅の間ずっと、カンセはこの老人から距離を置いていた。その年老いた体の中に敵意と危険が渦巻いているのを感じ取ったからだ。タトゥーを施した目はマントのフードを深くかぶっているせいでいっそう不気味に見え、青白い皮膚との対比が際立っていた。痩せこけているものの頬と顎は皮膚が垂れ下がっており、骨の上にしわだらけの皮膚が残っているだけのその姿は脂肪と肉をすべて吸い取られてしまったみたいだった。

〈間違いなくイフレレンだ〉カンセは思った。〈でも、あのいけ好かないライスではない〉シュライブの欲深い目が狙っているのはカンセでも檻ではなく、筏の板の上にたまった毒液だった。シュライブが杖で液体を指し示した。「それを洗い流してはならぬ」かすれた声がアンスカルに指示を与えた。「できるだけ多くを採取したいので容器を準備する。ただ、あの生き物が生きているうちに毒腺を切開できれば、その方がありがたい」

「シュライブ・ヴァイサース、こちらに来たいということならば」アンスカルが答えた。「どうぞご自由に。ただし、私の部下を誰一人として危険にさらすつもりはない。それにこのけだものは復讐の名のもとに捕獲されていて、私は最初のコウモリを燃やして神々のために捧げるとの誓いを立てている。嵐の神タイタンがこの生贄を我々の行く手に落としてくれたのだからなおさらだ」

シュライブは杖を下ろしたが、不服そうだった。

カンセは神に仕えるこの男性が国王の意向でここに送り込まれたことを知っていた。その目的は毒液を採取して大いなる威力を持つ武器に精製するためだ。ただし、狩りが本格的に始まるのは、一行の最初の任務——首長の娘をここまで送り届け、学校のてっぺんにあるかがり火に血の生贄を捧げること——が片付いてからだ。月の満ち欠けが一回りする間にできるだけ多くのミーアコウモリを殺すことになっている。それまでにヴァイサースは実験用の毒腺をあり余るほど入手できているはずだ。

しかし、いらだちを募らせているのはこのシュライブだけではなかった。不機嫌そうな大声が聞こえた。「何をぐずぐずしているのだ?」

人混みに隙間ができ、大きなおなかが現れた。近づいてくる男性はワインの樽に手足と白髪交じりの頬ひげを蓄えた顔が生えたかのような姿だ。しかも、身に着けているズボンとトゥニカはサイズが小さすぎるため、厚い革のベルトが懸命に押し戻そうとしているにもかかわらず、エールでふくれた毛むくじゃらの腹の一部が突き出ている。

ゴーレン首長がシュライブと筏の間に割り込んできた。「時間を無駄にしているだけではないか。あの邪悪なけだものをあそこのてっぺんまで運ぶ必要があるのだ。夕べの最後の鐘が鳴るまでには灰と煙になってもらいたいものだな」

首長と一緒にいるのはその娘で、ひょろっとした体つきの少女はカンセと同じくらいの年齢だ。濃い茶色の髪をシルクのリボンで少しでも明るく見せようとしている。せいぜい人並みの器量なのだが、生まれた時から甘やかされて育ったからか、ほかの人たちとは身分が違うとでも言わんばかりの態度を取っていた。ここまで移動する間、彼女はそりの外に足を出そうとすらしなかった。高く積み上げた荷物に囲まれた中にとどまっていて、おそらくはごちそうや香水とともに過ごしていたのだろう。

その一方で、この旅には王子が同行していることを誰かが彼女に教えたに違いない。カンセが屋根付きのそりの近くを通りかかるたびに、首長の娘は意外なまでに豊かな胸を荷物の上から見せつけようと必死になっていた。もっとも、たとえ遠い親戚関係になかったとしても、カンセはその二つの頂きに手を触れたいとはまったく思わなかった。

アンスカルは層状に造られた学校を見上げ、てっぺんで燃える二つのかがり火を険しい眼差しでにらみつけた。片方の手のひらで真っ赤な頭頂部の水滴をぬぐい、もう片方の手で股間をかきむしっている。「かなりの距離があるな。それに牛たちはあの檻に近づくことすら嫌がっているときている」

「そんなことだろうと思っていた」ゴーレンが言った。首長は片手を持ち上げ、筏の向こう側を指し示した。「この沼地で牛たちのことを誰よりもよく知る人間のところに使いを出してある。どうやら彼が到着したようだ」

カンセがそちらに顔を向けると、日に焼けたしわだらけの男性が杖を突きながら人混みの間を近づいてきた。その生涯を通じてここで生活してきた人間のようで、おそらく一族は何世代も前から沼地で暮らしてきたのだろう。カンセは男性の顎ひげに苔が生えていてもおかしくないと思った。かなり年老いてはいるものの、その物腰からは力強さが感じられる。男性に付き添っているのはより背が高くて体格のいい若者で、体力がありそうだし目も輝いている。

〈きっと息子だな〉

ゴーレン首長が年老いた沼地の住民に歩み寄った。二人が互いの前腕部を絡ませる。親しさをうかがわせる仕草というよりも、相手に敬意を表する挨拶といった感じだ。どちらの男性もこれまでの人生を通じて、この沼地を手なずけてきたのだろう。

「こちらは牛飼いのポルダー、ヌマウシの扱いに関してはミーアで並ぶ者はいない」

沼地の住民は肩をすくめただけだ。誉め言葉を事実として受け入れ、謙遜する様子はまったく見せない。「あんた方の問題については聞きました」そう言うと筏の上の檻の方に身を乗り出した。「ヌマウシたちはこの翼を持つ悪魔には近づかない方がいいと知っているんですよ。厄介なことになるだけなんでね。私もそれについては嫌というほど承知しております」

アンスカルが落胆した声でつぶやいた。「だったらあの呪われた檻に長い棒を突っ込んで、俺たちだけで運び上げなければならないな」ヴァイの騎士は首長を見た。「それとも、この岸でかがり火を焚き、この場で檻ごとあの化け物を燃やすか。そうすれば問題は解決だ」

ゴーレンの顔が激しい怒りで真っ赤になった。「ふざけるな！」首長が強い口調で言い放った。「私の息子はあの上で殺された。だからこのけだものも同じ場所で殺されなければならないのだ」

アンスカルは言い返したそうな顔をしていたが、ゴーレンの希望をかなえるようにという命令も受けていた。首長は国王と遠い親戚関係にあるだけでなく、沼地の生き物の皮や塩漬け肉が大量に集まるフィスカルの町との取引はアザンティアにとって大切だった。ここでちょっとした心づかいともてなしの気持ちを示しておけば、王都にとって損はない。

膠着状態《こうちゃく》を破ったのは牛飼いのポルダーだった。「全部のヌマウシが役に立たないなんて言っていませんよ。怖いもの知らずの老いた牛がいます。そいつに目隠しをしたうえで、すりおろしたばかりのビタールートが入った袋を鼻の前にぶら下げてにおいも隠せば大丈夫でさあ」老人は息子に親指を向けた。「念には念を入れて、バスタンの手で引かせます。牛を落ち着かせるために」

大柄な若者もうなずいた。「グランブルバックが期待を裏切ることはありません」

老人は最後に一つ、注意を付け加えた。「もちろん、あのけだものが暴れないよう、しっかりと縛り付けてもらえればより安全ですがね」

ゴーレンは腕組みをしてからアンスカルをせせら笑った。「ほら見ろ、言った通りだろう」

アンスカルは肩をすくめた。「そういうことなら、夕べの鐘までに終わらせるための作業に取りかかるのがよさそうだ」

沼地からやってきた二人は来た道を引き返していった。

カンセがこちらに向き直ると、ゴーレン首長の娘がつま先立ちになって父の耳元に何かをささやいていた。少女が立ち去る二人の方を指差した。

ゴーレンが目を大きく見開き、小声で娘を叱った。「牛飼いのポルダーの娘が？　バードと一緒に上にいたのがその子だったというのか？　どうしてもっと早く教えてくれなかったのだ？」

少女は父の怒りの前に怯え、首を横に振った。答えようがないのは明らかだった。

ゴーレンは老人と息子の方に視線を向けた。怒りに満ちた険しい眼差しでにらみつけている。「そういうことならば、天空のすべての神々に誓おう、あいつらの家も燃やしてやる」

カンセは首長の怒りから後ずさりした。脅しの言葉を盗み聞きされたと気づかれる前にその場を離れる。カンセはここでうごめく人間関係に困惑しながら、二人の沼地の住民を目で追った。ほんの一瞬のうちに、協力関係が敵対関係に一変したらしい。少なくとも、片方の側から見た限りでは。

カンセはため息をついた。そんなことはどうでもいい話だ。

〈どうせ明日には僕もここを去るわけだし〉

カンセはやっと服を乾かすことができそうだと思いながら、岸辺で燃え上がったばかりのかがり火の方に向かった。ここで起きているらしい面倒なことに関しては……

〈僕には関係のない問題だ〉

16

〈どうしたらいいの？〉

午後の第五の鐘が修道院学校内に響きわたる中、ニックスは人だかりができた四階のバルコニーの手すりの手前に立っていた。その場所からは学校の門から最上階まで通じる外階段を一望できる。ようやく弱い雨が降りやみ、灰色の雲間からまぶしい太陽の光が差し込んでいた。空気中に漂うもやが光を反射して明るい虹が現れた。

左隣にいる修道女が空を指差した。「あれは天空の父の祝福。その恵みを私たちみんなにもたらしてくれている」

ニックスは空にかかる光のアーチを見上げた。緑色の沼地を越えたはるか彼方にまで延びている。修道女の言葉を否定することはできなかった。ニックスはこれまで一度もそのような荘厳さを、神々しい輝きを見たことがなかった。揺れ動く青、燃えるような赤、燦《さん》然《ぜん》と輝く黄色。

〈あれが天空の神々からの祝福じゃないなんてありえない〉

けれども、この光景への喜びも胸の中の不安をかき消すことはできなかった。視線を空から動かし、階段をゆっくりと上る行列に向ける。騎士たちが列を成して先頭を歩いている。身に着けた軽甲冑が太陽の光を反射して輝き、兜には馬の尾の毛を使った飾りが付いている。左腕に装着した盾には各自の家の紋章が入っていた。甲冑がぶつかり合う金属音は学校にあるブロンズ製の太陽系儀の歯車が立てる音に似ていて、それはこの行進が巨大な機械の作動によって始まり、彼女には止めようがないことをほのめかしているかのようだった。

騎士たちの後ろに続くのは背中の曲がった大きな毛むくじゃらの生き物で、頭を低く下げている。それを導くのはその隣を歩く背の高い人物で、片手で革製の手綱《たづな》を、もう片方の手で頭絡の握りをつかんでいた。

「あれは君のお兄さんじゃないのかい？」ニックスの右側に立つジェイスが訊ねた。

ニックスはあっと息をのんだ。「あと、グランブルバックも」

ヌマウシにはハーネスが付けられていて、革紐が皮膚と筋肉に深く食い込んでいる。その後ろから階段を引き上げられているのは鉄の車輪付きの牛車だ。覆いをかぶせた高さのある檻が牛車に紐で固定されていた。

ニックスはその中にいる傷ついたコウモリのことを思った。かすかな苦痛のうめき声がはっきりと聞こえたような気がした。それとも、それは記憶の中の鳴き声だったのかもしれない。ニックスは片方の肩をねじって耳に押し当て、頭の奥深くのうずきを静めようとした。

周囲に集まった人たちは檻を見て小声でささやき合っている。驚きの声もあれば、怯えている声もある。指先にキスをしてから左右の耳たぶに触れるという魔除けのおまじないをする人もいた。ニックスの方を見て同情するような顔を見せる人もいた。

彼女の心の中にある思いは誰も知らない。

少し前まで、ニックスは何とかしてコウモリを檻から逃がし、あの時の恩返しができればと考えていた。今となってはそんな考えを抱くことすら無駄だとわかる。あれは愚かな少女の夢物語にすぎない。自分にはそのような大それたことをする力があると信じ込んでしまっていた。長い列を作って行進する騎士たちを見るだけで、そしてあの騎士たちが九階を取り囲むのだと考えるだけで、勝ち目がないのは明らかだった。檻が運び込まれる最上階に立ち入ることができるのはほんの一握りの人たちだけ――言うまでもなく、生徒は誰一人として立ち入りを認められていない。

前にニックスは九階に無断で侵入し、あのような悲劇をもたらしてしまった。二度とそんなことはできない。彼女が九年生になれるよう、ガイル修道院長が骨を折ってくれた後なのだからなおさらだった。それに間もなく始まる生贄には自分の家族も協力している。その努力を無謀な行動で台なしにすることなどできるはずがなかった。

「何て馬鹿だったんだろう」ニックスは独り言をつぶやいた。

ジェイスが怪訝そうな視線を向けたが、ニックスは手を振って何でもないと伝えた。

四階を通り過ぎる牛車の後ろを二人の男性が上っていた。一人は軽甲冑姿だが、兜を外して小脇に抱えていて、深紅に輝くむき出しの頭部はヴァイルリアン衛兵としての身分を表している。ヴァイの騎士の隣を歩くのはそれよりもかなり背の低い痩せた色黒の人物で、狩人を示す緑色のマントをすっぽりとかぶり、弓を肩の後ろに回して背負っている。行列内でもこの重要な位置にいることから、ニックスはその目つきの悪い狩人がコウモリを射落としたのだろうかと思った。

その姿を見て胸に熱い怒りが湧き上がる。

その二人の後ろにはさらに二十人ほどのヴァイルリアン衛兵が続いていた。

左側にいる修道女がその隣の聖修道士に顔を寄せた。「噂に聞いた話だと、王国軍はようやくあの忌々しいコウモリの災厄から私たちを解放してくれるみたい。あの化け物のねぐらで繁殖地でもあるフィストの火山の山腹まで、皆殺しにしながら進軍するとか」

修道士は訳知り顔でうなずいた。「そうらしいな」

ニックスの指が手すりを強く握り締めた。いくつもの黒い影が空から沼地に落下する様を思い浮かべる。剣や斧が振り回され、死体が切り刻まれるにつれて、その光景が血の色に染まっていく。

修道女が下を指差した。「ゴーレン首長もやっと狩りを要請したということね」

ニックスが下を見ると、真っ赤な顔の衛兵の後ろから行列の最後を飾る二人が上ってきた。フィスカルの首長は息を切らして最上階を目指しながらも、まわりの人たちに手を振っている。紅潮した丸い顔からは汗が滴っていた。その隣を歩くのはニックスが再会を恐れていた相手――バードの双子の妹のキンジャルだった。

ニックスは両脚が震え、手すりをさらに強く握り締めた。キンジャルの姿を目にしたことで心の内の罪悪感と恐怖がいっそう募る。バードが死んだ責任の一端は自分の臆病さにある。立ち入ってはいけない場所に逃げたことで、級友を死に導いてしまったのだ。

そしてこれからもさらなる死が続くことだろう。

ニックスは来たるべき大虐殺のことを再び思い浮かべた。

〈すべての流血と惨劇は私のせい〉

絶望のあまり立っていられなくなり、ニックスはふらつきながら手すりから離れた。

ジェイスが体を寄せた。「ニックス？」

ニックスはジェイスを見た。「ここから連れ出して」

ジェイスは腕を回してニックスの体を支え、手すりから引き離してくれた。彼女を半ば抱えるようにしてバルコニーの人混みを抜け、扉の方に向かう。急にその場を立ち去るニックスの姿が人々の目に留まった。ジェイスの腕に支えられているのでなおさらだ。

バルコニーから逃れるニックスを声が追いかけてくる。

「……あの気の毒な子ももうすぐ復讐を果たせるのね」

「……彼女の苦しみが炎をさらに強く燃やし、今度はあの化け物を苦しめるのさ」

「……きっとそうね、大地の母はあの子を二度も祝福したのだから」

ニックスはそうした言葉から、その人たちの的外れな気づかいから逃げた。恥ずかしさが両脚に再び力をもたらす。ニックスはジェイスの腕を振りほどき、狭い通路と病棟を急いで通り抜けた。ジェイスがすぐ後ろから追ってくるが、ニックスは誰からも逃げたかった。自分はジェイスの友情を受けるに値しない人間なのだ。

〈あなたのことも破滅に導いてしまう〉

ニックスは借りている部屋までたどり着き、倒れそうになりながら中に駆け込んだ。ジェイスにかまわず扉を閉めようとしたが、相手は言うことを聞かなかった。後を追って無理やり部屋に入ってくる。

ジェイスは目を丸くして息を切らしていて、その全身から心配があふれ出ていた。「ニックス、どうかしたのかい？　また具合が悪くなったとか？　エリック先生を呼んでこようか？」

ニックスはジェイスの方を向いた。部屋から再び押し出そうとしたものの、そのまま彼の腕の中に体を預けた。ジェイスの胸に顔をうずめると、石灰のきつい香りと汗のにおいがする。その姿勢のまま体を震わせ、慰めを見出そうとする。心臓の鼓動を落ち着かせようとする。嗚咽とともに体が小刻みに震える。苦しい胸の内や罪の意識を表す言葉が見つからない。

その代わりに、暗闇が迫りつつあるのを感じた。

ジェイスの声は遠くから聞こえてくるかのようだった。「あの音は何だろう？」

その時ようやく、ニックスにも心臓の鼓動のほかにキーンという鋭い響きが聞こえた。その音が心の苦しみを切り裂いていく。ニックスは部屋の垂木を見上げた――小さな二つの目が暗がりの中で真っ赤な輝きを発していた。生き別れになっていた弟の悲痛な叫びが頭を満たし、耳の中と頭の中で骨を震わせ、脳の表面に炎を放つ。

その攻撃を受けて世界が揺らいでいく。

ニックスは息をのみ、ジェイスにしがみついた。「離さないで」

次の瞬間、ニックスは意識を失った。


彼女は炎の中に立つ。燃え盛る檻の中で影が暴れ、もがく。苦痛が煙と風に乗って伝わる。彼女の目の前で木製の格子が炭化する。肉が焦げかすとなる。骨が灰になる。炎がいっそう高くなり、彼女を持ち上げる。彼女は空に浮かぶ熱い燃えさしとなり、渦を巻きながら上空の灰色の雲に向かう。

十分な高度に達すると、地平線に真っ黒な嵐が見え、それが高く成長し、不気味なエネルギーでうごめく。遠くの山のような影の塊からそのエネルギーが放たれる。けれども、その嵐から雷鳴は発生しない。聞こえるのは怒りの叫びだけ。黒い塊が千の翼に分かれ、彼女の方に突き進む。

いいや、彼女の方に向かってくるのではない。

黒焦げの肉体から立ち昇る煙に包まれ、彼女は上空から見下ろす。

眼下に見える学校は薄暗い中で静まり返っている。迫りくる獰猛な嵐に気づいていない。彼女は下の人たちに警告を叫ぼうと試みる。けれども、彼女の口から出てくるのは千匹のコウモリの悲鳴だけ。

びくっと体を震わせ、ニックスは我に返った。まだジェイスの腕に抱かれたままだ。

「彼らが来る」ニックスはジェイスの胸に向かってうめいた。

ジェイスが彼女の体を抱え上げた。「来るって……誰が来るんだい？」

翼をはばたかせる音で二人は垂木に注意を向けた。黒い影が一つ、二人の方に降下してくる。

ジェイスが甲高い叫び声をあげ、身を挺《てい》してニックスを守ろうとした。

コウモリは二人の頭上を通り過ぎ、開いたままの窓から外に飛んでいった。

ジェイスは姿勢を低くしたままだ。「動かないで。まだいるかもしれない」

ニックスにはもっとたくさんの数がいるとわかっていた。ジェイスを押しのけて彼の腕から離れる。生き別れの弟がこうして訪れた理由は理解できる。警告のため、迫りくる脅威を伝えるためだったのだ。ニックスはそのことをジェイスに教えた。

「生贄を止めなければならない。そうしないとすべてが失われてしまう」

ジェイスが困惑して顔をしかめた。「いったい何の話だい？」

ニックスは扉の方を向いた。自分だけでこの件に対処するのは無理だ。「ガイル修道院長に話をしないと。手遅れになる前に」


ジェイスが禁じられた扉の鍵穴に鍵を挿し込む間、ニックスは彼の肩にぴったりと身を寄せていた。ジェイスが振り返る。「僕が一人で行くべきなのかも」

ニックスは下唇を嚙み、扉に刻印されたブレイク修道院学校の紋章を見つめた。つるの巻き付いた紋章のほかには銀の乳鉢と乳棒の装飾がある。ニックスの左右の肩は緊張でこわばっていた。今この瞬間にも午後の最後の鐘が鳴るのではないかと思うと気が気ではない。それに続く夕べの第一の鐘を合図に、炎の生贄が始まる予定になっている。

ニックスは深呼吸をしてから首を横に振った。「だめ。時間があまりにもなさすぎる。見つかる危険を冒してでもここを通らないと」

「でも、なぜなんだい？」ジェイスが改めて訊ねた。

「説明している時間はないの」

〈説明してあなたに信じてもらう時間なんてあるわけない〉

ジェイスはため息をついて鍵を回すと、一部の人だけが使える九階までの階段への入口を開けた。もはや生徒ではないジェイスは、貴重な書物を学者たちのもとまで運ぶためにこの階段の使用が認められていて、学校の最上部にあるガイル修道院長の部屋にも行くことができる。ただし、ほかの人のためにそのような便宜を図ることはできない。ニックスはこの不法侵入によってジェイスの地位と生活手段を危険にさらしているのだと承知していた。見とがめられた場合にはジェイスの関与を否定するつもりだった。

ジェイスが先に立って入口をくぐった。彼が一人で四階から九階まで駆け上がり、修道院長に事態の緊急性を納得させてから、一緒に四階まで下りてくるのを待っていたら間に合わない。ニックス自身が修道院長に対して事情をじかに説明しなければならなかった。

信じてもらうためにはそれしか方法がない。

「急いで」ジェイスが注意した。「まだ先は長いから」

ジェイスが階段を駆け上がり、ニックスもすぐ後ろから続いた。ふと気づくと、ニックスはずっと息を殺していた。たまたま階段を使用中の錬金術師やほかの学者に今にも出くわすのではないかとびくびくした。けれども、狭い螺旋階段を上に向かう間、二人は誰ともすれ違わなかった。おそらく誰もが学校の最上階に向かう王国軍の行進を見守っているのだろう。

「あと少しだよ」ジェイスが息も絶え絶えに伝えた。頬は真っ赤で、背中は汗でぐっしょりと濡れている。ニックスはその水分のほとんどが恐怖による冷や汗なのではないかと思った。ジェイスが速度を落として踊り場で立ち止まり、そこにある扉を顎でしゃくった。「ここを通れば八階に出られる」

ジェイスはニックスに対して考えを変える最後の機会を与えてくれているのだ。あの扉から外に出れば、不法侵入を気づかれずにすむ。「君がこの階に隠れている間に、僕が修道院長を連れてくる」ジェイスが提案した。

ニックスは額の汗をぬぐいながらその提案を考えた。

彼女が答えるよりも早く、鐘の音が鳴り響いた。石を通して聞こえるこもった音が、校内に広がるにつれて次第に大きくなっていく。

午後の最後の鐘だ。

ニックスはジェイスの顔を見つめ、進み続けるように合図した。ところが、ジェイスが不意に飛びかかり、体を押した。背中と壁の間に彼女を挟みつける。ほんの一瞬、ニックスはパニックに陥った——すると錠前の解除される音が聞こえ、扉がきしみながら開いた。差し込んできた明るい光が二人を照らし出す。

ジェイスの大きな体の陰に隠れたニックスには、階段に入ってきた人物が見えなかった。

「ここで何をしているの、ジェイス用務員？」とがめるような口調で問いただす女性の声がした。

ニックスはすくみ上がった。鼻にかかったあの声は七年生を教えていた見習いのシスター・リードだ。

あわてたジェイスは少しだけ口ごもったが、ニックスを背中の後ろに隠したまま胸を張った。「僕は……ガイル修道院長に呼ばれて、プレンティアロリオによる『七つの恩寵《おんちょう》の教義』の写本を写字室に返却するように言われたものですから」

シスター・リードがうめくように言った。「それなら私の行く手をふさいでいないで、さっさと仕事をしなさい」

ジェイスが横に移動した。ニックスも後ろに隠れたままその動きに合わせる。シスター・リードは二人の前をそのまま通り過ぎた。振り返りもしなかったのは、ジェイスのような身分の低い人間は見るに値しないとでも思っているからだろう。二人は足音が聞こえなくなるまで待ってから、再び上を目指した。

そこから先はあっと言う間だった。ジェイスの先導で九階まで上がり、不思議な錬金物質が煙を噴く枝付き燭台の下の広々とした空間を横切り、大きく弧を描いた通路の先に進む。数人の学者たちを見かけたが、ニックスはジェイスの陰に隠れ続けた。幸いにも彼らは自分の抱える問題で頭がいっぱいだったのか、それとも外での出来事に気を奪われていたのか、小走りに通り過ぎるジェイスの存在すら気に留めなかった。

ようやく二人は黒い火山岩でできた錬金術師の塔と、白い石灰岩から成る聖修道士の塔が隣り合うところにたどり着いた。その間にあるのは高いアーチ状の入口で、扉の半分は鉄板が張ってあり、もう半分は銀のめっきが施されている。

ジェイスはその扉に駆け寄り、蝶番《ちょうつがい》の付いたノッカーを強く扉に打ちつけた。

ニックスはそのあまりにも大きな音にたじろいだ。騎士たちが四方から突進してくるのではないかと覚悟した。そもそもニックスには修道院長が室内にいるかどうか、確信がなかった。いない場合には大声で叫びながら通路を走り回ってでも探すつもりでいた。

〈もう時間がない〉

ようやく床をこするかすかな足音が聞こえ、油を差した蝶番の動きとともに扉が開いた。

ガイル修道院長のいつもと同じ顔が見え、ニックスは安堵のため息を漏らした。修道院長はジェイスを見て不思議そうに目を細め、続いてその隣に立っているもう一人の存在に気づくと目を見開いた。

「ニックス？」ガイル修道院長はニックスがわざわざ部屋を訪れたからには何か深刻な問題が発生したとのだろうと察したに違いない。「中に入りなさい」

扉がさらに大きく開き、ニックスとジェイスは急いで入口をくぐった。修道院長は扉を閉め、二人に続いて入口から離れようとした――だが、すぐに扉に向き直り、掛け金を下ろした。

「いったい何事なの？」ガイル修道院長が訊ねた。

ニックスはどこから説明を始めたらいいのか迷った。室内を見回すと、円形の部屋の片側にはエボンウッドの棚が、もう半分の側にはシロトネリコの棚が連なっていた。古びた書物、容器に収められた巻物、不思議な形の遺物が棚を占めている。部屋の中央には同じ木材を半分ずつ使用したテーブルがあり、その周囲には背もたれの高い椅子が九脚並んでいた。そのうちの四つは白、もう四つが黒で、残る一つのいちばん背もたれの高い椅子はテーブルと同じように半分がシロトネリコ、半分がエボンウッドでできている。

ニックスはこの場所で八人評議会が学校に関する問題を検討したり議論したりしていて、議長の修道院長が九番目の椅子に座っているのだろうと思った。室内には高さのある暖炉も四つあり、どれも今は火が入っていない。ほかのいくつかの扉は修道院長の私室に通じているのだろう。

ガイル修道院長はニックスをテーブルの方に導いた。「ここまで上がってくる危険を冒すなんて、いったいどんな困ったことが起きたというの?」修道院長は重ねて訊ねた。

ニックスは口を開こうとした――その時、背もたれの高い椅子の一つに入口に背を向ける姿勢で座っていた見知らぬ男性が立ち上がった。黒のローブに深紅のサッシュという錬金術師の身なりだが、初めて見る顔だ。修道院長よりも十歳あるいは二十歳ほど若く、濃い赤毛を後ろで結んでいて、明るいハシバミ色の目をしている。

ニックスは見知らぬ相手から一歩後ずさりしたが、修道院長が手で押さえたのでそれ以上は下がれなかった。

「こちらはフレル・ハイ・マラキフォール錬金術師。アザンティアのケペンヒルからのお客様で、私のかつての教え子なの。この人の前ならどんな話をしても大丈夫だから」

ニックスはこの男性が国王の軍勢と一緒にやってきたに違いないと思い当たった。修道院長が確約してくれたものの、捕獲したコウモリを生贄に捧げようと目論んでいる部隊とともに訪れた男性を信用できるのかどうか、ニックスにはわからなかった。

歩み寄る錬金術師の顔に浮かんでいる笑みは偽りのないもののように思えた。「なるほど、こちらが奇跡の子に違いない。毒を生き延びた少女。そして大地の母の祝福を受けている。王がハイマウントへ連れ帰るよう私たちに要求した相手でもある」

その言葉でニックスは血の気が引くのを感じ、軽いめまいを覚えた。「な……何ですって？」

ジェイスも同様に驚きの表情を浮かべ、修道院長を見た。「そんなことをさせてはいけません」

ガイル修道院長が二人を見た。「私を信じなさい。ニックスをここにとどめておくためにできる限りのことをするつもりよ。フレル錬金術師は親切心から私にあらかじめ知らせてくれたの。こちらに反論の準備ができるように」

ニックスは鎖につながれてハイマウントの地下牢《ろう》に連れていかれる自分の姿を思い浮かべた。そうなったらもう二度と、父や兄に会えないかもしれない。けれども、そんな心の痛みもこれから起ころうとしている出来事に比べれば小さなことに思える。

「私は……話さなければならないことがあります」ニックスは小さな声で言った。不意に息苦しさを覚える。罪の意識を感じつつジェイスを見てから、修道院長の優しくもあり厳しくもある顔に意識を集中させる。「皆さんには秘密にしてきたことです」

「何に関することなの？」修道院長が問いかけた。

「ムーンフォールです」

はっと息をのむ音がした――修道院長ではなく、見知らぬ錬金術師が発した声だ。相手が近づいてくる。「君は何か知っているのかい？」

ニックスはその質問への答えを持ち合わせていなかった。

〈何もかも知っているし、何もかも知らない〉

ニックスはあの不思議な訪問の間に起きたことすべてをゆっくりと語った。悪夢について、不穏な光景について――過去のものも、どこかの燃える山頂のものも。そして次のように締めくくった。「私は沼地でミーアコウモリに助けられたのだと思います。その家族として、私のもとを訪れた弟と一緒に育てられたのです」

ジェイスが唖然とした表情を浮かべていた。後ずさりしてニックスから距離を置きすらした。

ニックスは鼻をすすって涙をこらえた。涙を流すまいとしていると、錬金術師が修道院長の耳に顔を寄せた。ささやく声が聞こえる。

「まさか彼女が同じ子供だという可能性は？　グレイリンの――」

「今はやめなさい、フレル」ガイル修道院長が手のひらを見せて制止した。「そのような憶測の話は後にしましょう。ただし、この子を王の手に渡してはならないということが、これまで以上にはっきりとわかりました。そうならないようにしなくては」

錬金術師がうなずいて姿勢を戻した。「彼女の話から推測するに、コウモリは自分たちの乳が赤ん坊に害を与えていて、視力を奪っていることに気づき、人間のもとに返したということなのでしょう」

「そうだとすると、彼らはこれまで考えられていたよりもはるかに高い知能を持っていることになります」修道院長はそのことに考えを巡らせてしばらく押し黙っていたが、やがて再び口を開いた。「彼らが二週間前、意図的に彼女に毒を与えたという可能性は？　彼女を再び目覚めさせる――視力と知識の両方を復活させることで、より広い世界に対する警告を与えるための器としての務めを果たしてもらおうと考えたのでは？　ただ、あの翼を持つけだものにそれほどまでの論理的思考と狡猾《こうかつ》さが備わっていると考えてもいいものなのかどうか」

錬金術師は顎のしわを指でさすった。「あなたからの書状が届いた後、女の子に影響を及ぼした毒液についてより理解しようと考え、いくつかの文書を読み返しました。ジャストアムの『解剖学大全』、レイクライトの『動物史』、さらには批判の多いクラッシュの書物、ファロンの『生物変化の対話』までも。ほかのコウモリ――クラウドリーチの薄暗い奥地に生息する目の見えないフルーツコウモリなどが、ほとんど無音の叫び声を利用して飛行することは知られています。きっとミーアコウモリも同じような方法でこの世界を認識しているのでしょう。一部の錬金術師は、コウモリの中の王と言われる彼らが甲高い鳴き声で意思の疎通を行なっていて、同じ巣の中のハチやアリのように群れの仲間を結びつけているのではないかと考えています。それによって種としての知能を向上させているのかもしれませんね」

「全体は部分の総和にあらず」ガイル修道院長が言った。

フレルがうなずいた。「ファロンの『対話』には、分かち合って伝え合ったその知識は何世代も前にまで、ことによると私たちの歴史よりもはるか昔にまでさかのぼるのではないかという説も記されています。また、コウモリのほかの種では、特にクラウンの西の外れの暗がりに暮らす種の場合は、夜の闇での活動を好んでいて、あたかもその行動パターンが月の満ち欠けと結びついているかのようだとも言われています。本当にそうだとすれば、ここのミーアコウモリも月の変化に対して同じように敏感だとも考えられます」

ニックスには二人の会話の内容がほとんど理解できなかったが、昔の教え子を見つめるガイル修道院長の眼差しが険しくなった。「フレル、あなたの調査が示してきたことをコウモリたちは何らかの方法で察知した、そう言いたいのですか?」

錬金術師がうなずいた。「この何百年もの間に月は大きくなりつつあり、今ではその速さが増しています」

ニックスの頭の中にあの呪われた山頂の光景がよみがえった。月がふくらみ、彼女の方に落ちてきて、その端が燃えていた。「ムーンフォール」ニックスは小声でつぶやいた。

フレルがニックスの方を見た。「もしかすると、彼らが君に見せようとしていたのはそのことなのかもしれない。彼らなりのやり方で君に警告を与えているのだよ」

ニックスはその説明ですべてが明らかになったわけではないと思った。山頂での光景はあまりに鮮明だった。今でもあの悲鳴が頭の中に響いているような気がする。自分の口が発した名前を思い出す。〈バシャリア〉けれども、ニックスはそれらの謎をひとまず忘れて、あの悪夢に苦しめられた日からずっと気になっていた疑問に向き合うことにした。

「どうして私なの？」ニックスは質問しながらジェイスを横目で見て、再び二人の学者に視線を戻した。「どうして私が彼らの叫びに悩まされなければいけないの？」

フレルが肩をすくめた。「答えは明らかだと思う」

ニックスは眉をひそめた。〈私にはそうじゃないんだけれど〉

フレルが説明した。「君は生まれてから月が六回満ち欠けする間、彼らのもとで育てられた。その頃の君の心はまだ完全に固まるにはほど遠く、やわらかい粘土のように成形しやすい状態だった。君の脳は彼らの静かな叫び声を常に浴びながら成長した。そのように絶えずさらされた環境の中で、君の心は木が風によってねじれるように、彼らの声によって変形してしまったということだ」

ニックスが横目で様子をうかがうと、ジェイスはさらに目を丸くしていて、そこには恐怖が宿っていた。

〈私を怖がっている〉

フレルの話は続いている。「私の考えでは、君はその時点で多少なりとも、彼らが分かち合う大いなる心との結びつきができたのだろう。成長した今では別の道を歩んでいるものの、心に刷り込まれたそのパターンとは今も同調したままなのだよ」

ニックスは体を震わせた。錬金術師の言葉を否定したい。その一方で、別の目を通して、生き別れの弟の目を通して、自分の姿を見つめていたあの瞬間もはっきり覚えていた。

ガイル修道院長が口を開いた。「フレル錬金術師の予想が正しいならば、この前の毒が目覚めさせたのはあなたの視力だけではなかったということになる。沼地に置き去りにされて以来、ずっと閉ざされていた心の目も開かせたのよ」

ニックスは息をのんだ。胃が熱くてむかむかする。

〈それなら、私はいったい何なの？〉

ジェイスがそんな動揺に気づいたらしく、恐怖を押しのけて近づいてきた。「ニックス、君がここに来て修道院長に伝えようとしたのはそのことなのかい？」

ニックスははっとした。すっかり忘れてしまっていた。「違う」そう言ってからガイル修道院長の方を見る。「生き別れの弟からまた訪問があったんです」

ジェイスがニックスの手を握った。「僕もそのコウモリを見ました」

ニックスは感謝を込めてジェイスを見た。しっかりと握る手から力をもらう。そのちょっとした仕草に対して、支えと友情を示してくれたことに対して、涙がこぼれそうになる。

「また光景が見えたんです」ニックスはこれから訪れる嵐について、生贄に復讐しようという何千匹ものコウモリの襲撃について説明した。「捕獲した生き物を焼き殺すのはやめさせないといけません。そんなことをしたら空からの攻撃を受けます」

ジェイスが眉間にしわを寄せた。「でも、どうしてコウモリには僕たちがここで実行しようとしていることがわかるんだろうか？　まだそれが始まってもいないのに」

自分でも薄気味悪いことに、ニックスにはその答えがわかった。「私にその大いなる心がわかるのならば、彼らにも私の心がわかるのかも」

ニックスの頭の中に切り替わる光景がよみがえった。それに生贄のことを知った時の激しい怒りと、何とかしなければという突き動かされるような気持ちも思い出す。いつもの大人しい自分だったら、思ったり行動に移したりしないようなことだった。

〈あの強い思いはいったいどこから生まれたものなの？〉

ニックスは手のひらで左右の胸の間に触れた。

〈あれは私の心から生まれたの？　それとも、彼らによって触発されたものなの？〉

決めかねているうちに、壁の外で音が鳴り響いた。心臓の鼓動に合わせてその音量が大きくなっていく。ニックスは音にびくっとした。

夕べの第一の鐘だ。

ニックスは呆然としてほかの人たちを見た。息苦しくて胸が詰まりそうだ。

〈時間をかけすぎた〉

修道院長がフレルを見た。彼女はまだあきらめてはいない。「私たちが介入しなければなりません。でも、私の言葉だけで国王の命令を覆せるかどうか」

錬金術師がうなずいた。「そのためには王子の言葉が必要になるかもしれません。私が彼のことを説得できれば、ですが」

〈王子？〉

ガイル修道院長が歩み寄り、ジェイスの腕をつかんだ。「ニックスにはすでに国王が注目しているし、これから彼女の状況はいっそう深刻なものになるはず。あなたには彼女を安全な場所まで連れていってもらう必要があるわね」

「ど……どこに？」ジェイスが言葉に詰まった。

「学校の外。彼女にとってここはもはや安全ではない」修道院長がニックスを見た。「ひとまず、彼女を家まで連れて帰って」

ジェイスとともに急いで部屋を出るように促されたニックスは抵抗しなかった。けれども、心を揺さぶる疑問が後を追いかけてきた。

〈私の本当の家はどこなの？〉

17

カンセは鼻をくんくんさせ、目を丸くした。

〈僕よりも強烈に沼のにおいを放っているやつがいるとはね〉

学校の最上階のもっと端っこに移動し、大きな毛むくじゃらのヌマウシの風上側に回り込もうとする。だが、鼻水を垂らして放屁を繰り返す牛にたかっていた大量のハエの一部がなおも追ってくる。

牛の世話係——年老いた沼地の住民の息子のバスタン——はまったく意に介していないようで、ハエの大群の中に入っていくと牛車の革製の手綱や金具を確認した。ただし、その上の覆いをかぶせた檻からは目をそらしたままだ。九階まで到達したのでヌマウシの仕事はほとんど終わった。あと数歩だけ進めばこの作業は完了する。

この先の計画は簡単だった。牛が荷物を最上階で燃える二つのかがり火の間まで運んでから、牛車を切り離してそこに残す。前後の車輪の間に薪をたっぷり突っ込み、松明で火をつける。そして牛車と木製の檻も燃やし、二つのかがり火が大きな一つの炎になる。

カンセの考えでは、牛車を二つのかがり火のどちらかに突っ込んでしまう方が話ははるかに簡単に思えた。だが、聖修道士の側も錬金術師の側も、自分たちの炎が修道院学校の最上階での神聖なる復讐の儀式に参加する機会を逸することは、沽券《こけん》に関わる問題だと考えたらしい。

そのためにこの解決策が提案された。

カンセはいらつきながら不機嫌そうに息を吐き出した。

〈さっさと終わらせればいいのに〉

かがり火の向こう側では石の演壇に立つ首長が大演説を終えたところだ。ありがたいことに、燃え盛る炎の音が首長の偉そうな言葉のほとんどをかき消してくれた。「栄光あれ」「偉大なる神々よ」「偉大なる女神たちよ」などと繰り返しながら、首長は息子がふさわしく追悼されることを望む一方で、それと同じくらいの熱を込めて、ここに集まった高名な学者たちやヴァイルリアン衛兵たちの前で自分の好感度を上げようと狙っていた。校外の人間にとって九階に立ち入ることができるのは極めてまれな機会だった。百人隊の騎士たちですらも、最上階の一つ下の八階にとどまっていなければならなかった。

風向きが変わり、かがり火の煙がカンセの方に流れてきた。錬金物質の苦さと香の甘さが入り混じったにおいをまともに浴び、カンセはむせた。咳《せ》き込みながら後ずさりすると、そこはヌマウシの悪臭の真っただ中だった。丸々と太ったハエが腕にかじりつこうとする。カンセは手でハエを払った。

〈いつになったら終わるんだよ〉

その考えが呼び水になったかのように、首長の背後にある両開きの扉が開いた。錬金術師の黒い塔と聖修道士の白い塔の境目になっているあたりだ。長身の人物が二人、急ぎ足で扉から出てくると、すぐに左右に分かれた。

カンセはそのうちの一人がフレルだと気づいた。錬金術師はかがり火を回り込み、カンセの方に向かってくる。もう一人は三つ編みにした白髪を頭の上でまとめた女性で、威厳のあるローブを身に着け、肩には白と黒のストールを羽織っている。女性が向かう先の演壇では、首長が両腕を空に高々と掲げ、改めて神々への称賛の言葉を述べようとしているところだった。フレルの恩師のガイル修道院長と思われる女性がゴーレンの傍らに歩み寄り、耳元で何かささやいた。首長の両腕がしぼんだ気球のように下がった。

すぐ近くではアンスカルがほかの人を押しのけながらカンセの方に近づいてくる――だが、その向かっている先は牛車だった。「もう我慢ならん」ヴァイの騎士はカンセの脇を通り過ぎながら小声でつぶやいた。「あの牛ときたらくさい屁をひっきりなしにこきやがって。檻の覆いを外すから手を貸してください。ここの連中は目の前で例の化け物がもがき苦しみながら焼かれていくのを見たいだけです。それさえ終われば我々もここからおさらばできるでしょう」

〈それはありがたいな〉

その後を追おうとしかけた時、修道院長が九階に集まった人たちに語りかけ、カンセは足を止めた。「本日はここにお集まりいただき、ありがとうございます」首長のようにわめいたり怒鳴ったりしていないのに、その声はカンセのところまではっきりと届いた。「誠に遺憾ではありますが、夕べの鐘に合わせた生贄を延期しなければなりません」

煙を噴き上げるかがり火の周囲から驚きのざわめきがあがった。不満を漏らす声も聞こえる。ゴーレンがつかつかと歩み寄り、修道院長の腕をつかもうとしたが、険しい表情に阻まれた。

それでも、首長は自分の意を通そうとした。「これは国王の命令だぞ！　陛下ご自身の口から発せられたお言葉なのだ。それを拒むことなどできぬ」

アンスカルがうめき声をあげた。「あの役立たず首長の言う通りです。いったいどういうことなのか、様子を見てきますよ」

ヴァイの騎士は真っ赤な顔面をさらに紅潮させて歩き去った。

アンスカルと入れ替わるようにフレルがかがり火のこちら側にやってきた。カンセのもとに駆け寄って腕をつかむと、牛車の近くに引き寄せる。「問題が発生しました。解決には王子の力が必要です」

カンセはつかまれた腕を引き抜き、向かい側の演壇を指差した。「あれと関係があることなんだろうね」

「そうです。この生贄を中止させなければなりません。コウモリが学校の最上階で焼かれると、何もかもがおしまいになります」

　カンセは半信半疑で相手を見た。「おしまいになる？　修道院学校はケペンヒルと同じくらい昔から、ずっとここにあるんだよ。この場所に攻撃を仕掛けるなんて、誰がそんな大それたことを？」

　フレルは牛車に積まれた檻とその中に隠れている存在を顎でしゃくった。「あの生き物の仲間たちです。こうして話をしている間にも、大群が集結しつつあります」

「どうしてそんなことがわかるんだい？」

「話せば長くなります。今は説明している時間がありません。あなたの父上がハイマウントに連れて帰るように希望している若い女性と関係があるとだけ言っておきます」

　カンセは何が何だかさっぱりわからずに首を左右に振った。「毒から生き延びて視力を回復したという？」

「そうです」かがり火の向こう側でさらなるわめき声があがり、フレルがそちらを振り返る――そしてカンセの方に向き直った。唇をきつく結んでいるその表情から、どうやって若い教え子を説得したものか決めかねている様子だ。錬金術師はため息を一つ漏らし、話を切り出した。「カンセ王子、二週間前のことになりますが、あなたは誓いを破った騎士、グレイリン・サイ・ムーアの話をしましたね。私が抱えている不安を国王に伝えさせないようにするために、その話を持ち出しました」

カンセは顔をしかめた。「その話がどうかしたの？」

「私の考えではその少女こそ、グレイリン・サイ・ムーアが誓いを破ってまで守ろうとした赤ん坊の成長した姿なのです。もしかすると、騎士の娘なのかもしれません」フレルがカンセをじっと見つめる。「あるいは、あなたの腹違いの妹という可能性も」

カンセはその意見を鼻で笑った。「そんなこと、ありえない」

「少女に関しては私の考えが間違っているかもしれません。でも、危険に関しては間違いないのです。この生贄が始まれば、彼女の命が――我々すべての命が、奪われることになります」

カンセは錬金術師の手首をつかんだ。「フレル、あなたは血のつながった父親以上に父親らしい存在だ。だから、あなたの言うことを信じたい。でも、自分が何を望んでいるのかわかっているのかい？　国王との誓いを破るよう、僕に要求しているんだよ。父がようやく僕のことをまた信用してくれるようになったのに。信頼を寄せてくれるようになったのに。僕は過去の物語の中の英雄なんかじゃないんだ」

フレルが笑顔を見せた。「あなたにそんな運命を背負わせるつもりはありません。その手の物語はたいてい、英雄にとってよくない結末を迎えますからね」

「だったら、僕にはあなたが望むようなことなどできないとわかるよね？」

フレルが肩を落とし、首を左右に振った。カンセは何年にもわたって教えを受けてきた相手をじっと見つめた。一年生や二年生だった頃、寂しくて慰めを必要としていた若き王子を、この人は何度も抱き締めてくれた。指導教官の顔に浮かぶ落胆の色に気づいたカンセは、父から受けたどんな厳しい罰よりもはるかに深く心を痛めた。

〈すまない……〉

カンセは顔をそむけ、牛車の後部に近づいた。

フレルも後をついてくる。まだあきらめていない――その信念も、王子の説得も。「カンセ王子、修道院長は私たちのために時間稼ぎをしているだけです。ほかの人たちを説き伏せることができるのはあなたしかいません」

カンセは牛車の後部に立つと、錬金術師に向き合った。「フレル、あなたはまたしても僕を買いかぶりすぎている。首長も、八人評議会も、アンスカルまでも、誰一人として色黒の役立たずの言葉には耳を傾けやしない。酔いどれのキンタマ野郎は、戸棚の中の王子にすぎない」

カンセはフレルに背を向け、背中の弓の位置を少し引き上げてから、牛車の後部に飛び乗った。そしてようやく、友人でもある指導教官の落胆の表情に笑顔を返す。「でも、彼らには僕を背後から射抜くような勇気はない」

カンセは覆いをかぶせた檻の横をすり抜け、牛車の前に回った。

フレルもその後を追って牛車によじ登った。「いったい何を――？」

「そこのおまえ！」カンセは牛車の座席まで行くと呼びかけた。

ヌマウシの横にいたバスタンが驚いて手入れ用の櫛《くし》を落とし、声の方に振り返った。牛車の上に立つ王子を見上げている。

カンセは頭の上で腕を回した。「この牛車の向きを変えろ」

フレルも牛車の前部にやってきた。「何をしているのです？」

「ここにいない生贄を燃やすことはできないからね」カンセは下を指差し、もう一度男性に指示を出した。「おまえのでかい生き物の向きを変えろ。グランブルバック、そんな呼び名だったな。これから沼地に戻るぞ」

カンセは檻を壊し、傷ついたコウモリを水辺の木々の間にあるねぐらに逃がしてやろうと考えていた。

だが、バスタンはぽかんとしてカンセを見上げているだけだ。

カンセはフレルに顔を近づけた。「ほらね。沼地の住民に言うことを聞かせることすらできないんだから」

フレルが牛車の座席越しに呼びかけた。「そこの若者！　君の妹のニックスの身に危険が迫っているんだ！」

カンセは驚いて錬金術師を見た。〈彼の妹？〉

バスタンも同じく当惑した表情を浮かべて近寄ってきた。「ニックスがどうしたって？」

「彼女はコウモリの毒を生き延びたかもしれないが、私たちがここにいる生き物を外に逃がしてやらなければ、朝の鐘まで生きていられないかもしれない」

カンセの頭は話についていこうとぐるぐる回っていた。〈またあの少女が出てきた〉彼女の過去に関して、および王子と同じ血を引いているかもしれないことに関してのフレルの推測を思い出す。〈その子はいったい何人の妹なんだ？〉

バスタンは錬金術師の言葉を考えている様子だったが、やがてさっと体の向きを変え、ヌマウシの手綱をつかみ、かがり火の方を向いていた鼻先を下に通じる階段の方に移動させた。鉄製の車輪付きの牛車が大きく揺れ、倒れそうになったカンセは座席の背もたれをつかんで体を支えた。

騒ぎを聞きつけて数人がこちらに顔を向けた。ほとんどの人はかがり火の向こう側での激しい言い争いに注目したままだが、こちら側に近い人たちは肩越しに振り返って牛車の方を見ている。そのうちの数人の顔には赤いタトゥーが入っていた。剣に手がかかる。背負っていた石弓が下ろされる。

「その毛むくじゃら野郎をもっと急いで動かせ」カンセは下に向かって小声で命令した。

バスタンが手綱をさらに強く引っ張った。

牛車の向きが変わる様子をほんの数歩離れたところから見ている二つの顔があった。雨はすでに降りやんでいたものの、シュライブのヴァイサースは連れのジン族の大男が持つ天蓋の下に入ったままだ。高位の男性は眉間にしわを寄せている。けれども、注意を促す言葉は発しない。いかつい顔のジン族に命令してやめさせることも、牛車の行く手をふさがせることも、さらには巨漢の岩のような拳の一撃で牛を倒すことも、その気になればできたはずだ。だが、シュライブはじっと見つめているだけだった。

〈あの骨と皮だけのやつにどこまで話を聞かれたのか？〉

牛車がようやく半回転し、牛の鼻先が階段の方を向いた。

「さあ、早く！」カンセはせかした。

バスタンが手綱を強く引っ張り、グランブルバックを階段に近づけようとした。だが、牛はどこまでも続く下り階段に尻込みした。

〈牛の気持ちもわからなくはないな〉

しかし……

カンセはバスタンに手で合図した。「どうしても動かないなら鞭で打て！　とにかく急いでくれ！」

沼地の住民は顔をしかめた。王子から母親を鞭打つように言われたかのような表情だ。

バスタンは頭絡をしっかり握ると、両脚を踏ん張りながら引っ張った。ヌマウシも三本指の蹄で踏ん張って動くまいとする。

解決の見えない膠着状態に、カンセはいらだちを隠さずに大きなため息を吐いた。

バスタンの顔は力んでいるせいで真っ赤だ。「頼むから動いてくれよ、グランブルバック。ニックスには俺たちが必要なんだ」

少女の名前を聞き、牛が片脚を前に出した。続いてもう片方の脚も。牛車もがくんと前に動いた――しかし、あまりにもゆっくりすぎる。カンセは九階に集まった人たちの方を振り返った。全員の目が自分たちの方を見ている。ヴァイルリアン衛兵の一団がほかの人たちを押しのけて近づいてくる。

カンセは罰当たりな言葉を吐き、牛車の後部に向かった。もう少しだけ、時間を稼がなければならない。檻の横を回り込んで移動すると、中のけだものが発する威嚇の鳴き声も一緒についてくる。

「おまえを助けようとしているんだぞ」カンセは檻の中に向かって不満をこぼした。

牛車の後部に移動したカンセは覆いのかかった檻を背にして立った。両脚を開いて立ち、左右の手を大きく振る。怒りの叫び声があがった。首長のわめき声も聞こえた。「さっさとあいつらを止めろ、うすのろどもが！」

ヴァイの騎士たちが剣を抜いた。

カンセの頭にふと、王子の地位という無敵の盾の効果への疑問が浮かんだ。石弓の弦がしなる鋭い音で、その疑いが確信に変わる。一本の矢が耳のすぐ近くを通過した。別の一本がかすめた左の腰に熱い痛みが走る。

カンセは首をすくめ、大急ぎで牛車の前部に戻った。「もう間に合わないぞ」悲鳴に近い声で叫ぶ。何もかも、時間がかかりすぎている。

カンセはフレルの横を通り過ぎた。錬金術師は檻の陰にいる――だが、身を隠しているのではない。フレルが紐の結び目をほどいた。別の紐がそのすぐ横に垂れ下がっている。

〈何をしているんだろう?〉

フレルが立ち上がり、革製の覆いを剝ぎ取った。彼が後ずさりすると同時に、コウモリが木製の格子に突進して嚙みつき、毒液をまき散らす。フレルはカンセを牛車の座席まで引っ張った。

カンセは困惑した。「いったい何を――?」

コウモリが甲高い音を発した。耳をつんざく音色が風のように顔を直撃する。その音が聞こえたのはカンセだけではなかった。牛車が急発進し、フレルとカンセは危うく再び檻の方に飛ばされそうになった。老いたヌマウシは牛車の上に何が隠されていたのかに気づき、それから逃げようとした。

「しっかりつかまれ!」カンセは叫んだ。パニックになったヌマウシは大声で鳴きながら階段を目指して疾走する。カンセは牛車の座席の背もたれに片腕を回した。

フレルもそれにならった。

大きく盛り上がった牛の背中越しに見つめていると、グランブルバックが階段の最上段から飛び跳ねた。信じられないことにバスタンは頭絡をつかんだまま並走し、それを利用して牛の背中に飛び乗った。

これ以上はないというタイミングだった。

グランブルバックが四本の脚で器用に着地し、どうにか階段に戻った。その後を追う牛車は後部が高く持ち上がってしまっている。一呼吸する間、宙に浮いたままの状態を維持する――次の瞬間、歯が砕けるのではないかと思うほどの衝撃とともに階段に落下した。後ろで檻を固定するロープがぷつんと切れ、不気味な威嚇の鳴き声を発するコウモリもろとも、檻がガタガタと音を立てて前にずれた。

階段を飛び跳ねながら直下の八階に向かう間も、何本もの矢が後を追ってくる。鉄製の武器が空気を切り裂き、木でできた檻に突き刺さる。数本の矢が中の野獣に命中したに違いない。コウモリの発する甲高い響きがいちだんと鋭くなり、鼓膜が今にも張り裂けそうだ。その音色がヌマウシの走りをさらに後押しした。

階段の先には軽甲冑姿の騎士の一団が立っていた。ほかの騎士たちも音を聞きつけ、八階のそれぞれの持ち場から集まってくる。カンセは片方の腕を高く持ち上げて振り回した。

「そこをどいてくれ！」声を張り上げる。

グランブルバックも怯えた鳴き声で騎士たちに邪魔だと伝えた。

騎士たちはそれぞれの警告に従い、左右に散った。牛車の後方からひときわ大きな叫び声があがる。カンセが振り返ると、顔に深紅のタトゥーを施した一団が階段を駆け下りていた。ヴァイの騎士たちはいっぺんに数段を飛び下りながら牛車の後を追っていて、その先頭に立つアンスカルの顔はいつにも増して真っ赤になっている。

ヌマウシと牛車は勢いよく八階に着地し、鉄製の車輪から大量の火花をまき散らした。数本の輻《や》が折れて砕ける。それでも牛車は下の階に通じる次の階段に向かって八階の通路を横切った。

ヴァイルリアン衛兵たちはシカの群れを思わせる動きで階段を飛び下り、カンセたちの後を追ってくる。先頭を切るアンスカルの左右には部下の中でも精鋭の二人が付き従っている。アンスカルが二人に何かを叫んだが、牛車が立てる大きな音のせいで言葉は聞き取れない。二人の精鋭は走る速度を落とすことなく、肩に掛けていた一巻きのロープを手に持ち替えた。重りの付いた先端部分に手鉤を取り付け、鉤縄を作る。

〈まずいぞ〉

カンセは前に向き直り、次の階段までの距離を測った。

〈何とか間に合う〉

その時、左の後輪が外れた。自らの意思で逃げ出したかのように、火花を散らして転がりながら牛車から離れていく。それでもなお、牛車は残った三つの車輪でバランスを保ちながら走り続けた。

〈だけど、あとどれだけ持つのか？〉

ヌマウシが八階の通路の端に到達し、その先の階段を駆け下り始めた。牛車も車輪が片方だけになった後部を激しく揺らしながらその後を追う。檻を固定するロープがさらに何本か切れる――次の瞬間、檻がカンセとフレルの方にずり落ちてきた。コウモリが格子に向かって吠《ほ》え、激しく牙を剝《む》く。

カンセは尻もちをついた姿勢になり、背中を後ろの背もたれに押しつけると、両足を鉄樹の格子に当てて檻の動きを止めた。それでも檻の重さで押しつぶされそうだ。フレルが助けようとして檻に手を伸ばしかけた。

「だめだよ」カンセはかすれた声で伝えた。錬金術師が指を失ってしまうかもしれないと思ったからだ。手首から先がなくなってもおかしくない。「これで大丈夫」

大丈夫ではなかった。

筋肉が重さに耐え切れず、檻が二人の方になおもずり落ちてきた。カンセの片脚が格子をすり抜け、檻の中に入ってしまう。檻の前部と座席の間に挟まれ、二人は身動きが取れなくなった。上を向いたカンセの顔にコウモリが毒を吐き散らす。鉤爪がズボンを切り裂き、太腿に食い込む。

〈僕はこうやって死ぬのか〉

これまで思い描いていたよりもはるかに劇的な最期だ。

その時、牛車が跳ね、檻が持ち上がった――どういうわけかそのまま彼の顔から離れていき、片脚も檻から抜けた。カンセが見つめる前で、檻は牛車の後部から飛び出した。カンセは両膝を突いた姿勢になり、自分の身に起きた奇跡を理解しようとした。

階段の上ではアンスカルの部下二人の手でロープの端が段の両側の彫像に固定してあった。ぴんと伸びたロープは宙を舞う檻とつながっていて、手鉤が檻の格子に引っかかっていた。囚われの身となった檻は空中で傾き、階段に落下して砕け散った。

アンスカルはそうなることを予期していたに違いない。階段を駆け下りながら網を高く投げる。網が空中で広がり、檻の残骸とその中のコウモリに向かって落下していく。コウモリは檻から逃げようとして暴れた。翼がさらに何本もの格子を破壊する。鉤爪が革製の覆いを細かく切り裂く。ようやく頭が外に出た。釣鐘のような形の耳を頭にぴたりとくっつけ、ところかまわず牙を剥いている。コウモリは抜け出そうと必死だ。首を上に突き出して絶望の叫びを発しているその姿は、残骸の中で溺れかけているかのようだ。

その上にとげを縫い込んだ重い網が覆いかぶさった。

牛車だけが階段を下り続ける中、カンセは避けようのない現実を受け入れた。自分は失敗したのだ。コウモリは体をねじり、カンセの方を見ている。もがく動きのすべてが絶望に満ちている。もはや勝ち目のない抵抗だった。再び拘束されれば、かがり火に連れ戻されて生きたまま焼き殺される。

カンセは敗北を認め、目をそむけまいとした。

〈けれども、負けた僕が苦しみを味わうわけじゃない〉

ますます距離が開く間も、コウモリはカンセを見つめていた。赤い目に浮かぶ恐怖と悲嘆は一目瞭然だ。

「何をしているのですか?」フレルが訊ねた。

片膝をついたまま体を起こしたカンセは、答えることができなかった。いつの間にかつかんでいた弓を構え、矢をつがえる。弦が頬に触れるまで強く引く。狙いを定めるカンセの耳を矢羽根がくすぐる。

〈この方がましだ〉

カンセは大きく深呼吸をしてから矢を放った。

矢が階段の上に向かって飛ぶ。

そして燃えるような赤い目をきれいに貫いた。

頭の中で爆発した苦痛に、ニックスは大声をあげた。左目を手のひらで押さえる。まわりの世界がいきなり暗くなる。足を踏み外し、禁じられた階段を真っ逆さまに転がり落ちそうになる。

石の床に落下する前にジェイスが抱き止めてくれた。「何が起きたんだい？」

燃えるような痛みはもう一呼吸する間だけ続いた後、氷を思わせる冷たさへと変わっていった。ニックスは左目から手を離した。視界は元通りになっていた。

「わ……わからない」ニックスは答えた。

けれども、答えはわかっていた。

ジェイスの顔に浮かぶ心配の表情を見つめるうちに、心の奥で黒い嵐がふくらんでいく。一呼吸するごとに、激しい怒りに駆られて大きくなっていく。

それを前にして彼女は震えた。

ジェイスがニックスをしっかりと立たせた。「ニックス、何があったんだい？」

ニックスは顔を上に向けた。真実は否定のしようがない。

「私たちは失敗した。彼らがやってくる」

（スケッチ：ヌマウシ）

記録のためのスケッチ
ヌマウシ
(ミーアの沼地にて)

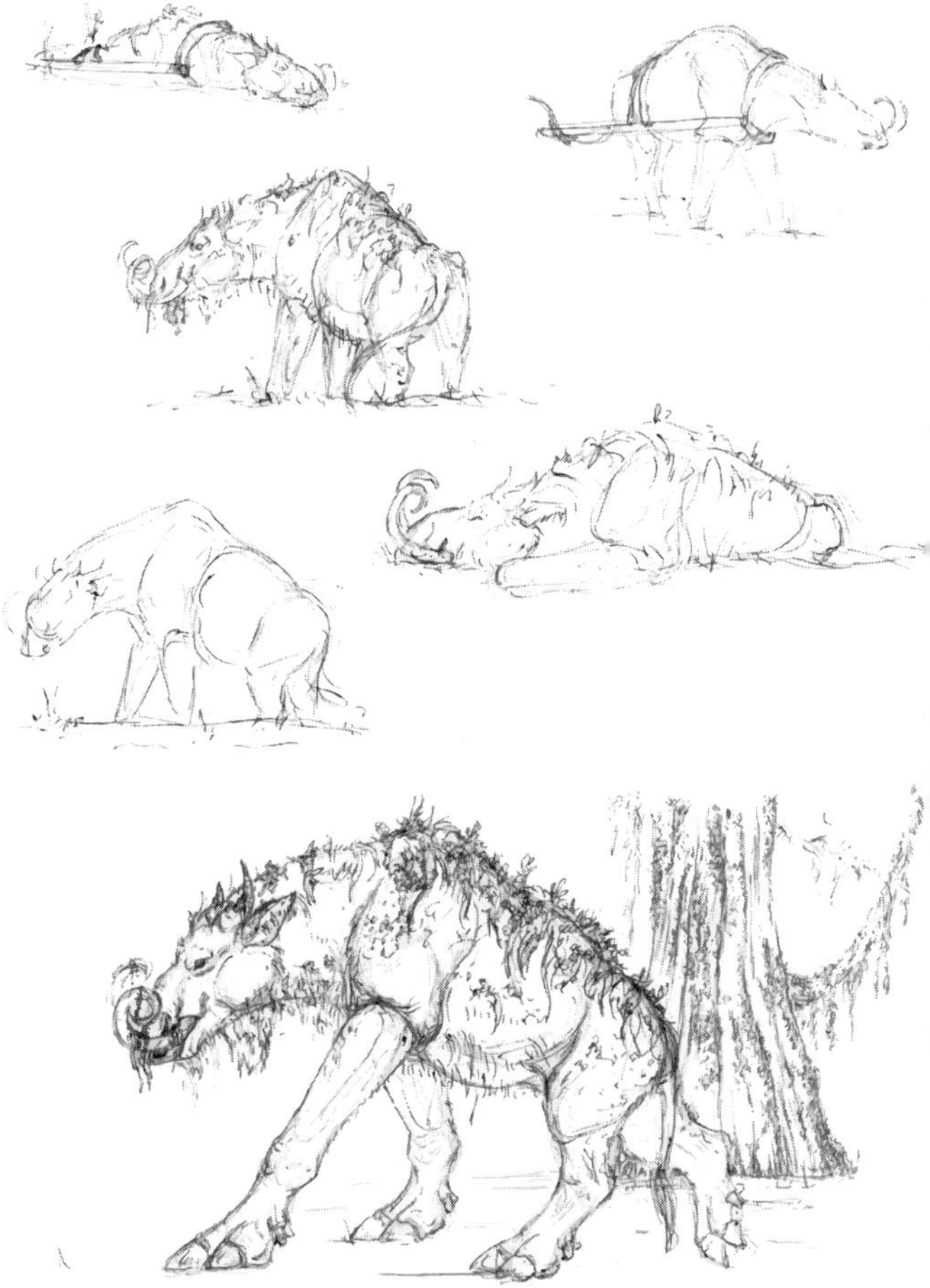

第六部
ブロンズに刻まれた英知

真の英知とは無知を受け入れることなり。
真の無能とは全能を信じることなり。

——大ヘスタリアンの警句

18

レイフは夏が大嫌いだった。特にアンヴィルの息苦しいまでの蒸し暑さが。

夕べの第一の鐘がアンヴィルの町に鳴り響く中、レイフは大きな通りから隣の通りに抜ける薄暗い路地を急いでいた。足首まで丈のある濃いベージュ色の薄手のマントに身を包み、石畳の熱で足の裏が火傷しないようサンダルをはいている。マントのフードは目深にかぶっていた。仕事を終えて家路を急ぐ多くの労働者、あるいは不機嫌そうに逆方向を夜の勤務に向かう人たちと何ら変わりはない。

顔を向ける人はほとんどいなかった。

レイフと同じように、町全体が天空の父から身を隠そうとしていた。夏の盛りを迎えつつあり、太陽はまだ東の空高くに位置している。当日までまだ三日あるにもかかわらず、すでに鮮やかな色のリボンで窓枠を縁取ったり、赤や紫の色付きのガラスの奥に燃えるオイルランプを飾ったりしている家もあり、暗い気持ちに少しでも陽気さを添えようとしていた。間近に迫った祝祭——夏至の花祭りは、一年のうちで最もつらい日々に偽りの明るさをもたらそうという試みだ。レイフにしてみればそんなのはあきらめ以外の何ものでもなく、町の住民たちがアンヴィルの憂鬱《ゆううつ》な運命をあっさり受け入れているとしか思えなかった。

ここアンヴィルでは「おはよう」や「あばよ」と同じように一般的な挨拶が「これからどうする?」だ。牛が御者に棍棒で何度もぶたれているうちに叩かれることを気にかけなくなるのと同じように、町の住民は自分たちの置かれた惨めな状態に慣れっこになる。一日、また一日と、とぼとぼ歩み続け、そんな日常は早い死を迎えて熱い砂の中に埋葬されるまで続く。ほとんどの人が四十歳まで生きられないのは、むしろありがたいことでもあった。

そんな短命の原因は呼吸をするたびにはっきりとわかる。

レイフは亜麻布のスカーフを引き上げ、口と鼻を覆った。町のすべての住民が、若いうちから肺に悪影響を与えるすすや煙の対策としてこの布を用いている。死の煙幕は海から吹く風がぱったりと止まる夏の間、最も濃く町を覆い尽くす。しかも、黒い汚染は太陽の光を遮るどころか、その熱を閉じ込める役割を果たし、町の気温をさらに上昇させた。

レイフは町中に絶え間なく響く低い音に耳を傾けた。「アンヴィルのうめき」の異名を持つその音は、町を覆うすすや煙と同じところが発生源になっている。何百本もの巨大な煙突が包囲戦で使用される攻城兵器のごとくあちこちにそびえ、その先端から煙や火を吐き出していた。それらはいずれも、アンヴィルに無数に建ち並ぶ溶鉱炉、製錬所、鍛冶場、ガスの分離装置がある場所だ。ガルドガル領内のすべての鉱山は産出物をアンヴィルに運ぶ。アンヴィルは鉱石、岩、塩を加工する金床に相当する場所で、ここから製品がクラウン各地に送り出される。

レイフは大きな通りに出て、浮かない顔で坂を上る人の流れに加わった。こちらでは祭り用の明るい花飾りが通りをまたぐように吊るされている。直立した小さな旗が添えてあるものも多く、それらはアンヴィルを出入りする数多くの船の帆を表したものだ。太い梁《はり》を持つ鉱石運搬船のように海を行き来する船もあれば、貴重な宝石を運ぶために海賊のはびこる海を避けて風に乗って空を移動する船もある。

そんな思いが呼び寄せたかのように、気球船が一隻、黒い煙幕を縫って頭上を通り過ぎた。船が向かう先は発着場のエア・リグがある高い尾根で、そこがアンヴィルの町の東の境に当たる。レイフは歩きながらうらやましそうに船を見上げた。

〈何とかして……〉

レイフはそんな高望みの対象から顔を伏せ、通りに視線を戻した。道の両側の家や店が白い大理石で造られていて、屋根には様々な色合いの青や濃い赤のタイルが使用されているのは、天空の父の輝きをより鮮やかに見せるためだった。ただし、それはもはや過去の話だ。何百年もの間に大量のすすが壁や屋根に降り積もったせいで、明るさはすっかり消え、すべてくすんだ色になってしまっていた。「すす晴らし」と呼ばれる真冬のごく短い期間だけは、海からの風が吹いて町の上空から煙幕を多少なりとも吹き飛ばしてくれるので、その時期になると住民たちはこぞって汚れの掃除を試みる。だが、それは報われない作業で、風がやめば煙幕が再び町をすっぽりと包む。すす晴らしの風が吹くと多くの人々は安堵し、神々に感謝の歌を捧げるが、レイフはだまされなかった。風はふいごが押し出しているものであって、すすを晴らすのは炎がもっと熱く燃えるようにするためにすぎないのだ。

通りや路地をジグザグに進み、今にも崩れそうな階段を上りながら、レイフは港を離れてますます高い地点に向かった。夕べの第二の鐘が鳴る頃、二つの大きなハンマーが交差した形のアーチの下をくぐり、ようやくアンヴィルの大きな中央広場に入った。高い建物が四方を取り囲んでいる。左手にあるのがクラウン造幣局で、王国内で流通する硬貨が製造されるこの建物は鋼鉄製の壁で守られている。真正面に見えるのは裁判所で、アンヴィルの治安隊長の管轄下にある。入口の両側に垂れる旗の模様は一方がガルドガル領の交差したハンマー、もう一方はハレンディ王国の王冠と太陽だ。

レイフは右側に移動しながら顔をさらに伏せ、日勤から夜勤に入れ替わる人混みから離れないようにした。また、背中を丸めて膝を少し曲げ、低い姿勢になる。ほかの血が混じっているせいでまわりのずんぐりとした体つきのガルドガル人よりも背が高いため、そうでもしないと人混みの中で目立ってしまう。

それでもなお、レイフは高い位置にある部屋から下に集まった人々をじっと見つめ、町に紛れ込んだこそ泥を探すラーク治安隊長の貪欲な視線をはっきりと感じたような気がした。

〈そんなのは気のせいだぞ、レイフ。びくびくするな〉

チョークの鉱山を出発した貨車がアンヴィルの操車場に到着してからほぼ二週間、今まで発見されずにいるじゃないかと自分に言い聞かせる。積荷を下ろす騒がしさに紛れてレイフは密かに貨車を抜け出し、長い車両に沿って足早に移動した。操車場の喧騒の中、二匹の巨大なサバクガニは体温を下げるため装甲のような甲羅に水をかけてもらっていて、体から湯気が出ていた。御者はゆったりとした導きの歌の旋律でカニたちをなだめ、その一音一音で装甲と筋肉の下に位置する脳に働きかけていた。

それはどこか悲しげな、哀調を帯びた旋律で、レイフのアンヴィルへの帰還にふさわしい音色だった。思わず足を止めて聞き入るうちに、レイフは御者の歌声に刻み込まれた寂しさに気づいた。それがつかの間、レイフの心をとらえた。二匹の巨大なカニもその音色にうっとりしているのは間違いなかった。そのような能力を持つ人はまれで、高い報酬を約束されている一方で、ほかの人たちからは避けられる傾向にある。町が広がって土地が開発されるにつれて、そのような自然との、世界の未開の地との穏やかな結びつきは嘲りの対象になった。人間が大自然の牙や鉤爪と、氷や炎と苦闘していた過去の遺物として忌み嫌われるようになった。

しばらく足を止めた後、レイフは湯気と歌声に紛れながら煙に覆われたアンヴィルの町に姿を消した。もちろん、一人でやってきたわけではなかった。ブロンズの女性という謎の存在が、あたかも鉄に引き寄せられる磁鉄鉱のようにレイフの後を追っていた。

彼女は今も相変わらず謎のままだ。港のそばの売春宿は余計な質問をされないし、相手の顔をじろじろ見るような人間もいないので、レイフはそこに部屋を借りた。だが、彼女を室内に閉じ込めておかなければならなかったこともあって、謎の解明どころではなかった。しかも、彼女はなぜか反応が鈍くなり、言葉を発さなくなったし、ほとんど動くこともなく、目の輝きもぼんやりとしたちらつき程度にまで弱まってしまった。レイフはその原因が町をすっぽりと覆う煙幕によって太陽の輝きが遮断されているせいではないかと考えていた。彼が理解できているのは、天空の父が何らかの不思議な方法で彼女に力を与えていて、その父の顔がほとんど隠れてしまっているこの町にいると、彼女は冬のクラッシュのバラのようにしおれてしまうのだろうということまでだった。

彼女の状態は心配だが、自分たちが再び捕まるおそれの方がもっと気がかりだった。レイフは彼女を見捨ててしまえば話が早いのではないかとも考えた。ブロンズ像という錨《いかり》を引きずっていなければ、ガルドガルからの逃亡ははるかに容易になる。けれども、レイフにはできなかった。チョークで彼女が助けてくれなかったら、今の自由の身はありえなかったのだ。あの時チョークで捕まっていたら、どうなっていただろうかと想像する。串刺しにされた体を鉱山の外にさらされ、肉食の虫にかじられ、腐肉を食す鳥についばまれていたことだろう。

〈彼女には命を救ってもらった〉

だが、理由はそれだけではなかった。レイフは動きが鈍ってもなお、彼女が自分をじっと見つめていることに幾度となく気づいた。まばたき一つせずに、まるで絶えず評価を下しているかのように観察しているのだ。ただし、それは冷ややかな検査ではなかった。眉間のかすかなしわや下がった口角から、深い悲しみが伝わってきた。レイフはそんな表情を知っていた。まだギルドの見習いだった少年時代、鉱石運搬車にひかれた痩せこけた犬に出会ったことがあった。その犬はまだ生きていたものの、瀕死《ひんし》の状態だった。それでもレイフは犬を組織の本部内の自分の部屋に連れ帰り、包帯を巻いてやり、苦しそうにあえぐ喉を水に浸した布で潤してやった。自分でもどうしてそんなことをしたのかわからなかったし、ギルドマスターのライラも理解できなかったようで、手を施したところで助かりっこないと言われた。翌日、彼女の予想通りの結果になった。野良犬はレイフの膝の上で、鼻先を彼の腕に載せたまま死んだ。けれども、その琥珀色の目を彼の顔からそらすことは決してなかったし、それは息を引き取った後も変わらなかった。レイフには犬を見守っていた時の自分の表情と、こちらをじっと見つめるブロンズの女性のそれにあまり違いがないのだとわかっていた。それは優しさの泉から湧き上がる悲しみと心配がないまぜになった表情だった。

〈どうして彼女を見捨てることができようか？〉

彼女がある種の導きの歌を音に頼らない形で発していて、それが自分の心を奪って彼女と結びつけているのではないか、そんな風に感じることもあった。あるいは、自らの心にある欲という本当の理由をごまかすために話を美化しているだけなのかもしれなかった。彼女に価値があるのは間違いなく、同じ重量の金貨と引き換えにできる可能性は十分にあった。

理由はどうあれ、レイフは彼女を見捨てるつもりなどなかった。だからこうしてアンヴィルの町中を横切り、中央広場までやってきたのだ。レイフはスカーフで下半分が覆われた顔を上げ、裁判所の右手にある窓のない複数の塔を眺めた。そこにあるのが町の刑務所と地下牢だ。

レイフはアーチ状の入口に通じる階段へと向かった。鉄製の落とし格子は引き上げられていて、とがった太い釘が連なるその下端は大きなけだものの牙を思わせる。レイフはその光景にはっとして息をのんだ。再びあの化け物に飲み込まれるかと思うと怖じ気づいてしまう。二年前のこと、レイフは暑い独房の中で月の満ち欠けが一回りする間を過ごした後、裁判にかけられてチョークの鉱山送りにされたのだ。

それでも、レイフは階段に向かって歩き続けた。

〈ほかに方法はない〉

鎖につながれた神イルルのすすで黒ずんだ彫像の陰に入った時、レイフは薄手のマントを脱ぎ捨てた。再び広場から見える位置に現れた時には、黒のズボンにトゥニカ、さらには交差した黄金のハンマーというアンヴィルの紋章が入った同じ黒のハーフマント姿になっていた。これは刑務所の看守の制服だ。入手は難しくなかった。看守の後をつけて港近くに数多くある売春宿の一軒に入るだけでよかった。男が金と引き換えの行為に励み始めるのを待ってから部屋に忍び込み、必要なものを確保した。スカートを着たまま四つん這いの姿勢になっておざなりに相手をしている女性も、レイフが音もなく部屋に入ったことには気づかなかった。チョークで長く過ごした間にも、ありがたいことに人に見られることなく、かつ聞かれることなく移動するという能力は衰えていなかったようだ。

ただし、ここから先はさらなる技術が要求される。

レイフは階段までたどり着き、落とし格子に向かって上った。ここでようやくスカーフを外す。刑務所内では顔を隠しておくことはできない。アンヴィルに到着してすぐ、レイフは髪色をストローブロンドに染め、さらには二週間かけて顎ひげを蓄え、それも同じ色で染めたうえに油を塗り込んでおいた。

それでもなお、落とし格子の釘の下をくぐるレイフは震えが走りそうになるのを必死にこらえた。何とも皮肉な話だ。
〈やっとの思いで鉱山という刑務所を脱走したのに、今度は別の刑務所に侵入しようとしているんだからな〉

レイフは鉄格子の前に立ち、監房内の痩せた人物の様子を観察した。あたかも影が実体化したかのようで、きれいに磨き上げたエボンウッドの彫刻を思わせる。三十歳のレイフよりもいくらかは若そうな男は監房の扉に背を向けて立っていた。男は全裸で、身に着けているのは首に固定された鉄の首輪だけだ。黒い肌には尻から肩に至るまで、鞭打たれた傷が白く浮き出て地図のような模様を描いている。頭は髪が不精ひげ程度に伸びている。ここでは頭を剃ることが認められていないのだろう。チェーンの人々は一般的に男性も女性も、髪をきれいに剃っている。

レイフは左右を見て、地下牢のこの奥まった一角にほかの看守がいないことを確かめた。「話がしたい」レイフは何かを企んでいると悟られないよう、ぶっきらぼうな調子で言った。

男がため息をつき、向き直った。その目は吸い込まれるような紫色をしている――それと同時に、チェーンの人々ならではの特徴も明らかになる。股間にあるのはひと房の毛と切除跡だけだ。チェーンの男たちはすべて、性器を切り取られ、宦官としての暮らしを強いられる。女たちも決して子供を身ごもることがないよう、そして結合の喜びを経験することがないよう、性器に処理を施される。

「何の用だ？」チェーンの男が訊ねた。その声は落ち着いていて、恐怖は微塵《みじん》も感じられない。彼がこれまでの人生で経験してきたことを考えると、それは驚くに値しない。声のちょっとした抑揚から、この男がクラッシュの出身だとわかる。

レイフは鉄格子に歩み寄った。「まずは君の名前を教えてくれ。お互いをもっとよく知るために」

「私はプラティーク。レリス・イム・マルシュとチェーンの絆にある」

「俺が理解するところでは、君の主人もここに拘束されている。南クラッシュ帝国のスパイだという容疑で」

プラティークはじっと見つめ返すだけだ。

アンヴィルの住民のほとんどと同じように、レイフも多くのクラッシュの商人が投獄されていることを知っていた。ここに連れてこられ、スパイではないかと尋問を受けているのだが、彼らの大半は実際にスパイなのだろう。鉱物の主要な貿易港であるアンヴィルには錬金術の館も多く存在していて、その中には数百年の歴史を持つところもあり、複雑な機械や歯車を使用した装置の考案に取り組んでいる。もっとも、南クラッシュはそうした探求においてはアンヴィルのささやかな努力をはるかに上回っている。南に位置するその国を訪れる時にはスパイを兼ね、クラッシュの研究機関から知識を盗み出そうと目論むハレンディ王国の商人たちの数は、それ以上とまではいかないにしても同じくらいいるのではないか、そうレイフは思っていた。事実、ここでの裏の取引が鉱物や塩の輸送と並んで重要だということは、アンヴィルでは公然の秘密だった。硬貨が北から南に移動し、再び南から北に戻る。目に余る行為が罰せられることは時にあったものの、結局はそうした秘密裏の活動に目をつぶることは誰にとっても好都合だったのだ。

だが、それも過去の話だ。

ラーク治安隊長はクラッシュの商人たちを、あるたった一つの理由で一カ所に集めた。それはレイフをアンヴィルから逃がさないためだ。ラークとしては盗まれたブロンズ像を再び見失うわけにはいかなかった。あの怪しげなシュライブのライスに首根っこを押さえられているのだからなおさらだ。レイフ本人と同じように、治安隊長にもクラウンの北部には脱走した二人組の逃げ場がないとわかっていた。レイフたちの唯一の希望は南部への移動手段を手に入れることだった。そうはさせまいと、ラークはそのような取引に応じる可能性がある人間をすべて投獄したのだった——彼らを尋問するために、およびレイフが近づけないよう閉じ込めておくために。

そのため、ほかに取るべき選択肢のなかったレイフは、交渉に当たるため自ら刑務所を訪れたのだった。自らの優秀さを鼻にかけているラークだが、そんな大胆な行動は予想もしていないはずだ。

〈少なくとも、そうであってほしいと願っているんだが〉

プラティークがようやく口を開いた。「それで、君は誰だ？」片方の眉が吊り上がる。

「ただの看守じゃないように思うのだが」

レイフはその質問にどう答えるのが最適なのかを考えた。チェーンの人々に対してどんな策を弄《ろう》しても失敗することはわかっている。そのため事実を述べることにした。「レイフ・ハイ・アルバーだ」

相手がその名前を認識できた印は、吊り上がった眉が下がったことだけだった。「君はかなりの危険を冒しているが、残念ながら得られるものはほとんどない。私の主人は君にとってほとんど役に立たない」

「おまえの主人を求めてここにやってきたわけじゃない」

商人たちは刑務所の上層階でより厳重な監視下に置かれているはずだ。ただし、彼らとチェーンの絆にある者たちはその限りではなく、ただの奴隷と見なされている。目に留める価値すらもないとして、ほとんど見張りのいないこの地下牢に放り込まれていた――レイフにとってそれは好都合だった。

レイフは地下牢の看守室からくすねた重い鍵の束を持ち上げた。「おまえをここから出してやるために来た」

プラティークが険しい眼差しを浮かべ、ようやく扉に近づいた。「どんな条件と引き換えに？」

「俺がおまえたちの気球船でアンヴィルから逃げるのを助けること」

囚人が首を左右に振った。「無理だ。それにたとえ私がここで大声を出して君の正体を明かさなかったとしても、私はいずれ釈放される。彼らは私の主人を長く拘束しておくことはできない。そんなことをすれば我が国の神帝の怒りをさらにあおることになる。つまり、君の要求は法外すぎるということだ」

「なるほど、ただし俺が用意している交換条件はほかにもある」今度はレイフが片方の眉を吊り上げる番だった。「俺が何を盗んだのかは知っているよな？」

プラティークが肩をすくめた。「君が盗んだと噂されているものならば」

「ただの噂じゃないことは俺が保証する」レイフはチェーンの男が自分の表情からその言葉は嘘ではないと読み取るまで待った。「俺がおまえを彼女のもとまで連れていく。それでも納得がいかなければ、俺を治安隊長に引き渡せばいい。しかし、おまえが落胆することはないはずだ。クラッシュは俺が持っているものを欲しがるはずだし、しかも今は戦争の足音が遠くから聞こえていて、国境付近には軍隊が集結しつつある。場合によっては、そのような戦利品は俺の自由を約束するだけじゃない――おまえの自由も約束してくれるかもしれないぞ」

プラティークの眼差しがいっそう険しくなった。囚人は手を持ち上げ、首に取り付けられた鉄の輪を指でまさぐった。その目線はレイフから動かない。「見せてもらおうか」

レイフは笑みを浮かべた。監房の扉と合う鍵を見つけるのに少し手間取ったものの、無事に扉を開けると全裸の相手に服を放り投げた。「さっさとそいつを着るんだ」

プラティークは指示に従い、レイフと同じ看守の制服を着た。こっちは看守室から失敬したもので、古びたテーブルに突っ伏して太った看守がいびきをかいて寝ていたため、盗み出すのは楽勝だった。

レイフはハーフマントのフードを指差した。「そいつを深くかぶって顔は伏せておけ。ここから先の会話はすべて俺に任せろ」

プラティークはこくりとうなずき、髪が少しだけ伸びた頭をフードで覆った。

レイフは連れの姿を最後にもう一度だけ確認してから歩き始めた。できれば次の鐘が鳴る前にここを後にして、家路に就く看守たちに紛れたいところだ。

レイフはプラティークの方を振り返り、このチェーンの男が自分を裏切るつもりかどうか見極めようとした。だが、彼らは約束を守ることで知られている。それは必ずしも名誉を重んじるからではなく、人をだまそうという気持ちが殴打されたり鞭打たれたりする中でとっくの昔に消え失せてしまったからにすぎない。

　レイフには南クラッシュにおける過酷な慣習をすんなりと理解することができずにいた。その国は「イムリ」として知られるある一つの王族のカーストによって支配されている。彼らの言葉で「神聖な」を意味するそのカーストを率いるのが、クラッシュの神帝イムリ・カーだ。彼の血筋の人間だけが外出時に顔を見せることが許されている。生まれの卑しいほかのカースト――その数は数百に及ぶ――の者たちは、天空の父の視線に値しないと見なされ、頭のてっぺんからつま先までマントで覆っていなければならない。知恵の館のバディ・チャーで教育を受けたチェーンの人々もその例外ではない。

　クラウンの北部には六つの学校がある一方、バディ・チャーは南クラッシュ帝国における唯一の学びの場だ。知恵の館はそれ自体が町のような存在だと言われている。ハレンディ王国の学校と同じく九つの階に分かれているが、知恵の館の方が規則ははるかに厳しい。また、在校生に選択の余地はない。国内の各地から、イムリを除くすべてのカーストの幼い男の子と女の子が無理やり集められる。ハレンディの学校では純潔が求められていて、最後の一線を超えた場合には追放処分を受けるが、知恵の館では一年生の入学時にそうした行為ができない体にされる。何よりも恐ろしいのは、進級できなかった生徒は家に送り返されるのではなく、処刑されてその体を学校の最上階のかがり火で焼かれることで、これはほかの生徒たちに対する見せしめの意味と、クラッシュの神々への生贄としているらしい。の両方の意味がある。どうやらクラッシュの神たちは北の神々よりもはるかに血に飢えている。

地下牢から上に通じる階段の手前で、レイフはプラティークの顔にそんな恐怖と戦慄《せんりつ》の日々の名残を探した。だが、その表情は穏やかそのもので、あたかもそのような残酷さを人生の一部として受け入れてしまっているかのようだった。とはいえ、この若者はその学校を無事に卒業し、錬金術の鉄の首輪を獲得した。神学と歴史の銀の首輪を身に着けているチェーンの人々もいる。学校を生き延びた者たちは卒業後、二人一組——一人は鉄の首輪、一人は銀の首輪——になってイムリの中の一人と結びつく。こうして新たにチェーンとしての身分を得た者たちは、主人の相談相手および助言者という務めを果たす。時には慰みの対象になるとの噂もある。公衆の面前に出る時には、チェーンの人々の首輪と主人の足首を儀礼用の鎖でつなぐ。イムリの中でも高位になればなるほど、最初の一組に次の一組がつながり、またその一組に新たな一組がつながるという具合に、絆を結ぶチェーンの人々の数が増えていく。神帝イムリ・カーは三十三組——六十六人——のチェーンの人々と絆を結んでいて、この三十三というのは彼らが信じる神々と同じ数に当たる。イムリ・カーが表に出る時には、大勢のチェーンの人々が連結された貨車のように後ろからぞろぞろとついていくことになる。

そんな光景を思い描いているうちに、レイフはひんやりとした地下牢からの階段を上り切り、蒸し暑い地上に戻っていた。空気中にはすすが漂い、燃える油のにおいがする。これから交代で仕事に就く数人の看守とすれ違ったが、もごもご言葉を発するかうなずく程度で、誰一人として他人のことなど気にかけていなかった。

レイフは階段のいちばん上でプラティークに小声でささやいた。「俺の後ろから離れるな。顔を伏せて」

前方の広間は大勢の看守たちが行き来していて、鎖につながれた囚人を連れている姿もある。赤い帽子をかぶった少年たちが数人、人混みを縫うように走りながら言付けを伝えるために塔を上り下りしていた。

〈完璧だな〉

レイフはプラティークを連れて喧騒の中に入っていった。一日の仕事を終えて帰宅する看守の流れに紛れ込む。間もなく落とし格子のとがった先端が見えてきた。すべてが順調に進んでいた時、前方の人混みがスムーズに流れなくなった。驚いた様子の声がレイフたちのところまで届いた。

レイフは脇に移動し、騒ぎの原因を突き止めようとした。

三つ編みにした銀髪をマフラーのように首に巻き、灰色のローブをまとった見覚えのある人物に気づき、思わずうめき声が漏れる。シュライブのライスが刑務所への階段を上ってくるところだった。そのような高貴な人物を目にすること自体がまれなうえに、刑務所を訪れているとあって、全員が足を止めて見入っていた。看守たちや少年たちがシュライブを前にして左右に分かれたのは、敬う気持ちの表れでもあり、恐れから来る反応でもあった。

最悪なのは、それによってできる道が真っ直ぐレイフの方に向かってきていることだった。

〈神様たちは俺のことが嫌いみたいだ〉

レイフはプラティークの腕をつかみ、揃って建物内に向き直った。〈ライスはここで何をしているんだ？〉その疑問への答えは、正面にいた二人の看守が左右に押しのけられると真ん前に現れた。今度は建物の中から見覚えのある二人が近づいてくる。レイフをチョークの鉱山送りにした二人でもある。

ほんの数歩しか離れていないところで、ラーク治安隊長が刑務所の入口に向かって大きく腕を振った。「こちらへどうぞ、シュライブ・ライス！」

治安隊長はまわりのことにまで注意が向いていないらしく、すぐそばにレイフがいることに気づいてすらいない。あいにく、ラークの連れには同じことが当てはまらなかった。盗賊組織を束ねるライラ・ハイ・マーチの目を逃れることはまず不可能だ。彼女の表情が驚きでほんの一瞬だけ固まった――次の瞬間、唇をきっと結び、これは愉快なことだと言いたげな輝きが目にあふれる。

レイフはうめいた。
〈神様たちは絶対に俺のことが嫌いなんだ〉

19

何とか逃げ道を探そうとするレイフの視線は一点に集中していた。

緊張感に満ちた時が流れる間、ライラは目線を合わせたままだ。彼女の指先が手首に添えられる。袖の下に隠れている腕輪には投げナイフを納めた鞘がいくつも装着されている。以前にレイフは彼女が腕をひと振りしただけで、三匹のネズミをそれぞれ壁と垂木と樽に串刺しにするのを目撃したことがあった。しかも、その時のライラはネズミの方を見もしなかった。

ただし、彼女の本当の恐ろしさはそのことではない。ライラが十年以上もアンヴィルのギルドマスターの座に就いているのには理由がある。レイフは何年も前に、彼女の心は雨に濡れた石畳のように油断できないということを学んだ。そのような狡猾な女と対峙《たいじ》することになれば、うっかり足を滑らせないように立っていることすらほぼ不可能だ。そのあまりの圧倒的な能力に、レイフは彼女の才能が魔術によるものなのだろうか、それとも錬金術の力を借りたものなのだろうかと思ったことすらある。かつて「騎士と悪党」のゲームで何度も彼女に挑んだが、そのたびに盤上のレイフの王はあっさり倒され、いつも彼女に完敗だった。

〈そんな俺に今、何ができるっていうんだ？〉

ライラはすでに何歩も先のことを読んでいて、レイフがどのような方法で逃亡を試みようとも対応できるように準備しているに違いない。レイフは心臓が脈打つたびに鉄製の罠がじりじりと閉じていくような気がした。

ライラがレイフたちとの距離を詰める。決して視線を外さない――そしてすれ違いざまに肘で小突いた。彼女は治安隊長に話しかけ、落とし格子の周辺での騒ぎを顎でしゃくった。「ラーク、あの三つ編み野郎をさっさと塔にお連れする方がいいんじゃないの。放っておくとここの看守たちがみんなひざまずいて祝福を求めそうだから」

ラークは同意のつぶやきを漏らすと、足を速めて広間を横切り、ライスのもとに向かった。

ライラが最後にもう一度だけ、レイフの方を振り返った。その表情から考えは読み取れない。

〈これは新しいゲームか何かなのか？〉

危険に直面しているにもかかわらず、レイフは彼女の威厳ある美しさに見とれた。真っ直ぐに伸ばしたブロンドの髪は肩に届く長さだ。目は冷たい銅のような輝きを放ち、とがった頬骨がその下にある。優しさが感じられるのは花のつぼみのようにふっくらとした唇だけだ。彼女はレイフを何度となく夜のベッドに招き入れてくれたが、あの唇を味わうことは許してくれなかった。

歩き去る後ろ姿から、ライラが体の曲線の際立つ服を着ていることは明らかだった。亜麻布と革服が腰回りをきゅっと締め付け、レギンスはもう一枚の皮膚のように密着している。多くのガルドガル人のように背は低いものの、体つきはしなやかで、細身ながらもしっかりとした筋肉は鋼を編み込んだかのようだ。彼女の強靭《きょうじん》な脚が腰に絡みつき、もっとしっかりしてと要求してきたことを今でもはっきり覚えている。

〈だけど、今は何を求めているんだ？　どうして俺の存在に気づいたのに何も行動を起こさなかったんだ？〉

レイフにはっきりとわかっているのは、過去には彼女を絶対に出し抜けなかったということだ。ライラが考えついた企みを見抜くことなどできるわけがない。理由はともかく見逃してくれたことに感謝しながら、レイフはプラティークの腕をつかみ、広間の端に引っ張った。シュライブのまわりに集まる野次馬たちをよけて移動し、急いで落とし格子の下を通り抜けると広場に出た。

ライラがもう一度、こちらを振り返ったのかどうかはわからない。

そんなことはどうでもよかった。

〈まだ自由の身でいられるならば〉

レイフは走らないよう自分に言い聞かせながら歩き続けた。「離れるなよ」プラティークに注意する。「まだ距離がある」

〈あと、途中でまかなければならない尾行もいるはずだ〉

それが考えられる唯一の説明だった。ライラはレイフが盗んだ品物の価値を間違いなく知っていて、それを独り占めにしようと目論んでいるのだ。尾行を付ければ隠れ家まで導いてくれると期待しているに違いない。ライラはラークとともにレイフよりも先に落とし格子までたどり着いていたから、その時点で広場に潜む部下たちに指示を送ったことだろう。しかも、ギルドの中でも尾行には指折りの人間たちを選んだはずだ。

〈ただし、最高の腕の持ち主じゃないけどな〉レイフは自分のことを思った――それがうぬぼれではないことを祈りつつ。二本のハンマーが交差した広場のアーチに向かいながら、レイフは周囲を見回した。こちらに長くとどまりすぎている視線を、あるいは自分の方に角度が傾いた体を探す。六人ほど候補が見つかったが、きっとほかにもいるはずだ。何よりもまずいのは、自分の目撃情報が瞬く間に町中へと広まっているに違いないことだった。

レイフはプラティークとともにどうやって港まで戻るかを考えた。町の造りは熟知している。人通りのまったくない狭い路地を選ぶ。店に入り、裏口から出る。曲がりくねった道を進んでは、何度も後戻りする。立ちこめる煙で自分の指先すらもよく見えないような鍛冶場にも入った。そこでは一枚のエイリー銀貨と引き換えに、看守の制服を隠すためのマントを二着、職人から買い取った。

再び通りに出た後も、レイフは港までの遠回りの道を歩き続けた。ようやくくさい空気に潮の香りが混じり、絶え間ないアンヴィルのうめきの合間にアジサシの耳障りな鳴き声が聞こえるようになった。

「こっちだ」レイフはせかした。

二人は「ボイルズ」と呼ばれる地域に入った。町で最大の煙突群の真下の、小さな建物が密集した薄暗い一帯だ。ここの空気はすすと灰だらけで、石畳は糞尿でべっとりと覆われている。ボイルズはありとあらゆるいかがわしい活動の拠点になっていた。レイフはプラティークとともに迷路のような狭い抜け道や路地を通り、売春宿が密集した一角の奥に進んだ。ようやくある扉の前にたどり着き、押し開けて中に入る。

レイフはそこで立ち止まり、プラティークに念を押した。「一言もしゃべるな」

クラッシュ人がこのような場所を訪れることはまずありえないし、去勢されたチェーンの男となればなおさらそうだ。プラティークのクラッシュ人特有の抑揚が不審に思われては困る。

建物に入った二人をすえたエールと小便の悪臭が出迎えた。太った女主人が扉のきしむ音を聞きつけ、スネークルートやもっと強い葉を物憂げに吸っている数人の女たちを揺すった。レイフがおざなりに手を振ると、女主人は部屋を貸していた相手だと気づいて顔をしかめた。すぐさま大きなエールのジョッキの方に向き直る。宿泊客が戻ってきたことなど、もう忘れてしまっているに違いない。

レイフは今にも壊れそうな階段を上り、二階の廊下の先に向かった。各部屋の扉は閉まっているが、うめき声やあえぎ声や笑い声は、気持ちがこもっているものもわざとらしいものもほぼ筒抜けだ。レイフは自分の部屋にプラティークを押し込んだ。

扉が閉まってかんぬきが掛かると、チェーンの男は狭苦しい室内を見回した。ベッドは平らな板に干し草を薄く敷いてあるだけだ。トイレは部屋の片隅に置いてあるバケツ。この数日間、何一つとして掃除されていない。

プラティークの顔が不快そうに歪んだ。あまりの悪臭に口と鼻を覆っている。指の間からつぶやき声が漏れた。「地下牢から出たことを後悔しているよ」

レイフはにやりと笑った。「心配するな。まだ着いたわけじゃない」壁際に歩み寄って床に片膝を突き、板の一部を剝がすと狭い入口が現れた。部屋を借りた直後、のこぎりで密かにこの抜け穴を作っておいたのだ。「ここから先は四つん這いになって進まなければならない」

プラティークは体をかがめ、古い梁の間の真っ暗な通り道をのぞき込んだ。「どこに通じているのだ？」

「俺たち二人の自由さ」レイフは心からの願いを口にした。

レイフは両膝の汚れを払い落としてから、プラティークに手を貸して狭い通路の反対側から出してやった。通路の先にあったのは隣の売春宿で、こちら側で借りている部屋の方が広い。この建物は一軒目と背中合わせになっており、入口はボイルズの別の側の、いかがわしさでは少しだけ控えめなところにある。レイフは何らかのトラブルに見舞われることを予期してこのような逃げ道を手配していた。なぜなら、これまでの人生ではずっとトラブルに付きまとわれてきたからだ。

また、悪党には必要不可欠なある信条に従ったからでもある。

〈出入口が一つしかない部屋で身動きが取れなくなったらおしまいだ〉

今回の場合は、そのような念のための措置が別の役目も果たすことになった。ライラの追っ手が町中を横切るレイフの尾行に成功したとしても、獲物は一軒目の建物内にいると判断するはずだ。ライラがそちらに踏み込もうとすれば薄い壁を通して騒ぎが伝わるので、一足先にこちら側から逃げることができる。

〈少なくとも、できることを期待しているんだが〉

プラティークがトンネルから這い出すと、レイフはこちら側の壁板を元の場所にはめ込んだ。そのまわりに汚れやほこりをこすりつけ、秘密の扉の存在をできるだけ目立たなくする。

これで十分だと判断すると、レイフは立ち上がった。

その間にプラティークは新しい部屋の内部を観察していた。安心したような表情を浮かべている。部屋には細い窓が一つあり、鎧戸が下ろしてある。片隅には小さな暖炉があり、赤々と燃える石炭に振りかけてある香が空気にかすかな彩りを添えている。ベッドははるかにしっかりとした造りで、干し草を詰めた枕とマットレスがあり、薄い毛布が掛かっている。テーブルの上には粘土製の洗面器が一つあり、トイレにもちゃんと扉が付いていた。

プラティークが感想を述べた。「地下牢と比べれば少しはましだな。しかし……」チェーンの男は改めて室内を見回し、扉が開いたままのトイレの中ものぞいた。レイフの方に向き直ったその眉間にはしわが寄っていた。「見せてくれるという約束だったブロンズ像はどこにある？」

レイフは大きな笑みを浮かべ、ベッドとは反対側の壁に近づいた。こちら側の廊下に通じる扉には勝手に入られないようにかんぬきを掛けてあるが、レイフは別の対策も取っていた。向かい側の壁に彫った穴に指を引っかけ、最後のちょっとした細工を披露する。もう一つの秘密の扉が開いた——こちらの方がはるかに高さがある。梁と梁の間に収納用の隙間ができていた。

プラティークもそばにやってきて、レイフの背後に立った。

壁の中にブロンズの女性が彫像のように直立していた。目は閉じていて、両手は下腹部の前で慎ましやかに重ねている。黄色い亜麻布のローブはレイフが港の雑踏でくすねた硬貨で買ったものだ。

「メ・ウォンダー」プラティークが母国の言葉でつぶやき、ブロンズ像に近づいた。「これほどまでに完璧な成型技術は見たことがない。まるで今にも呼吸しそうじゃないか」レイフの方を向いたプラティークは目を見開いていた。「このような彫像はイムリ・カー陛下もの庭園、もしくは知恵の館の古代の秘宝コレクションにふさわしい。イムリ・カー陛下も大金を惜しまないのではないかと思う」

レイフの口から笑い声が漏れた。チェーンの男はこの彫像がどれほど「メ・ウォンダー」なのか、まだ全然わかっていない。ただし、彼が知らないのも無理はなかった。ラークもライスもライラも、チョークでの発見に関しての詳細はほとんど明かさず、自分たちだけの秘密にしているはずだ。

「どうして私のことを笑うのだ?」プラティークが眉をひそめた。

レイフは壁の奥を指差した。「彼女なら説明できるかもな」

プラティークが顔を向けるのに合わせたかのように、女性の目が開いた。体の中の炎で彼女が目覚めるにつれて、冷たいガラスに明るい輝きが宿る。その熱で眼差しがたちまち温かさと優しさを帯びたものに変わり、ようやく見知らぬ男性に向けられた。

チェーンの男はあっと声をあげ、一歩後ずさりした。

女性は小首をかしげ、目で相手の動きを追っている。レイフは腕を持ち上げて手招きした。彼女がそれに反応し、重ねていた手をほどくと、すらりとした足を踏み出して壁の奥から室内に移動した。

あまりの驚きに息をのんだまま、プラティークは後ずさりを続け、倒れるようにベッドに座り込んだ。なおも体を後ろにそらしながら、どうにか声を出そうとする。「いったい……これはどんな魔術や錬金術なのだ？　それとも、ある種のからくりなのか？」

「いいや、それよりもはるかに優れた技術だ。正直を言うと、俺の理解も及ばない代物だけどな」

チェーンの男の協力を得るためにはすべてを明かす必要がある。そのため、レイフはチョークの鉱山の奥深くでの地震と、そのさらに地下での不思議な発見から説明を始めた。遺物を復活させた血の源や、シュライブが何かを知っているらしいことも伝えた。

途中でプラティークが何度か質問を挟んだが、レイフに答えがわかるものはほとんどなかった。

レイフはチョークからの脱出とアンヴィルへの到着で話を締めくくった。「だが、ここにとどまってはいられない。彼女を連れて逃げるための方法を見つけなければならないんだ。できることなら南クラッシュの領内の、追っ手がついてこられないようなところならばありがたい」

ベッドに腰掛けたままのプラティークは、レイフが話をしている間もずっとブロンズの女性を観察していた。いくらかは落ち着きを取り戻したようだが、今でも彼女にそれ以上近づくのを恐れているのは一目でわかる。細い窓に歩み寄った女性は鎧戸を引き上げていた。すすけた空を見上げ、月を表す西の空のぼんやりとした輝きに目を向けている。肩を落として悲しそうに背中を曲げたその姿は、悲嘆に暮れるブロンズ像そのものだ。

〈俺はできる限りのことをしてやるからな〉レイフは心の中で誓った。

この二週間でレイフは彼女の中のある願望に気づきつつあった。のろのろした動きながらも、彼女は室内をしばらく歩き回ってはどこかで立ち止まるという動作を繰り返していたのだが、立ち止まる時は必ず西の方角を向いていて、その姿はまるで一つの方角だけしか示せない壊れた方位鏡の磁鉄鉱みたいだった。彼女だけにしかわからない何らかの不安が気がかりで仕方ない様子だった。

今も彼女のことを見つめながら、レイフは貨車の中で満月を見上げてつぶやいた彼女の悲しげな言葉を忘れられずにいた。それが頭から離れない。

〈破滅……〉

この二週間のうちに、彼女の不安がレイフの心にも伝染してきていた。彼女の警告を無視することなどできなくなっていた。

〈けれども、アンヴィルのけちなこそ泥にどれだけのことができるっていうんだ？〉

錬金術の知恵が豊富な鉄の首輪のチェーンの男を解放しようと決めた理由はそこにあった。自分が盗み出したものの正体を理解し、そのブロンズの心にどんな謎が埋め込まれているのかを突き止めるためには、協力者が必要だった。

その一方で、チェーンの男が必要な理由はほかにもあった。ただし、ひとまずその件は後回しだ。今はより差し迫った問題を解決しなければならない。

レイフはプラティークに向き合い、その解決を迫った。「俺を助けてくれないか？」

20

レイフはローブの頭飾りに苦戦していた。革製のかぶりもので、顔の前にはきめの細かい亜麻布が垂れている。目の位置に細い隙間があるだけだ。息を吸うたびに布地が口と鼻に密着する。

〈まいったな、これをかぶってどうやって呼吸しろっていうんだ？〉

「落ち着けよ」プラティークがたしなめた。

チェーンの男が手を伸ばし、頭飾りから垂れ下がった布の端をレイフの首に巻いたままがいものの鉄の輪の下に押し込んだ。布地がぴんと張り、息を吸っても顔にくっつくことはなくなった。

「助かった」レイフは安堵してほかの人たちの様子をうかがった。

すぐ隣ではブロンズの女性も「ビオアガ」と呼ばれるクラッシュ風の装いになっていた。刺繍を施された布が彼女の全身を覆っていて、同じ生地でできた薄い手袋もはめている。レイフの身なりとの唯一の違いは銀の首輪だが、ローブの高い襟の下にほとんど隠れていて見えない。

プラティークが女性に近づき、頭飾りの布の端を銀の首輪の下に挟み込むと、後ずさりしてからうなずいた。「表の通りで主人の後ろを歩いている時に他人と言葉を交わすことは認められていない。だから彼女が無口でも怪しまれることはないはずだ」

「ほかの肝心なところはどうなんだ？」レイフは訊ねた。女性の方を手で指し示す。「俺たちはチェーンの絆で結ばれた一組として通用するのか？」

プラティークは肩をすくめた。「クラッシュの人間はチェーンの人々には見向きもしない。それよりも私の役割の方が難しい――そして危険でもある」

レイフはチェーンの男の姿を凝視した。プラティークはブロンズの女性の前で看守の制服を脱ぐ時、思いのほか恥ずかしそうにしていた。その後、レイフがクラッシュ人の営む仕立屋で購入しておいた服に素早く着替えた。ブーツは艶のあるヘビ革だ。肌に密着したズボンと袖のないトゥニカは深紅のシルクで、縫い目に沿ってジグザグに金の模様が刺繍されている。その上からクラッシュ人が「ゲリゴード」と呼ぶ白のローブをまとっていて、丈は膝まであり、袖口は大きく広がっている。頭には金の帽子をかぶっていた。

首輪を隠すための薄手のスカーフを除けば、南クラッシュからやってきたイムリの商人の一般的な身なりだ。その服を買うだけで、レイフはこの二週間をかけて盗んでは集めてきた金のほとんどを使うことになった。だが、策略を成功させるためには最上位のカーストの一員として通用する人間が必要で、それに当てはまるのは黒い肌と紫色の瞳のプラティークしかいなかった。レイフとブロンズの女性は気球船に乗り込んで船室に入るまで、顔を隠し通さなければならない。気球船は夕べの最後の鐘に合わせて離陸する予定になっている。

少し前に夕べの第四の鐘が鳴ったので、ミスを犯したり邪魔が入ったりすれば間に合わない。これからアンヴィルの町中を横断し、気球船が係留されているエア・リグまで向かう必要がある。その船に乗り遅れたら明日まで待たなければならないが、レイフとしてはそんな危険は冒したくなかった。

〈ライラが俺たちの居場所を嗅ぎ回っているのだから〉

短い距離を結ぶ気球船は領内各地を一日に何本も結んでいるが、より遠距離を飛行する船は夕べの時間帯にしか離陸しない。気圧や風向きのほか、レイフにはちんぷんかんぷんな磁気エネルギーとかの関係らしい。はっきりと言えるのは、夕べの最後の鐘が鳴る前にその船内にいなければならないということだ。

最後にもう一度、ほかの二人を見たレイフは、プラティークの手に小さく巻かれた細い鎖が握られていることに気づいた。一行がエア・リグに到着したら、その鎖で二人の首輪とプラティークの左右のブーツのベルトをつなぐことになる。

プラティークは鎖をもう一方の手に持ち替え、落ち着かない様子でジャラジャラと鳴らしている。ブロンズの戦利品を神帝の面前に捧げる前にチェーンとしての身分が露呈した場合には、王族の商人になりすました罪で死刑になるのは確実だ。

「準備はいいか？」レイフは訊ねた。

その答えが返ってきたのはプラティークからではなかった。こもった衝撃音が聞こえ、全員の目が奥の壁に隠された秘密の通路の方を向く。動きが止まったレイフたちのもとに複数の叫び声が、それに続いて誰かの恐怖に怯えた悲鳴が届いた。

プラティークが大きく目を見開いてレイフを見た。

〈ライラだ……〉

レイフはチェーンの男を部屋の扉の方に押してから、急いでブロンズ像の方を見た。すでに動きの鈍い状態に戻ってしまったのではないかと案じながら、手袋の上からその手をつかむ。だが、薄いシルクの下の手のひらはまだぬくもりがあった。やわらかい指がレイフの指を包み込む。

「行かなければならないんだ、シーヤ」レイフは彼女につけた名前をささやいた。

彼女にとってその名前が何らかの意味を持つのかどうかはわからないが、レイフにとってそれは自分の母とつながる名前だった。正確には、何度も話で聞いたことのある母の故郷と関係していた。シーヤとはクラウドリーチの緑の森に生息する小さな鳥の呼び名だ。赤銅色と金色にきらめく羽毛を持ち、果てしなく続く森の暗がりで甘いさえずりを聞かせるという。しかし、その霧に包まれた高地で生き延びてきた多くの生き物と同じく獰猛でもあり、鋭い鉤爪と湾曲したくちばしで巣を守る。

レイフはそれが彼女にぴったりの名前だと思った。

彼女がレイフの方を見た。顔の前に垂れた布を通して目がかすかな輝きを発している。彼女は小さくうなずき、扉へと導くレイフについてきた。プラティークはすでにかんぬきを外して扉の脇に置いていた。

「急げ」チェーンの男がせかした。何かが破壊される音や叫び声がするたびに、体をびくっと震わせている。

「だめだ」レイフは自分を探して次々と部屋を破壊するライラと手下たちを思い浮かべながら、プラティークに注意を与えた。「何事もないかのように行動するんだ」

レイフは部屋を出るようチェーンの男に合図した。プラティークには今この瞬間も、自分たちを先導するという役割をまっとうしてもらわなければならない。レイフが先に立つわけにはいかないのだ。もう一度ぶるっと体を震わせてから、チェーンの男は部屋から廊下に出た。階段に向かう間に、プラティークの歩く速度が上がった。不安が自然と歩みを速めているのだろう。

「もっとゆっくり」レイフは注意した。

プラティークは指示に従った。

一行は階段までたどり着いた。下り始めるとブロンズの女性の重みで段が大きな音を立てる。レイフは階段が壊れるのではないかと案じた。だが、無事に共用部屋まで下りることができた。枕を置いたソファーや赤みがかった光で照らすシェード付きのランプなど、こちらの方が調度品は整っている。ここの売春婦はソファーにきちんと座っているし、腹回りもたるんだところがない。女主人がレイフたちに気づいた。いきなりクラッシュの商人が一人、さらには彼とチェーンの絆にある一組が現れても、驚いた素振りすら見せない。レイフもそれを意外に思わなかった。ボイルズでは好奇心を持たない方が身のためなのだ。

プラティークは一言も発せずに玄関から表の通りに出た。覆い付きの馬車が三人を待っていた。レイフがあらかじめ手配しておいたものだ。

体格のいい二頭のアグレロラーポックポニーのそばにいた御者が駆け寄ってきた。「お待ちしておりました」そう言うとすぐに馬車の扉を開ける。

プラティークはきちんと役割を演じ、車内に乗り込むのを助けようと御者が差し出した手を拒んだ。軽蔑をあらわにした目で御者をにらみつける。何人《なにびと》たりともイムリに触れてはならないのだ。

「そうでした、そうでしたね」御者がもごもごと詫びた。

プラティークは体をかがめて馬車に乗り込み、奥に詰めて場所を開けた。

レイフはシーヤを先に乗せた。彼女は首をかしげ、近づきながら車体をじっと見つめている。シーヤが乗るとその重みで馬車が傾いたが、御者は気づいていないようだった。

自分を戒める御者の声が聞こえた。「本当におまえはうっかり者だな、まったく情けない」

レイフは狭い通りの左右をうかがった。大きなため息を吐くと、顔を覆う布が揺れる。ライラやその手下たちの姿は見当たらない。これで一安心だと思い、レイフも馬車に乗り込んだ。

馬車の扉を閉めようとして体をひねった時、胸にずしんと響く低い音がとどろき、その衝撃で売春宿の屋根から数枚のタイルが吹き飛んだ。石畳に落下したタイルが砕け散る。頭上では屋根の向こうで炎の渦が噴き上がり、雲を赤く染めた。

レイフは反対側の売春宿が爆発して炎上する様子を思い浮かべた。

ライラの短気は身をもって経験してきた。どんな可燃性物質よりもすぐに熱くなって癇《かん》癪《しゃく》を爆発させる。獲物を手に入れ損ねたと――レイフを発見できなかったと悟ったら、その腹いせに何をするかは容易に想像がつく。だが、それだけにとどまらない。ライラの行動には必ず複数の目的がある。彼女は鬱憤《うっぷん》を晴らすと同時に、隠れている可能性のある場所からレイフを追い出そうとしているのだ。なかなか賢明な策だと言えるだろう。たとえレイフが焼け死んだとしても、決して燃えることのない宝物は焼け跡を捜索すれば見つけられると踏んでいるのだ。

レイフはあきれて首を左右に振り、馬車の扉を引っ張って閉めると、隣に座るブロンズの女性に目を向けた。そして前方の壁を叩き、御者に対してエア・リグに向かうよう合図した。

鞭を打つ音が聞こえ、馬車はがくんと揺れた後に発進した。

レイフは座席の背もたれに寄りかかり、笑みを浮かべた。〈やっと彼女を出し抜けた〉頭の中に浮かぶのは、「騎士と悪党」の盤上で自分の指が相手の王の駒を傾け――その時、さらなる爆発音と衝撃が馬車に襲いかかった。外では二頭の馬が怯えていないないている。車体が激しく振動し、御者が鞭を振るって馬たちを制御しようとした。だが、怯えた馬は全速力で駆け出した。石畳に蹄の音を響かせる馬たちの後ろから、車体が飛び跳ねるように揺れながらついていく。

「何がどうなっているんだ？」プラティークが叫んだ。

レイフは体をひねって小さな窓から外をのぞき、続いて反対側の様子もうかがった。どこを見ても炎が噴き上がっていて、暗い空に煙がもうもうと立ちこめている。レイフが見ている間にも、炎は大きくなってボイルズ全体に広がっていく。レイフは惨状を見て呆気に取られた。この大火災の張本人が誰なのかはわかっているし、自分がその人物を甘く見ていたことも痛感する。

ライラは一軒の売春宿に火をつけるだけでは獲物を追い出すのに不十分だと考えたに違

いない。

〈あの女はボイルズをすべて焼き払う気だ〉

外では御者がわめきながら鞭打っているが、煙と炎から逃げようと必死の馬たちに指示は必要なかった。車体が上下に大きく揺れ、急カーブを曲がる時には片側の車輪が浮き上がる。それでもなお、さらなる爆音が後を追ってくる。

通りには火の粉で赤く輝く濃い煙が充満していた。馬車が燃え上がる店の前を高速で通過する。高熱で屋根のタイルが飛ばされ、空高く舞っている。

両側では人々が逃げ惑っていた。馬車に乗り込もうとする人もいたが、御者が鞭で追い払った。余計な重さで速度が落ちてはたまらないと思っているのだろう。馬車が何度か何かに乗り上げ、それに合わせて悲鳴が聞こえたのは、気の毒な人が車輪にひかれたに違いない。

レイフは馬車の中で縮こまっていた。気球船に間に合うようにここを脱出できるかどうかは、ボイルズに関する御者の知識が頼りだ。あいにく、アンヴィルのこのいかがわしい地区に詳しいのは御者だけではなかった。

「どう、どう！」御者が叫んだ。

急に馬車の速度が落ち、車内の全員が前に投げ出された。レイフは体をひねり、窓から外に頭を突き出した。煙がいちばんひどい地域はすでに通り抜けていたものの、そこから先の道は大あわてで逃げようとする人たちが密集していて、その原因は剣と盾を手にした甲冑姿の男たちが一列になって前をふさいでいるからだった。通ろうとする人たち全員を調べている。

レイフはこのすべてを取り仕切っている女に向かって悪態をついた。ライラはどんな時でも恐ろしいまでに抜け目がない。彼女は適当な場所に火を放ったわけではなく、生き延びた人たちが見張りを配置した地点に向かわざるをえなくなるよう、戦略的に燃やしていたのだ。

〈ここがその検問所というわけだ〉

どうすればいいか、レイフは懸命に考えを巡らせた。この程度の変装では入念な調べには耐えられない。顔の前のベールを持ち上げるだけで、その奥のごまかしを見抜かれてしまうだろう。それに加えて、刑務所の入口で遭遇した時、ライラはレイフの隣にいるのがチェーンの男だと気づいていたかもしれない。

だが、レイフに選択の余地はなかった。引き返そうにも後方では炎がうなりをあげているし、ぐずぐずしていると気球船がエア・リグを離陸してしまう。さらにまずいことに、ブロンズの女性がこれまでになく無気力になっていた。ボイルズから抜け出す別の道を探している余裕はない。

後ろを振り返った御者が、窓から突き出ているレイフの顔に気づいた。「どうしやしょう？」御者が声をかけた。

「前に進み続けろ」レイフは命令した。「必要とあれば鞭を使って道を開けさせるんだ。間に合うようにエア・リグまで連れていってくれたら、マーチ金貨をもう一枚、追加で支払う」

御者は目を丸くした。「あいよ、承知しやした」

レイフが首を引っ込めると同時に、車体ががくんと揺れて速度が上がった。シーヤの方に視線を向けると、がたがたと激しく揺れているのにまったく動かない。レイフは手袋をはめた手の上に自分の手のひらを当て、ぬくもりが残っているか確かめた。不安なまでの冷たさだけしか感じられない。顔を探るものの、きめの細かいベールの奥の目は輝きが失せてしまっている。

レイフはそのかたく冷たい手をきつく握り締めた。

〈頑張れ、シーヤ〉

外からは御者の鞭の音が繰り返し響いた。町の住民たちが悲鳴をあげ、罵声《ばせい》を浴びせる。武装した男たちの列を目がけて突進する馬車の窓から中に唾を吐きかける人もいる。怒りの拳が車体の側面や後部を殴りつける。

レイフの向かい側の座席に座るプラティークが真ん中に移動した。「これからどうするのだ？」

「俺はここに大人しく座っている」レイフは通行を遮断する男たちの列の方を指差した。ライラの手下、あるいは金で雇われたごろつきどもが借り物の甲冑を着ているのだろう。「おまえにはイムリになりすます初めての機会が巡ってくるぞ」

プラティークはごくりと唾を飲み込み、左右の手のひらをマントでこすった。

ようやく馬車の速度が落ち、御者はポニーを見張りたちの前で停止させた。

ぶっきらぼうな調子の声が近づいてくる。「扉を開けろ」

レイフはプラティークに向かって言う通りにするよう合図した。チェーンの男は座席の上を横滑りで移動し、扉を開けようとしたがうまくいかず、二度目でようやく開けることができた。目の前に立っていたのは錆《さび》びついた甲冑を着たどう見ても素性の怪しい大男で、肩に斧を担いでいた。

男は牛のような大きな頭とひん曲がった鼻を車内に突っ込んだ。「何の用でここに来た？」

プラティークはひるんでのけぞったものの、再び顔を前に突き出した。「おまえは……何様のつもりだ！」怒りに満ちた横柄な口調で返す。「我々が乗っている限り、この馬車は南クラッシュの領土内だぞ。勝手に立ち入るような無礼な行為を働く場合は、イムリ・カーの名誉のためにおまえの皮膚が骨から剝がれるまで鞭で打ってやるから、心しておくがいい」

威厳のある傲慢《ごうまん》な態度を前にして、巨漢があわてて首を引っ込めた。扉の外から車内を急いで見回し、その視線がまずはローブ姿のシーヤに、続いてレイフに移る。レイフは落ち着かない様子を装って、手袋をはめた指でまがいものの鉄の首輪をまさぐった。それは奴隷のチェーンとしての身分を見せるためでもあった。

「おまえのくさい息には我慢ならん」プラティークが続けた。「私にとってのこの神聖な空間を汚している。私が本気で怒らないうちに消えよ」

巨漢の顔に怒りがよぎったが、再び車内に顔を入れようとはしなかった。その代わりに、後ろにいる二人のごろつきに向かって叫んだ。「まわりを調べろ。どこかに密航者が隠れていないか確かめるんだ」

二人が馬車の周囲を調べている間、レイフは巨漢の体越しに外の様子をうかがった。大勢の怯えた人たちが見張りの列の前に押し寄せている。ライラの手下たちは罵声を浴びせながら懸命に住民たちを押しとどめようとしていた。フードを剝ぎ取り、口や鼻を覆う濡れたぼろきれを奪い取り、一人ずつ顔を確認してからバリケードの向こうに突き飛ばしている。

その時、男たちの列が左右に分かれた。レイフは車内で体をこわばらせ、運のなさを嘆いた。

〈彼女がこの検問所で待ち構えているのは当然だよな〉

レイフの見ている前で、ライラが背中を丸めた男性のスカーフを短剣で切り裂いた。顎に刃先を突きつけて上を向かせ、その結果に顔をしかめると、男性を自分の背後に押しやる。唇だけを動かして罵りの言葉を吐いてから、レイフと同じくらいの背格好をした次の男性の襟首を乱暴につかむ。

レイフは拳を握り締めた。

〈俺のせいでこんなことに〉

ライラは女性と男の子が通り抜けるのを許し、すすにまみれた額の汗を手でぬぐった。その時、彼女の視線が馬車の方に動いた。ライラが足を一歩前に踏み出した。

巨漢がライラの注目に気づいた。二人組は馬車の調べを終え、首を左右に振っている。大男は手を上げ、ライラに向かって振ってからわめいた。「真っ黒なクラッシュ人ですよ！」嫌悪感をあらわにして地面に唾を吐く。「全員そうです。ほかにはいません」

ライラが不審そうに目を細めた。ほんの一瞬、ベールに覆われたレイフの顔にその目が留まった。その時、集まった群衆が前に動いた。必死に逃げようとした数人が前に飛び出して走り抜ける。すすと油だらけのボイルズに火災が瞬く間に広がっているので、怯えた住民たちは剣よりも炎の方が危険だと判断し始めたのだ。ライラが自分を押しのけて逃げようとした男性のフードをつかみ、引き戻した。

巨漢は彼女の注意がそれたのを容認の合図だと見なしたようだ。御者に向かって叫ぶ。

「さっさと行け！」

御者にそれ以上の催促は不要だった。手綱を強く引くとポニーたちは再び走り出した。馬車がバリケードを通過し、ボイルズが後方に遠ざかっていく。間もなく馬車は町のより広々とした一角を軽快に走り始めた。

「うまくいったな」そう言うと、プラティークが座席の背もたれに体を預けた。

レイフはそんな言葉を軽々しく口にしたチェーンの男に眉をひそめた。息を殺したまま、火災の炎がぼんやりとした輝き程度にしか見えなくなるまで待つ。ようやくレイフは大きく息を吐き出した。心の中で喝采を叫びさえした。自分の指が盤上の相手の王の駒を傾け、倒す場面をまたしても思い浮かべる。これこそが、何年も前から何としても勝ちたいと思っていたゲームだったのだ。

〈ようやく……〉

レイフは再び火災の輝きの方を見た。

ライラを振り切ることができたのだから、ここから先は誰にも止められやしない。

裁判所の最上階にある治安隊長の執務室のバルコニーから、シュライブのライスは町の港の付近で広がる火災を見つめていた。遠くからの爆発音と轟音を聞きつけ、彼とラークは外に出てきたのだが、治安隊長はすでに室内に戻っていた。指示を伝えるわめき声が聞こえる。治安隊長がアンヴィルの首長と連携して火災がさらに延焼する前に対応しようとする中、何人もの伝令や補佐が部屋を出たり入ったりしていた。

ライスは外にとどまったまま、渦巻く灰と真っ赤な火の粉から意味を読み取ろうとした。ラークとは違って、この大火災の原因が不運や事故にあるとは思えない。螺旋状に噴き上がる火柱の一本一本からその目的を占う。

両手が灰色のローブの胸に巻いた革製のサッシュ――シュライブのクリストに動いた。指先がその表面の密閉された袋を探る。ほかのシュライブたちのクリストの袋に収められているのはほとんどが無意味なお守りや感傷的ながらくたで、それぞれの袋にはシュライブという神聖な地位に至るまでの各自の長い道のりを懐かしみつつ思い出に浸るという意味しかない。

ライスのクリストは違っていた。

指先が革に刻印された記号を読み取る。彼の神聖な袋には闇の護符や邪悪な錬金術の印が隠されていた。いくつかの袋に入っているのは粉末状になった昔の野獣の骨だ。その生き物は今ではもはや天空の父の下で大地を闊歩《かっぽ》していないが、骨の粉末には過去の疫病がふんだんに含まれている。別の袋にははるか西の凍結した地の果てで生き延びている強靱な生き物から抽出した効能豊かな秘薬の容器が収められている。さらには、遠い東の灼熱の荒野に生息するありとあらゆるけだものの毒を集めた小瓶も。だが、何よりも貴重なのは古代の巻物の断片で、インクは薄れていてほとんど解読できないが、それらは古代の人々による失われた錬金術の存在を、この世界の歴史が書かれる以前に秘密とされていた大いに邪悪な技巧の存在をにおわせていた。

ライスは現世のことをほとんど気にかけていなかった。自分の目的に役立ちさえすればそれでいいと思っていた。彼はこの世界が別の世界の幻影にすぎず、その別の世界こそが計り知れない力を秘めていると考えていて、その力を独り占めしたいと願っていた。彼にとって禁じられた知識など存在しない。その獲得のためならばどんなむごい行為に手を染めても許される。

今も彼の頭の中には自分の目の前で命を宿したブロンズ像の姿が浮かんでいた。あれはチョークの洞窟内で血の源によって生まれた奇跡だった。ライスは自分が失ったもの、改めて見つけ出さなければならないものを思い、拳を握り締めた。

再び火災の方に目を向けたライスは、その裏で糸を引いている人物に心当たりがあった。ライラ・ハイ・マーチの仕業に違いない。盗賊組織の長は夕べの第三の鐘が鳴ると立ち去ったが、今にして考えるとあの口実は不自然で、遠くの炎がますます怪しく見える。あの女は何かに気づき、それを自分に対して、さらには仲間であるはずのラーク治安隊長に対しても明かさなかった。ライスはあの女の欲深さをそれなりに理解していたつもりだったが、彼女を甘く見すぎていたのは明らかだった。

新たな物音がしたため、ライスは火災から治安隊長の執務室に注意を移した。険しい視線でラークをにらむ。〈この男もあの女の企みに一枚嚙んでいるのか？〉相手の顔が怒りで赤黒くなっているのを見て、そうではなさそうだと判断する。それにこれほどまでに巧みな陽動作戦を実行するには、この男の脳みそはまったく足りない。

執務室内に険しい目つきの隊員が飛び込んできて、治安隊長の机に駆け寄った。息を切らしているが、口調はしっかりとしている。「ラーク隊長、たった今、地下牢から連絡が入りました。囚人が一名、行方不明で、おそらく脱獄したのではないかと」

机の奥に立っていたラークが部下の男をにらみつけた。腕をぴんと伸ばし、バルコニーの方を指し示す。「囚人が行方不明だと？　この状況で私にそんな問題を知らせにきたのか？　町が炎上している時に？」

隊員がもごもごと言葉を発した。答えに詰まっているのは明らかだ。

またしてもライスは、この小さな事件を取るに足らない話として片付ける気になれなかった。バルコニーから大股で執務室に戻る。外国産の木材を使用し、タペストリーをふんだんに飾った仰々しい部屋だ。

「その囚人が逃げたのはいつのことだ？」ライスは訊ねた。

隊員がびくっとして姿勢を正した。今の今まで、シュライブがいることに気づいていなかったのだ。どうやらアンヴィルでは目の前の存在にすら気づかない人間が多いらしい。ライスは苦々しい思いだった。そのような不注意がトップの人間に起因しているのは間違いない。

ラークが手を振って答えを促した。「さっさと話さんか」

隊員はうなずき、ライスにお辞儀をしてからもう一度うなずいた。「囚人がいつ行方をくらましたのか、確かなことはわかりません、聖下殿。推測できる範囲では、午後の遅い時間ではないかと」

ライスはその情報を考慮した。〈つまり、ライラ・ハイ・マーチがもっともらしい理由を述べて姿を消す少し前というわけか〉町の向こうから新たな爆発音がとどろいた。「それで、誰が行方不明になったのだ?」

「あなたがクラッシュの商人たちを尋問する間、地下牢に閉じ込めておいた多くの奴隷のうちの一人です」

「つまり、チェーンの一人なのだな?」ライスは念を押した。

「はい、聖下殿。あのクラッシュ人たちは奴隷の一人がいなくなったと知ったら我々を責めるでしょうから、こうして急いでお知らせにあがったのです」

ライスはこの情報を計算に入れた。開け放ったままのバルコニーの扉に向き直り、外の炎と灰が伝えるメッセージを改めて読み取ろうとする。この二つの不運な出来事――燃える町と消えた囚人――には関係がある。すべてがあの狡猾な悪党、レイフ・ハイ・アルバーにつながっている。

〈だが、いったいどんな形で？　あの泥棒にとってチェーンがどのような役に立つというのか？〉

ライスは目を閉じ、片方の手のひらで袋の一つに刻印された記号に触れた。指先でたどるのはツノヘビの輪郭を表す曲線。その袋の中にあるのは干からびた舌で、ライスにとっての最初の血の源から切り取ったものだ。ライスはその舌に向かって、主スレイクの知恵と知識を教えるよう念を送った。

邪神に向かって祈るうちに、落ち着きが下りてきて心臓の鼓動を穏やかにしてくれる。いくつもの謎が絡み合ってできた頭の中の結び目がほどけていく。新たなパターンが現れては消え、やがて心の目が一枚の絵を結ぶ。

〈チェーンが一人、その後ろにローブとベールに身を包んだ二人〉

ライスの目がぱっと開いた。

〈そういうことか……〉

ライスは手を下ろし、ラークの方を向いた。「君の部下の中から剣と弓の最高の使い手を集めてくれ。いちばん足の速い馬の用意も頼む」

ラークが煙と炎を見やりながら姿勢を正した。「どこへ行くのだ？　火災を封じ込めるのか？」

「違う」ライスは反対の方角を指差した。「エア・リグだ」

21

つづら折りの道を進む馬車が再び急カーブに差しかかると、レイフは座席にしがみついた。エア・リグがある尾根に通じるジャグド・ロードを半分ほど登ったあたりだ。この高さから見ると、アンヴィルの町並みの明かりはすすと煙の下にある。

はるか彼方ではボイルズが今も燃え続けていて、時折炎が高々と噴き上げる様は、悪魔がふいごで風を送り込んで火を大きくしているかのようだ。激しい火災は延焼を続けている。停泊していた交易船のうち、三枚の帆を持つ鉱石運搬船が炎に包まれ、海に浮かぶまばゆい松明と化していた。

今回の火災でどれだけの数の命が失われたのだろうか。レイフはすべての責任をライラになすりつけたいと思ったものの、できなかった。

〈俺にも責任がある〉

それでも、罪の意識よりも恐怖の方がまさっていた。ブロンズ像のシーヤに視線を移す。彼女は冷たくなり、ぴくりとも動かない。レイフは気球船に乗る時に彼女を動かせるのだろうかと不安に思った。もっとも、それは離陸前に発着場まで到着できてからの話だ。港からの遠い警報音をかき消すかのように夕べの第五の鐘が鳴り響いたのは、馬車が尾根の麓にたどり着いて間もなくのことだった。次の最後の鐘が今にも鳴るのではないかと、レイフは気が気ではなかった。

反対側の窓の脇に座るプラティークが体をこわばらせた。「あれを見ろ」息をのみながら伝える。

レイフはチェーンの男の側に移動した。「どうした?」

プラティークがエア・リグの上空にへばりつくように垂れこめるすすの雲を指差した。大きな物体が煙幕を突き抜けようとしていて、その姿は暗い海を泳ぐ白いオルスコの巨体を思わせる。

レイフの体に緊張が走った。

気球船がすでに離陸している。

最悪の事態を覚悟しつつ、レイフは首を伸ばして空を見上げた。船体の下部と竜骨が空の神パイウィルの力強い剣のごとく、雲を切り裂いていく。ただし、上空の剣は木材を接着剤で張り合わせたもので、それを補強するドラフトアイアンの帯は造船業の特別な身分の者だけが知る錬金術によって鍛造される鉄を使用していて、空中でも耐えられる強度を持つ。船体の形状は幅の広いはしけとあまり変わらないが、帆柱の代わりに同じドラフトアイアン製のケーブルが何本も雲の中に延びていて、船はその上に隠れた気球に吊るされている。

レイフは船尾の旗を探し、船籍を確認しようとしたが、船はその前に高度を上げて暗い雲の中に消えてしまった。

車内に視線を戻し、プラティークと顔を見合わせる。二人とも同じことを案じている。

〈俺たちの乗る船は予定よりも早く離陸したのか？〉

レイフは反対側に移動し、開いた窓から外に顔を突き出した。すれ違う牛車に危うく頭を持っていかれそうになり、すぐに首を引っ込める。傾斜の急な道を下る牛車は上で荷物を下ろして帰る途中なのだろう。

レイフはもっと慎重に外の様子をうかがった。

品物を積んだ荷車や手押し車が長い列を作り、ジャグド・ロードの終点の頂上を目指してゆっくりと進んでいた。積荷を空にして高速で下ってくる車両も少なくない。レイフたちの御者は先行する車両を追い越そうと最善を尽くしていた——時にはかなりの危険を冒してまでも。レイフの約束した追加のマーチ金貨がそんな思い切った走りを後押ししているのは間違いなかった。

レイフは座席に座り直した。自分にできることは何もない。ここからは神様たちの思《おぼ》し召し次第だ——ただし、近頃のレイフに神々が微笑んでくれたことはほとんどなかった。

さらに四回の急カーブを曲がった後、馬車の角度がようやく水平になり、エア・リグがある平らな頂上に乗り入れた。ここの空気もボイルズに劣らずひどく、大量のすすが含まれていてまともに呼吸ができない。まわりでは誰もが布で鼻と口を押さえていた。

馬車が向きを変えてほかの馬車や荷車の列に並ぶ間、レイフは頂上にいるほかの人たちのことを無視した。発着場の全体を見回す。ほぼ毎日、夕べの最後の鐘に合わせて三隻から四隻がアンヴィルを離陸する。薄暗いせいでどの船がすでに出てしまったのか見極めにくい。この距離から見ても船は木製の係留台に位置するかすんだ巨人のままで、ガスの詰まった気球は上空の黒いすすに隠れて見えない。

レイフは近くにある二隻の船体に描かれた記号を読み取った。ハレンディの王冠と太陽、もう一つはアグレロラーポックを表す湾曲した角。

〈まずい、まずいぞ……〉

その時、プラティークが声をあげた。「あそこだ！」

レイフはそちら側に移動した。チェーンの男は火災から噴き上げる強風に翻る旗を指差している。黒を背景にして二本の湾曲した剣が交差している。

「クラッシュの紋章だ」プラティークは目に涙をにじませて言った。「私たちは間に合ったのだ」

レイフはその状況を変えてなるものかと思った。「外に出るぞ。急げ」プラティークの手にマーチ金貨を一枚、握らせる。「表の優秀な御者に払ってくれ。十分にそれだけの価値がある仕事をしてくれた」

　プラティークが転がるように馬車の外に出ると、レイフはもう一人の乗客の方を向いた。ブロンズの女性の手をつかむ。彼の手が触れても、指は一本たりとも反応しなかった。

「シーヤ」レイフは促した。「俺たちは行かなければならないんだよ」

　彼女はその訴えを無視して、放置された彫像のように座ったままだ。レイフはもう片方の手のひらも使って彼女の手を挟み、こすり合わせながらそのぬくもりで目覚めさせようと試みた。それでもうまくいかないと、手袋を外してブロンズの肌をもっと強くじかにこすった。

「頼むよ」レイフはささやいた。

　レイフはそれもあきらめ、彼女のベールを持ち上げた。目は開いているが、冷たいガラスのままだ。レイフは温かくなった自分の手のひらで彼女の頬を左右から挟んだ。

「シーヤ、君が何らかの恐怖に駆られていることは知っている。今、そこから力を引き出すんだ。俺たちはここを出ないといけないんだよ」

　レイフはしばらく待った。

　それでも反応がない。

　レイフは彼女を見捨て、プラティークと二人だけで逃げようかとも考えた。

〈それはだめだ……〉

レイフは手のひらをもっと強く押しつけた。「君を信じる気持ちは失わない。だから、君も俺への信頼を失わないでくれ」

ようやくかすかな輝きが彼女の目に宿った。片手が持ち上がり、頬に添えたレイフの手を上から押さえる。唇が動くものの、言葉は出てこない。それでも、レイフは彼女が言ったことを想像した。そうであってほしいと願った。

〈私も絶対に失わない……〉

二人は急いで馬車の外に出ると、プラティークとともに係留された船が並んでいる方に向かった。巨大な船体はどれも見上げるような高さがあり、ケーブルがきしんで音を発している。作業員や労働者が最後の準備をしながら忙しそうに走り回っていた。

不意にプラティークが立ち止まり、後ろを振り返った。

「どうした?」レイフは訊ねた。

チェーンの男は空っぽの手のひらを見せてから、自分のブーツとレイフたちの首輪を指差した。「馬車に鎖を置き忘れてしまった」

レイフが顔をしかめて振り返ると、ちょうど馬車が尾根を下って姿を消すところだった。どうやら御者は追加の金貨に関してのレイフの気が変わらないうちに急いで帰ることにしたようだ。

レイフは悪態をつきながら前に向き直った。支柱に固定された係留用のロープを緩める作業がすでに始まっている。レイフはプラティークを前に押した。選択の余地はない。

「この期に及んで気にしていられないよ」レイフはため息まじりに言った。「前に進むしかない」


ライスは屈強な馬にまたがり、ラーク治安隊長と並んで疾走していた。二人の前の十頭ほどの馬には革製の甲冑姿の男たちが乗り、ジャグド・ロードを先行している。剣を手にした隊員たちが先を急ぐ一行の邪魔を排除してくれる。後ろからはこれも馬にまたがった十人の射手が追っている。夕べの最後の鐘の鳴り響く音が彼らをさらに急がせた。

ライスのフードは後方にはためいていて、銀髪の三つ編みのうちの一本も首から離れて翻っていた。そのようなだらしない姿はシュライブにふさわしくないが、ライスは速度を落とさなかった。とげの付いたかかとを馬の脇腹に食い込ませる。騎馬の一団は最後の急カーブを曲がり、エア・リグがある尾根の頂上に達した。

二十頭を超える馬たちは蹄で塵と砂を巻き上げながら大きく展開し、ようやく立ち止まった。数人の隊員が素早く鞍《くら》から降り、驚いた様子の作業員たちを邪魔だと押しのけていく。ほかの男たちは鞍にまたがったまま汗を流す馬をなだめ、いつでも行動を起こせる状態にある。

あぶみに足を置いて立ち上がった姿勢になると、ライスは腕を振ってまわりにもうもうと立ちこめた塵を払った。ラークも吸い込んだすすに咳き込みながら、同じように汚れを手で払っている。すすに覆われた頂上の状況を確認できるようになるまで、二呼吸ほどかかった。

上空高くを一隻の気球船が暗がりに向かって浮上しつつあった。輪郭はかすんでいて、ぼんやりと見える程度だ。左手の方角では別の気球船がケーブルのきしむ音とともに浮かび上がった。最初の船の後を追って上空の黒い雲に向かっていく。

「あそこだ！」ラークが指摘した。彼の若い目の方がライスよりもよく見えるようだ。治安隊長が指差しているのは右側で、三隻目の船がすでに係留台を離れ、急速に高度を上げつつあった。「クラッシュの紋章があるぞ！」

〈まずい……〉

ライスとしてはあのブロンズ像を――比類のない力と謎を秘めた武器を、みすみす敵の手に渡すわけにはいかなかった。失われた知識に対する自らの願望はもちろんのこと、自由が抑圧されて知識が禁じられているクラッシュの圧政からハレンディ王国を守らなければならない。ライスは長い年月をかけてこの国で高貴な地位を手に入れ、王国のために大いに尽くし、自分は王国をさらなる栄光に導くことができると強く信じてきた。国王が自分の言葉に耳を傾け、シュライブ城をほぼ思うがままに動かせる今、過去から秘密を奪い取り、主スレイクの旗を高々と掲げられる地位にある。

それとももう一つ、確信していることがある。

〈王国の運命は私自身の運命でもある〉

そのことを意識しながら、ライスは馬をクラッシュの気球船に向かって走らせた。作業員たちを突き飛ばしたり蹴散らしたりして進む彼の後ろから、ほかの馬もついてくる。ライスが先頭に立って離陸する気球船に突進する。だが、その近くまで到達した時には、竜骨ははるか頭上にあり、船体も南に向きを変えようとしていた。

ラークの馬が隣に並んだ。「間に合わなかったか」

ライスは怒りを治安隊長にぶつけた。「何を言うか。我々は務めを果たさなければならない」

ラークが鞍の上で身じろぎした。事前に立てておいた計画に不安を抱いているのは明らかだ。二人ともそのような事態に陥るのは避けたいと考えていた。

「邪悪な力を秘めた大いなる遺物が君のせいで敵の手に渡ったと国王が知った場合には」ライスは警告した。「君の首が飛ぶことになるだろう」

ラークが鞍にしっかりと座り直した。ライスの脅しがはったりではないとわかっているのだろう。治安隊長は体をひねり、部下たちに叫んだ。「射手は前に！」

射手たちがほかの隊員から離れて馬を前に進めると、鞍から飛び降りた。すでに大弓を手にしている。松明を持つ隊員が射手の並ぶ前を走り、鉄の矢じりのすぐ下に結びつけた油をしみ込ませた布に火をつけていく。射手たちは一人、また一人と姿勢を落として片膝を突き、弦を耳元まで引くと、燃える矢の先端を空に向けた。

「放て！」ラークが腕を振り下ろしながら命令した。

弦をはじく音とともに矢が放たれた。炎の帯が煙った空気を次々と切り裂いていく。そのうちの数本が命中し、気球の膜を切り裂いて火が消えた。矢が当たるのを確かめるよりも早く、松明を持つ隊員が再び列の前を走り、さらに十本の燃える矢が空に向けられた。

「もう一度、放て！」ラークがわめいた。

より多くの矢が気球に突き刺さるが、ほとんど効果はなさそうだった。三巡目の矢が準備されている間に、ラークがライスの方を見た。治安隊長の表情は謝罪と恐怖の間を揺れ動いていた。そこには安堵も混じっていたかもしれない。気球船を炎上させればもっと大きな問題にも火をつけることになる。

その時、ライスの耳に音が聞こえた。上空からこもった爆発音が届く。ライスは空を見上げたが、何も変化はなかった。ガスの詰まった大きな袋に引っ張られて、気球船はますます高度を上げている。気球が低い雲の中に入ってかすんでいく——すると突然、稲妻が走ったかのように雲が明るく輝いた。雷鳴を思わせる破裂音がそれに続いた。いくつもの火の玉が暗闇を切り裂く。切れたケーブルが赤い雲の間から落ちてきて、それに合わせて気球船の船首が下向きになる。

「下がれ！」ラークが頭上で大きく手を振り回しながら叫んだ。続いて手綱を引き、自分の馬を方向転換させた。「行け！」

ライスの両側を配下の隊員たちが逃げていく。馬に乗っている者もいれば、走っている者もいる。ライスはその場から馬を動かさずにいた。上空の炎のショーをじっと見守る。

〈きちんと確かめなければならない〉

頭上の船の傾きが最初はゆっくりと、そして徐々に速度を上げて急になっていく。ライスは落下する船から脱出しようと、船の横腹から小さな気球をふくらませて飛び立つ補助艇の姿が見えないかと探した。まったくその気配はない。破壊があまりにも速すぎたのだ。

まだ船につながったままの数本のケーブルが、破裂した気球の燃える残骸を黒い雲の間から引きずり下ろしている。船の落下速度がさらに速まり、地上との激突が迫る。

ライスは恐怖に怯える悲鳴がかすかに聞こえたように思ったが、それは彼の願望が声となって届いただけなのかもしれなかった。これほどの悲劇を引き起こさせたこそ泥のことを、このような性急な行動を余儀なくさせた男のことを心の中で呪う。けれども、あの古代のブロンズの謎をクラッシュの錬金術師の手に渡すわけにはいかなかった。王国のためにも、そのようなことが起きてはならなかった。たとえどのような結果を招くことになろうとも。

〈ここで墜落して破壊されるならば、その方がましだ〉

ライスはようやく馬を方向転換させると、かかとで脇腹を蹴って走らせ、その場を離れた。何かが裂ける大きな衝撃音が後方から響いた。ライスが振り返ると、気球船が大地に落下して真っ二つに裂けていて、大量の砂を周囲にまきちらしていた。ライスは尾根の端まで急ぎ、ほかの人たちのもとまで進めてから、手綱を引いて馬を止めた。

砂の雨が一行に襲いかかり、その先の斜面を下っていく。空から降ってくる瓦礫《がれき》が周囲に落下する。炎上する気球の残骸がようやく船体に追いつき、破壊された船を燃える埋葬布のようにすっぽりと覆った。

ライスはある目的を抱きながら破壊の惨状を見つめていた。

〈瓦礫をかき分けてでもあの宝物を探す。あれは私のものだ〉

レイフは四分の一リーグ離れた上空の船室の窓から、エア・リグにできた炎のクレーターを見つめた。クラッシュの気球船の残骸が炎に包まれ、煙を噴き上げながら燃えている。レイフとプラティークがその船への攻撃を目撃したのは、湾曲した角の描かれたアグレロラーポックの気球船の船内という安全な場所からだった。

「君の用心深さ――彼らに負けない抜け目なさが、結果としては賢明だったということだな」チェーンの男がむっつりとつぶやいた。

その言葉からは称賛の思いが感じられなかったし、レイフ自身も満足感に浸ってはおらず、胸に感じる痛みを拳でさすった。「俺の計略がこんな悲惨な結果に、さらに多くの命が失われることになるなんて」

気球船が高度を上げて雲の中に入ると、地上の光景がかすんで見えにくくなる。レイフは遠くでくすぶるボイルズの方に視線を移した。

〈こんなにも多くの犠牲が……〉

レイフは首を左右に振った。「俺が南クラッシュに逃げたと思い込ませて、西ではなくそちら側に連中の目を引きつけておきたかっただけなのに」シーヤの方に目を向ける。船内の個室に入った後でベールの付いた頭飾りを外したので、ブロンズの顔が見えるようになっていた。レイフはプラティークを見た。「連中が君の脱獄と俺のことをこんなにも短時間で結びつけるとは思ってもみなかった。少なくとも一日か二日はかかると踏んでいたのに」

レイフは馬車を降りて気球船に向かって歩き始めるまで、プラティークにも自分の計画を明かさなかった。レイフとしてはまわりの人間すべてに――チェーンの男も含めて――

自分の目当てはクラッシュの船だと信じ込ませておきたかったのだ。数日前のこと、ラークの部下がクラッシュの商人たちの身柄を確保し始めた時に、レイフは計画を思いついた。南クラッシュに逃亡すると見せかけ、それに信憑性を持たせようと、レイフはチェーンの男を地下牢から連れ出す作戦を立てた。誰がその脱獄を手引きしたのか、いずれは気づく人間が出てくるはずだと予想していた。念のために、自分と脱獄を結びつける手がかりも売春宿に残しておいた。レイフがチェーンの男を説き伏せ、クラッシュの船に乗り込むための手助けをしてもらったのだと、関係者全員に思い込ませる必要があったのだ。

〈しかし、追っ手を甘く見すぎていた〉

レイフは燃える船の残骸の責任がライラ・ハイ・マーチにあるのではないとわかっていた。タトゥーの入ったライスの顔が頭によみがえる。離陸した気球船の船内で、レイフは馬に乗った多くの人たちが忽然と現れ、その中にライスとラークの姿があることに気づいた。次の瞬間、火矢が放たれたのだ。それが治安隊長の命令ではなく、あの忌々しいイフレレンの指図だったのは間違いない。

プラティークは今にも吐きそうな顔をしていた。「私たちがあの船に乗らなかったと、彼らがあまり早いうちに気づかないことを願うしかない」

その点に関して、レイフはそれほど不安視していなかった。「火を消し、灰の中を捜索し、ブロンズ像のシーヤが瓦礫の中にないと気づくまでには時間がかかる。ないとわかったとしても、俺たちがアンヴィルに戻ったのか、それともほかの気球船に乗ったのかを判断しなければならない。それまでに俺たちは海を渡ってアグレロラーポックの地にたどり着いているはずさ」

プラティークがうなずいた。「悲劇的な結果になったとはいえ、君の計画には賢明さがあったということだ」

レイフはため息をつき、暗い雲を通してまだかろうじて見える赤い輝きを見つめた。多くの犠牲と惨劇が一人のこそ泥の自由に見合うものだったのかは確信が持てない。チェーンの男の次の言葉がその不安を裏付けた。

「きっと余波が及ぶ」プラティークが警告した。「クラッシュの旗を掲げた気球船が攻撃され、私たちの国の人間が数多く焼け死んだ。そのことが見過ごされるはずはない。イムリ・カーはその名誉にかけて、早期に血の復讐を仕掛けてくるだろう」

レイフはごくりと唾を飲み込んだ。それが暗示することを思い、胃に不快感を覚える。ハレンディ王国と南クラッシュ帝国との間で緊張が高まっていることは周知の事実だ。ほんのちょっとした火花でも両国を巻き込む大火に発展する危険をはらんでいる。レイフはクラッシュの気球の中の危険なガスが火矢で爆発した様子を思い返した。

〈そういうことなのか？　俺はクラウンの半分を巻き込む戦争の火をつけてしまったのか？〉

そのような戦争で発生するはずの多くの死者のことを思い、レイフは震えた。大量の血が流れ、数え切れないほどの悲しみに見舞われることだろう。町が炎上し、ぬかるんだ戦場を挟んで両軍が戦い、罪のない人たちが剣で切り裂かれる。そのような定めに愕然として、レイフはよろよろと窓から離れた。

プラティークがレイフの腕をつかんだ。心配そうな目で見つめている。レイフの心の乱れを察知したに違いない。「その血を君の心に向けてはならない。たとえ私の言った通りになったとしても、その原因が君にあるわけではない――君は口実として使われるだけだ。それに今日の君がそうでなかったとしても、明日にはほかの誰かがその役目を負っていただろう。二国間の敵対関係は私たちが生まれる前から醸成されていた。その根っこははるか昔にあって、古くからの憎悪、対立する信条、さらには異なる神々を信じていることにも関連している。そのような歴史の重荷をすべて、君一人が背負うことなどできないではないか」

レイフはその言葉が真理を述べていると思ったものの、自分の心を納得させることはできなかった。レイフの手を振りほどく。〈身代わりとされようが口実として使われようが、導火線に火をつけたのは俺の手であって、君の手ではない〉

プラティークが前に足を踏み出し、なおも言い分を述べようとした時、不意に周囲が明るい光に包まれ、目も開けていられないほどのまぶしさになった。レイフは息をのみ、目の前に手をかざした。

明るさに目を細めながら船室に連なる窓の方に顔を向ける。気球船がようやくアンヴィルの上空を覆う黒い煙幕の上に出たのだった。窓から差し込む日光は天空の父の元気と活力に満ちあふれている。

レイフは深呼吸をしてそのすべてを取り込んだ。ほんの少しの間、明るさが心の中の暗い思いを消してくれる。それとも、眼下に見えるのが渦巻く黒い煙幕だけになり、その下の火災や惨劇を隠してくれたおかげかもしれない。

その変化の影響を受けたのはレイフだけではなかった。

動きに気づいたレイフはブロンズ像のシーヤに注意を向けた。彼女の顔の向きが光の方に動いていた。左右の手のひらも高く持ち上げ、明るさの方に向けている。唇が開く様子は太陽光線に秘められた力を吸い込もうとしているかのようだ。窓に向かってぎこちなく足を一歩踏み出す。続いてもう一歩。そのうちに足取りがより自然なものになっていく。顔と左右の手のひらのブロンズがやわらかみを帯び、その表面を深紅と赤銅色が渦を巻くように流れ始めた。

プラティークがシーヤから後ずさりした。レイフはチェーンの男がこれまで目にしたのは動きの少ないこわばった状態の彼女だけで、美しく光り輝く姿を見るのはこれが初めてなのだということに気づいた。

シーヤは窓のところまで行くと、片方の手のひらをガラスに押し当てた。明るさを反射しているのか、それともそこから力をもらっているのかはわからないが、彼女の目が赤々と輝いた。

レイフは彼女の隣に並んだ。その時、二つのことに気づく。

これまで何日もそうしていたように、彼女の体は西の方角を向いていた。そしてその目は地平線の近くに輝く半月を見つめていて、あたかも月が彼女に呼びかけているかのようだった。彼女の表情が苦しげになった。苦悶《くもん》に歪んでいるかのようにすら見える。

「シーヤ」レイフは呼びかけた。「どうかしたのか?」

シーヤがようやく声を発したが、ほとんどささやき声に近く、かすかに聞き取れる程度だ。「あそこに行かなければ」

レイフは彼女の腕に触れた。「どこに? なぜだ?」

シーヤが彼の方を向いた。その目は赤々と燃えたままだ。「あなたたち全員を救うために」

第七部
血と怒り

沼地の上空を飛ぶ大きなけだものを見た。ああ、その恐ろしさときたら、艶のある翼の長さも推し量れず、その力強い鳴き声も耳に届かない。なにゆえにそれほどまでの驚きをもたらすのであろうか。それはまさしく空を飛ぶ害悪で、なおかつ美しくもある。我が心と同じように、その心も読むことができるのならばと願う。ただし、十分に用心するように。その鳴き声は死を意味する。

――アルコン・ハイ・バストの
『挿し絵入り獣類寓話集』より

22

ニックスはブレイクの町と修道院学校に襲来しようとしている翼の大群について、父になかなか理解してもらえずにいた。「パパ、私の言うことを信じて」

父は暖炉の前に立っていて、赤々と燃える炭の上に吊るされた鍋では濃いシチューがぐつぐつと煮えていた。片手に持つ大きな木製のスプーンで、遅い夕食が焦げ付かないようにしている。ニックスが迫りくる危険について伝えている間、父は不安そうな目をしていたが、顔に刻まれたしわからは疑いがはっきりと読み取れた。

「もっと頑丈な場所に避難しないと」ニックスは天井を指差した。「こんな藁葺きの屋根じゃけだものたちを防ぎ切れない」

ジェイスも前に進み出て説得に加わった。沼地の端にあるニックスの家までブレイクの町を縦断して逃げてきたばかりで、まだ息を切らしている。頬は暖炉の炭と同じように真っ赤だ。「娘さんの言う通りです。話をちゃんと聞いてあげてください」

父はまだ信じられないという顔をしていた。もう一度、鍋をかき回す。グランブルバックを学校の最上階まで引いていったバスタンと、少し離れた小屋までほかの牛たちを連れていったアブレンのために、遅めの食事を準備しているところだった。父はスプーンでゆっくりと鍋をかき混ぜながら、首を左右に振った。翼を持つ生き物がもたらす死と復讐の話は、悠久の昔から続く湿地帯の営みや、そりを引くヌマウシのゆったりとしたリズム、そして来る日も来る日も同じことの繰り返しという生涯を過ごしてきた父にとっては、あまりに突飛すぎるのだろう。鍋で煮えている根菜とヌマウサギの肉の芳香も、その懐かしい心地よさで彼女のはやる気持ちを抑えつけようとする。

「そんなにもあわてる必要はない」父が言った。「この古い家は数々の試練を耐えてきたのだ。二百年近く前から。どんな嵐が来ようとも問題なく乗り切れるさ」

「今度ばかりは無理なの」ニックスはあきらめなかった。頭の奥で黒い影が大きくなりつつある。それと同じように怒りの嵐がふくれあがり、みんなに襲いかかろうとしている。

「冬用の牛小屋に避難すればいいじゃない」ニックスは厚い壁でできた建物を思い浮かべた。生まれて間もない子牛やまだ一歳になったばかりの幼い牛が飼育されているところだ。屋根は石でできていて、細い隙間状の窓があるだけで、ブレイクの町の誕生以前にまでさかのぼる樹齢の木でできた梁が使用されている。「その中に入って扉にかんぬきを掛ければ、どんな攻撃でもしのげるから」

ジェイスがうなずいた。「あなたの娘さんがどうやってこれから起きることを察知したのかは、僕にもよくわかりません。でも、注意を払うべきです。しかも、国王がニックスをアザンティアに連れていこうと目論んでいるんですから。この家の強度はともかくとしても、みんなでほかの場所に行く方がいいんじゃないでしょうか。ニックスの話によると冬用の小屋があるのは沼地の奥深くだということですし」

「ああ、若者よ、確かに冬用の小屋はある。しかし、トランス国王がまだ子供のニックスに何を求めているのか、さっぱりわからんのだ。きっと君は聞き間違えたのだろう」

ニックスは途方に暮れてジェイスと顔を見合わせた。バスタンとアブレンがここにいてくれたらいいのにと思う。父が頑固なのは今に始まったことではない。沼地のぬかるみにはまったそりを引き上げるのと同じように、その考えを変えさせるには多くの人の手が必要なのだ。

ジェイスが最後にもう一度、説得を試みた。「ポルダーさん、娘さんの判断を信用してあげてください。ガイル修道院長も話を信じてくれたんですよ」

修道院長の名前が出ると、父の心の分厚い壁に亀裂が入った。二人の方を見たその顔には不安と当惑が浮かんでいる。「あのお方が――あのお方が信じたというのか?」父は少しだけ考えていたが、すぐに背中をぴんと伸ばした。決心がついたようだった。「それなら、そこにいる大きな若者よ、シチューの鍋を動かすのに手を貸してくれ。古い小屋まで行くつもりなら、おなかに温かいものを入れておく方がいいだろう」

ニックスは安堵のため息を漏らした。

〈やっと……〉

父が鍋を暖炉から移そうとするよりも早く、外から大きな物音が聞こえ、全員が音の方に目を向けた。勢いよく扉が開く。ニックスが思わず体をすくめると、ジェイスがその前に回り込んだ。

バスタンが家の中に飛び込んできた。真っ赤な顔は汗に濡れていて、いらだった様子で室内を見回した。「ここを離れないといけない！」バスタンは苦しそうに息をしながら伝えた。「今すぐに！」

ニックスは突然の兄の帰宅に理解が追いつかなかった。肩越しに兄の向こうを見ると、表ではグランブルバックが苦しそうに息をしていて、その巨体からは湯気が噴き出ている。大きな生き物の後ろにはぐらぐら揺れる牛車がつながれていて、後輪が二つともなくなっているし、後ろの車軸も折れてしまっている。

〈何があったの？〉

その答えはバスタンの後ろから家に入ってきた二人によってもたらされた。黒のローブに深紅のサッシュの男性はケペンヒルからやってきたという錬金術師だ。もう一人は痩せた色黒の若者で、瞳は灰色、緑色の狩猟用マントの前は小さな銀の矢じりで留めてある。肩には弓と矢筒を担いでいた。ニックスは学校の外階段を上る行列の中にその若者を見かけた覚えがあった。グランブルバックが引く牛車の後ろを歩いていた男性だ。

「バスタンの言う通りです」フレルが息を切らしながら言った。「騎士とヴァイルリアン衛兵がいつここに押し寄せてもおかしくありません」

〈それだけじゃない〉ニックスは思った。〈もっともっと怖いものがやってくる〉

ニックスには町に飛来する無数のコウモリの鳴き声がすでに聞こえていた。視界の端が彼らの鋭いキーンという音でちらちらと揺れている。それなのに、ほかの人たちからは何の反応も見られないので、彼らには高まりつつあるコウモリたちの大合唱がまだ耳に届いていないのだろう。

「ほかのヌマウシはどこに？」バスタンが激しく息をつきながら父に訊ねた。「ここに来る途中で見たら、飼育場には一頭もいなかった」

「ああ、暗くなる前にアブレンが裏の小屋に連れていったよ」

バスタンが顔をしかめた。「だったらグランブルバックしかいない。あいつを沼の船着き場に連れていき、牛車をそりに付け替える。俺たちは沼地の奥深くまで行かなければならない」

そう言い残すと、兄は扉から外に飛び出し、グランブルバックの傍らに駆け寄った。そしてナイフで綱を切断し、老いた牛から牛車の残骸を取り外した。

兄がグランブルバックを引いて立ち去ると、父が二人の男性のもとに近づいて話しかけた。「いったい何事だ？」当惑と恐怖のせいで強い口調の声だ。「なぜ騎士たちがここに来るのだ？　ニックスを連れ去るつもりなのか？」

「そうかもしれません」フレルが認めた。「でも、生贄を殺された首長が黙っているとは思えません」錬金術師は狩人の若者を途方に暮れた表情で見た。「あなたがどうしてあのけだものを矢で殺したのかは理解できます。ただし、今回の件が片付くまでにはさらに多くの血が流れることでしょう」

ニックスははっとした。左目に焼けつくような痛みが走ったことを思い出す。あの攻撃を仕掛けた張本人の正体がわかり、怒りが恐怖を駆逐していく。ニックスは狩人の方を見た。「あなたが……コウモリを殺したのはあなたなのね？」

狩人は彼女の怒りを前にしても動じなかった。その顔に相手を小馬鹿にするかのような冷たい色が浮かぶ。これまで浴びせられてきた言葉に比べれば、ニックスの非難など何とも思わないと言うかのような表情だ。

フレルが若者を弁護した。「お嬢さん、信じてもらいたいのだが、残酷な理由から殺したわけではない。カンセ王子は哀れみの気持ちから、あの生き物を炎の苦痛から救うために行動したのだ」

ニックスはその説明を今の状況に当てはめようとした。胸の内の怒りの炎を消そうとした。けれども、あまりの驚きでうまくいかない。狩人のことをまじまじと見つめる。

〈この人が王子？〉

父が口をあんぐりと開け、今にもひざまずきそうになった。「カンセ・ライ・マッシフ王子、国王の次男であられる」

当惑と驚愕が残った怒りの炎をかき消す中、ニックスはまたしても翼を持つ大群が迫りくる叫び声を聞いた。頭の中の熱い音に顔をしかめる。音は一呼吸するたびに大きくなる。視界が狭まり、苦痛に歪んだ一点だけしか見えない。ニックスは左右の手のひらで耳を押さえ、甲高いキーンという音を遮断しようと、同時に頭蓋骨がばらばらになるのを防ごうとした。

そんな彼女の姿にフレルが眉をひそめた。その声ははるか遠くから響いているように聞こえた。「どうかしたのかい？」

ニックスはかろうじて答えを絞り出した。「彼らが……もうすぐそこまで」

その言葉に呼び寄せられたかのように、小さな何かが放置された牛車のすぐ上を飛び、扉から中に入ってきた。室内を旋回するその姿に、ニックス以外の全員が姿勢を低くする。続いてその何かは翼を一度だけはばたかせ、急上昇すると垂木の間の暗がりに姿を消した。

ニックスの隣では王子が床に片膝を突いていた。弓を手に持ち、すでに矢をつがえている。鉄製の矢じりの先端は藁葺き屋根の方を向いていた。

「やめて！」ニックスが警告した。

ジェイスが手を伸ばし、王子の弓を下に向けさせた。「彼女の言う通りにして」

「彼は私たちに危害を加えない」ニックスは上を見たまま言った。「あれは私の生き別れの弟」

カンセ王子が顔をしかめた。弓を持つ手の力は緩めたものの、矢は弦につがえたままだ。ぶつぶつとつぶやく声が聞こえた。「彼女にはどれだけの数の兄弟がいるんだ？」

ニックスにはその奇妙な言葉の意味を深く考えている余裕がなかった。今も頭蓋骨は何千匹もの甲高い鳴き声で震えているが、その中から聞こえたひときわ鋭い音が彼女に深く突き刺さり、それとともに新しい世界がもたらされる。互いに重なり合った二つの淡い光景が視界に広がっていく。

その一つは……


黒い体が炎の中で燃える。翼から煙が上がり、縮れていく。肉が焼け焦げて裂け、骨が見える。かがり火の上空に漂う黒い煙幕を通して、赤い点が輝く——最初は数個の、続いて百を超える数の、そしてもっと多くの。次の瞬間、二つのかがり火が怒りの翼の猛攻を受けて破壊される。火のついた木と燃えさしが空高く飛び散り、続いて炎の雨のごとく学校に降り注ぐ。その後を追って今度は無数の黒い体があらゆる場所へと急降下する。

もう一つは……

翼を持つ体が力尽き、九階に通じる階段上で横たわったまま、鉤と網でゆっくりと引きずられる。そして鉤状の突起が付いた網から解放され、階段の上に放置される。上空では巨大な二つの体が一度だけ旋回すると、鉤爪を下にして降下し、冷たくなった肉にそっと食い込ませる。一陣の風が吹き、死んだ体が階段から離れ、空高く持ち上がる。かがり火から昇る煙を抜け、さらに高く運び去られる。雲の間を抜け、その最後の旅路の行き先は水蒸気に煙るはるか遠くの山の影。そこで永遠の眠りに就く。黒い嵐がその後を追い、学校は無傷のまま残る。

あっと思った瞬間、ニックスは自分の体に戻っていた。自分の家という温かさの中にいる。焼けた肉の恐怖と遠い山の硫黄を含んだ水蒸気に代わって、煮立ったシチューの香りが鼻をくすぐる。

倒れそうになったが、ジェイスが抱き止めてくれた。「ニックス……」

ニックスは大きく息を吸い込んでから、ほかの人たちを見た。頭蓋骨はまだその中の揺れるエネルギーで震えている。ニックスはその力に耐えながら声を出した。

「希望はある。警告の中に埋め込まれている」ニックスは垂木の奥の赤い目を探したが、翼を持つ弟はその姿を隠したままだ。王子の方に目を移すと、彼女のことを恐怖の混じった表情で見ている。「彼らはあなたの慈悲の心を察知し、そのお返しを提供してくれたのかもしれない。けれども、彼らの我慢にも限度がある。仲間の死体が燃やされれば、私たちへの復讐が始まる。でも、仲間の死体の回収を邪魔しなければ、私たちに手を出すことなくここを離れる」

王子と同じようにフレルもニックスを唖然とした表情で見つめたが、その目は強い関心と感嘆にあふれていた。どうやら錬金術師は理解してくれたようだ。「そういうことならば、コウモリの死体を炎に投げ込ませないようにしないと」

「時間はあるんですか？」ジェイスが訊ねた。

「やってみなければならない」錬金術師が王子の肩をつかんだ。「あなたならばコウモリを殺しただけで十分だと彼らを説得できるかもしれません」

カンセは開け放たれたままの扉の方を見て、つらそうにため息をついた。「つまり、またあそこまで走って戻れっていうこと？　やっとここまで下ってきたのに？」

ジェイスがトゥニカのポケットに手を突っ込み、鍵を取り出した。「これが役に立つかも。錬金術師の階段用の鍵です」それを二人に差し出す。「行く手を邪魔する人に会わずにすむので、その方が短時間で戻れるはずです」

フレルが鍵を受け取った。「ありがとう。ここの学校にいたことがあるから、その階段のことはよく知っている」錬金術師はニックスたちの方に向き直った。「私たちが成功するかどうかは別として、皆さんは沼地の奥に隠れるべきです。ニックスにとって、あるいは彼女を助ける人たちにとって、危険なのはコウモリだけではありません」

「任せてもらいたい」父が言った。「フェルファイアの浜にある冬の納屋に行けばいい」

「なるほど。その湖なら私も知っています」フレルが返した。「可能であれば私たちもそこに向かい、あなた方のことを探します。ただし、用心してください。さらに遠くへ逃げられるように準備をしておくべきです」

「なあに」父が言った。「用心深くなければミーアで長いこと生き延びてはいられない」

父の視線が部屋の片隅にある小さな祭壇に動いた。何本ものろうそくが燃えている。父は親指にキスをしてから額に触れ、大地の母に無言の祈りを捧げた。そしてフレルに向かってうなずく。「やれることをやってくれ。わしらもそうするつもりだ」

フレルは鍵をしっかりと握り締め、カンセに向かって手を振った。「さっきあなたは弓の腕前を証明してくれました。あなたの力で一度は学校を救ったかもしれないのですよ。この機会を逃すわけにはいきません。今度は彼らに話を聞いてもらわなければ」

「やってみるけどさ」王子が小さく肩をすくめた。「でも、僕の言葉は矢のように鋭くないし、相手の心に狙い通り刺さるかどうか」

フレルが王子の肩をぽんと叩いた。「いずれわかります」

王子が外に向かいながらニックスの方をうかがった。彼女の顔に何かを探しているかのような素振りだ――だが、すぐに前に向き直ると扉を走り抜けた。

ジェイスがニックスを反対側に促した。家の裏口は沼地の船着き場に通じている。「急いで。僕たちは君のお兄さんと合流して、これからやってくる相手からできるだけ距離を稼がないといけないよ。その相手がコウモリだろうと、王国軍だろうと」

カンセはブレイクの通りを小走りに駆け抜けるフレルの後ろを急いだ。遅い時間にもかかわらず大勢の人たちが表にあふれていて、騎士や衛兵たちの行進をまだ祝っていた。路地の奥から酔っ払いの歌声が響き、歓声や笑い声も聞こえる。つかみ合いの喧嘩をよけて通らなければならないことも何度かあった。走り回る子供たちが振っている長い棒の先には、紐で結んだ紙のコウモリが付いていた。陽気なお祭り騒ぎの中、何百もの炭網の上で魚が煙を上げ、肉が調理され、パンが焼かれている。

その光景を見たカンセは半日ほど何も食べていないことを思い出した。それでも、恐怖と不安で胃が縮んでしまっている。修道院学校の門が前方に見えてくると、カンセは外側の長い階段を見上げた。騎士の一団、あるいは赤い顔のヴァイルリアン衛兵たちが今にも駆け下りてくるのではないかと案じる。だが、甲冑姿も振りかざした剣も見当たらなかった。死体を手に入れた王国軍は当初の務めに戻り、まずはコウモリを焼くという儀式をすませ、それから無法者の王子に対応すると決めたようだ。

ところが、前方の階段は町の通り以上にごった返していた。壊れた牛車が上の階から猛スピードで走り抜けた後、住民たちは再び階段に集まっていた。翼を持つ脅威が焼かれる姿をその目で見ようと、町の住民がこぞって学校を訪れたかのようなにぎわいだった。

階段上でひしめき合う大勢の人たちを見て、カンセはフレルが手に握る鍵の存在をありがたく思った。秘密の階段を使えば最上階までもっと楽に到達できることを祈るしかない。その一方で、フレルとともに肘で人混みを押しのけて学校の門を通り抜けながら、カンセは死んだコウモリを燃やさないようほかの人たちを説き伏せる言葉を探した。特にアンスカルとゴーレンの説得は容易ではなさそうだ。今のところ、カンセにはいい考えがまったく浮かんでいなかった。

アーチの下を通り抜けると、カンセは野次馬たちの間を突っ切るフレルとはるか上で炎と煙を噴き上げる二つのかがり火を交互に見た。その時、左手の方で動きがあった。そちらに目を向けると、ごつごつした小さな山の周囲がざわめいている。山だと思ったのはジン族の巨体だった。けだもののような大男は群衆を肩で押しのけていた。人々はよろめいたりまわりを肘で小突いたりしながら、あわてて後ずさりしている。だが、それはジン族の男に対する恐怖からではなく、巨漢が付き添うフード姿の痩せた男性の存在によるものだった。シュライブのヴァイサースが扉から外に出てきた。そちら側にある聖修道士用の階段を使って下りてきたのだろう。シュライブはジン族の巨体を盾にして、近くにいる人たちを杖で追い払っている。だが、そのような位の高い人間の姿だけでも効果はてきめんだった。恐れ多くて近づくのも怖いと言わんばかりに、誰もが後ずさりした。

その時、シュライブの目のまわりに彫られたタトゥーが向きを変え、じっと見つめているカンセのところでぴたりと止まった。カンセは身震いしてまわりの人混みの中に紛れた。幸いにもヴァイサースは王子の存在に気づかなかったようだ。シュライブは再び向きを変え、ゲートまでの通り道を作るジン族の後ろをついていく。二人は沼地を抜ける時に乗っていた黒い牛車のもとに向かおうとしているのだろう。

〈さっさと消えてくれ〉

カンセはその反対側を向き、急いでフレルの後を追った。鉄板を鋲で留めて補強した頑丈な扉のところで錬金術師に追いつく――その時、上の方から大きな歓声が響きわたった。勝利の雄叫びが集まった野次馬たちを通じてたちまち下に伝わり、乾いた火口《ほくち》についた炎のように広がっていく。カンセは学校の最上階を見上げようと、何歩か後ずさりした。

カンセは最悪の事態を恐れた――悪い予感は当たった。

二つのかがり火から昇る一本の濃い煙の渦を見て、カンセの気持ちは沈んだ。黒煙の中を渦巻きながら昇る赤い火の粉は、無数の怒れる目を思わせる。学校の最上階から勝利を告げる高らかなラッパの音が響き、それに合わせて下の群衆からさらに大きな歓声があがった。

カンセはふらつきながらフレルに近づいた。錬金術師は鍵を鍵穴に挿し込んだまま、動きが止まっている。「もう手遅れだよ」カンセは知らせた。

フレルが罰当たりな言葉を吐いた――それまでカンセは、そんなフレルの姿を見たことがなかった。錬金術師が扉を引き開けた。カンセに険しい眼差しを向ける。「ガイル修道院長に知らせなければなりません。あなたはみんなのところに戻ってください」

フレルが入口をくぐろうとした矢先、耳をつんざくような叫び――割れたガラスのように鋭い音が長々と響きわたり、ラッパが奏でる音をかき消した。瞬く間に歓声がやみ、何が起きたのかと群衆の間に緊張が高まる。人々が不安そうに周囲を見回している。次の瞬間、最初の叫びに甲高い大合唱が加わった。音がすべての表面に反響して揺れ動くので、あらゆる方角から聞こえているような気もするし、どこからも聞こえていないかのような気もする。

カンセは両手で耳をふさいだが、叫びの中に込められた怒りと激昂《げきこう》からは逃れられなかった。音が歯を震わせ、肋骨《ろっこつ》を揺さぶる。風のように吹きつけるその力に顔をしかめる。

南の空に暗い影が現れ、黒い雷雲となって一つにまとまる。嵐が風に逆らって学校に接近する。不意に鋭い叫びがぴたりとやみ、音のない黒い大波が空高くうねり、今にも学校に向かって押し寄せようとする。

誰一人として動かなかった。全員が顔を上に向けていた。

カンセは待っていてはだめだと思った。フレルのローブを握る。「修道院長はきっと僕たちが失敗したとわかっているはず」王子は錬金術師を扉から引き戻した。「それに僕はここの沼地のことをあなたほどはよく知らない。僕にあの呪われた女の子を助けてほしいというなら、一緒に来てもらわないと」

錬金術師は抵抗した――だが、すぐにあきらめた。「あなたの言う通りですね」フレルはカンセを学校の門の方に押した。「それに修道院長はすべてが失敗に終わった場合の別の任務も私に託しました」

カンセはその任務がどんなものなのか見当もつかなかったし、どうでもよかった。今はとにかくこの場所からできるだけ離れておきたい。二人は学校の門を目指したが、それは絶妙なタイミングだった。脅威に対する認識が群衆の間に広がるにつれて、二人の周囲の静止していた光景がいっせいに動き始めた。

悲鳴と叫び声があがる。階段の上にいた子供を親たちが抱え上げる。不安と恐怖が全員を手近な避難場所に向かわせる。

カンセとフレルはパニックに陥った群衆にぶつかりながらも、どうにか学校の門を通り抜け、ブレイクの通りに出た。そのすぐ後を大混乱に陥った人々が追ってくる。二人は人混みにのみ込まれまいと必死に逃げた。町をよく知るフレルが先行する。カンセが足の速い師の姿を見失ってしまうことも何度かあった。曲がりくねった道を走り、まわりの人を肘で小突いたり押しのけたりするうちに、ようやく鏡のように穏やかな沼の黒い水面が見えた。

「あそこです！」フレルが叫び、小船を目指して走った。二本のオールは船に引き上げた状態で置かれている。

カンセもその後を追ったが、後方から耳を引き裂くような獰猛な叫びの合唱が聞こえ、前につんのめった。音の攻撃に首をすくめ、その鋭さにひるむ。怒りの叫びで震える空気の動きがはっきり見えたような気がした。

肩越しに振り返ると、黒い大波が学校の最上階に打ち寄せていた。黒い塊が何千もの翼に分かれる。その闇の合唱に新たな声が加わった。血と苦痛に満ちた何百もの悲鳴。黒に包まれた中からラッパが鳴り響くが、その高らかな音色も大群の襲撃に対しては無力に聞こえる。近くに目を移すと、パニックに駆られた町の住民たちの一団が沼地に押し寄せていた。

「カンセ王子！」フレルの大声がカンセの注意を引き戻した。錬金術師は平底の小船を水面に押し出そうと必死だ。

カンセは急いで駆け寄り、フレルを手伝った。力を合わせて岸から突き出た岩の上の小船を押し、水面に浮かべる。岸から離れていく小船に向かって水に浸かりながら歩き、どうにか乗り込むことができた。

カンセは激しく息をつきながら座った。王子が二本のオールをまごつきながら握る間、フレルは長い竿を見つけ、それを使って船を岸からさらに離した。カンセは沼を背にした姿勢でオールを漕ぎ、ブレイクの町を後にした。岸に集まったほかの人たちも同じ脱出方法を探している。岸に沿って走り回り、水に浮かびそうなものを手当たり次第につかんでいる。そのまま水に飛び込む人もいた。穏やかな黒い水面の下にはどんな危険が潜んでいるのかわからない。だが、カンセにはその決断が理解できた。〈下の未知の恐怖の方が上の明らかな脅威よりもましだ〉

その判断の正しさは巨大な影――馬の二倍の大きさはあるだろうか――が一つ、パニックに駆られた人たちの上に飛来したことで証明された。その影が急降下する。鉤爪が筏に駆け寄ろうとしていた男性をつかみ、空高く持ち上げた。コウモリはとらえた獲物を離さず、旋回と宙返りを繰り返す。やがて翼を大きく広げ、急上昇した。地上に血と肉と砕けた骨の雨を降らせながら。

〈ひどい……〉

カンセはより力を込めて漕いだ。フレルは竿を捨て、うずくまった。二人の視線がぶつかる。どちらの顔にも唖然とした表情が浮かんでいる。錬金術師の肩越しに見える学校の最上階付近では、そのあたりを攻撃していた黒い塊が下に向かって移動を始めた。いくつもの影が翼をはためかせ、岸の方に向かってくる。

〈少なくとも、僕たちはどうにか逃げ――〉

木の砕ける大きな音とともに小船が下から突き上げられた。船体とともに二人の体も宙を舞う。カンセは片方のオールをつかんだままだ。フレルの体は反対側に落ちていく。二人は大きな水音を立てて暗い水面に落下した。小船は近くの樹木にぶつかり、真っ二つに折れた。

カンセは咳き込みながら水を吐き出した。心臓が早鐘を打つ――その時、水面から鱗に覆われた大きな背中が現れたので、カンセは横に飛びのいた。背中のとげ状のひれが大きく広がったかと思うと、再び水中に姿を消した。野獣はカンセを無視して沼地の安全な深みに逃げていく。どうやら襲撃から逃げようとしているのは町の住民だけではないようだ。

フレルが水を蹴りながらカンセの方に近づいてきた。水に濡れたローブのせいで思うように動けずにいる。その顔には大きな疑問が浮かんでいた。〈どうすれば？〉

カンセは再び岸の方を見た。沼縁のある一点を指差す。いくつも焚かれたかがり火から煙が上がっていて、そのまわりに立てられた旗には彼の一族の紋章が描かれていた。中央には槍や剣を手にした騎士たちの一団がいる。これまでのところ、熱と鋼がコウモリたちを食い止めているように思われる。これから王国軍が続々とあそこに集結することだろう。

父の部下たちのもとに戻りたくはなかったものの、カンセは状況を考慮し、古い格言に従うことにした。

〈嵐の時に港を選んではいられない〉

カンセはそちらに向かって泳ぎ始めた。それでも、もう一度だけ沼地の奥を見つめ、ほかの人たちの運命を思いながら心の中で祈りを捧げた。

〈みんなが僕たちよりもうまくやっていますように〉

23

ニックスはジェイスとともにそりの後ろでうずくまっていた。両手でしっかりと耳をふさいでいる。頭の中に攻撃の叫び声が響きわたり、顔をしかめる。間違いなく舌に血の味がしたと思った。そりに座る彼女を罪悪感が苦しめ、抱えた両膝を胸にぴたりとくっつける。そうすれば町で起きていることから心を守ってくれるかのように。

ジェイスはその隣に座り、ニックスに腕を回していた。二人は長椅子に背を向けていて、そこでは父の隣で兄のバスタンが手綱を握っている。グランブルバックは長い脚でゆっくりと水の中を歩き、後ろにつながれたそりを引いていた。そりの下には鉄樹製の二本の滑り材が付いているので、アシの生い茂った浅瀬や草に覆われた小高い丘の上でも移動できる。ただし、沼の船着場からのこの道筋は絡みつきやすい水草を取り除いてあるので、ほとんど積荷のないそりは疲れたヌマウシでも問題なく引っ張ることができた。ニックスたちは家族の農場の敷地を示す何本もの杭に沿って進んでいて、もう一人の兄のアブレンを乗せるためいちばん奥の小屋を目指しているところだ。そこからはさらに奥地に向かい、真っ黒な大地が広がるフェルファイアの浜とそこにある冬用の小屋に向かう予定だった。

ニックスは沼地の奥に引かれるそりの上から町と学校の様子をうかがった。けれども、木々のねじれた幹や苔に覆われた枝が視界を遮ってしまっている。血に飢えたキーンという音と遠い悲鳴が聞こえるだけだ。風に乗って届く激しい怒りから、ニックスたちは死んだコウモリが焼かれるのを阻止しようとした錬金術師と王子の試みが失敗に終わったことを察した。

ニックスは何度も息を吐き出し、恐怖と罪の意識を振り払おうとした。

〈何もかも私のせい〉

体に回したジェイスの腕に力が入る。彼女の苦悩を察したかのような仕草だが、そうではなかった。ジェイスの顔は頭上の薄暗い木々の梢《こずえ》の方を向いていた。葉があまり茂っていないため、明るいエメラルド色のまだら模様になっている。

「戻ってきた」ジェイスが耳元で言った。

ニックスがその視線の先を見ると濃い色の影があり、それがそりの上に飛来する。ニックスの弟がはばたきながら通り過ぎ、旋回すると再びやってきた。明らかに興奮した様子でその動きを何度も繰り返していて、まるで彼女に合図を送ろうとしているかのようだ。弟はようやく高度を下げ、その姿をはっきりと現した。翼の長さは彼女の腕と同じくらいあり、薄い皮膚の向こうの木々のまだら模様が透けて見える。翼の間には艶のある黒い体があり、二つの釣鐘状の耳が突き出ている。
ニックスの注目に気づいたのか、二つの赤い目が彼女の方を向き、じっと見つめ返した。騒々しい音を切り裂いて鋭い口笛のような音が届く。ニックスの視界が暗くなり、それに代わって心の目に新たな景色が現れる。

――一人の女性が走って逃げる後方から急降下する影が迫る。そして鋭い鉤爪が伸び、後ろにはためく彼女の長い髪の毛に絡まる。上空に飛来した影が彼女の体を持ち上げる。その体が上昇するとともに、首の骨の折れる乾いた音が響く。影が飛び去り、死体が地面に落下する。

弟がすぐ上を通過し、光景がばらばらになって消えた。翼の先端を軸にして弟が方向転換し、キーンという音を伴って彼女の方に戻ってきた。

――五年生のローブを着た男の子がバルコニーの下で怯えている。身を隠すその子のそばを影が通り過ぎる。刃物のように鋭い鉤爪の付いた翼の端が男の子をかすめ、喉が切り裂かれる。大量の血が噴き出し、男の子は両膝から崩れ落ちる。

またしても目の前の世界が戻ってきたが、すぐに弟が頭上を通過し、再び消え去った。

——子牛ほどの大きさのコウモリが仰向けにひっくり返ってもがく。片方の翼が折れている。灰色の鎖帷子《かたびら》や銀の甲冑を着た男たちがその体に剣を突き刺し、斧で無残に切り裂く。

ニックスはそりの上の自分に戻ったが、何も見えなかった。いつの間にか両手は耳から離れ、目を覆っていた。だが、効果はなかった。さらなる攻撃の様子が次から次へと彼女に送り込まれた。多くの目を通して見る光景はすべてが悲鳴に包まれ、すべてに血のにおいがした。

——コウモリが階段に落下し、そのはずみですでに胸を貫通していた何本もの矢が折れる。

——翼をたたんで廊下を悠然と歩く別の一匹が、牙と毒で苦しみもがく人々を踏みつぶす。

——悲鳴をあげる騎士が上空の鉤爪から離れ、両手を振り回しながらかがり火の中に落下する。

——それよりもはるか上空からの視点で見ると、ブレイクの町の一部が炎と煙に包まれている。

——町中では通りに倒れた女性の傍らで子供が泣いていて、ずたずたに切り裂かれた母親のマントを小さな手で握り締めている。

最後の光景でようやく彼女の心の中の嵐が四散し、我に返ったニックスはまともに息ができなかった。冷や汗の上から熱い涙が流れ落ちる。

ニックスは木々の梢の方を見上げた。

〈お願い、もうやめさせて〉ニックスは翼を持つ弟に訴えかけた。〈もう復讐はすんだでしょ？　もう十分じゃないの？〉

隣でジェイスが立ち上がり、腕を振り回した。コウモリに向かって叫ぶ。「彼女にかまうな！　さっさとどこかに行け！」

その命令に従ったのか、弟が高度を上げ、林冠のより濃い影の中に入った。けれども、まだ近くにいる。頭上をゆっくりと旋回する黒い翼が見える。

ジェイスがニックスの傍らに腰を下ろした。「大丈夫かい？」

ニックスは自分でもよくわからず、首を左右に振った。ちゃんと言葉を出せるかどうか、自信がなかった。悲鳴しか出せないように思えた。それでも、ニックスはジェイスの手を取ってその指をしっかりと握り、別に危害を加えられたわけではなく、動揺しているだけだと伝えた。町が襲撃される様子を目まぐるしく見せられた後で自分の体に戻り、しっくりくるまで数呼吸を要した。まるで自分がその場にいて、百個の目を通して光景と音とにおいを経験してきたかのようだった。

あまりの情報量だったし、あまりにひどい内容だった。めまいがするし、吐き気もする。何にも増して、新たに獲得した視覚が奇跡ではなく呪いのように思えた。

ニックスはもう一度、生き別れの弟の方を見つめた。彼があの戦闘の中に自分を導き、ミーアコウモリの群れが分かち合う大いなる心に融合させたのだ。心臓の鼓動が落ち着いてくるにつれて、ニックスはほかのことを思い出した。あの恐ろしい経験の間、ずっと気づいていた何かを。あの試練の間、まるで二つの大きな目にずっと見つめられているかのような気がした。弟の小さな赤い眼差しよりもはるかに強い意図を持った何かに見られているかのようだった。その時、彼女ははるか昔の何かを、永遠で邪悪な、冷たくて不可知な何かを垣間見た。その果てしない何かとの短い触れ合いが彼女を怯えさせたが、それが終わった時には自分がうつろで空っぽになったようにも感じられた。

〈あれは何の意味があったんだろう?〉

ニックスはぶるっと震え、ジェイスの腕の中に体を預けた。

ジェイスから慰めを得ている間に、遠くの鳴き声の調子が変わって徐々に小さくなっていき、その合間に鋭い響きが時たま混じる程度になった。数呼吸するうちに、それすらも消えていく。水面を伝ってなおも聞こえてくるのは死にゆく者たちや怪我をした人たちの悲鳴だけになった。

ニックスはまだら模様の林冠を飛ぶ黒い翼に視線を向けた。

〈終わったの？　お願いだから、終わっていて〉

上からは答えが返ってこない。

その代わりに、父が振り向くことなく少しだけ背中をそらした。切迫感を伴う小声が伝えるのは警戒の言葉だ。「二人とも伏せろ。今すぐに」


ニックスは父たちの座る長椅子の高い背もたれの陰で低い姿勢を保った。父の警告を聞いて身を隠した後、ニックスが前方の様子をうかがったところ、見えたのは長い竿で操られた横幅のある筏が接近してくる姿だった。

ジェイスもすぐ隣でうずくまっている。

ニックスには父からの急な指示が理解できた。筏には危険な雰囲気を漂わせた男たちの一団が乗っていた。ぼろぼろの服と伸び放題の顎ひげから、おそらく沼地のさらに奥で暮らしている人たちだろう。しかも、かなりの人数だ。

それに当てはまらないのは一人だけで、筏の最前部で短剣を突きつけられていた。

「おい、そこの船」父が呼びかけた。「おまえたちはそこでわしの息子に何をしているんだ？」

その一人はニックスのいちばん上の兄のアブレンだった。片方の目が腫れ上がり、出血している。喉元には短剣の刃先があった。

筏が近づき、ニックスたちの行く手をふさぐ格好になった。グランブルバックならば筏を押しのけて強引に突き進むこともできるが、バスタンは老いたヌマウシに小声でささやき、速度を落として止まるよう指示した。筏に乗った男たちは錆びついた大きな釣り針と狩猟用の長槍を手にしている。

短剣で脅している男がアブレンの肩越しに声をかけた。「おめえの娘はどこにいる、ポルダー？」

「わしの娘？」

「ああ」

父は顔をしかめ、長椅子に座ったまま体をひねった。もと来た方を指差す。「学校だよ。ほかのどこにいると思っているんだ、このぼんくらども。もうこの沼地で泥遊びなんてしないよ」筏には背を向けたまま、父は相手に気づかれないようそりの左側を指差し、ニックスとジェイスだけに聞こえる声でささやいた。「あいつらとすれ違う時にはこちら側から沼に入れ。手すりにつかまってぶら下がるように」

ニックスはうなずいてわかったと伝えた。

父は筏に向き直り、声を張り上げた。「こいつはいったい何事だ？」

「首長のゴーレンさんがおめえに会いたがってるのさ。おめえたち全員を連れてこいと言ってる」

その名前を聞き、ニックスはびくっとした。

「何のために？」父が聞き返した。

「何のためだろうがおめえには関係ねえ。おめえたちを連れていくために、金をもらってんだよ」

父が大げさに肩をすくめた。「知るかよ。ニックスはここにいないし、わしはあの翼を持つ化け物に怯えてヌマウシたちが遠くに逃げてしまわないよう、群れを小屋に入れないといけないんだ。それにわしはおまえさんのことを知らないわけじゃないぞ、クラスク。そのくさいにおいから、誰なのか一発でわかる。このせいでたとえ一頭でも牛をなくすことになったら、おまえさんにはきっちり償ってもらうぞ」父が腕を大きく振った。「おまえさんたち全員にな」

「そんなの、俺たちには関係——」

「あるんじゃないのか、わしがこの件を八人評議会に訴えれば」

それに対する反応は返ってこない。ひそひそとつぶやく声がするだけだ。

交渉術にたけている父は相手のためらいにつけ込むことにしたようだ。「提案がある、クラスク。わしの二人の息子がそりを動かし、すべての用事を片付ける。その代わりにわしがおまえたちと一緒に行き、あの太ったゴーレンの要求にこたえてやる。それでどうだ？」

さらにつぶやく声が聞こえた。ようやくクラスクが叫び返した。「おめえとこの息子を連れていく。そっちにいる息子は体がでけえから、一人で牛の面倒を見られるはずだ。それがこっちの答えだ、ポルダー」

父が手で顎をさすった。考えごとをしている時によく見る仕草だが、やがてその手を下ろした。「いいだろう」父が沼に向かって唾を吐いた。「そういうことにしよう」

バスタンが老いた父をじっと見つめたが、父は前に進むよう手を振った。何事か不満そうにつぶやきながら、バスタンが手綱で軽く合図を送ると、グランブルバックがゆっくりと前に進み、筏をよけるため左側に回り込んだ。

父が口を開くことなくニックスとジェイスに指示をささやいた。「二人とも、そりから降りろ」

ニックスは長椅子の高い背もたれの陰に隠れたまま、ジェイスと一緒に手すりまで移動した。手すりをまたいでそりの外にゆっくりと体を下ろし、鉄樹の手すりに両手でぶら下がった格好になる。腰から下は暗い水面に隠れて見えない。ジェイスも同じ体勢になったが、口から漏れたうめき声はグランブルバックの大きなげっぷの音でかき消された。

沼の男たちが竿で筏を操り、そりの反対側から近づく。

父は長椅子に座ったままそちら側に移動し、アブレンに呼びかけた。「どんな具合だ、息子よ」

「ああ、まいったよ、父さん」兄は平然と答えた。「ヌマウシから頭に小便を引っかけられるまでは一日の仕事は終わらないっていうのに」

「まったくだ、まったくだ」父はそりから筏に飛び移ると、バスタンに声をかけた。「じゃあ、また家で会うとしよう」

バスタンが手を振り、グランブルバックの速度を上げた。ニックスとジェイスが相手の視界に入らないような角度を保ちながらそりを進める。カラミマツの深い林を回り込むと、筏の姿が見えなくなった。ニックスとジェイスはようやくそりの上に戻ることができた。

兄が眉をひそめてニックスの方を見た。「今のはどういうことだと思う?」

ニックスは後方に隠れた町の方を振り返った。「私のせい。首長の息子が死んだから」

ニックスは嗚咽をこらえた。「私に責任を負わせようとしているんじゃないかと思う」

〈そうするのは当然のことなのかも〉

ジェイスが首を横に振った。不安そうな表情が浮かんでいる。「君だけのせいじゃないよ、ニックス」

「首長は俺たち全員を探していた」バスタンが付け加えた。兄は顔をしかめ、筏が見えなくなった方を振り返った。「気に入らないな。何もかもが気に入らない。特にあんな連中を雇ったことが」

ニックスは兄の視線の先を見るうちに息苦しさを覚えた。

グランブルバックが進む方向を少し変え、ぬかるみが水面から大きなこぶのように突き出ている場所を目指した。その周囲にはアシやアザミが生えている。バスタンが前方に注意を戻し、老いたヌマウシを幅の広い水路に戻そうとした。だが、グランブルバックは言うことを聞かない。頭を低くしてそのまま進み続ける。やがて体が水中から出て、三本指の蹄を深く食い込ませながら泥の斜面を登り始めた。

「しっかりつかまってろ」バスタンが言った。

ニックスとジェイスは長椅子の背もたれを握った。そりの前部が持ち上がり、ヌマウシによって水面から引き上げられる。滑り材の付いたそりはつるつるした泥の上を進んでいく。グランブルバックがどうしてもここに来たかった理由が前方に現れた。雑草の生えた丘のてっぺんにはブラッシュベリーの茂みが広がっている。真っ赤に熟した実がいくつも固まって枝から垂れ下がっていた。

グランブルバックはそりを引いたままそこに近づき、口先を意外なほど器用に使って葉の茂った枝に付いている実を食べ始めた。体を震わせながら大きく息を吐き出し、満足げに長いおならをする。しっぽを上下に振りながら、グランブルバックは熟した戦利品を心ゆくまで味わった。重労働の一日の終わりにどうしても必要だったごちそうだ。

バスタンは手綱を下ろし、長椅子の背もたれに寄りかかった。大きな牛の好きに食べさせている。ニックスも一息つこうとしたが、沼の水面を伝って今も悲鳴や叫び声が聞こえてくるので、神経が高ぶってしまう。

ジェイスが立ち上がって背中の凝りをほぐした。「そろそろ僕たちも――」

遠くから鳴り響いたラッパの音がジェイスの言葉を遮った。高らかに急を告げている。

ニックスも、そしてバスタンも立ち上がった。三人がいっせいに音のした方を向く。小高い丘のてっぺんからは、木々の隙間を通して修道院学校の上層階が見えた。この距離からでも学校の階段を下る銀色の流れを確認できる。あれは一日の終わりに近づいた太陽の光を反射する甲冑だ。

〈王国軍〉

生贄の儀式が終わって戦いにも決着がつき、騎士たちと衛兵たちは学校の上層階を離れつつあるようだ。攻撃を受けた町も後にしようとしているのかもしれない。

バスタンが小声でつぶやいた。「気に入らないな」ついさっきの言葉を繰り返す。「何もかもが気に入らない」

ニックスは兄の方を見た。兄が見つめ返す。

「俺は戻る」バスタンが決意を口にした。

ニックスは喉を手で押さえた。「どういうこと？」

「グランブルバックがおまえの面倒を見てくれる。それにおまえはそりの操り方を十分に心得ている。そこの大きな坊やと一緒にフェルファイアの浜まで行け。俺は父さんとアブレンを助けるためにできることをするつもりだ」

ニックスには兄がこの決断に至った理由を理解できた。

兄がその思いを代弁した。「今回の件はすべて、どうにも心に引っかかる」

ニックスもそれと同じ気持ちだった。そう思いながらも、ニックスは遠くの町から沼地の奥へと視線を移した。この水没した一帯はこれまでずっと、彼女にとっての家だった。それなのに、今は悪意に満ちた危険な場所に感じられる。自分だけになったらなおさらそうだ。

「おまえならできる、ニックス」そう言うと、バスタンはそりの後部につながれた小さな筏を指差した。「俺はあの筏で戻り、何としてでも父さんとアブレンを取り戻す。冬用の小屋で落ち合うことにしよう」

ニックスは仕方なく首を縦に振った。たとえ自分が反対したところで、兄は行くつもりだとわかっていたからだ。バスタンは長椅子を乗り越えてこちら側にやってくると、手綱を背もたれに垂らした。ニックスは筏の方に向かう兄をつかみ、腰に手を回してハグした。汗と牧草のにおいがする――それはニックスにとっての家のにおいだった。

「気をつけてね、バスタン」

兄がハグを返した。「心配するな。この家族は……俺たちはみんな、ヌマウシの血が混じっているみたいなものさ。おまえにもわかるだろう。そうと決めた俺たちのことは誰にも止められやしない」兄はニックスの腕から体を離し、顔を近づけた。「それはおまえも同じだ、ニックス」

ニックスは笑みを浮かべた。今度は仕方なく返した反応ではなかった。

バスタンはもう一度ニックスをハグしてから、ジェイスの背中を大きな手でばしっと叩いた。友人がひっくり返りそうになる。「妹を頼んだぞ。妹に何かあったら俺が許さないからな」

ジェイスがうなずき、つっかえながら返事をした。「は、はい……最善を尽くします。約束します」

その答えに満足すると、バスタンは筏をつないだ綱をほどき、そりの後部から押し出すとそちらに飛び移った。筏は泥の斜面を下っていき、滑るように水面に達した。その間、バスタンがバランスを崩すことはなかった。筏が沼の水面に浮かぶと、バスタンは竿で敬礼してからブレイクの町の方に向かった。

兄の姿が視界から消えると、ニックスは背もたれをよじ登って長椅子の方に移り、兄が残していった手綱をつかんだ。ジェイスも隣にやってくる。ニックスは彼の存在と友情に感謝しながら、はにかんだ笑みを向けた。

その頃にはグランブルバックが食事を終えていた。低い鳴き声とげっぷを発してから、牛は丘の頂上を越えてその先の斜面を下り、沼の中に戻った。そりは再び平らな黒い水面を進んだ。水路はますます狭くなっていく。左右から木々が迫る。枝から垂れ下がった苔が二人の頭をかすめる。

「冬用の小屋まであとどのくらい？」ジェイスが訊ねた。

「少なくとも、あと一鐘時はかかりそう」ニックスは小声で答えた。沼地から絶え間なく聞こえる低い羽音や鳥のさえずりを妨げてはいけないように思ったからだ。だが、彼女のいちばんの不安はそのことではなかった。

肩越しに後ろを振り返る。アブレンが連れ去られ、バスタンも行ってしまったので、どちらの兄とも離れ離れになってしまった。

でも……

黒い翼が頭上を通過した。

〈まだ弟がいる〉

ニックスは小さなコウモリの存在に奇妙な安心感を覚えたが、そのことが心の中でふくらみつつある恐怖を抑え込む役には立たなかった。バスタンの言葉が頭によみがえる。〈今回の件はすべて、どうにも心に引っかかる〉

ニックスも同じ思いで、一リーグ進むごとにその気持ちは大きくなっていった。今まで知っていたすべてから、今まで愛していたすべてから、どんどん引き離されているかのようだ。木々の梢の隙間から西の空の低い位置に輝く青白い月が見え、はるか上空にある危険を思い出す。

〈ムーンフォール……〉

ニックスはこの重荷を望んでいなかった。夢で見た不思議な光景についてはすでに修道院長に伝えた。それで十分ではないだろうか。脅威が現実のものなのかそうではないかを決めるのは、指導者たちや学者たちの務めのはずだ。それが現実のものだとしても、その対策を取るうえで最も賢明で最も適任なのもそうした人たちだ。

〈私なんかじゃない〉

ニックスはそんな途方もない恐怖を頭から追いやった。空の謎から暗い沼地をゆっくりと進むグランブルバックに視線を移す。もっと大きな、そしてもっと身近な不安で呼吸が浅くなり、心臓の鼓動も大きくなる。

ニックスはもう一度だけ、肩越しに振り返った。

〈向こうではいったい何が起きているの？〉

24

いくつものかがり火に囲まれた中に立つカンセは、隠れることのできそうな場所を懸命に考えた。選択肢は多くなく、しかも刻一刻と少なくなっている。返り血を浴びた甲冑姿の騎士たちや赤い顔のヴァイルリアン衛兵たちが、続々とブレイクの町を抜けて沼の岸にある王国軍の野営地に集まりつつあった。

大勢がそこら中に横たわっていた。仲間たちの手で引きずられたり運ばれたりしてきた人たちだ。その多くは手や足をもぎ取られていて、切断面に巻かれた間に合わせの包帯は血で真っ赤に染まっている。毒による錯乱状態にある者もいて、深い噛み傷の周囲の皮膚が黒く変色していた。いちばん多いのはもはや何も見えていない目に小さな布切れをかぶせ、ただ仰向けに寝かされている死体だった。

血のにおいに引き寄せられて黒いハエの大群が飛び交っていた。数人の騎士たちが松明を振り回し、強い香のにおいを放つ炎と煙で負傷者たちにたかるハエを追い払おうとしている。野営地に運び込まれる負傷者の数は増える一方のため、その戦いに勝ち目はなさそうだった。

うめき声、泣き声、叫び声があちこちから聞こえてくる――ここからも、町からも、学校からも。苦痛の声が煙のように昇っていく頭上の暗がりには、まだかなりの数のコウモリが残っていて、その飛び交う姿は脅威が完全には去っていないことを伝えている。騎士や衛兵たちと同じように、コウモリも死んだり傷ついたりした仲間たちを回収し、運び去っていた。その邪魔をしようものなら猛烈な攻撃を受けた。

もはや誰も手を出そうとはしなかった。

カンセはブレイクの一角で今も激しく燃える炎を見つめた。煙が空に向かって渦を巻き、火の粉を高く舞い上げ、それを上空の翼が攪拌《かくはん》する。

今回の件に関して、カンセはある一つの確信に達した。

〈もっと一生懸命にやってみるべきだった〉牛車に乗って必死に階段を下りながら逃げていた自分を思い返す。〈けだものを連れて逃げるのではなく、逃がしてやるように説得するべきだったのかもしれない〉けれども、自分がそういう性格なのはわかっていた。自分は困難に立ち向かうのではなく、それから逃げる人間なのだ。

強い調子の声が聞こえ、カンセは絶望から我に返った。「やっと見つけた！」

声の方を見ると、ヴァイルリアン衛兵の隊長が大股で近づいてくるところだった。アンスカルは片手に大きな刃の斧を持っていて、その腕は肩まで血で真っ赤だ。血しぶきが頭頂部にかかり、血のりが軽甲冑にべっとりと付着していた。その顔には激しい怒りの色が浮かんでいる。アンスカルは真っ直ぐカンセの方にやってきた——そして片腕で王子をがっしりとハグした。

「ありがとうございます、天空の父よ、王子はまだ息をしておられる」アンスカルはカンセを押し戻し、前に伸ばした手で体をつかんだまま視線を上下させた。「それに私が見る限りでは怪我もしていない」

「死にはしないよ」カンセはヴァイルリアン衛兵の反応に当惑しながら答えた。さっきの行動のせいで厳しい非難と叱責《しっせき》を浴びせられ、ことによると拘束されるかもしれないと覚悟していたからだ。だが、屈強な男性の顔に広がる安堵の笑みから判断する限り、このヴァイの騎士は本気で心配していたらしい。

アンスカルの赤い眉間にしわが寄った。「しかし、先ほどは何をお考えだったのですか、王子。あの呪われたコウモリとともに逃げるとは」

カンセはため息をついた。〈僕の計画が十分に練られたものでなかったのは確かだな〉そう思いながらも、王子は腕を大きく回して周囲に横たわる死者や瀕死の者たちを示した。「こうなることを防ごうとしていたんだ。コウモリが生贄として捧げられれば、町が攻撃されるとわかっていた」

アンスカルの眉間のしわが深くなった。「どうやってそんなことを事前に——？」

その問いかけを遮ったのは、顔面をずたずたにされた若い騎士の傍らにいたフレルの咳払いだった。沼地から戻って以降、錬金術師は途方に暮れる二人の医者とともに負傷者の手当てをしていた。フレルは一気に十歳ほど老けてしまったかのように見えた。血に濡れた黒いローブがだらりと垂れ下がっている。フレルは立ち上がりながらローブにたかった無数のハエを振り落とし、腕を振り回して追い払った。

「かなりの数のコウモリが南に集まっているとの連絡があったのです」フレルはヴァイの騎士に嘘の説明をした。「その群れが仲間の救出を試みるのではないかと推測するのは難しいことではなかったものですから」

アンスカルが学校の方を振り返った。三階から大きな羽音とともに巨大な黒い影が浮かび上がり、その鉤爪で仲間の死体を抱え上げた。「我々もそうだと知っていたなら。彼らには獰猛な中にもそんな気高い心があるらしい」

フレルの視線が上昇する黒い翼を追った。「これまで誰一人として彼らの仲間を持ち帰った者はいなかった——生け捕りにしたこともなければ、死体を手に入れたこともなかった。それも不思議ではなかったということです」

カンセにはより差し迫った疑問があり、アンスカルにそのことを問いただした。「これからどうするの？　僕たちはこれからどこに向かうんだい？」

アンスカルが斧を持ち上げ、肩に載せた。「確かなことはわかりませんが、コウモリ狩りがもう終わりなのは間違いないでしょう」その視線がかがり火の輪の外に立つ数人の男たちをにらみつけた。全員がフィスカルからやってきた人たちだ。「あの太った下衆《げす》野郎のご機嫌を取るべきじゃなかったんですよ」

その一団の中心にはゴーレン首長がいて、側近たちと頭を突き合わせて何やら相談していた。

「あの野郎は望み通り、コウモリを焼いた」アンスカルがいらついた様子で言った。「しかし、そのせいで我々は四分の一の戦力を失った。沼地で戦いを挑んでも勝ち目がないことははっきりしましたし、あいつらの拠点の蒸気を噴き上げる山に乗り込もうなんてもってのほかですよ」

フレルが近づいた。「けだものの毒液を集めたいという国王の願いは？　あれを強力な武器にしたいとのお考えでしたが」

ヴァイルリアン衛兵は肩をすくめた。「トランス国王には我々がすでに回収した毒腺で満足してもらうしかないでしょう」

カンセは眉をひそめた。「毒腺だって？　どこから手に入れたの？」

アンスカルは王子の肩を力強く叩いた。「あなたが見事に射抜いたやつからですぞ、我が王子。シュライブのヴァイサースがあのけだものから毒腺を二つ、切り取りました。どちらも私の拳くらいの大きさでしたね。それからやつの体を火の中に放り込んだんですよ」

まわりでかがり火が焚かれているにもかかわらず、カンセはひんやりと冷たいものを感

じた。攻撃の前にシュライブとジン族の男がこそこそと立ち去ったことを思い出す。〈あいつらは今どこに？〉

アンスカルの説明は続いている。「目的のものを手に入れたのだから、さっさと帰る準備をしてここを引き払いたいものですな。もちろん、片付けなければならない任務があと一つだけ残っていますが。最後の戦利品なしではハイマウントに戻れません」

「何のことだい？」

勝ち誇ったような歓声が首長のまわりに集まった一団の間から湧き起こった。ゴーレンが側近たちを押しのけ、片手を上げて沼の方に向かって叫んだ。「やっと来たか、クラスク。待ちかねていたぞ」

カンセは幅の広い筏が岸に近づいてきていることに気づいた。その上には顎ひげを生やした薄汚い男たちが乗っていて、釣り針や槍を手にしている。そのうちの一人は筏の後部から小便をしていた。

アンスカルが首長を顎でしゃくった。「あのいけ好かない野郎を野営地まで案内してやった唯一の理由は、あなたのお父上がどうしても欲しがっていた娘を連れてきてみせると約束したからなんですよ。毒を生き延びて視力を取り戻したという少女です」

カンセはフレルと顔を見合わせた。

〈ニックスのことだ……〉

ゴーレンが側近たちを引き連れて岸に向かった。

アンスカルがカンセをそちらの方に押した。「あの漁師の連中が価値のあるものを釣り上げたのか、確かめるとしましょうや。情報によると、少女は太った若者と一緒に学校を出て、ブレイクの町中を通っていったとか」

カンセは重い足を引きずりながらアンスカルの後ろをついていった。フレルの隣に近づく。「どうしよう?」

フレルがカンセの肘をつかんだ。「黙っていること。私たちにできるのはそれだけです。事態がどのように展開していくか、見極める必要があります」

三人がゴーレンの側近たちのそばにたどり着く頃には、筏は岸に乗り上げていて、竿を使ってさらに陸地へと押し上げられているところだった。肩幅の広いごろつきが筏の前に進み出た。古い漁網を編んで作ったかのような服を着ている。男は筏から飛び降り、手のひらの汚れを伸び放題の顎ひげでぬぐい取ってからゴーレンの前腕部を握った。

首長は筏の上の男たちをじろじろ見ながら同じ挨拶を返した。「それで?」

クラスクが脇にどいた。「少しばかりの手土産があります」

薄汚れた沼地の連中が二人の男性を前に突き出した。一人は少し年齢を重ねたバスタンといった顔つきだが、片目が腫れてふさがってしまっている。もう一人がまわりの男たちを肘で押しのけ、岸に飛び降りた。顔は怒りで真っ赤だ。

ニックスの父親だった。

カンセは固唾をのんで筏の上を探したが、少女の姿はなかった。

老いた男性は大股で前に進み出て、首長の真ん前に立った。「こいつはいったいどういうことだ、ゴーレン？」

首長は相手の顔からあふれ出る怒りにひるむことなく向き合った。「おまえの娘はどこだ、ポルダー？」

老人はひとまずその質問を無視した。その視線は周囲に横たわる死者や瀕死の人たちに向けられている。顔面が蒼白《そうはく》になったのは、攻撃で流れた血がこれほどまで多かったことに初めて気づいたからだろう。

ゴーレンは鼻先が触れそうになるほどニックスの父親に顔を近づけ、注意を引き戻した。「おまえの娘のことを聞いているんだよ、ポルダー」

老人は小さく首を横に振った。驚きと恐怖で言葉がはっきり聞こえない。「学校……学校の中にいる」

ゴーレンがポルダーの襟首をつかんだ。「いいや、学校にはいない。それにおまえはそのことを知っている。おまえのところの沼のふしだら娘がブレイクの町中を走り抜けていく姿が目撃されているんだ。家に向かっていたに決まっている」

ポルダーは意外なほどの強い力で相手の腕を振りほどいた。「だったらそこを探せばいいだろう、このぼんくらが。息子たちとわしは一日中、外で牛の世話をしていたんだ」

「おまえの家はすでに捜索した。おまえとの話がすんだら、あのシラミだらけの家を燃やしてやる」首長がさらに顔を近づけた。「おまえの娘にはもっとひどい思いをさせてやるからな」

カンセたちは筏と首長に近づいた。王子はニックスの家族全員に向けたゴーレンの脅しの言葉を思い出した。首長はそれを実行に移し、息子の死の復讐をあらゆる形で果たすつもりなのだ。幸いにも、国王の命令を受けている人間はほかにもいた。

アンスカルが側近たちを突き飛ばして首長に近づいた。「おまえにそんなことはさせないぞ、ゴーレン。国王がその娘を所望されている。そのような大切な宝物を傷つけたりすれば、陛下の強い怒りと向き合うことになる」ヴァイルリアン衛兵は肩に担いでいた斧をもう片方の手に持ち替えた。「俺の怒りとも」

ゴーレンは怒気で表情を歪ませながらせせら笑った。「好きにするがいい」歯を食いしばりながら言葉を絞り出す。「だが、国王の楯といえどもすべてを守れるわけではない」

首長が前に向き直り、その片手に銀色の閃光《せんこう》がきらめいたかと思うと、刃渡りの長い短剣を老人の腹部に突き刺した。ポルダーの顔に痛みよりも驚きの表情が浮かぶ。ゴーレンはもう片方の手で短剣の柄をしっかりと握り直すと上向きに押し上げ、刃先で胸と心臓を突き刺した。

カンセは前に飛び出したが、もう手遅れだとわかっていた。筏の上のニックスの兄が叫び声をあげたが、行動を起こすよりも先に棍棒で殴り倒された。

アンスカルがゴーレンを突き飛ばした。「何ということをしでかしたんだ、牛よりも劣る愚か者が！」

首長は勝ち誇った表情でにらみ返した。

ポルダーが腹に刺さったままの短剣を押さえて後ろによろめいた。ゆっくりと仰向けに倒れていく。その間ずっと、老人は空を見つめていた。その顔は苦悶に歪んでいるが、叫び声は発しない。

その代わりに、彼の苦痛は甲高い音となって上から届いた。何千もの喉が発するその音の力で沼の水面が震える。

胸の内に恐怖がふくらむのを感じつつも、カンセはこの悲鳴のような合唱の本当の発生源に心当たりがあった――その裏にある強い怒りにも。

ニックスは痛みと衝撃で体を二つ折りにしながら腹部を手で押さえた。

少し前のこと、翼を持つ弟が飛来し、明らかに動揺した様子でぐるぐると旋回した。

キーンという音でニックスの世界がばらばらになり、グランブルバックのゆっくりとした歩みが消え去り、隣に座るジェイスの声も届かなくなる。

それに代わって……

彼女は高いところから見つめている。視点が一組の目から別の一組の目に、さらに別の一組の目へと次々に切り替わり、眼下にめくるめく光景が広がっていく。沼地の外れに男たちが集まっている。近くにあるのは見覚えのある筏。恐怖が彼女を駆り立てる。もっとよく見たい。願望が意図になる。一組の目が降下する。下では誰かが腹部を押さえて倒れる。その目は急降下する彼女を見つめている。彼の血の痛みが伝わる。衝撃が伝わる。

〈パパ……〉

彼女は声をあげて泣く。次第に大きくなるその声が世界を満たす。

下では力の抜けた手が離れ、短剣の柄があらわになる。そのまわりから深紅のほとばしりとなって命が流れ出る。そしてその体が横を向いて動かなくなる。あたかもこの厳しい世界の憎しみとむごさに疲れ果てたかのように。

〈だめ、だめ、だめ、だめ、だめ……〉

次の瞬間、彼女の悲嘆は血に染まった憤怒《ふんぬ》と化す。

動きを察知して捕食者の視線が横に動くと、胴回りの大きな男がいる。笑い声をあげるその唇と、満足げなその体臭には、勝利の喜びが満ちている。その男の両手は血まみれで、父の命の赤に染まっている。

彼女が急降下すると、男が上を向く。喜びが瞬時に恐怖へと変わる。彼女は二枚の翼を大きく開いて速度を落とし、鋭い鉤爪を下に向ける。ほかの人たちが散り散りになって逃げる。彼女はゴーレンの胸を攻撃する。鉤爪が革のトゥニカを切り裂き、肉に食い込む。湾曲した爪の先端を肋骨に引っかける。彼女は翼をはためかせ、首長を空中に持ち上げる。

ゴーレンが悲鳴をあげる。口から、そして胸からも、血があふれ出る。彼女はなおも空高く彼を持ち上げる。入れ替わりにいくつもの影が降下する。怒りは彼女の叫びが届くところまで広がり、何千もの心に火をつける。

彼女は大きく旋回し、ゴーレンを放り投げる。首長の体が手足を大きく広げた姿勢で回転する。切り裂かれた胸から血がまき散らされる。けれども、彼はまだ生きている。

〈それでいい……〉

彼女は素早く向きを変える。鉤爪が再び彼をとらえ、今度は背中側から突き刺し、脊髄《せきずい》をつかむ。ゴーレンはまだ泣きわめいている。彼女は体を折り曲げ、獲物を近くに引き寄せる。牙で肉を骨から剝がし、手足を体からもぎ取る。内臓をえぐり、肉を取り去り、ついには鉤爪に肉の断片が絡まっているだけになる。彼女は彼を沼地に投げ捨てる。水中に潜む生き物の餌として。

彼女は再び急降下する。まだ怒りが収まらない。視線が増大し、拡大する。血に対する渇望が空いっぱいに広がっていく。下では男たちが悲鳴をあげ、息絶えている。彼女も争いに加わるよう、本能が要求する。

その時、彼女の視線が――自らの心と記憶が力を与えている視線が、筏に留まる。見覚えのある人物の姿が捕食者としての欲望を一瞬だけ薄れさせる。彼女はその顔を知っている。鼻がその男性にしみついた沼地とヌマウシのにおいを嗅ぎ取る。

〈アブレン……〉

彼女は自分の中と空一面で今なお燃え盛る獰猛な炎を押し戻そうとする。自分を見失いつつあり、その暗闇に引き込まれ始める。筏の上では兄が四人の男と争っている。男たちは長い釣り針や槍で突き刺したり脅したりしている。兄はいくつもの傷を負い、血を流している。兄がよろめいた時、一人の男が短剣を振りかざし、無防備な背中に襲いかかる。彼女は何とかして兄を助けようとする。けれども、血への渇望が自制心を焼き払ってしまっている。視界までもが暗くなっていく。

〈やめて……〉

その時、短剣を手にした男の体が横倒しになる。喉に一本の矢が突き刺さっている。彼女の中の捕食者が別の狩人の存在を察知し、視線がそちらに動く。カンセが地面に片膝を突き、次から次へと筏に向かって矢を放ち、彼女の兄を守っている。アブレンが男たちから逃れる。筏の上を走り、頭から沼に飛び込む。真っ黒な水面の下に姿を消し、逃げることに成功する。ほんの一瞬、彼女は水面に映る自分の姿を見る。水面に揺れているのはその上を飛行する翼のある黒い影。

衝撃で彼女はさらに自制心を失う。

自分を止められなくなり、彼女は空中で回転しながら血と悲鳴に引き寄せられる。ほかの存在に、まわりの果てしない存在に飲み込まれるにつれて、視界がぼやける。またしても彼女は、暗闇の奥深くから見つめ返す永遠の瞳の存在を感じる。その視線の強さが彼女を追いやる。あたかも彼女は値しないと言うかのように。怒りで我を失ったことに落胆しているかのように。

彼女は遠くに飛ばされる。強風の前の一匹のハエのように。

自分の体に戻ってきた勢いのあまり、ニックスは危うく長椅子から転がり落ちそうになった。けれども、ジェイスが受け止めて椅子に引き戻し、彼女を押さえるとしっかりと抱きかかえてくれた。ニックスは震えた。怒りと悲しみの間で揺れ動き、まだどちらにも決められない。涙が視界をかすませ、頬を濡らし、鼻と口に流れ込む。

ジェイスがぎゅっと抱き締めた。「ニックス、僕がいるから」

ニックスは嗚咽を漏らしながら繰り返した。「離さないで、離さないで……」

「離さないよ」

ニックスは彼のぬくもりを感じ、彼の筋肉が触れるのを感じ、その汗くさいにおいを取り込んだ。その慣れ親しんだ存在を錨の代わりにして、自分を自らの体に引き戻す。あの獰猛な別の存在にのみ込まれ、あの暗闇から永遠に抜け出せなくなる一歩手前だったことに気づく。

自分の体に戻ると、心の中の悲しみがより痛みを増す。

〈パパ……嘘でしょ……〉

苦しみが瞬く間に大きくなり、とても耐え切れなくなる。一つの心では抱え切れなくなる。耐えることなど不可能としか思えない。

その時、穏やかなピーピーという音が耳に届く。その物悲しい響きにひかれて、ニックスは目を開いた。

グランブルバックの尻の上には、翼を持つ弟がはばたきながら静止していた。その深紅の目は木陰の下で金色に近い輝きを帯びている。彼女の悲しみに引き寄せられるかのように、弟は翼を傾け、彼女に向かって飛来した。

ニックスはジェイスの腕の中から立ち上がった。友人もコウモリの接近に気づき、あっと息をのんだ。けれども、彼女はその場から動かず、指を震わせながら手を前に差し出した。

コウモリがゆっくりと近づき、指先のにおいを嗅いだ。頬ひげを少しこすりつけた後、小さなコウモリは腕に沿って飛び続ける。肩のところまで達すると、弟は小さな鉤爪でその上に止まった。翼が彼女の頭にぶつかったが、すぐに小さくたたまれた。コウモリは足を横にずらしながら移動し、ふわふわした体毛を彼女の頬と首に押し当てる。その体はかまどのように熱い。激しい息づかいは小さなふいごを思わせる。左右の長い耳が内側に丸まり、それぞれの先端がくっついた。

ニックスはもう片方の手を持ち上げたが、それでは大きすぎると思い直し、一本の指を伸ばした。ゆっくりと指先を近づけ、小さな顎の下をさする。コウモリは体をこわばらせ、翼を広げて警戒心をあらわにする——だが、一度だけ体を震わせると緊張が緩んでいき、ニックスの指先に体を押しつけた。ニックスが手のひらを見せると、弟はその上に頭を持っていき、片側の頰を、続いてもう片側の頰をくっつける。ざらざらした舌が彼女の皮膚の塩分をなめた。

すると彼はさらに体を近づけた。滑らかな耳をたたみ、頭をニックスの顎の下に突っ込むと、さっき自分がしてもらったのと同じように彼女のことをさすった。ようやく弟の動きが止まる。ピーピーという静かな鳴き声が小さくなり、片方の耳だけにしか聞こえない音量になる。

ほんの一瞬、ニックスの頭に同じような情景がよみがえる。

温かい翼に包み込まれ、身を寄せ合う二つの影。

この短い断片はキーンという音によって呼び覚まされた記憶ではない。彼との触れ合いから、分かち合うぬくもりから、生まれた時からずっと相手のことを知っていた二人の静かなつぶやきから生まれたもの。

ニックスは頰を寄せた。再びまぶたが閉じる。

彼女はまだ悲しみに包まれていた。大きくて計り知れないほどの悲しみだが、もうそれを一つの心で抱えていかなくてもいい。千の心を使って苦しみを拡散させることはもうできない一方で、彼女はある真実を悟った。

〈今は二つあればそれで十分〉

25

「二人とも、急いで」アンスカルが指示した。

攻撃が終わったらしいとわかると、ヴァイルリアン衛兵はカンセとフレルを沼のごろつきが使用していた筏の方に向かわせた。岩がちの沼縁は引き裂かれた体、湯気が上がる内臓、どす黒い色の血だまりから成る死体安置所と化していた。きれいな円形に配置されていた野営地のかがり火は、煙を噴き上げる残骸となって岸沿いに散らばっている。軍旗は倒され、王国軍のそりや荷車も、多くは破壊されるか炎上するかしていた。

使用に耐えられそうなものはわずかしか残っていないが、まだ息のある騎士や衛兵を運ぶにはそれで数が足りそうだった。すでにアンスカルは王国軍付きの医師の一人を学校に派遣していた。重傷者をこの地に残し、それ以外の者たちはアザンティアに帰還する計画に決まった。

アンスカルは空の大群に対する警戒を緩めていなかった。二度目の攻撃の後、コウモリたちはようやく飛び去り、ねぐらのある山に向かっているように見える。

カンセはゆっくりと南に進む真っ黒な嵐を見上げた。

〈両軍とも一日の戦いには十分すぎる犠牲を払ったということか〉

アンスカルがカンセを筏の方に押した。「ぼおっと見ていないで、さっさと乗ってください」アンスカルは筏の上に立つ四人のヴァイの騎士に声をかけた。そのうちの二人は長い竿を手にしている。「マリク、王子とフレル錬金術師を沼地の奥にお連れしてくれ。できるだけ隠れながら進むように。あの牙を持つ連中が再度の攻撃を仕掛けてくるといけないからな」

マリクがしっかりとうなずいた。彼はこの部隊の副官で、アンスカルと同じくらいの背丈がある。ほかのヴァイルリアン衛兵たちと同じように髪の毛を剃って顔は赤一色だが、顎の線に沿ってきれいに整えた黒いひげを蓄えている。その冷たい目が近づくカンセを値踏みする。しかめっ面から判断する限り、どうやら目に映った王子は満足のいくものではなかったようだ。

「さあ、急いでください」マリクがうなるように言った。「二人とも」

フレルが筏に飛び乗った。カンセもその後に続くしかない。ただし、気が進まないというわけでもなかった。ハエや血だまりやばらばらの死体からはすぐにでも距離を置きたい。カンセたちが出発した後、アンスカルは時間をずらし、フィスカルを経由してアザンティアに戻る部隊のしんがりを務める手筈《てはず》になっている。

カンセにできることはもうなかった。ニックスとかいう少女は沼地のどこかを移動中だし、その兄も逃げた今となっては、彼女がどこに向かったのかを知る人間は町に一人もいない。

〈つまり、彼女は安全だということだ〉

多くの恐怖と損失に見舞われた中で、カンセはそのことを勝利として受け止めた。それに加えて、祝福を受けたとされる少女が行方知れずになったことは、父のいらだちを募らせるはずだ。カンセはそのことも楽しみだった。とはいえ、今回の遠征は多くの人命や手足を失っただけで終わったのではなかった。王国軍は一つの大きな戦果を手にしてハイマウントに帰還する。シュライブのヴァイサースはコウモリの毒腺の確保に成功したのだ。

カンセは沼地の奥に見えるシュライブの黒い乗り物に目を凝らした。その輪郭を遠くに認めることができる。襲撃に先立って二頭のヌマウシに引かれて岸から離れたヴァイサースの乗る牛車は、密生した林冠の下に隠れていた。牛車の上の細い鉄の煙突から黒い煙が昇っていることに気づいたカンセは、すでにシュライブが奪い取った毒腺で何かを始めているのだろうかと思った。

血まみれの凄惨《せいさん》な光景が広がる岸から筏が離れると、カンセは悲しく首を左右に振った。〈あんなちっぽけなものを得るために、こんなにも多くの悲劇が〉

カンセはブレイクの町に背を向け、二度とここには足を踏み入れたくないと思った。フレルの隣に腰を下ろす。筏の前方には暗い沼地が広がっている。周囲は羽音と鳴き声に満ちている。耳障りな鳴き声もあれば、低いカエルの鳴き声も聞こえる。よどんだ水面まで垂れ下がる黒い枝もあれば、黄色がかった緑色の苔にびっしりと覆われている枝もある。ブヨやハエの群れが水面をもやのように覆っている。

竿に押されて筏が奥に進むにつれて、ミーアそのものが一行を包んだ。うめき声や時折あがる悲鳴が後方に遠ざかり、半ば水没した森の圧迫感によってかき消されていく。木々の幹の太さが増す。林冠はより上にまで広がり、周囲の水面までもが黒くなる。カンセはこの場所が嫌いだったものの、その過酷なまでの美しさには敬意を表さなければならなかった。潮の満ち引きに合わせて常に変化している一方で、悠久の時を刻んできた存在でもあり、この土地に深く根差している。

筏の前に立つマリクが剣を抜き、とぐろを巻いて木の枝から垂れ下がるマムシを真っ二つにした。切断された体は木の枝から離れ、大きな音とともに筏の上に落下してもなお、くねくねと動きながら身をよじっている。嚙みつこうとして閉じた口が空を切る。カンセはこの生き物に哀れみを覚えた。別の騎士が二つに切られた体を沼の方に蹴飛ばした。黒い水の上で細長い体がうごめく——そして水面が乱れ、ヘビは底に沈んだ。その体は沼地の栄養となるのだろう。

カンセはじっと座っていられなくなり、震えながら立ち上がった。

フレルもそれに続いて立ち上がったが、その視線は筏の後方に向けられていた。「ほかの人たちはだいぶ遅れているみたいですね」

カンセも後ろを振り返り、竿を操る二人のヴァイの騎士の間からのぞき見ようとした。ほかにも数隻の筏や小船がカンセたちの後を追って岸を離れ、沼地の安全な場所を目指していたはずだった。ヌマウシたちもそりを引いて水に入り始めていたはずだった。けれども、後ろに見えるのは暗い森だけだ。

カンセは前に向き直った。「ほかのみんなを待つ方が――」

マリクがすぐそばに立っていた――そして王子の胸を目がけて剣を突き出した。

ニックスは大きな音を立ててそりからフェルファイアの浜の砂に飛び降りた。サンダルが着地した衝撃に驚いた小さなカニが、侵入者にはさみを鳴らして抗議しながら水の方へと逃げていく。

ニックスは手足を伸ばし、浜辺の穏やかな水面の広がりを重い気持ちで見つめた。たっぷり一ヨークの広さがあり、その黒い水は塩分を含んだ沼地のほかの場所と同じように見えるが、目を凝らすと木々の隙間の水面が青みがかった色をしていることに気づく。フェルファイアは湧き水が流れ込む数少ない湖の一つだ。湖水は淡水で、塩分は含まれていない。先祖がこの奥地に冬用の牛小屋を建てた理由はそこにあった。

そりの後ろを回り込んだジェイスがニックスの隣にやってきた。「歴史のある要塞《ようさい》みたいだね」若者は湖に背を向け、首を曲げて家畜小屋を見上げた。「でも、沼地から生えて成長したかのようにも見える」

ニックスはジェイスの感想を誉め言葉として受け止めながら小屋の方を見た。五百年の歴史がある頑丈な石造りの小屋はヌマウシの体高の二倍の高さがある。壁は灰色の石を積み上げてできていて、屋根にも同じ石のタイルが使用され、建物の表面全体を苔や地衣類が幾重にも覆っている。彼の言う通り、巨大な建造物は一族の先祖たちへの贈り物として沼地から押し出されたかのような見た目をしていた。高さのある扉に使用されている木はあまりにも古いために石化してしまっている。開け閉めするためにはヌマウシ一頭分の力が必要だ。

この小屋は何世代にもわたるポルダー一族とヌマウシの役に立ってきた。数え切れないほどの子牛たちがここで生まれ、育てられてきた。冬になるとミーアを吹き荒れ、木々をなぎ倒して藁葺きの屋根を吹き飛ばしてしまうような激しい嵐が襲ってきても、ここならば安全だった。この施設の建設はそうした実用性を考えてのことだったが、その質素な美しさもいまだに色あせていない。

ニックスは再び湖の方を見た。心が次第に重くなっていく。家族は冬が訪れるといつもここで過ごした。記憶が風景に重なり合う。編んだ罠を引き上げると小さなヨロイエビや大きなはさみのドロガニがいっぱいに詰まっている。水深のあるところでは長いひげの生えたヌマナマズが釣れる。ぬるぬるした体のウナギゴイを捕まえるのに苦戦する。渡ってきたフユガンで湖面が埋め尽くされ、そのうるさいほどの鳴き声が響きわたる秋のことを思い出す。真冬でも珍しいほどの寒い日には湖の端に氷が張ったことを思い出す。

この場所には馴染みがある一方で、今のニックスはここととの距離を感じた。昔からずっと、フェルファイアの浜がどのような姿をしているのか、心の中ではわかっていた。何年もここで過ごすうちに、雲に包まれた目では見えない隙間を心で埋めていった。それが今、彼女の新しい目はそうした景色を消し去り、想像もつかなかったほどの細かさでそれを新たに見せてくれる。ずっと自分の家だったところが、今では身近でもあり、同時に見知らぬ場所にも感じられる。もはや自分がその一部とは思えず、そのことが彼女の心をさらに傷つけた。

喪失への悲しみからニックスは目を閉じ、代わりに音量を増しつつあるカエルの合唱に耳を傾けた。その音色は今も変わっていない。ニックスは異なる鳴き声を聞き分けた。以前に父からそのやり方を教わった。ケロケロという声は淡い緑色のイズミガエル、それよりも低いゲーゲーという声は大皿と同じくらいの体を持つイボガマ。その音に負けじと、あたかも合唱をたしなめるかのように鳴っているのは、風に揺れるかたいアシの茎がぶつかり合う乾いた響きだ。

ニックスはため息をつき、ようやく再び目を開けた。涙で視界がかすんだが、それはいいことでもあった。詳細がぼやけたおかげでこの場所のことがより身近に感じられる。そしてもっと身近な存在のことも思い出す。

「パパはこの浜のことをとても愛していた」ニックスは小声でつぶやいた。「死んだらこの砂に埋めるってみんなで約束していたの」

ジェイスが体を寄せた。「まだできるはずさ。僕たちがどうにか戻れるようになるまで、修道院長がお父さんの遺体を見ていてくれるよ」

ニックスは彼の意見を鼻で笑いたいと思ったものの、黙っていた。そんな風に事が運ぶわけはないと、心の中でわかっていた。ニックスはジェイスに背を向け、そりの前に歩み寄った。「グランブルバックの世話をしないといけない。綱を外してあげないと、ちゃんと草が食べられないから」

ジェイスも後についてくる。「問題なく食べているように思うけれど」

グランブルバックはミツクサの花畑に鼻先を突っ込んでいて、丸々と太ったハチがそれに驚いて飛び回ったが、牛は耳を振ってハチを追い払った。花をむしゃむしゃと食べながら湾曲した牙で砂を掘り返し、より濃厚なにおいのする根茎を探している。湖を取り囲んで森の奥深くまで広がっているこの草むらは、ここを小屋の場所に選んだもう一つの理由だった。

ニックスは老いたヌマウシの腹部に手のひらを添え、草を嚙んだりすりつぶしたりする動きの一つ一つを感じ取った。革紐、腹帯、くびき、頭絡を確認する。こすれて傷になっているところがないか探したものの、百年近くもそりを引き続けてきたので道具が当たるところの皮膚はすっかり固くなっていた。ニックスは強い罪悪感を覚えた。こんなにも長期にわたって働かせてこなかったら、グランブルバックの皮膚はこのような状態にならなかったはずだ。

ニックスが近くにいることに気づき、グランブルバックが湿った鼻先を向けた。鼻を鳴らし、鼻孔に付着した鼻汁を舌でなめ取ってから、鼻先を押しつけて息を吹きかけてくる。ニックスは牛の両目に老いを表す灰色の濁りがあることに気づいた。左右の角をつかみ、額を牛に押し当てる。ニックスは相手のかぐわしい体臭を吸い込んだ。

「ありがとう」ニックスは牛にささやいた。その短い言葉では感謝の気持ちを十分に表現できない。

それでも、グランブルバックは彼女の背中に顔をこすりつけ、手をなめ、そしてもう一度ふっと息を吹きかけてから食事を再開した。ニックスは後ずさりすると、グランブルバックをそりから外してやろうとした。

「つないだままにしておく方がいいんじゃないかな」ジェイスが言った。「少なくとも、君のお兄さんのアブレンとバスタンが戻ってくるまでは。またすぐに出発する必要があるかもしれないよ」

ニックスは兄が真っ黒な水に飛び込んだ場面を思い出し、姿勢を戻すとうなずいた。グランブルバックはミツクサの別の茂みに向かおうと、そりを引きずったまま何歩か位置を移動した。草を食べる時に後ろに荷物がつながっていても、まったく気にならないようだ。

穏やかな高い鳴き声を耳にしたニックスは、この休息を利用して腹を満たそうとしているのが老いたヌマウシだけではないことに気づいた。翼を持つ弟が頭上を音もなく通り過ぎ、低い羽音を立てて飛び交うブヨやハエの群れに突っ込んでいく。行く手に浜辺が見えてくるとすぐ、コウモリは水面近くを騒々しく飛ぶごちそうに引き寄せられ、止まっていたニックスの肩を飛び立っていた。

ニックスはその姿を目で追っていたが、やがてコウモリは暗がりに姿を消した。

「僕たちも何か食べる方がいいと思う」そう言うと、ジェイスがそりの後部に移動した。

「ここでどのくらい待たなければならないのか、わからないからね」

若者は固定していたロープをほどいてから、黒い大きな鍋を持ち上げた。かなりの力が必要で、顔を真っ赤にして運んでいる。ジェイスは横にふらつきながらも鍋を動かし、砂の上に下ろした。

ニックスがそちらに向かうと、ジェイスが鍋のふたを持ち上げた。いつものじっくり煮込んだ根菜とヌマウサギの香りが届き、足が止まる。ニックスはその場で震えた。「まだ温かいよ」ジェイスが伝えた。指を一本突っ込み、付いたシチューをきれいになめる。「うわあ、これはうまいや」

ニックスは耐えられなくなり、膝から崩れ落ちた。その鍋をかき混ぜていた父の姿が脳裏によみがえる。これは父が作った最後のシチューになってしまった。そのにおい――これまでずっと、家族を意味していたそのにおいが、今では胃を不快にさせる。体が傾く。おなかが痙攣したかと思うと、ニックスは砂の上に胃の内容物を吐き出した。むせたり咳き込んだりするうちに、彼女にできることは体を二つ折りにして舌に苦い胃液の味を残したまま、嗚咽を漏らすことだけになった。

すぐ隣でジェイスが砂に片膝を突いた。「ごめん。僕は何て馬鹿だったんだ。何も考えていなかったよ」

ニックスは顔を手で覆い、立ち上がった。「違う」嗚咽でまだ体を震わせながら、うめくように返す。「あなたのせいじゃない」

〈すべて私のせい〉

ニックスは顔から手を離した。ジェイスが鍋のふたを戻したが、香りはまだ空気中に残っている。ニックスは浜辺の先の沼地を見つめた。今の自分にはアブレンとバスタンが必要だ。色黒の王子と錬金術師でもかまわない。

〈みんなはどうしてこんなに時間がかかっているの？〉

カンセは体をひねり、マリクが突き刺そうとする剣先をかわした。体が痩せていなかったら、あるいはその直前にヴァイの騎士の方を振り返ろうとしていなかったら、剣は体をまともに貫通していただろう。それでもなお、剣先がトゥニカの布地を切り裂き、胸に焼けつくような痛みの走る傷をつけた。

カンセはなおも体をひねって剣から逃れようとしたが、今度は筏の前部にいたもう一人の騎士に抱えられてしまった。だが、相手が腕の締め付けを強めるよりも先に、カンセの焦りは長年の狩りを通じて養った敏捷さをさらに高めた。矢筒から素早く矢を一本引き抜くと、動きを封じようとする騎士の目に突き刺す。鋼の矢じりがやわらかい肉を突き抜け、かたい骨にまで達した。それに続いて激しい悲鳴が聞こえ、カンセの体を抱える腕が離れた。

カンセは体をかがめ、尻で相手を後方に突き飛ばした。マリクが向かってくる。騎士は剣を両手でしっかりと握り、カンセの頭を目がけて振り下ろした。すでに姿勢を低くしていたカンセは、横に飛びのいて肩から着地し、そのまま筏の上を転がった。剣が片目をつぶされたヴァイの騎士のふくらはぎに当たり、そちら側の脚がかろうじてつながっているだけの状態になる。切られた騎士は叫び声をあげ、筏から沼に転がり落ちた。

転がる体の動きを止めると、カンセは一連の滑らかな動作で弓を背中から外し、手に握った。起き上がると片膝を突いた姿勢になり、もう片方の足をしっかりと固定する。この技術はクラウドリーチの斥候から教え込まれたものだ。その人は霧深い緑色の森であがめられている狩人だった。カンセはいつの日かあの危険な森を一人で歩き回ることを夢見ながら、この動作を何度も繰り返し練習していた。

マリクが怒りもあらわにわめき散らした。酔いどれのキンタマ野郎と嘲笑われる戸棚の中の王子にこんなにも手こずるとは、予想もしていなかったに違いない。マリクが突進してくる中、カンセは矢をつかんでいたものの、すんなりと弦につがえることができずにいた。焦りを味方にするのにも限界がある。

その時、まばゆい閃光が走り、大きな爆発音が筏を揺らした。

マリクがよろめき、周囲を警戒しながら動きを止めた。

カンセの目の端に映ったのは、竿を操っていた騎士の一人が筏の後部から吹き飛ばされる姿で、その胸には火がついていた。もう一人が竿を離し、短剣を突き出してフレルに飛びかかる。錬金術師は身を守ろうとするかのように手を振り上げたが、その時に袖口から飛び出した何かを手のひらでつかんだ。それを握り締めると、片側から小さな炎が噴き出す。フレルは謎の物体を相手の顔面に投げつけた。目もくらむような閃光がヴァイの騎士の頭を後方に激しく揺さぶり、骨を砕いて皮膚を焼く。

マリクの目つきはすごみを帯び、その深紅の顔は怒りの塊と化していた。騎士はフレルを無視してカンセに飛びかかった。だが、師の成功がカンセの手元を落ち着かせていた。矢をつがえて弓を引き絞る。いちいち狙いを定めたりせずに、頭で考えるのではなく体にしみついた本能を信じる。カンセは手を離した。

矢は短い距離を飛び、相手の胸に突き刺さった。

それでもマリクは向かってくるが、カンセはさらに姿勢を低くした。突進してきたヴァイの騎士の体が真上にきたところで、勢いよく立ち上がると相手を肩で担いで放り投げる。大きな水音が続いた。カンセが音の方に体をひねると、マリクが水面で口から水を吐き出していた。その手にはまだ剣を握っている。

ヴァイの騎士の目には憎悪の念しかない。

だが、すでに水中には大量の血が流出していた。マリクが水を蹴って筏に向かおうとするよりも早く、巨大な何かが深みから浮上してきた。鱗に覆われた細長い口でマリクをくわえ、黄ばんだ歯で肉と骨を挟みつける。けだものが体をねじると、装甲のような鱗に覆われ、その端に光る苔の生えた背中がほんの一瞬だけ見えた――そして騎士もろとも暗い深みに姿を消した。

カンセはフレルの方を見た。筏の上に残っているのは二人だけだ。「いったい何がどうなっているの?」カンセは訊ねた。急に手足の震えが止まらなくなる。

フレルが歩み寄った。きっと結んだ唇からは赤みが消えている。錬金術師がローブの袖をまくり上げると、前腕部に仕掛けのようなものが装着されていた。筏を操る二人の騎士を片付けるために使用した不思議な錬金術は、そこに隠し持っていたに違いない。

「このような事態をずっと予期していました」フレルが手を振って袖を戻しながら言った。「ただ、そうならなければいいと思っていたのですが」

「何を予期していたって?」

フレルはまだ水面に浮かんでいる唯一の死体の方を見つめた。何かがその肉をついばむと、それに合わせて死体がぴくりと動く。「あなたは絶対に沼地から戻れない運命だったのだと思います」錬金術師がカンセを振り返った。「お父上があなたをこの遠征に加えたことを変だとは考えませんでしたか? 長い間ずっと、あなたのことを無視していたというのに」

「まあ、そうなんだけれど」怒りと自らの愚かさの両方を隠そうとしながら、カンセは肩をすくめた。「兄の結婚式の日に僕がハイマウントを離れているように仕向けたいだけなんだろうと思っていた。もしかすると、自分の力を証明するためのチャンスをくれたのかもしれないとも」

「マイキエンの結婚式に関してはあなたの言う通りです。おそらくそれがこの軽はずみな行ないのきっかけになったのでしょう。将来の後継者の憂いを一掃する目的で」

カンセはため息をついた。

〈つまり、僕はぬぐい取らなければならない泥にすぎなかったというわけだ〉

フレルが筏の上を横切り、落ちていた竿を拾い上げた。「王国軍がゴーレンと彼の側近をブレイクに残して帰途に就くまで待つという計画だったに違いありません。余計な詮索《せんさく》の目がなくなったところで、あなたは沼地において不運な死を迎えることになっていたのでしょう」

カンセは町の方を見やった。アンスカルが王国軍のほかの騎士たちよりも一足早く、自分を筏で送り出したことを思い返す。〈僕に関する計画をどれだけの数の人間が知らされていたんだろうか?〉

フレルはもう一本の竿が水面に浮いている方に筏を動かした。「それを取ってください。だけど、気をつけて。これだけの血と肉片が……」

「わかった。まあ少なくとも、僕たちの血と肉片じゃないし」

カンセは心の中の絶望感を抑えつけながら、水面から慎重に竿を回収した。父が自分をほとんど評価していないことは知っていたが、ここまで国王の不興を買っていたとは思ってもいなかった。カンセが姿勢を戻した時、水面を伝って強い調子の声が聞こえた。距離がありそうだが、はっきりとしたことはわからない。

フレルが筏の反対側に移動するよう合図した。「私が用いた錬金術の爆薬の音が聞こえたに違いありません。誰かが来る前にここを離れていなければ。あなたがまだ生きているのではないかとほかの人たちが感づくまで、そんなに時間はかからないはずです」

カンセはしっかりと竿を握った。二人で力を合わせて筏を動かす。「どこに行くの?」

フレルが前方を顎でしゃくった。「まずはフェルファイアの浜です」

「その後は?」

錬金術師はカンセの方を向いた。「あなたが知らないことはたくさんあるのですよ」

カンセは目を丸くしてから顔をそむけた。「フレル、そんなことは言われなくてもわかっているよ」


「私たちは彼を『フェルファイアの浜の王』と呼んでいるの」

ニックスはジェイスと並んで砂に座り、穏やかな湖の中に浮かぶ島を指差した。その丸い形はそりの半分ほどの大きさがある。水から突き出た丸みのある表面が太陽の光にきらめき、あらゆる色を放っている姿は、虹が命を宿してこの浜に住み着いたかのようだ。

絶望と疲労の中でも、その光景の見事さ——雲に包まれた目ではこれまで決して十分に味わうことのできなかった美しさが、彼女の心を軽くした。大地の母が王の存在でニックスを祝福してくれたかのようだった。父がいたらきっとそんな風に言っていたことだろう。

〈だから、私もそう思うようにしよう〉

島は湖岸に向かって移動しながら、何度か灰色の首を持ち上げて頭を水面から突き出した。ニックスとジェイスは王が水面に浮上し、その高貴な姿を現してから半鐘時以上の間、ずっとその動きを眺めていた。

家族の間に伝わる話によると、五百年前に冬用の小屋の基礎となる石をこの地に置いた時、まだ赤ん坊だったセマダラガメを湖に放したという。カメは一族から神への感謝の贈り物だった。王がこのフェルファイアの浜で生きている限り、冬の小屋も残り続けると誰もが信じていた。

ニックスにはその話が本当なのかも、そもそもこれが同じカメなのかもわからなかったが、今はいつにも増してその話を信じたかった。家族が試練を乗り越え、もうすぐバスタンやアブレンと一緒になれるという希望が必要だった。

注目を浴びるカメに嫉妬したかのように、翼を持つ弟が戻ってきて頭上を飛び回り始めた。ニックスに向かって鳴き声を発している。ただし、今回の彼の呼びかけは夢や光景を伴うものではなく、注意を促すものだった。

ニックスは立ち上がった。「誰かがこっちに来る」

ジェイスも体を起こし、小屋の方を振り返った。「中に入るべきかもしれない」

二人が行動に移るよりも早く、かすかな声が届いた。単語までは識別できないが、不満げな声とそれをたしなめる強い口調が交互に聞こえる。聴力に自信があるニックスは、落胆を表に出すまいとした。

ジェイスに顔を向ける。友人はまだ心配そうな表情を浮かべていた。「錬金術師のフレルだと思う」ニックスは言った。「それと王子」

それでもなお、ニックスはほかにも声が聞こえないか耳を澄ました。

〈アブレンのつぶやき、またはバスタンの愚痴〉

けれども、どうやら王子と錬金術師の二人だけしかいないようだった。間もなく二人の声が会話として聞き取れるようになり、一艘《そう》の筏が沼地の奥から広い湖に姿を現した。

ジェイスが二人に向かって手を振った。

筏が向きを変え、二人がいる砂浜を目指して近づいてくる。筏が砂に乗り上げると、フレルが真っ青な顔でニックスに駆け寄った。「ニックス、君のお父さんが……」

「知ってる」ニックスは遮った。まだその話ができるだけの心の整理がついていない。続いてカンセの方を見る。「あと、あなたはアブレンを助けてくれた。あなたには借りができた」

王子が眉をひそめた。「どうやって――」小さなコウモリが頭上を通過したため、王子は顔をしかめて首をすくめた。そしてすぐに姿勢を戻し、湖の上空を飛ぶニックスの弟を目で追った。「ああ、なるほどね。世話焼きなチビだな。あいつが僕の父の不意打ちを警告できなかったのは残念だったけれど」

ジェイスが二人の男性を交互に見た。「どういうこと？　不意打ちというのは？」

フレルが事の顛末《てんまつ》をかいつまんで説明した。その話を聞くうちに、ニックスの胸の内の絶望が不安と入れ替わる。その対象はまだ消息がわからない二人の兄だ。

「アブレンとバスタンはどうなったの？」ニックスは訊ねた。

フレルはため息をついた。「わからない。ここに来る途中でバスタンは見かけなかった。それに私たちの知る限りでは、アブレンはコウモリの襲撃前に逃げた。君のお兄さんたちはこの沼地に関して王国軍の誰よりも詳しいと理解している。二人ならばこの先も私たちの後をたどることができると信頼するしかないだろう」

ニックスは聞き返した。「『この先も私たちの後をたどる』ってどういう意味？　どうして二人を待たないの？」

カンセが答えた。「ヴァイルリアン衛兵は君の弟の群れと同じように執念深い。暗殺が失敗に終わったならば、その過ちを正そうとする――それと死んだ仲間の復讐をしようとする」

「もう何が起きたのか感づいているはずだ」フレルがグランブルバックを指差した。すでに食事を終えていて、そりがつながれたまま大きな頭を垂れ、気持ちよさそうにいびきをかいている。「後を追ってくる軍勢との距離を稼ぐために進み続けなければならない。彼らの望みは王子だけではない。いいかい、お嬢さん、ここにいるのを見つかったら、君はハイマウントに連れていかれてしまうよ」

フレルはまじまじと彼女を見つめ、危険にさらされているのはニックスの自由だけではないことを無言で念押しした。ニックスの頭の片隅で戦争兵器の轟音と死にゆく者たちの叫びが響きわたり、すべてをかき消す大音響とともに何もかもが終わった。

〈ムーンフォール……〉

ジェイスがニックスの腕を握った。「やつらに君を連れていかせるわけにはいかない。すぐに出発しないと」

ニックスは反論したかった。ここでのつかの間の休息――懐かしい思い出に包まれて過ごした時間は、彼女の悲しみの癒しとなった。アブレンやバスタンとの再会を思い、初めて希望の炎が燃え上がりかけた。

ニックスはフェルファイアの浜の先を見つめた。彼女が見ている前で王は真っ黒な深みに潜り、その輝きが消えるとともに、彼女の中の希望の炎も消えた。ニックスにはここにとどまれないことも、そしておそらく二度と家に戻れないこともわかっていた。

けれども、そのことはもっと大きな不安への答えを提供してくれなかった。

ニックスはフレルを見た。「私たちはどこに向かうの？」

「修道院学校を出る前、ガイル修道院長から行き先の指示を受けた。事態がまずい方向に動き、この地が君にとってあまりにも危険な場所になった場合に進むべき道筋について」

カンセが足もとに視線を落とした──だが、その灰色の瞳に奇妙な悲しみがよぎるのを隠すことはできなかった。

〈彼は知っている……フレルがすでに伝えたに違いない〉

「どこなの？」ニックスは訊ねた。心臓の鼓動が大きくなる。「私はどこに向かうことになっているの？」

フレルが息をのみ、それに続いて伝えた答えは、ニックスが自分について知っているすべてを打ち壊した。「私たちは君の本当のお父さんを見つけなければならない」

第八部
誓いを破った騎士

騎士：このような密会から何が得られると期待できるだろうか？　私の心は二度も誓いを破ったというのに——我が許嫁《いいなずけ》に対する誓いと、そして我が国王に対する誓いを。
女　：あなたはその二人のどちらにより高い敬意を抱いておられるのでしょうか？
騎士：どちらでもない——あなたの目を見つめている時は。

——ガリファスティ作『破られた誓い』
第三幕の対話から

26

グレイリンは氷霧の森で弟たちと狩りをしていた。

この日は朝からずっとユキヘラジカを追っていて、永遠の黄昏《たそがれ》に包まれたはるか西の森の奥深くに分け入った。一歩ずつ慎重に、地面を覆う乾いた針葉が音を立てないように注意しながら、野獣の革のブーツを前に踏み出していく。指先を上に伸ばし、ギンスギの樹皮が削り取られた深い跡に触れる。粘り気のある真新しい樹液が付着している。手を下ろすと、指先からは松脂とオスのヘラジカのにおいがする。

〈かなり近い……〉

ここまで奥深く森に立ち入るつもりはなかった。危険を冒してまで氷霧の森の西側の領域を訪れる人間はほとんどいない。海に近い東の外れは緑豊かな明るい森なのに対して、西側は常に薄暗い黄昏の状態にある。天空の父の暖かさから見放された木々は、密生した針葉を広げることで少ない活力を最大限に取り入れ、深く張った根に沿って連なる大きな硫黄のこぶからの栄養分で生き延びる。父の恩寵を受けられないにもかかわらず、氷霧の森の西部にあるハートウッドの古木群は巨大に成長している。まわりを取り囲もうと思ったら、二十人の大人が手をつながなければならないほどの太さの幹もあるくらいだ。

グレイリンは以前に一度だけ、この巨木の森に足を踏み入れたことがあった。十年以上前、この地に追放されて間もない頃のことで、あの時の自分はまだ何も知らなかった。それ以来、彼は二度とそんな奥まで立ち入らないつもりでいた。

言うまでもなく、この深い森には危険がたくさんある。

グレイリンは歯を食いしばり、進行中の狩りに意識を集中させた。クロマツの幹に付いた鉤爪の跡を見て、用心しなければならないと心に留める。鉄のようにかたい樹皮が深くえぐられていた。これはオオヤマグマが付けた跡で、黒い体毛に覆われた岩を思わせるその巨体は、メスの場合は彼の背丈の二倍にまで成長し、オスに至ってはそれよりもさらに大きい。

グレイリンは手のひらで樹皮の傷に触れた。

〈これ以上の追跡はあきらめるのが賢明かもしれない……〉

直感が深追いしすぎていると警告していた。だが、クロマツに残る跡は古いもので、石のように固まった樹液に覆われている。それに遠くからユキヘラジカの物悲しい鳴き声が聞こえ、それがグレイリンの足を前に動かした。小屋の近くの盆地を群れが通り過ぎるのを目撃してからずっと、彼はそのオスに目をつけていた。枝角の状態――いくつにも枝分かれしていて、ところどころ苔に覆われていることから、老いたヘラジカと思われた。片方の後ろ足を引きずっていて、以前にライオンに襲われたような古傷が残っていた。

グレイリンはこの気高い野獣に共感を覚えた。彼自身の体にも無数の傷跡がある。また、冬が訪れれば厳寒がこの生き物を苦しめるだろうこともわかっていた。今がこのオスにとって最後の夏になるのではないか、そんなことを思った。その夏もすでに半ばが過ぎた。初雪が降った後は、足の不自由なオスはより温暖な平原を目指す群れの仲間たちから取り残されることだろう。見捨てられたオスに待っているのは餓死するか、あるいは無残に食い殺されるか、どちらかの運命だ。

ところが今朝、倒木の陰から群れを見張っていたグレイリンは、老いたオスのヘラジカが仲間たちから離れ、一頭だけで西に向かったことに気づいた。再び群れに合流する可能性もあったが、グレイリンは分断してさらに引き離すために弟たちを送り出した。

選択を下したグレイリンはそのオスを追跡した。老いているとはいえ、ヘラジカは厳しい氷霧の森で何十年も生き延びてきた狡猾さを発揮した。弟たちに後を追ってもらっているにもかかわらず、グレイリンは二度も危うくオスを見失うところだった。ユキヘラジカが氷霧のかかる森の奥深くに向かっているのは狩人たちをまくためで、後を追えるものならやってみろと挑んでいるのかもしれない。だが、グレイリンは追跡を続けた。オスを群れから引き離したのだから、その責任を果たさなければならない。

さらに森の奥深くに分け入ったグレイリンは一本のハートウッドに行き当たった。小振りな木で樹齢はせいぜい百年といったところ、樹皮はまだ白く、西の巨木群からこちら側に派遣された見張りのように生えている。グレイリンは親指に唇を当ててから、その幹に手のひらを押しつけた。この孤独な斥候に親近感を覚える。それと同時にこれは標識なのだと思い、その意味を読み取った。

〈これ以上は深入りするべからず〉

グレイリンは足を止め、前方のやや開けた草地を眺めた。銀色の流れがその真ん中を貫いている。グレイリンはモリツグミの声を真似て弟たちに合図を送った。コンビを組んだ彼らは老いたオスを迂回して、すでにはるか前方にいるはずだ。グレイリンは枯れ枝や乾いた針葉に注意しながら前に走った。トネリコ材の弓を肩から外し、両手で持つ。冷たい霧に包まれた森の空き地に近づきながら、グレイリンは矢筒から矢を一本取り出し、その柄を口にくわえた。草地では枝分かれした角を持つ大きな影が、滑らかな石の上を静かに流れる小川の水を飲んでいた。

グレイリンは木々が途切れる手前まで進み、風下の位置を保ちながら暗がりにとどまった。

ヘラジカが頭を上げたが、あわてる様子は見せない。それでも、左右の耳をぴんと立て、向かい側の暗い森の奥に顔を向けている。息を吐き出し、鼻の穴をふくらませる。においで危険を察知したのは間違いないが、丸見えの場所にとどまったまま、前足の蹄で草を引っかいているだけだ。角を左右に振り、森の奥に潜んでいる相手をけしかける。最後の戦いへの覚悟を決めていて、これ以上は逃げるものかとの意気込みのもと、そこに恐怖はなく、ある種のあきらめだけがうかがえる。

グレイリンは相手の思いを理解し、可能な限りそれを尊重してやろうと思った。

矢に手を伸ばし、口にくわえたまま横に動かすと唇で矢羽根を湿らせる。左右の膝を曲げ、矢をつがえ、指先が唇の端に来るまで弓を引き絞る。少しだけ矢の向きを変え、ヘラジカの前足の付け根の奥で体毛が渦巻き状になっているあたりに狙いを定め、ぴんと張った弦から手を離した。

矢が放たれる。グレイリンは狩人としての感覚でその軌道を追った。矢が体毛と皮膚を貫通した時の衝撃が伝わってきたような気がした。それが肋骨の間を抜け、誇り高き疲れた心臓に突き刺さったのを確信する。ヘラジカはぶるっと体を震わせ、足を一歩前に踏み出してから、大いなる威厳を保ったまま小川の脇の草地に倒れた。

グレイリンは姿勢を戻すと森を出て、倒したヘラジカの巨体に歩み寄った。心の中で大地の母に感謝を捧げる——自らに獲物という恵みを与えてくれたことに対して、そして老いたオスのヘラジカに長い命を授けてくれたことに対して。

グレイリンは腰に吊るしてあった包みを開き、ナイフを数本と厚い生地でできた袋を取り出した。ヘラジカの解体に取りかかる。気温が低いので皮は肉から剝ぎ取らずにおく。

長い距離を歩いて小屋まで戻らなければならないので、荷物を軽くするために骨を取り外す。作業を進めるうちに小川の脇に湯気を立てる内臓の山ができてきた。自分が帰った後、森の生き物たちが片付けてくれるはずだ。

あいにく、森は待つことを知らなかったし、はるかに腹を空かせていた。

予兆は低いうなり声だけだった。

グレイリンはナイフを持ったまま動きを止めた。

小川の向こう岸の森から巨大な影が現れた。オオヤマグマが体を揺さぶりながら近づいてくる。もつれた体毛と盛り上がった筋肉の塊そのものだ。岩を思わせる頭頂部には丸い耳が二つ付いている。大きな口を開くとその奥から威嚇の鳴き声がとどろき、人間の前腕部に匹敵する長さはあろうかという牙があらわになる。クロマツの幹を深くえぐった鉤爪の跡を思い出したグレイリンは、このメスの成獣がその犯人なのだろうと思った。そのすぐ横の森の奥で二つの目が光を発している。この夏に生まれたばかりの子供だろう。

クマは肩を震わせ、後ろ足に力を込め、今にも突進しようという構えだ。

空腹の子供を抱えたメスのクマほど危険な生き物はいない。それにこのあたりの森でこの巨獣が恐れる相手はいない。

しかし、グレイリンは一人きりで来たのではなかった。

しかも、彼の連れはこのあたりの森の出身ではない。

クマの両側の森の奥からグレイリンの弟たちが姿を現した。二頭はオオカミに似ているが、体高は前足側の方が少し大きい。近づきながらうなり声をあげるわけではない。牙を剝くわけでもない。低い姿勢で歩きながら、耳障りな短い音を絶えず発している。その音量と高さが増すにつれて、グレイリンは首筋の毛が逆立つような感覚に襲われた。

クマが体を震わせて動きを止めた。その大きな頭を左右に動かし、近づきつつある二頭の野獣を交互に見る。クマは脅威を認識した。ここに暮らすすべての生き物と同じように。

ワーグはハートウッドの森の災いそのものだ。濃い縞模様の体毛のおかげで、霧と暗闇に包まれた中ではほとんどその存在を識別できない。彼らは肉体を伴わない精霊で、牙を持った影にすぎないと信じる者もいる。ワーグが霧深い森の東側をうろつくことはほとんどないが、出会った場合には決して逆らってはならない。

メスはその忠告に従い、一歩、また一歩と後ずさりした。いちかばちかの戦いを挑もうにも、守らなければならない子供がいる。メスが賢明にも森の中に戻ったかと思うと、すぐにその巨体の遠ざかる音が聞こえてきた。

それを見届けると、二頭のワーグは短いたてがみが生えた首をグレイリンの方に向けた。琥珀色の輝きを帯びた金色の目が彼のことをじっと見つめる。それでもなお、弟たちのふわふわの耳は森の方に向けられたままで、離れていくクマの動きを音で追い続けている。

同じ母親から一緒に生まれた二頭はそっくりに見えるが、長くともに過ごしてきたグレイリンにはそのわずかな違いも一目でわかる。いたずら好きのエイモンは少しだけ体高が低く、警戒を解いている時には片方の耳が少し斜めに垂れる。落ち着いた性格のカルダーは臀部《でんぶ》の縞模様が少し細く、しっぽの毛はよりふさふさしている。

それでも、二頭は一心同体とでも言うべき存在だった。

〈そして俺にも心を許してくれている。今のところは、だけれども〉

グレイリンは自分の胸に手を当ててから、二頭に手のひらを向け、無言で感謝を伝えた。彼らには命を救ってもらった借りがある。今だけでなく、これまでに何度も。特に十数年前のあの時は。ヘラジカの解体を続けながら、グレイリンはあの暗黒の時代に思いを馳せた。雪に反射する月明かりが脳裏によみがえる。そこはクラウンが終わり、果てしない氷の世界が始まる場所だった。

〈俺は世界の果てにたどり着いた〉

一日の終わりを迎え、グレイリンは空に明るく輝く満月をハートウッドの森の高い枝の隙間から見上げた。目を奪われて立ち尽くす。満天の星――生まれ育ったハレンディではまず見ることのできない光景――が暗い夜空を彩り、ダイヤモンドをまき散らしたかのように輝いている。さらに西の方角に目を向けると、氷牙山脈の稜線《りょうせん》がのこぎりの歯を思わせる銀色の線となって連なっていた。あたかも内側から光を発しているかのように輝く山々は、クラウンの西の境界線に当たるとがった城壁とも言うべき存在だった。

グレイリンはあの雪に覆われた山脈の向こう側に広がる凍結した大地を思い描こうとした。だが、頭に浮かぶのはひび割れた氷が果てしなく続いている光景ばかりだった。

〈それが実際の景色なのかもしれないな〉

当時のグレイリンはアグレロラーポック領に来てまだ間もなかった。その六週間前のこと、彼は囚人船でこの地に到着した。彼をはじめとした数人の囚人たちはサヴィクの町に追放の身になり、ハレンディ王国には二度と足を踏み入れてはならないと宣告された。グレイリンがハイマウントの地下牢で受けた拷問の傷は、まだほとんど癒えていなかった。体には生々しい縫合跡がいくつも残り、焼きごてを当ててふさいだだけの傷の数はそれよりもさらに多かった。折れた腕は斜めに曲がったまま骨がくっついている状態で、動かすとまだ痛みが走った。とはいえ、かつての友人だった国王が情けを示さなければ、グレイリンは手の指、足の指、片目もしくは両目、そしておそらく左右の睾丸《こうがん》を失っていたことだろう。

海を挟んだこの地に追放されたのもそんな寛大な心によるものだった。グレイリンにはこの処罰の意味が理解できた。〈トランス国王は俺のことを見るのも嫌になった――けれども、殺すことはどうしてもできなかった〉

そのため、拷問を受けて身も心も打ちひしがれた状態で、グレイリンはこの地に追放され、剣を手にすることを永遠に禁じられた騎士となった。それを慈悲と呼ぶ者もいるだろう。グレイリン本人は生涯にわたって続く最後の拷問だと見なした。破った誓いとそのことがもたらした代償を思い知らされるという罰を、彼は死ぬまで受けることになったのだ。空を埋め尽くした星という驚きの光景を目にしても、頭に浮かぶのは地下牢の独房に投げ入れられた愛人マライアンの無残な死体だった。彼女の死体――正確には、発見できた死体の残骸――はミーアの沼地から回収された。ハエがたかりウジの湧いた彼女の死体は、破った誓いの見るも恐ろしい戒めとして、彼の独房にそのまま放置された。

暗いハートウッドの森に立つグレイリンは冷たい空気を深く吸い込んだ。自分は天空を見上げるに値しない人間のように感じられ、視線を落とす。それでも、周囲に広がる大自然の美しさを無視することはできなかった。この世界の果てではハートウッドの木々が巨大な灰色の柱のごとく成長し、氷霧のたなびく中で神々しくそびえている。どこまでも連なるその幹には発光性の菌類が付着して輝きを放ち、はるか頭上でアーチ状の天井を形成する枝の間からも空のきらめきを垣間見ることができる。

それはあたかも命ある大聖堂に入り込んだかのような、天空の父の眼差しの届かない大地の母の聖なる神殿内にいるかのようだった。

グレイリンはあることを確信した。

〈ここは死ぬにはいい場所だ〉

森のさらに奥深くからその願望が音となって返ってきた。この世のものとは思えないような、不気味で甲高いひと鳴きの声が彼のもとに届いた。鳥のさえずりがやむ。下草の間から聞こえていたカチカチという甲虫の音までもが、声の持ち主に敬意を表して静まり返る。すると新たな鳴き声が最初の声に加わり、さらに別の声が重なり、ついには無数の鳴き声が彼のもとまで届いた。

グレイリンの全身の毛が震えた。心臓が打つ早鐘は、狩りの獲物が経験する悠久の昔から変わらないリズムを刻む。グレイリンはハートウッドの森の奥深くに潜む捕食者の話を耳にしたことがあった。牙を持った影のような存在だという。だが、彼はそんな話を本気で信じることはなく、股間が凍りつくような恐ろしい鳴き声や、その獰猛な狡猾さや、牛の頭蓋骨すらも砕くような強力な顎の話を聞き流してきた。そんな話は単なる空想の産物で、大ぼらだと思っていた。しかも、グレイリンは王国軍で軍用犬の育成に携わっていたことがあり、その中にはオオカミの血が混じっている犬たちもいた。そのため、霧の中に潜む実体のない化け物の話など、彼にとっては眉唾《まゆつば》以外の何ものでもなかった。

けれどもその時、グレイリンはそうした話が正しかったことを悟った。こんなにも遠くまで足を延ばすことは無謀だったのだ。だが、彼を西に向かわせたのは愚かさではなく絶望だった。世界の果てを目指したのは命の果てにたどり着くため、認められなかった死を見つけるためだということは、心の奥底でわかっていた。

〈そして今、向こうから俺のところに来てくれた〉

避けられない事実に直面したその瞬間、グレイリンは自分自身に対するより深い気持ちを、本当の思いを認識した。喉元に短剣の刃先を突きつけられると、死への願望はたちまち打ち砕かれてしまう。

グレイリンは踵《きびす》を返し、ハートウッドの森の中を逃げた。悲嘆と恥辱の下に埋もれていたものが初めてはっきりと見えた。

それは生きたいという思い。

だが、それは気づくのが遅すぎた気持ちだった。群れは薄気味の悪い咆哮と甲高い鳴き声を響かせて後を追ってくる。どれだけ距離があるのかをつかむのは不可能だった。グレイリンは真っ暗な茂みに突っ込んだり、木の幹にぶつかったりしながら、森の中をただひたすら走った。心臓が大きく鼓動を打ち、視界が狭まっていく。遠くのより明るさがある森を目指すものの、そこまでたどり着くのは絶対に無理だとわかっていた。いつの間にか、後方から迫る群れが不気味なまでに静まり返っていた。グレイリンは牙を剝いて向かってくる獣たちが今にも霧の中から飛び出してくるのではないかと覚悟した。

その時、永遠の狩りを続けるハントレス——狩猟の女神でもある闇の娘が、彼に情けをかけた。

前方の薄れゆく霧の奥から寂しげな鳴き声が聞こえてきた。悲痛な思いを訴えるその声を聞き、グレイリンの足がそちらに向く。それは意識した行動ではなく、鳴き声が導きの歌の調べのように彼の傷ついた心を引きつけて離さなかったからだ。彼は必死の思いでその方角に走った——そして茂みの中の何かにつまずき、前のめりになって倒れた。

グレイリンは地面に体を強打し、すぐさま仰向けの姿勢になった。

息を切らしながらあわてて見回すと、森の地面に縞模様の大きな体が横たわっていた。それ以前には剝いだ皮を一度見たことがあっただけだったが、グレイリンにはそれがワーグだとわかった。まだ死んでから間もないようだった。鳴き声は死体の向こう側から聞こえてくる。のぞき込むと、そこには二頭の子供が身を寄せていた。生まれてから月の満ち欠けが一度、あるいは二度あったくらいだろうか、冷たくなった乳首を懸命に吸おうとしている。鉄製の罠に挟まれた母親の後ろ足は骨が折れていて、血まみれになっていた。何が起こったのかは容易に推測できた。メスのワーグは子供たちの食べ物を探して明るい森まで入り込み、狩人の仕掛けた罠の犠牲になったのだろう。それでも、メスは罠の鎖を引きちぎり、ハートウッドの森の子供たちのもとまで戻ってきた——そして子供たちに最後の食べ物を与えた後、息絶えたのだ。

その時に自分がなぜあんな行動を取ったのか、グレイリンは説明できなかった。自らの命が尽きる前にメスのワーグの思いを受け継ごうとしたのかもしれない。あるいは、過去に救えなかった子供への罪悪感から生まれた行動だったのかもしれない。

理由はともかく、グレイリンは二頭の子供をつかもうとした。幼いながらも獰猛な彼らは、威嚇の鳴き声をあげて牙を剝く。そのうちの一頭に親指の腹に嚙みつかれ、危うく食いちぎられそうになった。二頭は朽ちかけた倒木のうろを利用した巣穴に逃げ込んだ。

グレイリンは子供たちをそのまま見捨てようかと考えた。けだものたちが後方から迫ってきているのだからなおさらだ。だが、グレイリンは小声で悪態をつきながらメスのワーグに手を伸ばし、冷たい乳を搾り出して左右の手のひらになすりつけた。それは王国軍で軍用犬の世話をしていた時に学んだやり方だった。そして丸太まで這って近づき、マントを脱いで地面に広げると、左右の手のひらを開いた。乳と母親のにおいで子供のワーグをおびき出そうという作戦だった。一頭がうなり声をあげながらゆっくりと近づいてきた。すぐ後ろにはもう一頭も。かなりおなかを空かせていたに違いない。

子供たちが十分に近づき、うなり声がにおいを嗅ぐ音に変わったところで、グレイリンは左右の手で一頭ずつつかんだ。素早くマントでその体を包み込む。二頭は抵抗し、引っかき、大声でわめき、マントを引きちぎって逃げ出そうとした。そのままでは逃げられるのも時間の問題だった。

グレイリンは周囲を見回し、鞘から狩猟用のナイフを取り出すと、メスのワーグの尾を切り取った。それをメスの濡れた乳首にこすりつけてから、マントの中に放り込んだ。グレイリンは子供たちをくるんだマントを両手で抱えた。暴れていた子供たちはまだ警戒していたものの、動きがいくらか大人しくなっていた。母親の体毛と乳の存在が二頭を落ち着かせ、疲れもあって静かになったのだ。

まだ生きている幸運に感謝しながら、グレイリンは立ち上がった。

だが、それは幸運のおかげではなかった。

ハートウッドの森の奥からいくつもの光る目がグレイリンを取り囲んでいた。心臓の鼓動が激しくなる。立ち止まってしまった自分の愚かさを責めるものの、後悔してはいなかった。彼は過去に同じく必死の思いだった母親を救うことができなかった。

〈これを死ぬ前のせめてもの罪滅ぼしにするのもいいだろう〉

ところが、光る目は彼のことをじっと見つめるばかりだった。グレイリンはその場から動かず、来たるべき運命を受け入れた。その時は待ち望んでいたと言ってもいいかもしれない。

すると、二つの目が消えた。続いてもう二つ。さらにもう二つ。間もなく静かな暗い森が戻ってきた。グレイリンは震える足で一歩後ずさりすると、しばらく待ち、さらにもう一歩動いた。だが、それらの目が再び現れることはなかった。ワーグたちが彼の不思議な優しい行動に戸惑ったのだろうか。あるいは、乳と子供たちのにおいが彼の存在を隠し、ワーグたちを混乱させたのだろうか。

何からの理由で、彼らはグレイリンが立ち去ることを認めた。

グレイリンはワーグからの命の贈り物を受け取り、明るい森に逃げ帰った。

ヘラジカの解体を終えたグレイリンは、過去の回想から我に返り、狩りの相棒を務めてくれた二頭のすっかり成長したワーグを誇らしげに見つめた。ハートウッドの森での死を覚悟した経験から生き延びた彼は、二頭を育てるという生きるための理由を見つけることもできた。

グレイリンは作業を終えて立ち上がった。オオヤマグマが戻ってくる気配は依然としてないので、二頭に呼びかける。

「エイモン、カルダー、こっちに来い」

二頭が小走りに近づき、小川を飛び越えて彼のもとにやってきた。グレイリンは体をかがめ、ヘラジカの肝臓から二つの塊を切り分け、二頭に一つずつ投げ与えた。弟たちが生肉をむさぼり食い、食べ終わってから森の外れの巡回を続けている間に、グレイリンは枝とロープを組み合わせて運搬用のそりを作った。弟たちについてくるよう口笛で合図を送り、肉を載せたそりを引きながら家路に就く。

ありがたいことに帰り道は下り坂だった。小屋から四分の一リーグの距離に戻るまで、行きの半分の時間しかかからなかった。グレイリンはそこで立ち止まって服を脱ぐと、青く澄んだ小さな湖の冷たい水に飛び込んだ。体から血と汗と肉片を洗い流し、冷たい水で手足や関節の痛みを癒す。最後に冷え切った体をぶるっと震わせると、グレイリンは水から出て、空っぽになった厚手の袋で体をぬぐった。

波紋の収まりつつある湖面に映った自分の姿が目に留まる。体の傷跡が描く模様や、髪と伸びた顎ひげに交じる白髪をじっと見つめる。その一方で、水面の揺らめきの中にかつての自分を、誓いを破る前の自分の姿を思い描いてみる。屈強な筋肉と真っ直ぐな手足を持ち、油を含んだすすを思わせる艶のある黒髪と銀色を帯びた青い瞳の騎士の姿を。

湖岸に立つグレイリンは胸毛を手のひらでさすり、かつての自分を思い出そうとした。今でも力強い筋肉の存在を感じるが、前よりも厚みが失われ、かたくなった。指先で盛り上がった傷跡、折れて曲がった鼻筋、顎のこぶをたどる。腰の関節が痛むし、左の前腕部は少しねじれたままだ。

〈これが今の俺だ。恥さらしとして追放の身となり、打ちひしがれている〉

グレイリンは顔をしかめ、水面に映る幻想に背を向けた。波にゆらゆらと揺れるあの騎士ははるか昔に死んだ。この世界のほとんどの人にとって、今の自分もそれと同じようなものだ。ある意味、彼は十数年前にあのハートウッドの森で死んだのだとも言える。わめく二頭の幼いワーグを連れて戻ってきた狩人は、あの暗い森に入っていた狩人とは別人だったのだ。

ふと気づくと、エイモンとカルダーが地面に腰を下ろし、じっとグレイリンの方を見つめていた。エイモンがしっぽを一振りした。カルダーはその眼差しを少し険しくしただけだ。グレイリンは二頭のしっかりとした視線を受け止めた。彼らの目から読み取れるのは愛情ではなく容認だった。グレイリンは二頭が何でも言うことを聞く犬とは違うのだとわかっていた。彼の指示に従うし、手を使った百種類の合図を学習したとはいえ、彼らは今も野獣のままで、状況が変われば彼を攻撃するかもしれないし、あるいは攻撃しないかもしれない。グレイリンはそのことを契約の一部として受け入れているし、ほかのやり方を試そうとは思わない。

〈願わくは、おまえたちがずっと俺を厳しい目で見ていてほしい〉

それでもなお、グレイリンは二頭の注目と存在をありがたく思った。そのような妥協を知らない仲間がそばにいれば、いつまでもふさぎ込んでいられない。

「少なくとも、俺にまだ価値を見出してくれるやつがいるというわけだ」グレイリンは服を着ながら二頭に向かってつぶやいた。「たとえそれがおなかを満たす目的のためだけだとしても」

グレイリンは再び二頭とともに歩き始めた。湖に流れ込む小川に沿って進む。川は木々に覆われた丘陵地帯を曲がりくねって流れている。次第に森の緑が増していき、クロマツに代わってオーク、ナナカマド、カエデなどが見られるようになる。川沿いには大きなヤナギの木が点々と連なっている。ビャクシンやムレスズメなどの低木も増えてきた。氷霧は融けてただのひんやりとした空気になった。一日の終わりが近づいているにもかかわらず、家に通じる最後の斜面に向かっていると明るさが増してきた。

その斜面の上にグレイリンがこのあたりの木で造った小屋が立っていた。この場所を選んだ理由は、ここが海側に広がるより緑の濃い森と、西側の凍てつく霧に包まれた黄昏の森の狭間に位置しているからだった。また、人の暮らす町からはかなりの距離があるので、誰かが偶然にこの小屋を見つけることはまずありえなかった。事実、これまで来客が訪れたことは一度もなかった。

そのため、グレイリンは斜面の下で歩みを止め、土を盛った小屋の屋根を凝視した。石の煙突から細い煙が昇っていて、温かな室内と熱い料理の存在をにおわせている。

だが、グレイリンの体をよぎったのは冷たい恐怖だった。

今朝、家を出た時には暖炉に火は入っていなかったはずなのに。

27

グレイリンは木々が作り出す影の中にとどまったまま、敷地の外れでうずくまっていた。裏庭の様子を探る。レタス、ムラサキカボチャ、ブラッドアップルといった夏の野菜や果物は豊作がすでに約束されていて、その一角では細長いイワトウモロコシも元気に育っている。一部屋だけの小屋の右手にある燻製《くんせい》場と、小さな納屋にも目を向けた。納屋の中には一頭のポニーが飼育されていて、海岸近くのサヴィクの町で商いをする時に使用する荷馬車もそこにしまってある。

怪しい人影は見当たらなかったが、煙突は煙を吐き出し続けている。

グレイリンは両側で見張る弟たちに合図を送った。小さな声を出して二頭の注意を向けさせると、まず左右の手のひらを合わせ、続いて両腕を大きく横に開いてから、再び手のひらをくっつける。これは二頭がよく知っている合図だ。〈左右に展開して見張れ〉

弟たちは二手に分かれ、森の外れから出ないようにしながらそれぞれ反対の方角に向かった。彼らの感覚はグレイリンよりもはるかに鋭い。見知らぬ人間が身を隠しているならば、すぐに無断で立ち入ったことを後悔するだろう。

二頭に見張ってもらいながら、グレイリンは低い姿勢で納屋に駆け寄り、中をのぞき込んだ。飼育するアグレロラーポックポニーは馬房の中で居眠りをしていたが、別の馬が入口の近くにつながれていた。落ち着かない様子で体を動かしているのは、近くにいるワーグの存在を感じ取っているからかもしれない。

続いて燻製場に移動し、指でそっと扉を押し開ける。その中には塩漬けの乾燥肉があるだけだ。グレイリンは不安よりもいらだちの方が大きくなっていた。丸太を組んで作った小屋に向かい、窓から中をのぞく。暖炉の炎に照らされているのは、その近くの椅子に座るマント姿の人物だ。顎が胸にくっつきそうな姿勢で、居眠りをしているかのように見えるが、先端が赤く光るパイプは絶えず煙に包まれているのでそうではないらしい。侵入者が片方の腕を持ち上げ、窓の方を見もせずに手を振った。早く中に入れとグレイリンを促している。自分の家でもないくせに。

小屋の中にはほかに誰もいないことを確かめると、グレイリンは大声で悪態をつきながら入口に向かった。短剣を手にして建物内に入る。木の煙とくすぶる木の葉のにおいが彼の帰宅を出迎えた。室内の調度品は質素で、片側には厚みのあるオーク材のテーブルがあり、その近くの棚には衣類や道具などの日用品が置いてある。木枠のベッドには羽毛の詰まった厚いマットレスと毛布代わりの毛皮があり、それらがこの小屋で唯一のささやかな贅沢品だった。手鉤から吊るされた数個のオイルランプには火がともっていない。

　人影が体を動かし、うたた寝から目覚めたぐうたらなネコのように椅子に座ったまま伸びをした。引き締まった体つきの男性だが、少しだけ腹が出ているのはエールの飲みすぎのせいだ。濃い灰色の髪を三つ編みにして後ろに垂らしていて、この数日ほどひげを剃っていないのか、頬と顎も同じ色の毛でうっすらと覆われている。旅行用の厚手のマントの下はぶかぶかのズボンとしみの付いたトゥニカで、上着の首回りは紐で結んである。脱いだブーツは暖炉のそばに置かれているが、毛織の履物は左右のどちらもかかととつま先に大きな穴が開いていた。

「ずいぶんとくつろいでいるようだな、サイモン」

　グレイリンの怒りに対して、来訪者は緑色の瞳を愉快そうに輝かせた。「当然だろう？おまえが帰ってくるのを一日中外で待っていたら、股間が凍えて使いものにならなくなる」

「なぜここにいる？」

「子供たちはどうしている？」サイモンは姿勢を変えて窓の外を見ながら訊ねた。

「俺の質問に答えないなら、来客の相手をあいつらに任せてもいいんだぞ」

　サイモンは手のひらを見せて待つように合図してから、ゆっくりとパイプを吸った。パイプの先端が赤く輝く。「そいつは遠慮しておく。あの子たちの手をわずらわせるまでもない。きっと二頭とも元気にしているんだろう」

「これはいったいどういうことだ？　なぜここにいる？」

サイモンはテーブルからスツールを持ってくるようグレイリンに手で伝えた。自分がこの家の住人であるかのような態度だ。グレイリンには暖炉脇に二脚目の椅子を用意しておく必要などなかった。来客を招くことなどなかったし、招きたいとも思わなかった。エイモンとカルダーがいればそれで十分だった。

それでも、グレイリンはスツールを暖炉の近くまで引きずってきた。好奇心には勝てない。サイモン・ハイ・ロールズはサヴィクの商売仲間で、この大自然の中で暮らすために必要な物資との交換を助けてくれている――その意味では、この地における友人と呼ぶのにいちばん近い存在かもしれない。また、グレイリンは複数の偽名を使い分けて自分の正体を隠しているが、サイモンは彼の過去を知る数少ない人間の一人でもあった。

どっちにしろ、策を弄したところでサイモンには通用しない。グレイリンは毛皮や乾燥肉を売っているが、サイモンは秘密や噂話を専門に扱っている。それに二人はグレイリンがこの地にやってくる以前からの、二十年来の知り合いだった。かつてサイモンはケペンヒルの錬金術師で、二人は何度か、主に酒場で顔を合わせたことがあった。だが、サイモンは書物や教育よりもワインや酒に対する嗜好《しこう》が強すぎたため、錬金術師の資格を剝奪《はくだつ》されて追放の身になった。

〈少なくとも、聞いた話ではそういうことだ〉

サイモンの過去に関してはほぼすべての話を鵜呑《うの》みにすることができない。グレイリンはこの男性にはまったく別の顔があるのではないかと勘繰っていた。酒が進んでも酔った様子をほとんど見せたことがなかった。陽気に振る舞うのはうわべだけで、その下には常にしっかりした鋼の存在がうかがえたし、無駄話の陰に潜む鋭い知性も感じ取ることができた。

一方でこの男性はグレイリンの秘密をずっと守ってくれた。そのため、彼はこの元錬金術師をこれまで大目に見てきた。けれども、寛大な態度にも限度というものがある。

グレイリンは暖炉のそばにスツールを置き、そこに腰掛けた。「説明してくれ」

サイモンは厚手のマントの中に手を入れ、蠟で封をした羊皮紙の巻物を取り出した。それを差し出されたが、グレイリンは腕組みをしたままだった。巻物が伝書カラスによる書状なのは見ればわかるし、そこに書かれていることを読みたいとも思わない。今の自分の世界はこの小屋と、このあたりの森と、心強い弟たちだけだ。ほかには何も必要ない。ほかには何も望まない。

サイモンはしばらくグレイリンの反応を見た後、指で持ったまま巻物を回転させ、赤い蠟の印璽をグレイリンの方に向けた。「この書状にはブレイク修道院学校の印が押されている」

グレイリンは心臓をぎゅっとつかまれたような気がした。

「ミーアから送られてきた」サイモンが付け加えた。

「修道院学校がどこにあるのかは知っている」グレイリンは不機嫌そうに返した。「どうして俺が関係してくるんだ?」

サイモンは手に持った巻物をくるくると回しながら背もたれに寄りかかった。「伝書カラスが到着したのは一日前のことだ」サイモンが答えた。「私のもとに届いた――だが、書状は君に宛てたものだ」

「だったら、おまえは約束を守れなかったわけだな。俺がここに住んでいて、おまえなら連絡を取ることができると知っている人間がいるならば、秘密にすると俺に誓ったことをおまえがそいつに教えたに違いない」

サイモンが肩をすくめた。「誓いを破った人間に対する誓いを破ったと言いたいんだな。君は私のことを責められる立場なのか?」

グレイリンは拳を握りながら立ち上がった。

サイモンがため息をついた。「落ち着けよ。真実を必要としていて、それを託すに値する人間もいる」

「おまえのことか?」

「修道院学校の校長のことだ」

グレイリンはその女性を知っていたし、尊敬もしていた。再びゆっくりとスツールに腰を下ろす。

「君は馬鹿ではない、グレイリン。世間知らずのお坊ちゃんでもない。世の中には誓いの言葉でさえも覆さなければならない案件が存在することは理解しているはずだ。愛が君の誓いの言葉を覆したのではなかったのか？」

グレイリンは頰が熱くなるのを感じた。恥ずかしさからではなく、湧き上がる怒りのせいだ。「そんな話を蒸し返す必要が――」

サイモンが手のひらを向けてグレイリンの言葉を遮った。「公正な取引といこう」

その言葉に当惑し、グレイリンは一呼吸入れてから聞き返した。「何が言いたい？」

「私は君の秘密を明かした。その代わりとして、私の秘密を一つ、君に教えよう」

グレイリンは眉をひそめた。サイモンが隠している秘密などどうでもよかったが、興味をひかれないわけでもなかったため、話を続けるように合図した。

サイモンはパイプを口にくわえ、体を前にかがめた。指を使ってはき古した靴下を左足から外し、床に放り投げる。そしてグレイリンに足の裏を見せた。「君はこれをどう思う？」

グレイリンは顔を近づけ、ある結論に達した。「おまえは風呂に入るべきだ。体からその悪臭を消すにはライリーフの石鹼《せっけん》がたっぷり必要になるだろうな。いや、それでも無理かもしれない」

「もっとよく見ろ、かかとのあたりだ」

グレイリンは息を止め、なおも顔を近づけた。目を凝らすと、少し皮膚が盛り上がった小さな傷跡に気づく。暖炉から転がり出た熱い石炭を踏んでしまった時の火傷のように見える。「傷跡の見せ合いでもするつもりか？」グレイリンは訊ねた。

サイモンが足を少し傾けると、ただの傷跡に見えたものが厚くなった皮膚で描いたバラの花の模様に変わった。グレイリンは驚いて姿勢を戻した。

〈まさか……〉

サイモンは足を下ろした。

グレイリンはかつての錬金術師を新しい目で観察した。「おまえは仲間だということなのか、あの――」

「『怒りのバラ』と言いたいのか？」サイモンが片方の眉を吊り上げた。

グレイリンは鼻で笑った。「あれはただの作り話にすぎない。ないはずの影に怯えてしまうような連中がでっち上げたでたらめだ」

「君は私のげっぷやおならの音を聞いたことがあるはずだ。あれも本物ではなかったのか？」

王国軍在籍中も、またその後の人生においても、グレイリンは怒りのバラの噂を何度も耳にしたことがあった。彼らはどの王国や帝国にも属さないスパイ組織だ。資格を剝奪された錬金術師や聖修道士たちが、より崇高な目的に対して自らの技術を用いるため密かに集められた。その目的とは、様々な国が繁栄し、そして衰退する中で、知識の保護と保存に努めることにある。彼らの本当の狙いは歴史の流れを変えることにあり、怒りのバラこそが世界の歯車を陰で回している手なのだと信じる者もいる。

グレイリンはサイモンをまじまじと見つめた。

〈この男がそんな手の一人だとしたら、アースもおしまいだな〉

「今の話で私の借りを返すことができたかな？」サイモンが訊ねた。

「おまえの言うことが本当ならばの話だ」

サイモンは肩をすくめた。「売られた秘密を買い手が信じるかどうかは関係ない。それ自体に価値がある」

グレイリンはいらいらをこらえ切れずに立ち上がった。「おまえが借りを返したと考えるのはかまわないが、俺は外の世界と関わりを持つ気はないからな」

サイモンは椅子に座ったままだ。悠然と背もたれに体を預けている。「おまえが気にかける必要のある相手は外の世界じゃない」サイモンはパイプを吹かしながら煙の上に巻物を持ち上げた。「この書状はマライアンの子供に関するものだ」

グレイリンの体に寒気が走った。両脚からすべての血の気が引いていく。どうにか維持してきた危なっかしい平穏が、一瞬のうちに痛みを伴う無数の破片となって崩壊した。

「私が理解しているところでは、娘さんだということだ」サイモンが巻物を下ろし、赤く燃えるパイプの先端に近づけた。「だが、君が関わり合いになりたくないのであれば……」

グレイリンは手を伸ばして書状をひったくった。それを握り締めるうちに過去がよみがえってくる。


水面に揺れる小船の上でひざまずいたグレイリンは、マライアンの震える両手を自らの温かい手のひらで挟み込んだ。彼女が話さないようにするためには、彼の依頼を拒まないようにするためには、そうするしか方法がなかった。

彼女の震えが伝わる。手を振りほどこうとするマライアンの目には絶望しかなく、涙が頬を伝っていた。

「君は行かなければならない」グレイリンは譲らなかった。

グレイリンは草の生えた小さな砂地を顎でしゃくった。竿で操りながら沼地をここまで進んできた後、小船の先端をその砂地に乗り上げたところだ。これ以上、奥にまで進むのは無理だ。マライアンと彼女のまだ生まれぬ子供にとって望みがあるとすれば、この半ば水没した土地の岸に沿って後を追ってくる王国軍の船を彼が別の場所におびき寄せる間、沼地に身を隠すしかなかった。

マライアンが両手を引き抜き、拳を作って自分の胸に当てた。そしてバラのつぼみが花を咲かせるかのようにその手を開いた。［愛している］その先の彼女の仕草が早すぎたのでグレイリンは理解が追いつかなかったが、その必死の表情から何が言いたいのかは容易に読み取れた。［あなたと一緒に行かせて。私たちは一緒にいなければいけない。たとえそれが私たちの死を意味することになろうとも］

グレイリンは赤ん坊の動きが手のひらで感じられるはずだと信じて、マライアンの腹部に手を添えた。その赤ん坊が自分の子供なのか、それとも国王の子供なのかは今もわからないままだ。「それなら、ここにいる赤ん坊はどうなる？」グレイリンは訊ねた。「あと少しの時間だけ一緒にいることと引き換えに、この子の命も危険にさらすというのか？」

マライアンの手がグレイリンの両手を覆った。手のひらを通じて赤ん坊の蹴る動きがはっきりと伝わってきた。〈きっと俺の子に違いない〉恐怖を感じていながらも、ふと気づくとグレイリンは笑みを浮かべていた。マライアンの顔を見上げると、そこには悲しみがより前面に出た笑みが浮かんでいた。グレイリンは自分の額を彼女のおでこに押し当てた。

「君は行かないとだめだ」グレイリンは小声で語りかけた。「君の子供の命を救うためにも」

マライアンは顔を離し、グレイリンの胸を指差してから左右の手の指先を合わせた。

［私たちの子供］

グレイリンはうなずいた。彼女のおなかがふくらみ始めた時点で、二人はそう心に決めていた。グレイリンにとっては父親が誰であろうとかまわなかった。自分の子供にするというだけで十分だった。だから二人はこうして逃げる計画を立てた。子供を生かすか殺すかを国王が決断するまでに、計画を考えられるだけの時間がかかった。トランスにはすでに二人の息子がいたが、たとえ落とし子であろうとも三人目の後継ぎがいれば、仮に年長の二人が早世した場合でも王位は安泰になると考えたからだ。ところがその後、骨占い師の言葉とマライアンの尿を調べた結果から、子供は女の子だと判明した。易者や骨占い師を大いに信じているトランスは、マライアンが身ごもった赤ん坊を落とし子の薬草の茶で、それがうまくいかなかった場合はナイフと血によって始末するように命じた。

そのため、二人は冬の夜に揃って逃げた。

「これ以上は待っていられない」グレイリンは言った。「あいつらをおびき寄せようと思ったら、俺は今すぐにでももっと見つかりやすいところに移動しなければならないんだ」

マライアンがようやく覚悟を決めた。泣き声は聞こえないが、肩を震わせている。グレイリンは彼女に手を貸して小船から砂地に下ろしてやった。そして彼女を抱き寄せ、最後にもう一度だけ、唇を重ねた。涙に濡れた唇はしょっぱい味がする。ずっとこのままでいられればいいのにと思ったものの、それは決してかなうことのない願いだった。

グレイリンは自分も涙をこらえながらマライアンから離れた。体を震わせて立つマライアンの手のひらに短剣を握らせる。

「できるだけ遠くまで行くんだ」グレイリンは指示した。「そして隠れろ。追っ手をまくことができたら、何としてでも君のもとに戻ってくる。絶対に約束する」

マライアンは短剣を握り締めてうなずいた。

グレイリンは小船に戻り、竿を操って岸から離れた。塩分を含む真っ黒な水の上を移動しながら彼女の方を見る。

拳を胸に当てて立つマライアンが、その指を大きく開いた。

グレイリンも同じ仕草を返した。すべての元凶がこの合図なのだと知りながらも。一年前、マライアンは個人的な教師としてグレイリンのもとに派遣された。舌を切られた慰みの奴隷たちが使用する身振りによる言語を学びたいと、彼が希望したからだ。国王の近衛兵の長として、そのような意思疎通の方法を学んで言葉によらない連絡手段として王国軍で採用すれば、戦場でも使えるのではないかと考えたからだ。

グレイリンはこの戦法を考案した自分が誇らしかった。

トランス国王も同じように考えた。

二人は昔からの友人同士だった。九年間にわたって一緒に王国軍の訓練学校で学び、試練や競争を通じて親友となった。グレイリンはハイマウントでの甘やかされた環境から軍事訓練に放り込まれた若き王子の姿を、何年たってもはっきりと覚えていた。女の子みたいにカールした金髪の痩せた少年だった。王位を継承する運命にある王子のことを、教官たちはそれまでの伝統にならって特別扱いしなかった。王国軍の訓練学校の掟《おきて》は簡単そのものだった。「最も丈夫な鋼を生み出すためには最も熱い鍛え方が必要だ」教官たち――いずれも筋金入りの兵士たち――は毎日のように生徒たちにそのことを叩き込んだ。

そればかりか、トランスはほかの生徒たちからのいじめも受けていた。級友たちよりも頭一つ分だけ背が高く、ブローズランズで両親から強い正義感を教え込まれて育ったグレイリンは王子を守った。ご機嫌を取るためではなく、それが正しいことだと思ったからだ。また、トランスが技術を高め、自分よりも年上で体の大きい相手に勝つ方法を習得するうえでも力になってやった。そうする過程で、二人は学校の掟に新たな一項を書き加えることになった。「最も丈夫な鋼は二つの金属が一つになることで完成する」

二人は決して壊れることのない友情で結ばれた。

長い月日が流れ、トランスが国王に即位して二人が別の人生を歩むことになった後もなお、友情は消えることなく続き、ついにはグレイリンが国王の前に片膝を突いて近衛兵となり、永遠の献身と忠誠を誓うまでになった。

そのため、それからさらに月日が流れ、グレイリンが慰みの奴隷たちの身振りによる言語を学びたいとの希望を述べた時、国王は彼を自らの私的な館に招いた。国王は奴隷たちを独り占めしなかった。ほかの人たちにも惜しみなく分け与えた。ただし、例外が一人だけいた。

それがマライアンだった。

初めて彼女を目にした時、グレイリンにはその理由がわかった。彼女はほかの奴隷たちと比べて抜きん出た美貌《びぼう》の持ち主で、大理石でできた女神を思わせた。濃い金色の髪は天空の父が自らの手で紡いだかのように見えた。引き締まった体と豊かな胸の持ち主でもあり、そして何よりも彼女は穏やかで落ち着いていて、優しくて魅力的だった。その濃い青色の瞳を見ていると、そのまま吸い込まれて抜け出せなくなりそうだった。

トランスは長年の友情に加えて忠誠の誓いもあったことから、グレイリンを信じてマライアンを託した。また、その時のグレイリンは出身地の町の若い女性と婚約したばかりでもあった。それは必ずしもグレイリンが心をひかれた相手ではなかったが、故郷では誰もがお似合いの相手だと言っていた。

それから何度も月の満ち欠けが繰り返される間、グレイリンはマライアンと会い、彼女の声によらない言語を学んだ。そこには多くの触れ合いがあった。どのように指を折り曲げるか、どこに手を持っていくか、一つの仕草から次の仕草にいつ移るか。習得の際には二人の間で多くの笑いがあったかと思えば、言葉と身振りによる静かな会話の時間もあった。やがてグレイリンは奴隷たちの心の内も学ぶようになった。彼女たちが決して明かさなかったことを、胸に秘めてきたことを、彼女たちの恐怖を、絶望を、代わり映えのしない日々を、そして希望を知った。

そのことがグレイリンの胸を打ち、正義感を駆り立てた。それ以上に、彼はマライアンが手で表現するよりもはるかに多くのことを彼女の表情から読み取った。グレイリンは国王との友情を武器に彼女やほかの女性たちを助けようと試みたが、その努力は報われず、何の成果も得られず、それが彼の焦りをさらに募らせた。岩を転がしながら斜面を登っていると、傾斜がどんどん急になっていくように感じられた。

それでも、マライアンはグレイリンの度重なる失敗を決して責めなかった。そんなある夜、彼女は小さなコトドリを飼育している銀の鳥籠を見せてくれた。籠の扉は開いているのに、小鳥はさえずり、甘い歌声を聞かせ、止まり木の上を飛び跳ねるばかりだった。

マライアンは身振りでグレイリンに伝えた。［私たちはみんな、それぞれの籠の中で暮らしている］そして悲しげな笑みを浮かべた。［そうだとわかっているから、歌える時には歌わないといけない］

そのうちにグレイリンの中で何かが壊れた。

一度も唇を重ねることなく、彼は恋に落ちていた。

ついには互いを静かに結びつけていた真実に、二人ともはや目をそむけられなくなった。

竿を操って岸から離れながら、グレイリンは二人の初めての夜のことを思い返した。彼女を優しく愛したのは、過去に彼女がどれだけ傷つけられたのかを知っていたからだ。彼は時間をかけて彼女と一つになり、彼女の求めに合わせてより深く一つになった。すぐに二人の気持ちは熱い炎となって燃え上がり、拒むことも否定することもできなくなった。愛の営みが終わった後、彼女は長い間、彼の体の下で震えていた。彼女が体を離した時、グレイリンは喜びで体を震わせていた彼女が小さな嗚咽を漏らしていることに気づいた。

マライアンは涙のわけを説明してくれた。喜びと悲しみの両方のせいであふれた涙なのだと。それまでの人生で彼女はそのような愛と優しさで相手をされたことが一度もなかったのだ。それ以降、二人はいくつもの夜を一緒に過ごし、互いの腕に抱かれ、相手について言葉で表現できる以上のことを発見した——だが、それも子供を身ごもった彼女のおなかがふくらみ始めるまでのことだった。その赤ん坊が自分の子供なのか、それとも国王の子供なのか、グレイリンにはわからなかった。けれども、国王がまるで尿瓶《しびん》の中身を捨てるかのように赤ん坊の始末を命じた時、グレイリンは自分が何をしなければならないのかを悟った。

彼は誓いを破らなければならなかった。

そして今、沼地の岸に取り残されたマライアンを見つめるグレイリンは、心の中である真実を思った。

〈俺はみんなを不幸にしてしまった〉

グレイリンは巻物を握ったまま震えていた。手の中の書状に視線を落とす。〈何が書いてあるんだ？　償いへの希望なのか、それとも生きていくのが耐えられないような残酷な内容なのか？〉

読む勇気が失われていくものの、中身を知る必要がある。

グレイリンは封蠟を壊し、書状を開いた。丁寧な筆記体で書かれた最初の言葉が、はるか昔にふさがった傷口をこじ開けた。

グレイリン・サイ・ムーア……

「サイ」の敬称は彼の騎士としての地位を表す。十年以上前にその敬称は剝奪され、使用を禁じられた。数多くの偽名を名乗ってきたグレイリンだが、それだけは使う気になれなかった。その二文字にあるのは体と心の両方への大いなる苦しみだけだった。グレイリンは書状を暖炉に投げ入れたいと思ったが、指が巻物をきつく握り締めた。

なすぎた。

グレイリンはその先を読んだ。短い手紙だったが、文章が示唆するものは彼の打ちひしがれた肉体では抱え切れないような大きさだった。その内容を入れる器としては容量が少なすぎた。

マライアンの子供は生きています。少なくとも、私たちはそう考えるに至りました。

グレイリンは涙にかすむ目で残りを読み進めた。

双子湖の間のヘイヴンズフェアに行きなさい。「黄金の大枝」で待つように。手段を尽くして彼女をそこに向かわせるつもりです。それが無理な場合はそこに伝言を届けます。彼女を氷霧の森に連れていき、隠してください。

署名はなかったが、グレイリンは書状の送り主に関するサイモンの話を信じた。マライアンの子供が奇跡的にミーアの沼地で生き延びたならば、その子が修道院学校に引き取られたという可能性は十分にありうる。

グレイリンは書状から顔を上げた。「これは本当の話だろうか？」自分自身とサイモンの両方に問いかける。

元錬金術師――そして怒りのバラの一員だという男は書状をひったくり、暖炉の炎の中に投げ込んだ。「さっきも言ったように」サイモンが淡々と口を開いた。「売られた秘密を買い手が信じるかどうかは関係ない。それ自体に価値がある」

グレイリンが暖炉を見つめると、炎の中で書状が燃えて灰と化した。

「結局のところ」サイモンは続けた。「すべては君がどう対応するかにかかっている」

グレイリンは鋭い刃物の上で必死にバランスを取っているような気分だった。ヘイヴンズフェアのことは知っている。クラウドリーチの中心に双子湖と呼ばれる二つの湖があり、その間に位置している町だ。その一方で、そこに行こうとすることが何を意味するのかも承知していた。

「俺は誓いを破り、新しい誓いを立てた」悲嘆に暮れるグレイリンの声はかすれていた。「二度とハレンディ王国に足を踏み入れないと。それを破れば死が待っている」

サイモンが体をひねり、椅子の陰に隠していた何かを持ち上げた。布にくるまれたその長い物体を持ち上げて膝の上に載せるためには、両手を使わなければならなかった。「君が誓ったのはそれだけではない。二度と剣には手を触れない、騎士の武器は持たないという血の誓いも立てた」

元錬金術師が布を取り外すと、鞘に納められた剣が現れた。剣を鞘から抜くと、銀色の刃がまばゆく輝く。そこに刻まれているのはたくさんの実をつけたブドウのつるだ。装飾はブローズランズにあるグレイリンの故郷を表すもので、ランドフォールの断崖の陰にある冷涼な丘には彼の一族が所有する広大なブドウ園が広がっている。

「ハーツソーン」グレイリンは見覚えのある剣から後ずさりした。「融かされて消えてしまったのだと思っていた」

〈俺の人生と同じように〉

「しばらくの間、姿をくらましていただけだ」サイモンが言った。「遺物の中には保存しておく価値のあるものが、大切にしておくべきものがあると、怒りのバラは信じている」

サイモンが剣を鞘に納めた。

「俺の誓いは……」グレイリンは小声でつぶやいた。「数多くの誓いを破ってもなお、自分は同じ人間でいられるのか？」

「私が考えるに、君はマライアンの子供を救うために最初の誓いを破った。つまり、そのことがそれ以降の行動の前提になるわけだ。君が子供を救うために再びあの地を踏むことは、その最初の違反を続ける行為に当たる。しばらく中断していたその違反に関して、君はすでに罰せられている」サイモンが肩をすくめた。「ここから先、君にとっての何よりも名誉ある行動は、その最初の裏切りを正しい結末まで導くことにある」

この結論に至るまでのサイモンのこじつけとしか思えない説明を聞き、グレイリンは頭が痛くなってきた。だが、それよりも心の痛みの方が大きかった。それでも、自分が何をしなければならないか、彼にはわかっていた。

グレイリンはサイモンに歩み寄り、鞘をつかむとハーツソーンを腰に留めた。しっかりと立ち、腰にかかる剣の重さを確かめる。しっくりくるその感覚は、切られた手が再び生えてきたかのようだった。

サイモンがそんなグレイリンを見て大きな笑みを浮かべた。「この世界に戻ってきたな、グレイリン・サイ・ムーア」

28

グレイリンは小さな荷馬車を操りながら森の中を高速で抜けていた。彼がたどる道筋には轍の跡すら付いておらず、樹皮の白いハンノキが茂る中に道と思しき隙間があるだけだ。前を進むサイモンがまたがっているのは気性の荒いメスの馬で、グレイリンのポニーが近づきすぎるとそのたびに蹴ろうとする。

メスが神経質になっているのは両側を音もなく移動する二つの影のせいなのだろう、グレイリンはそう思っていた。エイモンとカルダーは朝からの狩りを終えたばかりにもかかわらず、馬たちの速度に合わせて走っている。サイモンからの要求は、ハレンディ王国に戻るつもりならば夕べを徹して移動しなければならないというものだった。

不安を覚えていたものの、グレイリンは先導をサイモンに任せてサヴィクの町の南を目指した。二人が向かっているのはほとんど誰も足を踏み入れようとしない海岸線だ。深い入り江と見上げるような高さのとがった岩から成る入り組んだ地形で、そのあたりの海域は危険な浅瀬と予測の難しい潮の流れが支配している。海岸沿いの断崖には海蝕洞が連なり、サヴィクの町の二倍の広さはあろうかという地下の迷路を形成しているという噂だ。

この荒れ果てた海岸線は海賊や人殺しなどあらゆる種類の悪党の巣窟《そうくつ》となっている。彼らはクラウンの海を荒らす存在だが、主な獲物はハレンディを出港してサヴィクの北のリリアの断崖沿いに連なる別荘や屋敷に向かう高級船舶だ。王国の富裕層は灼熱の夏から逃れてアグレロラーポックの冷涼な気候を目指し、一年で最も暑い時期をそこで過ごす。

長時間の移動でグレイリンのまぶたが下がりかけた時、前を進むサイモンがようやく片手を上げた。手綱を引くと馬の速度を落とし、荷馬車の隣を並走する。サイモンの馬はグレイリンのポニーに向かっていななき、不機嫌そうに鼻を鳴らしたが、ポニーは尾を振って相手の脇腹をひっぱたいた。

二人の周囲は真っ直ぐな幹を持つハンノキに代わって、樹皮の色の濃いマツや幹のねじれたイトスギが優勢になっていた。グレイリンは首を伸ばして前方をうかがった。空気中には潮の香りが漂っている。車輪の回転や蹄の音とともに、岸壁に打ちつけて砕ける大波の音がかすかに聞こえた。

サイモンが鞍にまたがったまま体をひねり、荷馬車の方に顔を向けた。「ここからは気をつけろ」注意を促す言葉だ。「私から離れないように。挨拶よりも先に槍を腹に突き刺してくるような連中だからな」

「おまえはそういう連中を信用できると考えているのか？」

サイモンは眉をひそめた。「もちろん、できるわけはない。だが、あのろくでなしのダラントは報酬が裏切りの値打ちを上回るのであれば約束を守る」

グレイリンは荷馬車の方を振り返った。生皮や毛皮が山積みになっているほか、小さな村なら一冬を越せるだけの塩漬けの乾燥肉もある。海の向こうに渡るための安全を保障するには十分すぎる量だが、自分の秘密も守らせるためにはこれで足りるのだろうか？　失敗は許されないため、グレイリンは家にあったありったけのものを馬車に積み込んだのだった。

「行くぞ」そう言うと、サイモンは再び馬を走らせた。

グレイリンはその後を追いながら森に目を凝らした。怪しい人影は見当たらないが、サイモンの忠告に従う。エイモンとカルダーにもっと近くに来るよう口笛で合図した。海岸に着く前から揉め事を起こしたくはない。

四分の一リーグほどの距離を進んだところで、グレイリンは海岸に近づきつつあるのではなかったことを知った。〈すでに着いていたのか〉左手の裂け目から不意に塩分を含む水しぶきが上がり、強い風が吹きつけた。

〈潮吹き穴だ〉

グレイリンはより注意を払いながら周囲の地形に目を配った。森は相変わらず前方に続いているように見えるが、地面には真っ黒な裂け目がいくつも走り、泡立つ海水や噴き上げるしぶきの音がこだまする。さらに先に進むとそうした裂け目が一つになって深く削られた水路になり、ついには海に面した入り江が現れた。

サイモンが馬を止め、あぶみで体を支えて首を伸ばすと周囲を見回した。

「道に迷ったのか？」グレイリンはいらだちながら訊ねた。

「いいや」サイモンが答えたが、どこか自信のなさそうな声だ。「馬ごと崖から転落したり海水のたまった穴に落ちたりするよりも、慎重に進む方がいいからな。このあたりの悪党どもを一掃できないのは、地形がそれ以上に手に負えないからという理由もある」

錬金術師の言葉に不安を覚え、グレイリンは再び口笛を吹くとエイモンとカルダーに荷馬車のそばまで来るよう伝えた。二つの影が後方の森から現れる。二頭のワーグははあはあと息をしながらしっぽを振っていて、ふわふわした耳はぴんと立てたままだ。

サイモンの馬が怯えていななき、暴れた。錬金術師は鞍頭《くらがしら》をつかみ、どうにか振り落とされずにすんだ。サイモンは悪態をつきながら馬に声をかけ、不安そうに蹄を鳴らす程度にまで落ち着かせた。

グレイリンの弟たちはじっと動かないが、カルダーは少しだけ鼻先を下げ、馬の動きを目で追った。二頭ともかなり腹を空かせているのは間違いない。

サイモンがグレイリンをにらみつけた。「今度からはあらかじめ教えてくれ。ちびるかと思ったじゃないか」

「何だって？」グレイリンは連れがいらつく様子を楽しんだ。「おまえには俺の口笛が聞こえなかったとでも？」

サイモンは何やらぶつぶつとつぶやき、鞍の上で前に向き直った。「こっちだ」

一行は再び移動を開始し、サイモンだけが知っている道なき道を進んだ。

知っているふりをしている道、なのかもしれない。

右に曲がっては左に曲がる道をどこまで行けばいいのかと思い始めた頃、荷馬車の後方から低いうなり声が聞こえた。鞍にまたがったグレイリンの体に緊張が走る。その声に呼び寄せられたかのように、濃い緑色のマントに身を包んだ十数人の男たちが森の中から現れ、行く手をふさいだ。

「ここで待っていてくれ」サイモンが指示を残し、馬とともに男たちのもとに向かった。

グレイリンの耳にはサイモンと男たちの会話の内容は届かなかったが、左右から何度か枝の折れる音が聞こえた。ほかにも森の中に隠れている男たちがいるのだろう。後ろでは弟たちが耳の向きを変えながら、頭を動かすことなく物音を追っていた。空気中の脅威を察知しようとしているかのように、首筋から背中にかけての毛が逆立っている。

前に視線を戻すと、サイモンが鞍にまたがったまま体をひねって手招きをした。グレイリンは手綱でポニーに合図を送り、荷馬車を錬金術師のもとまでゆっくりと進めた。マント姿の一団のほとんどが再び森に姿を消し、残った二人がそこから先の案内人となった。

なおも先に進んでいくと、森の切れ目から青い海と打ち寄せる白波が垣間見えるようになった。しかし、グレイリンたちはそこまで行くわけではなかった。案内人たちに従って幅の広い裂け目に向かうと、その片側に沿って見るからに危なっかしい下り坂がある。道のはるか下では真っ黒な水がゴボゴボと音を立ててしぶきを上げていた。

サイモンはためらうことなく坂を下り始めた。グレイリンも荷馬車をゆっくりと狭い道に進めながらその後を追う。エイモンとカルダーも後ろからぴったりとついてきた。

やがて道は裂け目を離れ、松明が連なる湿ったトンネルに入った。海の香りが通路を満たし、塩のにおいが鼻を突くとともにコンブの花のかすかな気配も漂う。グレイリンは百リーグほど南の海域にびっしりと茂る海藻を思い浮かべた。海面を漂う海藻は厚い塊となってこちら側の海岸からミーアの沼地まで途切れることなく広範囲に続いていて、ハレンディ王国の反対側に位置するシールド諸島の浅瀬や環礁と同じく、南からの短時間での侵攻を妨げる天然の防壁を形成している。この天然の守りが王国を長年にわたって保護し、迷惑な侵犯を食い止めてきた。

グレイリンは自分の小さな不法侵入が気づかれずにすむことを願った。手の中の巻物と砕けた封蠟の感触が今もまだ残っている。そこに書かれていた言葉が脳裏に焼きついている。

〈失敗するわけにはいかない〉

この二度目のチャンスが失敗に終わったら、決して立ち直ることはできないだろう。

長く曲がりくねった下り坂の先にようやく明るい光が見えた。間もなくトンネルが終わり、その先の夕べの空の下に広がるのは銀色がかった青い水面とそこに接する広い砂浜だった。右手にはゆったりとした流れの川が見上げるような高さの断崖の間を抜けて海に通じている。左手に目を向けると巨大な滝が轟音とともに流れ落ちていて、そこから噴き上げるしぶきが半円状に削られた空間を満たしていた。周囲の断崖はどこも濡れていて、水滴の垂れるシダや厚く成長した緑色の苔に覆われている。

グレイリンはサイモンと案内人の後について砂浜に出た。男たちや女たちが忙しそうに働いていた。水辺には木箱が高々と積まれている。断崖沿いの張り出した岩の下には今にも崩れそうな村があった。村は崖に沿って上へと延びていて、木造の建物の間を梯子《はしご》や階段、ぐらぐらと揺れる橋やロープの滑車がつないでいる。村からは太鼓や笛や弦楽器の陽気な音色とともに、下品な笑い声や大声、命令を出す怒鳴り声も聞こえてくる。いくつもの石造りの暖炉や鉄製の調理器具からの煙が一帯に漂っていた。

グレイリンとサイモンは砂浜を横切り、水辺に積まれた木箱の方に向かった。通り過ぎる二人の方に向く顔はあるものの、ほとんど興味を示さない——だが、積荷を満載した荷馬車の後ろを歩く二頭のワーグに気づくと誰もが二度見をした。子供たちは親の後ろに追いやられた。近づこうとする勇敢な人たちもいなくはなかったが、ほとんどは警戒しながら後ずさりした。

滝の音と人々の喧騒を切り裂いて大きな声が響いた。「やっと来たか！」

グレイリンは村から高々と積まれた木箱や樽に視線を戻した。背の高い人物が作業をする男たちの間を通り抜け、二人の方に近づいてきた。濃い青のハーフマントが後方に翻っている。トゥニカとズボンも同じ色で、ベルトはウナギ革、ふくらはぎまであるブーツも同じウナギ革のようだ。

グレイリンは相手のあふれんばかりの笑みを信用しなかった。

〈あんなにも幸せな人間がいるわけない〉

サイモンが馬から降り、その男をがっしりとハグしてから、背中を力強く叩いた。「久し振りだな、ダラント」

二人はしばらく会話を交わし、近況を報告したり、天気のことや戦争の噂を話したりした。

グレイリンはその隙に見知らぬ相手を品定めした。サイモンの話によると、この男はこの入り組んだ海岸線を根城にする荒くれ者の一団のうちの一つを率いているという。肩まで伸ばした髪は束ねておらず、その黒々とした色はどこか青みを帯びているようで、身に着けている服の色に近い。黒いダイヤモンドを思わせる瞳の輝きは塩水で荒れた肌に映えて見え、無骨な顔立ちながらひげはきれいに剃ってある。

グレイリンは相手の年齢を推測しようとした。この海賊は自分よりも二、三歳は若く見えるが、十歳ほど年上だとしてもおかしくないようにも思える。老けた印象を与えるのは相手の目に浮かぶ何かのせいだ。しかし、グレイリンは腰に留めた二本の剣に注目した。鞘の細さがはっきりと見て取れる。

〈鞭の剣〉

このクラッシュの刃は握りが指くらいの太さで、その先端部分はほとんど目に見えないくらいの細さしかない。錬金術師が製造するこの鋼はある秘術を用いているためにまず折れることがなく、それでいてしなやかさを兼ね備えている。クラッシュの剣舞家が操ると、剣はほんの一瞬で鋭い鋼から弾力のある鞭に変わる。指折りの使い手でもなければこの剣を二本同時に扱おうなどとは考えない。

グレイリンはその事実を考慮しつつ、海賊の評価を続けた。

二人のおしゃべりはまだ終わらないが、グレイリンはダラントの側も自分をじっくり値踏みしているのだとわかっていた。その黒い瞳が何度かこちらに動くが、視線を向けるたびに情報を取り込んでいるのだろう。その陽気さの下に隠れた真意までは読み取れない。

唯一の変化はエイモンとカルダーが荷馬車に飛び乗り、塩漬けして乾燥させた獲物の肉のにおいを嗅ぎ始めた時に表れた。二頭を見つめるダラントの顔に明るさとは別の暗い影がよぎったが、それもほんの一瞬で消えた。

ようやくサイモンがこちらに向き直り、グレイリンを指差した。「こちらがハレンディへの移動を必要としている男性だ」

「ヘイヴンズフェアまでなんだろう?」ダラントが訂正した。「俺は一介の船乗りにすぎないが、その町が海岸からはるか奥にあることは知っている」

グレイリンはサイモンに険しい眼差しを向けた。〈どうしてこの悪党は俺の最終目的地を知っているんだ?〉

サイモンはグレイリンの表情による詰問を無視した。「その通りだ」ダラントにそのことを認め、折りたたんだ紙を手渡す。「これは私たちが取引として手渡す品物のリストだ。積荷は二枚のマーチ金貨とひとつかみのエイリー銀貨を優に上回る価値があるだろうから、君の最速の船に乗せてもらうには十分すぎる額のはずだ」

「俺の最速の船だと?」ダラントがサイモンに向かって眉を吊り上げた。「そうだな、すでに出発の準備を進めている。それは保証する。だが、この品物で十分かどうかは俺がこれから判断する」

海賊がリストを読み込む間、グレイリンは怒りをこらえていた。ダラントは書かれている内容と積荷が一致しているかを確認するかのように、ちらちらと荷馬車に視線を送っている。グレイリンには違いを心配する必要などなかった。相手をだますつもりなど毛頭ない。

大げさに咳払いをしてから、ダラントはリストを顔からそむけ、判断結果を発表した。

「ポニーも欲しい」

グレイリンは体をこわばらせ、丈夫な生き物の背中に目を向けた。このポニーを購入したのは四年前の冬で、その働きぶりには何の不満もなかった。予定ではサイモンがポニーと荷馬車をサヴィクに連れて帰り、グレイリンが戻ってくるまで面倒を見ることになっていた。

〈戻ってこられるかどうかはわからないけどな〉

「ちょっと待ってくれ」サイモンが言った。「そいつは背中の曲がった年寄り馬じゃない。アグレロラーポックポニーの純血種で、働き盛りだ。積荷と荷馬車そのものを合わせたくらいの価値があるぞ」

ダラントは肩をすくめて腕組みをすると、そのまま待った。

サイモンがグレイリンを一瞥し、判断を任せた。

「それでいい」グレイリンは言った。

「メ・ウォンダー」ダラントはクラッシュの言葉を口にしてから両手をパチンと合わせ、左右の手のひらを二人に向けて取引の成立を宣言した。

サイモンが首を左右に振る一方で、グレイリンは海に向かって流れる川の方を見た。一刻も早く出発したいところだ。

ダラントが咳払いをした。「あと、俺が運ぶ積荷の本当の正体についてだ。おまえはグレイリン・サイ・ムーアだろう？」

あわててそちらに向き直ったはずみに、グレイリンは首の筋を痛めてしまった。サイモンをにらみつけるが、元錬金術師も唖然とした表情を浮かべていた。

ダラントは笑みを浮かべるだけで、相変わらず陽気そうにしているが、心なしかその表情がきつくなったように見えなくもない。「秘密で飯を食っているのはおまえだけじゃないぞ、サイモン。俺たちの仲間もこの海岸一帯に目と耳を持っている。秘密を収集して宝石のように大事に保管しているのさ。偽名を使ってやってきた人物を特定するのはそれほど難しくはなかった。二頭のワーグを連れていて、これほどまでの秘密裏の移動を必要としているのだからな。俺はそこまで馬鹿じゃないよ」

サイモンが肩を落とした。

グレイリンの心臓の鼓動が大きくなった。怒りで頬が熱くなる。「口をつぐむ代わりに何が望みだ？」

ダラントが肩をすくめた。「おまえがたくさん持っていないものを欲しがったりはしない。一つくらいなら分けてもいいと思ってくれそうなものだ」

グレイリンは手綱をいっそう強く握り締めた。この悪党が次に何を言おうとしているか予想できたからだ。

「おまえのワーグのうちの一頭が欲しい」ダラントは宣言した。「どちらにするかはおまえに選ばせてやる」

〈絶対にだめだ〉

グレイリンは肩越しに弟たちを振り返った。二頭は胸の中で脈打つ心臓と同じように、自分の心の一部になっている。「それ以外なら何でもかまわない」グレイリンは歯を食いしばりながら返した。

「なるほど」ダラントが反応した。「それならば、ほかに取引できるものとして何がある？」

グレイリンは荷馬車の座席の背もたれに留めてある剣に手のひらで触れた。ハーツソーンははるか昔から何世代にもわたって彼の一族が所有してきた。しかし、結局のところはただの鋼にすぎない。どうやらダラントもそう考えているようだ。

「別の剣は必要としていない」海賊が言った。「そいつで勝負する気ならそれでもいいが、俺の持っている二本とでは勝負にならないことを証明してやるぞ」

グレイリンは手を引っ込めた。

サイモンは苦悩に満ちた詫びるような目線を向けていた。グレイリンはさっき錬金術師から聞かされたばかりの、この男と取引する際の注意を思い出した。〈ダラントは報酬が裏切りの値打ちを上回るのであれば約束を守る〉

どんな代償を支払うことになろうともこの悪党の忠誠が必要なことは、グレイリンにもわかっていた。

荷馬車の上にいる弟たちの方を見る。琥珀色の輝きを帯びた金色の目が見つめ返す。胸が引き裂かれそうになりながらも、グレイリンは二頭から視線をそらすことなく答えた。

「わかった。ただし、おまえが言ってくれたように、どっちにするかは俺が選ぶ」

「それでかまわない」

グレイリンは海賊に背を向け、この代償に見合う唯一の条件を付けた。「ただし、俺が戻ってきてからの話だ。それまでは二頭とも俺のものだ」

ダラントがまず片方の目を、続いてもう片方の目をグレイリンに向けた。獲物に興味を示すタカのような目つきだ。そしてうなずくと左右の手を合わせ、手のひらを見せた。「取引成立だ」

グレイリンは再び川の方を見た。「ところで、おまえの船とやらはどこにある？」

「ちゃんとここにある」ダラントが答えた。「俺たち二人が納得のいく結論に達するのをずっと待っていた」

グレイリンが振り返ると、背後の滝の奥から大きな船の丸みを帯びた先端部分が現れた。それを見てようやく、グレイリンはサイモンが目的地を相手に伝えた理由がわかった。ヘイヴンズフェアはクラウドリーチの高地にある。サイモンがグレイリンのために手配した移動手段はハレンディ王国の海岸線までではなかったのだ。

グレイリンは滝を二つに分けて現れた乗り物に驚愕した。気球が一つとその下にケーブルで吊るされた船体の全貌《ぜんぼう》があらわになる。荷物や乗客を運んで空を行き来する巨大な気球船ではなく、「快速艇」と呼ばれる小型の攻撃用の乗り物で、クラウンの多くの軍が使用している。不思議な錬金物質による特別なバラストに点火すれば船をかなりの高速で動かすことが可能で、風をものともせずに飛行できるし、戦闘においては自在に操船できる。

ダラントがサイモンを肘で小突いた。「速い船が必要だという話だったからな」

「君は約束を守る人間だな」

グレイリンは荷馬車を降り、エイモンとカルダーにもそばに来るよう合図した。二頭のワーグは滝の奥から出現した船をじっと見つめている。滝を通り抜けてもなお、気球からは水が流れ落ちてその下の水面に降り注ぐ。船尾のドラフトアイアンの突起の内側から勢いよく炎が噴き出すと、船は砂浜の外れに移動してその上空で静止した。

係留索が手際よく固定された。船の左舷からタラップが押し出され、その先端が砂浜に届く。木箱や樽が船内に運び込まれた。

乗組員たちの作業を見守っていたダラントが戻ってきた。二頭のワーグからは数歩の距離を置き、それ以上は近づこうとしない。「いつでも出発できる」

サイモンがグレイリンの方を向き、前腕部を力強く握った。「神々が君の旅路を祝福してくれることを願っているぞ、我が友人よ」

「おまえはこれからどうするんだ？」グレイリンは訊ねた。

「ああ、私はほかにも手配の必要な案件を抱えているのでね。怒りのバラは人使いが荒いのだよ」サイモンは指をなめてから上に向けた。「風向きの変化を感じないか？」

グレイリンは眉をひそめた。低い地点を流れる風は常に西から東に吹き、上空の流れはその逆で西に向かって吹く。そのことは不変の事実だ。

サイモンはにやりと笑いながら手を下げた。「君の行動ははるかに大規模な『騎士と悪党』のゲームの第一手にすぎないのではないか、そんな予感がする」

グレイリンはこの得体の知れない男にうんざりしてため息をついた。〈ここから先は謎の少ない味方と付き合っていくのがよさそうだ〉グレイリンは別れの挨拶をすませ、タラップに向かって歩き始めた。エイモンとカルダーも左右にぴたりと身を寄せてついてくる。

水際に近づいたところで、グレイリンはほかにも連れがいることに気づいた。後ろを振り返ると、肩に掛けた荷物の位置を直しながらダラントも彼の後を追っていた。

グレイリンは立ち止まった。「おまえも一緒に来るのか？」

ダラントが不敵に笑った。「ああ、戦利品からは目を離さないつもりだ」二頭のワーグを指差す。「それに一緒に旅をすれば、おまえのこの立派な弟たちが俺に懐いてくれるだろう」

エイモンとカルダーがうなり声をあげて牙を剝いた。

ダラントは威嚇に動じた様子を見せずに二頭を追い越していったが、ワーグからしっかり距離を取ることは忘れなかった。「さっさと乗ってくれ、出発するぞ」

グレイリンは海賊の背中を見つめた。

〈謎めいた味方と手を切ることはできそうにないな〉

（下巻に続く）

記録のためのスケッチ
ワーグ
(氷霧の森に生息)

〈ムーンフォール・サーガ 1〉
星なき王冠《クラウン》 上
The Starless Crown Moon Fall Saga #1
2024年2月12日 初版第一刷発行

著……………………………………… ジェームズ・ロリンズ
訳…………………………………………………………桑田 健
編集協力………………………………… 株式会社オフィス宮崎
ブックデザイン…………………………………………… 石橋成哲
本文組版…………………………………………………… IDR

発行所…………………………………………… 株式会社竹書房
〒102-0075 東京都千代田区三番町8－1
三番町東急ビル6F
email：info@takeshobo.co.jp
https://www.takeshobo.co.jp
印刷・製本……………………………… TOPPAN 株式会社